T0279455

La chica que oía a los muertos

La chica

que oía a

los muertos

Anne Griffin

Traducción de Marta de Bru de Sala i Martí

○ Plata

Argentina – Chile – Colombia – España
Estados Unidos – México – Perú – Uruguay

Título original: *Listening Still*
Editor original: Sceptre
Traducción: Marta de Bru de Sala i Martí

1.ª edición: marzo 2024

© 2021 Anne Griffin
All rights reserved
© de la traducción, 2024 *by* Marta de Bru de Sala i Martí
© 2024 *by* Urano World Spain, S.A.U.
Plaza de los Reyes Magos, 8, piso 1.º C y D – 28007 Madrid
www.letrasdeplata.com

ISBN: 978-84-92919-48-2
E-ISBN: 978-84-19936-45-5
Depósito legal: M-416-2024

Fotocomposición: Ediciones Urano, S.A.U.
Impreso por: Rodesa, S.A. – Polígono Industrial San Miguel
Parcelas E7-E8 – 31132 Villatuerta (Navarra)

Impreso en España – *Printed in Spain*

A mis padres, Jimmy y Bridie Griffin.

CAPÍTULO UNO

En cuanto mi padre me dijo que se jubilaba y que me traspasaba la funeraria Masterson quise salir corriendo. Correr hasta los confines del mundo, tambalearme en la cima de sus acantilados escarpados, alzar la cabeza hacia el cielo y tomar una bocanada de aquel aire que no me exigía nada. Dejar que la falta de expectativas me recorriera las extremidades, me alisara todas las arrugas y el ceño fruncido, y me relajara los puños que tenía cerrados con fuerza.

No era la primera vez que quería salir corriendo, pero nunca antes había llegado a hacerlo por culpa de las obligaciones. Obligaciones, obligaciones, obligaciones. Grabad esta palabra en mayúsculas y por triplicado en mi lápida justo debajo de mi nombre para que todo el mundo sepa quién era realmente Jeanie Masterson. Lo que la impulsaba, lo que la sosegaba y sí, siendo sincera, lo que le encantaba, por mucho que estuviera enredada en un mundo que adoraba y temía a la vez y que tuviera el corazón dividido entre todas las personas que me necesitaban tanto como yo las necesitaba a ellas.

—A Baltimore —dijo mi padre. Se jubilarían en Baltimore. Mamá y papá, Gráinne y David Masterson, harían las maletas y se irían dentro de unos seis meses. Cualquiera podría pensar que se estaban refiriendo a la ciudad de Baltimore de los Estados Unidos, una destinación con un toque exótico. Pero yo sabía de qué lugar estaban hablando; del pueblo costero que estaba aquí al lado, en la punta del sexto dedo rechoncho del pie de la isla de Irlanda, a unos trescientos kilómetros al sudoeste de Cork, lejos de Kilcross, la ciudad de la región de Midlands donde vivíamos. Nada de aviones, ni de acumular millas de vuelo ni de pasaportes, simplemente irían en coche hasta el pueblo donde habíamos pasado los veranos cuando Mikey y yo, sus hijos, éramos pequeños. Íbamos sobre todo a pasar algunos fines de semana largos, pero a veces, cuando papá conseguía escabullirse de las obligaciones de la funeraria, nos quedábamos una inestimable semana entera. No es que papá pudiera colgar un cartel en la puerta de la funeraria y pedirle a la gente que volviera cuando regresáramos. A los muertos no se les puede hacer esperar, aunque en realidad tienen todo el tiempo del mundo. En aquellas ocasiones era Harry, mi tía y la única embalsamadora que había en la funeraria por aquel entonces, quien se quedaba al mando mientras nosotros paseábamos por el muelle, jugábamos en las playas de arena y devorábamos unos helados 99 Flake. Me encantaba Baltimore. Nos encantaba Baltimore, pero ahora aquel pueblo iba a convertirse en el nuevo hogar de mis padres, que tenían la intención de dejarnos a Niall, mi marido, y a mí la casa y el negocio.

—¡Pero si acabáis de cumplir los sesenta! —les señalé a mis padres, que se habían sentado frente a Niall y a mí para darnos la noticia. Estábamos en la sala de estar de mañana, una de las dos salas de estar que había en aquella casa enorme que compartíamos todos. Tenía cinco habitaciones, seis si contábamos la que mamá había decidido convertir en un vestidor. Le habría gustado transformar otra en una sauna, pero papá se había plantado—. Nadie se jubila a esa edad.

—Bueno, casi todos los directores escolares se jubilan anticipadamente —señaló papá.

—Pero tú no eres un director escolar, ¿vale? Eres un hombre con un negocio propio que no cobrará una cuantiosa pensión de funcionario.

—Ah, pero he ido ahorrando a lo largo de los años para tener un colchón, y además tengo una hija muy inteligente que es perfectamente capaz de mantenernos a todos bien alimentados. Por no hablar del hombre que tienes al lado, el mejor embalsamador de toda Irlanda. —Le guiñó el ojo a Niall rebosante de felicidad, como si mi marido fuera su toro ganador de la feria de ganado de Kilcross.

—No sé si Harry estaría de acuerdo contigo —contesté bruscamente antes de darme cuenta de lo grosero que había sido mi comentario—. Lo siento, Niall. —Alargué la mano para acariciarle la rodilla a mi marido—. No lo he dicho con mala intención.

—No pasa nada, lo sé. —Niall sonrió y me cubrió la mano con la suya para que no pudiera retirarla enseguida—. Todos sabemos que Harry es excepcional. Fue ella quien me enseñó todo lo que sé.

—Tranquilos, Harry no se irá a ninguna parte —añadió papá—. No conseguiréis libraros de esa hermana mía ni aunque lo intentéis. Si de ella dependiera seguiría embalsamando hasta los noventa años.

—Pero nunca te había oído decir que quisieras jubilarte, papá. —Y tampoco había permitido que se me pasara aquella idea por la cabeza, ya que dependía demasiado de mi padre.

—Ya lo sabemos, cariño —intercedió mamá—, pero tu padre y yo queremos aprovechar el tiempo que nos queda. Mientras él todavía pueda pescar, y yo por fin podré dedicarme a mi poesía.

Mamá miró a papá e intercambiaron una sonrisa cariñosa.

—¿En serio, mamá, poesía? Pensaba que lo habías dejado después de haber asistido a aquella clase nocturna. Dijiste que era demasiado difícil y que qué cojones tenían de malo los pareados de toda la vida.

—La cuestión, Jeanie, es que como siempre he tenido que llevar la peluquería nunca he podido dedicarle a la poesía el tiempo que se merecía. Además, hemos visto que ha salido a la venta la casa que alquilábamos cada verano en Baltimore. Si esto no es cosa del destino no sé qué podría serlo. —Sonrió para sí misma y se tocó las puntas balayage de su media melena con sus uñas de manicura impecable encantada por su elección de palabras, saboreándolas en la boca como si fueran chocolate fundido.

—Pensaba que no creías en todas estas cosas tipo sexto sentido, mamá.

—Oh, venga ya, Jeanie, no empieces otra vez. Sabes de sobras que me creo a pies juntillas que tu padre y tú podéis oír a los muertos. Lo que pasa es que no me gusta que se entrometan constantemente en nuestras vidas. Tu padre se ha ganado un descanso.

—Ah, ya veo, pero en cambio os parece bien que me quede aquí sola con ellos, ¿no?

—Pensábamos que esto era lo que querías, Jeanie. —Vi el dolor en sus ojos al comprender que tal vez su convicción fuera infundada. Se llevó una mano al pecho, parecía una mariposa con las alas extendidas sobre un trébol—. Nunca has hablado de otra cosa que no fuera escuchar a los muertos. Oír lo que tienen que decir, solucionar sus problemas.

Tal vez cuando tenía cinco años, quise contestar con una rabieta infantil.

—¿Y qué hay de Mikey? —pregunté para distraerla con su tema favorito—. ¿Qué será de él?

Mikey, mi hermano mayor, me sacaba dos años. De pequeña, cuando intentaba explicar al mundo cómo era mi hermano, siempre decía que era diferente hasta que a los trece años los médicos diagnosticaron que estaba dentro del espectro autista, aunque a mi madre siempre le gustaba aclarar que por los pelos. Las pruebas que le hicieron por fin me proporcionaron el vocabulario adecuado. Mikey era «altamente funcional», aunque no siempre de la manera que nos gustaría.

—Hemos hablado con él y...

—¿Habéis hablado con él antes que conmigo? —Normalmente Mikey era el miembro de la familia a quien siempre teníamos que proteger, al que informábamos de las cosas cuando ya estaba todo decidido y habíamos tomado todas las medidas posibles para ayudarlo a procesar cualquier cambio.

—Solo de manera hipotética.

—Oh, venga ya, todos sabemos que a Mikey no se le puede hablar de manera hipotética. Con él todo tiene que ser una certeza.

—Bueno, sí. Estaba muy preocupado por saber cuándo nos mudaríamos y cómo iba a transportar su colección de revistas. Estuvimos un buen rato buscando la mejor empresa de mudanzas. Es experto en tantos temas —comentó mamá, orgullosa.

—¿O sea que se iría con vosotros?

—Pues claro que nos lo llevaríamos. ¿Cómo íbamos a dejarlo aquí? Nunca te pediríamos que te encargaras de él, Jeanie. Es nuestro hijo y queremos que esté a nuestro lado. —A mi madre siempre le había gustado tener a su hijo cerca.

—Ah, ¿pero yo no?

Mamá puso cara de sorpresa al oír aquel comentario tan infantil saliendo de la boca de su hija de treinta y dos años, y quién podría culparla. Pero es impresionante lo que el cerebro puede llegar a permitir que te salga por la boca cuando te invade el pánico.

—Tú estás casada, Jeanie. Y vives en esta casa con Niall. —Incluso lo señaló con el dedo por si acaso me había olvidado de mi marido—. Esto es tu vida, tu trabajo. Ni siquiera se nos había pasado por la cabeza que... —Miró en dirección a papá—. David, puedes intervenir cuando quieras.

Mamá cruzó las piernas, angustiada por el giro que había tomado la conversación.

—Tu madre tiene razón, Jeanie. El motivo principal de la mudanza es alejarnos del negocio, pero también queremos darte la oportunidad de dirigirlo como quieras, de llevar las riendas. A partir de ahora podrás tomar todas las decisiones que quieras sin tener que consultarme. Ser tu propia jefa tiene muchas ventajas.

—¿Y qué pasa si no quiero nada de todo eso? ¿Si lo que quiero es que todo siga exactamente igual que hasta ahora? ¿O si por el contrario quiero hacer algo completamente diferente? Tal vez quiera irme a cientos de kilómetros de aquí, igual que vosotros. —Sí, eso fue lo que dije.

—Bueno, no pensábamos que… pero a ver, ¿lo dices en serio? ¿Te gustaría dedicarte a otra cosa que no nos hayas comentado?

Tres cabezas se giraron hacia mí a la espera de mi respuesta: la de mi madre con la boca abierta, la de mi padre con la frente arrugada y la de Niall con una pincelada de preocupación que no pretendía causarle. Me detuve antes de admitir que siempre me había preguntado cómo sería vivir una vida completamente diferente. Pero si finalmente decidía irme para perseguir ese sueño y papá se jubilaba, los muertos estarían apañados, ya que no habría nadie para escucharlos. Yo era la última persona de la familia que podía oír a los muertos, el linaje acababa conmigo.

—A ver —dije eludiendo el tema—, lo único que digo es que me lo estáis presentando como si ya estuviera todo decidido. Como si no tuviera más opción que aceptar.

—Espera un momento, Jeanie —dijo papá levantando las manos a la defensiva—, tu madre y yo solo queremos que seas feliz. Pensábamos que la noticia te haría ilusión. —Desvió la mirada hacia el pastel que había encargado con la palabra «felicidades» escrita en medio. Cuando había entrado en la sala de estar y lo había visto había sonreído entusiasmada. Al ver mi reacción, papá había esbozado una sonrisa y me había asegurado que tenía que darme una noticia que me gustaría todavía más. Pero ahora papá miraba el pastel como si fuera una mascota que hubiera que sacrificar—. Es tu favorito, de café.

Entonces se giró hacia Niall en busca de apoyo.

—A ti sí que te ha hecho ilusión la noticia, ¿verdad, Niall?

—Eh… —balbuceó Niall con cautela, y desvió la mirada hacia mí. Estaba atrapado entre la espada y la pared, no sabía qué decir—. Estoy muy contento por vosotros dos. Os merecéis un descanso. Y os agradezco mucho esta oportunidad. Aunque supongo que la sorpresa ha sido demasiado.

—¿Tú también lo sabías? —Mis labios pronunciaron aquella pregunta antes de que pudiera detenerlos.

—¡No! —Niall se me quedó mirando con incredulidad.

—Por Dios, Jeanie, dale un respiro al pobre hombre —dijo mamá.

—¿Qué? ¿Es que ahora piensas que le hablo mal a mi marido, es eso?

—Será mejor que nos calmemos un poco, Jeanie. —Papá se deslizó hasta al borde de la silla y levantó la mano derecha como si fuera un agente de tráfico con la intención de evitar otro estallido—. Niall, ve a buscar algo de beber antes de que nos dé una crisis nerviosa a todos. Para nosotros unos gin-tonics y para Jeanie lo que sea que la calme.

Papá me miró mientras Niall salía de la habitación y, armándose de valor, vino a sentarse a mi lado.

—¿Tienes la sensación de que te estamos traicionando, Jeanie? ¿De qué te estamos abandonando? Porque no es el caso, cariño. De verdad que no se trata de eso. Nos está ocurriendo lo mismo que a todas las parejas que se acercan al ocaso; nos hemos dado cuenta de que tenemos que aflojar un poco. Pero es muy difícil hacerlo cuando vives en el mismo sitio donde trabajas. Puede que Niall y tú algún día lleguéis a sentir lo mismo y entonces, bueno…

Si hubiera sido lo bastante valiente tendría que haber acabado la frase diciendo «y entonces, bueno, tendréis que vender la funeraria», porque por ahora su hija, para decepción suya, no les había dado ningún nieto, así que a diferencia de ellos no tendríamos a nadie a quien traspasar el negocio.

—Mira, cariño, lo sentimos, ¿vale? De verdad que no esperábamos que tuvieras un disgusto tan grande. Deberíamos haberte tanteado primero en vez de darte la noticia cuando ya estaba todo cerrado y decidido. Lo entendemos, ¿verdad, Gráinne?

—Sí, por supuesto, cariño. —Mamá alargó la mano y me dio unos golpecitos en la rodilla. Aquellas palabras bastaron para hacerme sentir fatal por mi comportamiento y para animarme a esbozar una sonrisa diminuta.

Papá decidió que aquel era el mejor momento para abrazar a su hija.

—Nos hemos equivocado, eso es todo. No seas muy dura con nosotros, ¿vale? Ya lo arreglaremos. No hace falta que nos vayamos tan deprisa. Podríamos quedarnos más tiempo en Kilcross para amortiguar un poco el golpe y asegurarnos de que todo marche bien. ¿Qué te parece?

Me acurruqué junto al pecho del hombre que siempre me había protegido y me había mostrado cuál era el camino correcto cada vez que me perdía. Acaricié su jersey de lana suave con la punta de los dedos. Papá siempre iba vestido de manera impoluta, nunca se ponía ropa que no fuera de primera calidad. En realidad una parte de mí no quería quedarse a solas con los muertos. Para mí significaba mucho que papá también pudiera oírlos, que estuviéramos juntos en aquella situación que ninguno de los dos habíamos pedido pero en la que nos habíamos visto envueltos desde pequeños. Porque a veces lo que los muertos nos pedían cuando yacían dentro de sus ataúdes no era nada fácil. A pesar de que papá no hablara tanto del tema como me gustaría, para mí era importante tener a una persona cerca que entendiera tanto las cargas como las dichas de aquel don. En aquel momento pensé que si mi padre se las había arreglado por su cuenta antes de mi llegada, seguro que yo también lo conseguiría. ¿Era mucho pedir dejar que aquel hombre se jubilara en paz sin tener que preocuparse por mí?

Conseguí gimotear un pequeño «vale» mientras Niall entraba por la puerta con una bandeja llena de copas.

—Muchas gracias, Niall.

Papá me soltó y volvió a sentarse en la silla que había frente a la mía.

—¿De verdad que a Mikey le parece bien mudarse? —pregunté sintiendo una oleada de calma resignada mientras Niall me ponía un gin-tonic en la mano—. Gracias —susurré.

—Eso parece. —Papá tomó un primer sorbo y suspiró al degustar el combinado.

—Pero si odia el cambio.

—Bueno, se ve que no lo odia tanto si implica alejarse de los muertos. Desde luego ha salido a su madre.

Papá lanzó una sonrisa a su mujer y Niall se sentó de nuevo junto a mí sorbiendo de manera intermitente su copa mientras me miraba de reojo. Y en aquel momento, arrepentida por cómo acababa de comportarme, y en un intento por arreglar las cosas y aliviar su preocupación, me giré para sonreírle y volver a tomarle la mano que antes había envuelto la mía y apretársela para intentar hacernos creer tanto a él como a mí que todo iba a salir bien.

CAPÍTULO DOS

A la mañana siguiente observé a Niall y a Mikey charlando en el patio. Los veía con claridad a través de la ventana de la cocina, marido y hermano, en aquel día tan seco. No caía ni una gota. Durante un mes entero había sido como si en Kilcross no hubiera existido otro fenómeno meteorológico, solo aquellas pesadas gotas que caían de un miserable cielo gris asfixiante y provocaban que las cisternas se llenaran hasta los topes, que las cañerías desbordaran y que los campos verdes se convirtieran en marrones por el barro. Pero aquella mañana de abril estaba llena de luz y color, y ahora también de la risa de Niall. Había vuelto de correr y estaba apoyado contra la puerta trasera con una mano en el pecho para intentar recobrar el aliento, riéndose de lo que fuera que Mikey le hubiera dicho. No tenía ni idea de lo que podía ser. Mi hermano no era conocido por su ingenio. Mi gratitud por la amabilidad constante con la que Niall siempre había tratado a Mikey consiguió desterrar momentáneamente el miedo que me carcomía por culpa de la noticia que nos habían dado la noche anterior. Sonreí y reprimí las ganas que tenía de averiguar qué había dicho Mikey, optando en cambio por dejar que aquel momento de pura alegría en que mi hermano había hecho reír a alguien siguiera su curso. Era un momento de esos para atesorar, para almacenar junto al resto de historias que conformaban mi vida y explicaban por qué seguía estando allí.

Mi hermano señaló hacia el interior de su cobertizo. Digo «cobertizo» pero en realidad se trataba más bien de un apartamento: tenía dormitorio, baño, sala de estar, una pequeña cocina y una PlayStation. Vamos, la fantasía de cualquier hombre. Había sido mi madre quien había insistido en usar aquella palabra y enseguida la habíamos imitado todos, ya que era lo más fácil. Decir «cobertizo» básicamente protegía a mi madre de la verdad, es decir, que mi hermano se había independizado. Niall se estiró para echar un vistazo al interior del cobertizo y asintió. A medida que Mikey gesticulaba con más intensidad, Niall iba asintiendo más entusiásticamente con la cabeza. Había dejado de reír, pero seguía esbozando una sonrisa alentadora. Sospeché que mi hermano podría estar hablando de la nueva estantería que construiría para colocar su inmensa colección de libros, revistas y DVD de historia militar. A Mikey se le daban muy bien dos cosas en la escuela: la historia y la carpintería. Y el hecho de que se le diera muy bien la carpintería le aseguraba que siempre podría construir suficientes estanterías como para albergar todo el material que coleccionaba por su obsesión con la historia. Mikey llevaba un tiempo diciendo que había llegado el momento de expandir sus estanterías, pero lo iba repitiendo más para sí mismo que para nosotros. A mi hermano le costaba lidiar con los cambios. Tenía que irse convenciendo y presionando poco a poco hasta llegar al punto en que podía abrir los brazos de par en par y abrazar el cambio en cuestión. Me pregunté si realmente había comprendido todo lo que le esperaba con la jubilación de mis padres.

Niall le dijo a Mikey que tenía que seguir con sus cosas y se acercó a la casa principal. Dirigió la mirada hacia la cocina, me vio y me saludó. Mi hermano también me miró y sonrió. En nuestra casa las sonrisas de Mikey eran tan excepcionales como los cestos de la ropa sucia vacíos, pero cuando se producían eran verdaderamente auténticas. Mi hermano era incapaz de hacer algo que no fuera genuino.

Estiré los brazos por encima del fregadero, me puse de puntillas sobre el pie derecho y abrí la ventana de un empujón; la capacidad que tenía para alcanzar cosas con mi metro cincuenta y ocho era limitada.

—¿Entráis o qué? Estoy preparando café y tostadas.

—Genial, suena bien. —Niall miró a Mikey para ver si a él también le apetecía entrar.

—Estoy ocupado, hermanita. Con la estantería nueva.

—Bueno, si cambias de opinión ya sabes dónde estamos —dije asintiendo y sonriendo.

Mientras Niall entraba en casa, Mikey volvió la mirada hacia el cobertizo y asintió como si fuera el momento, como si hubiera llegado la hora de agarrar el cambio por los cuernos y hacerlo suyo antes de volver a meterse para dentro.

—Parece que está de buen humor —dije cuando Niall entró por la puerta de la cocina.

—Y lo está, aunque esa estantería lo tiene aterrorizado.

—No le habrás mencionado nada de lo de anoche, ¿verdad?

—No, ni de broma.

—¿Qué tal te ha ido? —le pregunté mientras le tendía su taza de café.

—Genial. Esta mañana he corrido diez kilómetros. ¡Maratón de Dublín, allá voy! —exclamó sonriendo.

—¿No te estás precipitando un poco, Niall? —me burlé.

—Qué va, para nada. Además, hay que apuntar alto, igual que hice contigo. —Al ser tan alto, metro noventa, tuvo que expresarme su amor inclinándose grácilmente y besándome en la frente. Toda la vida me había sentido atraída por la gente alta y había estado celosa y asombrada por su capacidad de ver por encima de las cabezas de los demás, de llegar a los estantes más altos y de parecer más importantes gracias a unos pocos centímetros extra en vez de perderse entre la multitud como yo.

—¿Qué tal has visto la ciudad? ¿Se está despertando?

—Son las ocho de la mañana, más le vale. Arthur ya está haciendo su ronda. Me ha dicho que llegará a la hora de siempre. —Arthur, nuestro cartero, llevaba años viniendo a nuestra cocina para comer algo a media mañana—. ¿Todavía no ha llamado nadie?

—No. Por una vez el teléfono está en silencio.

—Tal vez tengamos un día tranquilo. Puede que todo el mundo se esté aferrando a la vida por el sol. En esta zona no siempre podemos presumir de tener un cielo tan claro en pleno abril. Nadie quiere morir en un día tan bonito como este.

Miré hacia fuera entrecerrando los ojos por aquel brillo deslumbrante, admirando lo mucho que se estaba esforzando aquel día, con ganas de salir bajo la claridad de aquel cielo azul. Si algo me convenía hoy era un poco de paz y tranquilidad. Nada de llamadas, de muertos, de hablar ni de escuchar. Solo silencio. Tal vez me fuera a dar un paseo por el pantano de Barra Bog.

—¿Cómo estás después del golpe de la gran noticia? ¿Has podido procesarla un poco? —Niall me miró por encima del borde de la taza mientras tomaba su primer y único sorbo de café de la mañana. Anoche no habíamos hablando del tema entre nosotros; cuando por fin dejamos a mis padres y nos fuimos a la cama estaba agotada, por lo que le había pedido a Niall si podíamos esperar a hablarlo a que estuviera más recompuesta. Su pregunta me obligó a dejar de fingir que todo iba perfectamente bien, por lo que busqué la estabilidad de la silla de mamá en la cabecera de la mesa.

—Todo irá bien, Jeanie. —Niall se sentó a mi lado. Sus manos todavía sudadas después de haber salido a correr buscaron las mías—. Saldremos adelante tú y yo juntos, ¿verdad? Hacemos un buen equipo. Seguro que seremos capaces de llevar este negocio sin grandes problemas.

Aparté la mirada de Niall y la posé sobre las paredes de la cocina, que seguían siendo del mismo color amarillo pálido que cuando era pequeña porque las repintaban cada diez años sin falta. Cuando mis padres se fueran podría pintarlas de otro color si quisiera. Incluso podría cambiar todas las vitrinas, arrancar las baldosas y tirar alguna pared si me apeteciera. Abrí la boca con la intención de decirle algo a Niall cuando de repente me interrumpió el teléfono y oí la voz de mi padre respondiendo la llamada en el vestíbulo.

—Funeraria Masterson. David Masterson al habla.

Habló con voz melodiosa llena de esperanza y alegría por la libertad que tenía casi a tocar.

CAPÍTULO TRES

Mi tía Harry fue la primera en darse cuenta de que tenía el don de mi padre; precisamente ella que no había heredado el gen, explicaba a menudo a cualquiera que quisiera escucharla. Cuando era pequeña me encantaba perseguirla por la sala de embalsamar y observar todos sus movimientos. Me sentaba debajo de la única mesa de embalsamar que teníamos por aquel entonces mientras Harry lavaba a los muertos y reía mientras apartaba las piernas de las gotas que salpicaban por los lados. Debo decir que el hecho de estar rodeada de muertos desnudos o vestidos desde mi nacimiento hizo que no me diera cuenta de que para el mundo exterior aquello era aterrador. Para mí era algo tan natural como las dos palomas torcaces que vivían en el roble del patio. Me gustaba cuando Harry les masajeaba las extremidades para que el líquido de embalsamar les llegara a todos los recovecos. Y a ellos también les gustaba. Los oía suspirar. Y cuando los muertos que tenían más cosquillas no podían aguantarse más rompía a reír con ellos.

—¿Te parece gracioso, Jeanie? —preguntaba Harry finalmente vencida por mi risa, y dejaba lo que fuera que estuviera haciendo de lado para jugar al juego que tanto me gustaba.

—Sí —contestaba riéndome, y entonces aguardaba, pues sabía de sobra lo que vendría a continuación.

—Bueno, pues si eso te parece tan divertido espera a que te atrape —decía Harry acercándose hacia mí de puntillas con su bata blanca y sus Doc Martens rojas. Al oír aquellas palabras echaba a correr o a trotar tan deprisa como podía, pero tampoco muy rápido, ya que lo que me encantaba era que Harry me atrapase y me balancease en el aire y luego me sentase en la silla y me hiciese cosquillas. Lo peor era debajo de las axilas; ni siquiera hacía falta que me tocara con sus dedos y ya estaba retorciéndome y disfrutando de cada segundo. Y luego me hacía pedorretas en la barriga. Y a todo eso el muerto se quedaba esperando, a veces pacientemente, a veces riendo y otras llorando, tal vez pensando en sus propios hijos a los que nunca más podría volver a tocar. Aunque no es que a los dos años estuviera muy en sintonía con los detonantes de las emociones humanas. Para mí lo único que importaba era lo que hacían los muertos, ya fuera reír, llorar o hablar. Formaban parte de mi mundo.

A mamá no le gustaba que estuviera en la sala de embalsamar y me llevaba a menudo a la peluquería que tenía en el edificio contiguo. Pero yo me ponía a chillar y a gritar «¡ahí, ahí!», señalando en dirección a la funeraria. Y entonces ella misma o alguna de sus aprendices tenía que llevarme de vuelta mientras yo no dejaba de berrear e intentar librarme de su agarre hasta que volvía a estar con papá, Harry y los muertos.

Según cuenta Harry, hasta que no fui capaz de hablar con fluidez no se dio cuenta de que podía escuchar a los muertos como su hermano. Harry ponía música mientras trabajaba: David Bowie, Patti Smith y Leonard Cohen, aunque a veces ponía música demasiado deprimente incluso para los muertos. Una vez pasó por una fase de Clash. Por lo visto aquello causaba todo tipo de problemas cada vez que los familiares de los clientes se presentaban en la funeraria y papá tenía que venir corriendo desde la recepción, que era donde le gustaba reunirse con los vivos para discutir sobre todos los detalles del funeral, y decirle que hiciera el favor de bajar aquel ruido infernal. Harry siempre le contestaba «Lo siento, Dave», y a continuación se reía por debajo de la nariz. Era la única persona que llamaba «Dave» a papá.

—Quiere escuchar la otra canción —le grité una mañana a Harry cuando entró en el despacho de papá antes de ponerse a embalsamar. Creo que para entonces tenía unos cuatro años. Estaba sentada en el pequeño escritorio que papá me había montado en la sala de embalsamar con la esperanza de que dejara de corretear por ahí y de hacer que su hermana me persiguiera y me limitara a pintar. Incluso me había comprado libros para colorear nuevos.

«Lo que realmente te gustaría es un libro para colorear en el que salieran muertos tumbados en sus ataúdes, ¿a que sí? Seguro que entonces te pasarías el día pintando», decía mi padre, y entonces bajaba aquellos ojos azules que había heredado para mirarme y luego seguía hojeando libros para colorear en el quiosco de Frayne o en la juguetería mientras me sujetaba con su mano suave.

—¿Qué has dicho, cariño? —dijo Harry volviendo a entrar y ladeando exageradamente las orejas mientras encendía el Porti-boy, la máquina de embalsamar que descansaba sobre la encimera y que parecía una enorme licuadora blanca, y empezaba a bombear líquido hacia la mujer que estaba tumbada encima de la mesa.

—¡Que quiere otra canción! —grité.

Harry apagó el ruido para asegurarse de que me había oído bien.

—¿Quién quiere otra canción?

—La mujer —conteste señalando con el lápiz de colores a aquella mujer cuyo pelo canoso era tan largo que le caía por el extremo de la mesa de embalsamar.

—¿Te lo ha dicho Agnes?

Agnes Grace fue la primera persona muerta que oí, o la primera persona muerta que admití que podía oír. Aunque ahora no recuerdo de qué murió.

Harry no se apartó del Porti-boy. Siempre se le ha dado bien no convertir cualquier cosa en un drama.

Asentí con la cabeza.

—Ya veo. Pero no entiendo qué tiene de malo *Starman*.

—Le gusta más la canción de la tele.

—¿*TVC 15*? Bueno, tengo que admitir que es una buena canción. Pero no es de las mejores. —Harry se dirigió hacia el equipo de música y cambió la canción—. ¿Así que los muertos te hablan, eh, Jeanie?

—Sí.

—¿Todos?

—Solo algunos.

Esa era la cuestión; no todos los muertos querían hablar o, según me explicó papá en los años venideros, no todos necesitaban hacerlo. Dado que nada señalaba lo contrario, había llegado a la conclusión de que los muertos que no hablaban era porque ya habían dicho todo lo que querían decir antes de irse, que habían fallecido sin dejar ninguna cuestión por resolver. En cambio los que decidían hablar era porque todavía tenían algún mensaje para el mundo, para sus seres queridos; algo que nunca habían tenido la oportunidad de decir en vida, ya que la muerte les había llegado más deprisa de lo que esperaban. Aunque también había muertos a los que les gustaba la idea de tener un intermediario para poder desvelar por fin alguna cosa que a ellos les había resultado demasiado difícil decir en vida. Y luego estaban los muertos a los que les gustaba charlar sin más. Seguramente ya eran así cuando estaban vivos, ¿por qué iban a cambiar una vez muertos?

—¿Sabes que tu padre también los oye? —continuó Harry.

Volví a asentir. Lo había observado muchas veces mientras los muertos yacían en sus ataúdes y Harry merodeaba por ahí cerca. Apoyaba los codos encima de las rodillas, inclinaba la cabeza y miraba al suelo mientras escuchaba. Yo me quedaba a su lado y de vez en cuando papá alargaba la mano para acariciarme la cabeza o estrecharme la mía. No me dijo ni una sola vez que me fuera o que aquello eran cosas de adultos y que por lo tanto no eran apropiadas para mis orejitas. Al dejar que me quedase aprendí que los muertos y sus necesidades nos incumbían. Que estaban con nosotros en todas partes, en cada frase que decíamos, en cada sueño que teníamos; que no teníamos que escondernos ni huir de ellos, sino recibirlos con los brazos abiertos y hablar con ellos por muy pequeños que fuéramos.

—Pero yo no puedo oírlos —dijo Harry el día en que descubrió mi talento—. Solo los oyen las personas muy inteligentes.

Levanté la cabeza hacia ella y la observé presionar el botón del equipo de música para que volviera a sonar el «oh, oh, oh» del principio de la canción de Bowie y escuché a Agnes tararearla.

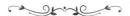

—Oh, vaya, genial. —Eso es lo que dijo mamá aquella noche cuando papá le anunció que la hija que soñaba con que se interesara por el oficio de peluquera o cualquier otro, le daba igual, en realidad mostraba indicios de todo lo contrario—. Eso es culpa tuya, sabes, le has llenado la cabeza con estas cosas.

—No es verdad, Gráinne, y lo sabes. He procurado mantenerla alejada todo lo posible del negocio tal y como me pediste, pero no puedo contenerla.

Mi madre no respondió. Yo estaba sentada en el escalón de arriba del todo de la escalera junto a la puerta de su dormitorio escuchándolos a pesar de que debería llevar un buen rato durmiendo en mi cama. Y aunque ahora que volveré a contar la discusión que se produjo aquella noche me tomaré algunas libertades y la adornaré con palabras extraídas de las muchas conversaciones que mis padres mantuvieron a lo largo de los siguientes veintiocho años sobre mi relación con los muertos, pues dijeron mucho más de lo que una niña de cuatro años podría llegar a comprender y menos aún recordar, sin duda comprendí mientras estaba allí sentada con mi pijama de felpa que a mi madre no le habían hecho ni pizca de gracia las noticias sobre mi don.

—No es apropiado que la niña interactúe con los muertos, David. Ni hacerle creer que puede hablar con ellos. A la que nos despistemos empezará a meterse en problemas, ¿o es que ya te has olvidado el caso de Cassidy? —susurró resuelta mi madre con voz tensa para intentar no despertar a sus hijos.

El caso de Danny Cassidy era legendario en nuestra casa; en aquel momento no sabía nada de lo ocurrido, pero al cabo de un tiempo acabe enterándome de todo. De hecho años más tarde papá usaría aquel caso como ejemplo paradigmático de por qué a veces es mejor mentir sobre lo que dicen los muertos. Aunque para mamá, en cambio, era una prueba más que suficiente de que hablar con los muertos solo traía problemas. Mientras yacía en su ataúd, Danny le había contado a papá que había sido él quien dos años antes, al amparo de la noche, había destrozado el parterre de flores impoluto de su vecina de al lado y amiga leal durante más de treinta años, Catherine Devine, para vengarse del asesinato de su perro. Aunque al final resultó que aquella mujer no había matado a su perro, porque de hecho Danny ni siquiera tenía uno. Lo había alucinado todo. Danny tuvo una infección de riñón que derivó en un episodio de delirios, por lo que acabó convencido de muchas cosas que no eran reales. A Catherine se le había roto el corazón al contemplar la devastación de su parterre a la mañana siguiente, pero nunca sospechó que Danny pudiera estar involucrado, ya que tenía una relación de plena confianza. Después de aquello Catherine nunca volvió a cuidar de su jardín, dejó que la hierba y la maleza crecieran y no intentó recrear de nuevo aquel parterre tan exquisito. Danny le dijo a papá que quería que Catherine supiera que había sido él y que lo sentía. Quería que volviera a dedicarse a lo que tanto le gustaba. Pero por aquel entonces Catherine se había vuelto sorda, así que cuando papá se sentó con ella aquella tarde después de que Danny admitiera sus actos, no lo entendió bien y creyó que era mi padre quien estaba confesando haber cometido aquel crimen, no que lo estaba haciendo de parte de su vecino. Nada de lo que dijo papá consiguió convencerla de lo contrario. Al día siguiente, cuando el sargento Reilly se presentó en nuestra casa para interrogarlo sobre aquel sorprendente crimen que había confesado, papá intentó explicarle la confusión. Y a pesar de que el sargento aceptó su historia (era una de las personas de la ciudad que creía en su don), Catherine Devine se negó a hacerlo y afirmó que Danny sería incapaz de traicionarla de aquella manera, que aquella patraña de que papá podía hablar con los muertos era el pretexto perfecto para encubrir cualquier delito, y además consideraba que era prácticamente un pecado mortal mancillar el buen nombre de los muertos con falsas acusaciones. Catherine no quiso usar nuestros servicios cuando murió al cabo de un año, y dejó por escrito que quería que fuera la familia Doyle de Carnegy, la ciudad de al lado, la que se hiciera cargo de su cuerpo.

—Gráinne, no vamos a volver a discutir por lo mismo —dijo papá mientras yo seguía escuchando al otro lado de la puerta—. Lo de Cassidy fue un desafortunado incidente. Este trabajo consiste sobre todo en hablar, en ayudar a los muertos a pasar a su siguiente vida.

—¿A su siguiente vida? No me vengas otra vez con estas memeces.

Tal vez debería haberme cubierto la boca con la mano para amortiguar la risa que se me escapó al oír que mamá decía una palabrota.

—Soy director funerario, Gráinne. Creo en Dios y en su plan.

—Pues yo creo que nos morimos, nos pudrimos y sanseacabó.

—Sí, no dejas de recordármelo. ¿Por qué te casaste conmigo, Gráinne? Lo digo en serio, sabías a lo que me dedicaba. Conocías mis creencias; si tanto te molestaban, ¿por qué decidiste pasar toda tu vida a mi lado?

—Si por aquel entonces hubiera sabido que hablabais con los muertos tal vez no lo habría hecho.

—¿No te habrías casado igualmente conmigo? —Papá suavizó el tono de voz y me lo imaginé cruzando la habitación por aquel suelo chirriante para rodear la cintura de mamá con sus brazos—. ¿Estás segura de que habrías podido resistirte?

—Oh, venga, para. —El tono de voz de mamá también cambió, se volvió más agudo, y en aquel momento el muro que siempre se interpondría entre ellos se desmoronó. Se pasaban la vida destruyendo aquel muro de discrepancia en tiempos de devoción y volviendo a erigirlo en épocas de guerra.

Puede que en cuanto dejé de oír sus voces filtrándose por debajo de la puerta empezaran a abrazarse y besuquearse; me levanté y me arriesgué a cruzar el descansillo de puntillas y a pegar la oreja contra la puerta.

—Es solo que me preocupo por ella. ¿Qué será de su vida ahora? Siempre estará en la funeraria. Siempre se sentirá obligada a involucrarse con los muertos. Mira lo mucho que todo esto te ha afectado.

—Estoy conforme con la vida que llevo, y normalmente tú también lo estás. Las cosas nos van bien, ¿a que sí? Y mira a Harry, a ella tampoco parece molestarle.

—Harry. Ya. No sé si me atrevería a decir que tu hermana está bien. Loca sí, desde luego.

—Mira, la muerte forma parte de la vida igual que… igual que ir a la peluquería. Bueno, en realidad incluso más. Solo hay que cambiar un poco la mentalidad para poder aceptar que lo que ocurre en una funeraria es algo natural. No es peligroso ni raro; inusual sí, pero eso es todo. No tiene nada de malo. Y aparte de eso, Gráinne, ¿no crees que estamos dando por sentado el destino de Jeanie? ¿Qué más da que pueda oírlos? No todas las personas a las que se les da bien nadar quieren ser socorristas. Lo único que digo es que tiene cuatro años. ¿Quién sabe dónde estará dentro de treinta? Puede que al final acabe siendo peluquera.

—¿Lo dices en serio? Me encantaría. No que fuera peluquera en concreto, sino que se dedicara a cualquier otra cosa que no implicase tener que soportar el peso de todo esto ni ningún insulto. Solo con pensar en lo que los demás dirán de ella… La gente puede llegar a ser muy cruel, ¿a que sí?

—Es una gran responsabilidad. Pero creo que nuestra niñita tiene la capacidad y el ingenio para ser lo que quiera en esta vida y salir adelante. Lo único que necesitará será nuestro amor y apoyo. ¿Vale?

¿De verdad mi padre pronunció esas palabras o simplemente me gustaría creer que en algún momento de nuestras vidas estuvo dispuesto a dejarme marchar?

CAPÍTULO CUATRO

—Aquí estás —dijo Arthur con la espalda apoyada contra la encimera de la cocina, el hervidor encendido y la boca llena del primer bocado de Twix que había tomado de la vitrina al verme entrar por la puerta un poco más tarde aquella misma mañana—. Por un momento pensé que no había nadie en casa.

Me giré hacia el reloj, eran las once en punto. La tradición de que Arthur viniera a comer algo a media mañana con nosotros había empezado antes de que yo tuviera memoria. Las únicas veces que no lo había hecho había sido porque estaba enfermo o bien porque el servicio postal se había atrevido a cambiarle la ruta. Pero aquellos cambios nunca duraban mucho y enseguida volvía a montar en su bici, a retomar su ronda por la ciudad y a sentarse de nuevo en nuestra mesa. Arthur no era tan solo nuestro cartero, sino también el primo segundo de papá, ¿o era un primo lejano? Uno de esos términos genealógicos confusos que nunca he llegado a entender del todo. En cualquier caso, formaba parte de nuestra familia extendida. Cuando tenía unos veinte años su padre murió y se vino a vivir con nosotros. Papá y Arthur eran inseparables, y de hecho cuando nació Mikey le pidieron que fuera su padrino.

—¿Mikey no está en su cobertizo? —pregunté. Mi hermano no solía irse a ninguna parte, por lo que me quedé un poco sorprendida al oír decir a Arthur que no había nadie en casa.

—Oh, sí, pero me ha dicho que tenía mucho trabajo. Me ha parecido estresado. Ese cobertizo parece una hoguera de San

Juan con tantas estanterías. Le he dicho que tuviera cuidado de no provocar un incendio.

—Por favor, dime que estás de coña. Ya sabes que se lo toma todo de manera literal, Arthur.

—Lo sé, se me ha escapado antes de que pudiera contenerme. Pero le he asegurado que no era más que una broma. Le estoy preparando un té y luego me quedaré a ayudarlo unos veinte minutos. —Empezó a llenar dos tazas con agua caliente—. Bueno —dijo—, tienes buen aspecto.

Me llevé la mano instintivamente a la mata de pelo negro y rizado que apenas dos segundos antes me había recogido en un moño apresurado. Cuando me lo alisaba me llegaba por la mitad de la espalda, pero cuando me lo dejaba al natural se me arremolinaba alrededor de los hombros.

—¿Alguna novedad? —preguntó.

Sospechaba que Arthur ya lo sabía todo, que mi madre y mi padre se jubilaban y lo mal que había reaccionado al recibir la noticia. Arthur formaba parte de nuestra vida diaria, especialmente los viernes por la noche, cuando se iba con papá a tomar unas pintas en el McCaffrey; bueno, siempre que papá estuviera disponible. Dirigir una funeraria implicaba muchas cosas, pero la imprevisibilidad encabezaba la lista. De vez en cuando Harry decía que le gustaría que existieran las banshees, unos seres mitológicos capaces de predecir la muerte, porque así podría tener un horario decente como el resto de los trabajadores de Irlanda.

—Bueno, ayer papá me dio la gran noticia de que se va a jubilar —admití con cierto rintintín en la voz—, pero preferiría no hablar del tema si no te importa.

—De acuerdo. Ni una palabra más. —Confirmando mis sospechas, Arthur se puso un dedo delante de los labios, golpeó los talones entre sí como si fuera un soldado obediente y me dedicó una sonrisa amable—. ¿Quieres una taza de té? —Me tendió una mientras pasaba a su lado para ir a buscar un vaso de agua.

—No, estoy bien, gracias. —Me quedé junto al fregadero bebiendo agua a sorbitos y empecé a sentirme culpable—. Venga, va —dije cediendo ante su sonrisa franca—. Dime cuál es tu previsión para el fin de semana.

—Bueno, esta vez está complicado. Pero me atrevería a decir que serán tres. Molly Greene, Dick Darcy y Pequeño Lennon.

—Ya elegiste a los tres el fin de semana pasado y siguen todos vivos.

—Pero por poco. Molly ha empeorado mucho esta semana, me lo acaba de contar Kate. Me la he encontrado en la calle Mary Street de camino a vuestra casa. Se dirigía de nuevo hacia el hospital de Saint Luke. Por lo visto Molly ha pasado la noche ahí; Kate solo se ha acercado un momento a casa para darse una ducha.

—Pero según tus previsiones Dick y Pequeño llevan dos años muriéndose.

—Bueno, no es culpa mía que no paren de recuperarse, ¿no? Aunque Pequeño lleva semanas sin abrirme la puerta. Se lo comenté al sargento Boyle y me confirmó que estaba vivito y coleando, lo que pasa es que no quiere hablar conmigo. No sé qué le habré hecho a ese pobre hombre, si siempre he sido muy amable con él.

—Querrás decir muy entrometido.

—Bueno, en cualquier caso ya he pagado mis deudas —dijo ignorando mi comentario burlón.

Por cada apuesta que perdía de «el juego de la previsión de muertos» Arthur nos compraba un Twix. Teníamos la vitrina repleta de aquellas barritas de chocolate y caramelo. Cada vez que ganaba teníamos que devolverle el favor, aunque era menos improbable que el equipo de fútbol gaélico Westmeath tuviera alguna posibilidad real de ganar la copa Sam Maguire. Pero en vez de comprarle un Twix simplemente le dábamos uno del montón que habíamos ido acumulando gracias a sus pérdidas, por supuesto. Y aunque no ganara ninguna apuesta,

Arthur siempre se comía un Twix durante su descanso. En realidad era el único que se comía aquellas chocolatinas.

—Me gustaría estar aquí cuando muriese Pequeño, sabes. Tengo muchas ganas de saber dónde habrá enterrado el dinero.

Arthur estaba convencido de que Pequeño, Timothy Lennon, que al nacer medía sesenta centímetros y ahora a los ochenta y dos años un metro noventa y cinco, era millonario a pesar de que vivía en una de las casitas más pequeñas a las afueras de la ciudad.

—Bueno, ¿y quién está a punto de llegar? Me he fijado en que la furgoneta no estaba en la entrada.

—Bernadette O'Keefe. Papá y Niall han ido a buscarla a la morgue del hospital.

—¡Me cachis! Estaba en mi lista del fin de semana pasado. ¿Crees que por fin confesará con quién tuvo una aventura? —preguntó con un brillo travieso en sus ojos.

—¡Pero si no la conoces! —dije riendo.

—¿Ah, no? ¿Y entonces quién es? —resopló fingiendo estar disgustado.

—Una granjera de las afueras de Rathdrum. Estaba intentando liberar a una oveja que se había quedado atascada en la valla. Murió de un ataque al corazón.

—Ah, esos O'Keefe. Que debía tener, ¿unos sesenta y cinco años? Vaya, nunca se sabe, ¿no?

—No. No en esta profesión.

—¿Necesitaréis que os eche una mano con ella? —Cuando teníamos mucho trabajo Arthur nos ayudaba por las noches y los fines de semana.

—No lo sé, ya le diré a papá que te llame.

—De acuerdo.

Le señalé las dos tazas con un gesto de cabeza.

—Se te está enfriando el té.

Tomó las dos tazas, se me acercó y enseguida volvió a posarlas sobre la encimera.

—Todo irá bien, lo sabes, ¿no? Yo seguiré estando por aquí cuando ese hombretón finalmente decida irse con sus cañas de pescar. A ver, sé que tendrás a Niall y a Harry, pero todos sabemos que yo soy el cerebro de la operación. —Se rio con esa risa suave y áspera que siempre me hacía sonreír. Le di unos golpecitos en el pecho para agradecérselo.

—¿Dónde está tu boli de la suerte? —pregunté distraída al notar el espacio vacío donde debería haber estado. Desde que tenía memoria, Arthur siempre llevaba su bolígrafo plateado en el bolsillo del pecho de la chaqueta o camisa que tuviera puesta, ya fuera la verde turquesa del servicio postal An Post o la blanca inmaculada de la funeraria Masterson. Siempre llevaba el mismo bolígrafo, se lo había dejado su padre en herencia aunque originalmente había sido de su madre, y lo rellenaba más o menos cada mes con la tinta que compraba en la tienda Bolígrafos y Equipo de Pesca de la familia O'Dwyer, en la calle Water Lane.

—Lo he perdido. —La alegría habitual del rostro de Arthur se desvaneció enseguida. Levantó el dorso de la mano y se frotó la punta de la nariz.

—¿Qué? Pero si nunca le quitas el ojo de encima.

—¿Me lo dices o me lo cuentas? Le pedí a tu padre que lo buscara por toda la casa, pero ha desaparecido.

—Oh. —Posé una mano sobre su brazo—. Estoy segura de que acabará apareciendo. Es lo que siempre ocurre con este tipo de cosas.

—Por supuesto que aparecerá. No te preocupes por eso ahora, que bastante tienes ya con lo tuyo.

—Hola a todos. —Harry entró por la puerta de la cocina y me desconcertó con sus gafas de sol, su bufanda y sus guantes de cuero en aquella templada mañana de primavera; parecía una exploradora ártica a pesar de vivir en el apartamento del edificio contiguo, justo encima de la peluquería de mamá. Se quitó las gafas de sol y reveló su suave rostro ovalado y las pestañas negras que le realzaban los ojos azules propios de los

Masterson, un azul oscuro que quedaría de cine sobre la blancura del papel.

Arthur enseguida recobró su alegría.

—Harry, luz de mi vida. La mujer con la que sueño con casarme. ¿Cómo estás, preciosa?

—Creo que a Teresa no le gustaría mucho oírte decir eso, Art, ¿no crees? —Harry le dio un beso en la mejilla y Arthur enseguida la tomó entre sus brazos y se puso a bailar por la cocina. Harry se animó y empezó a tararear una melodía. Dieron vueltas y se rieron con las cabezas alzadas con orgullo, extasiados por su talento. Cuando terminaron, Harry soltó un suspiro glorioso y vino a abrazarme a pesar de que todavía no había recuperado el aliento tras aquel despliegue artístico.

—He oído que mi hermanito por fin te ha contado que tiene planeado huir de aquí.

—Así que literalmente lo sabía todo el mundo menos yo. ¿Cuándo te lo dijo?

—Oh, Jeanie, ya sabes cómo somos tu padre y yo. Siempre nos adivinamos los pensamientos. —Se detuvo durante un segundo y me observó—. ¿Estás bien?

—Sé que lo estaré. —Esbocé una pequeña sonrisa que esperaba que la convenciera de que no tenía nada de qué preocuparse.

—Esa es mi chica. Niall y tú lo haréis de fábula. Sois una pareja estupenda.

Y entonces ambos salieron de la cocina, Arthur en dirección al cobertizo de Mikey con las dos tazas de té y dos Twix sobresaliéndole por el bolsillo trasero y Harry acompañándolo por el pasillo y riéndose de lo que fuera que le estuviera diciendo.

Una hora más tarde Bernadette O'Keffe yacía en la sala de embalsamar.

—Ya te he dicho que hoy me encargaría yo de todo, Jeanie —dijo Niall acercándose a mí—. Por eso he llamado a Harry. Y tu padre dice que también se quedará por aquí, así que seremos tres, más que suficientes para ocuparnos de un solo cuerpo.

—Bueno, ya que estoy aquí podría hacerlo yo.

Me miró y vi en sus ojos las ganas que tenía de protestar. De remarcar que hacerme la mártir no ayudaría a nadie, ni a mí misma y desde luego a él tampoco. Pero decidió dar un paso atrás con resignación porque sabía que perdería la batalla.

Observé a Harry y a Niall trabajar con la velocidad y la delicadeza de unos verdaderos expertos en el cuerpo de Bernadette mientras yo estaba de pie en un rincón prestando atención por si oía el más mínimo quejido. Hablar con los muertos tenía estas cosas, solo se podía hacer durante un cierto periodo de tiempo, más o menos un día, a veces hasta dos o tres; cuatro ya era forzar mucho. No siempre conseguíamos hablar con los muertos que nos llegaban desde lejos. Pero ya estaba bien que solo pudiéramos hacerlo durante un tiempo finito, en serio; de lo contrario nunca podría poner ni un pie en el cementerio porque oiría miles de voces intentando hablar conmigo todas a la vez. Por eso era mejor que estuviéramos preparados desde el principio, que nos quedásemos junto a los muertos en cuanto entraban en la funeraria. A veces decidían ponerse a hablar cuando la máquina de embalsamar estaba en marcha, cosa que no era lo ideal, pero la mayoría optaba por esperar a estar embalsamados, vestidos y dentro de sus ataúdes antes de empezar. No abrían la boca ni movían ningún músculo. Parte del trabajo de Harry y de Niall consistía en asegurarse de que los ojos, las bocas y otros orificios quedasen bien cerrados y no volvieran a abrirse nunca más.

—Le he dicho a Helen, la sobrina de Bernadette, que venga a partir de las dos —dijo Niall mientras empezaba a limpiarla—. Si la hubiéramos dejado se habría metido en la furgoneta con nosotros. Pobre mujer, está desconsolada, ha estado esperándonos fuera de la morgue fumándose un cigarrillo tras otro solo para darnos la ropa con la que quería que enterrásemos a Bernadette. Le he dicho que podría haber traído la ropa directamente a la funeraria, pero creo que ni me ha oído. Me ha pedido que no empieces a hablar con la difunta hasta que no esté ella presente.

—No puedo impedir que Bernadette se ponga a hablar si quiere. Los muertos no se ciñen a ningún horario.

Harry me miró al percibir el tono tenso de mi voz.

—Ya lo sé, Jeanie. Y se lo he explicado. Solo te estoy contando lo que me ha dicho Helen.

Asentí con la cabeza y me esforcé por tranquilizarme.

—¿Estás segura de que no quieres que vaya a buscar a tu padre para que se ocupe de Bernadette?

—No, ya te he dicho que... —Solté un suspiro y enseguida me arrepentí de estar usando aquel tono de voz—. Lo siento, no me hagas caso. Me las arreglaré perfectamente con Bernadette. Todo saldrá bien. Como siempre.

Niall me miró como si no se creyera ni una palabra de lo que acababa de decir, pero no se arriesgó a objetar.

CAPÍTULO CINCO

Cuando éramos pequeños, antes de que ni siquiera supiéramos de la existencia de la palabra «matrimonio», Niall y yo ya jugábamos juntos en el parque. Nuestras familias no se conocían ni nada por el estilo. Vivíamos cada uno en una punta distinta de la ciudad, pero nos conocimos de casualidad porque ambos íbamos al parque a la misma hora casi todos los días de la semana. Mi madre trabajaba, por supuesto, así que no siempre me llevaba ella. Pero entre mi padre, Harry, mamá y las aprendices que tuviera por aquel entonces en la peluquería, yo siempre estaba en el parque junto a Niall y su madre Annie. La primera vez que nos cruzamos enseguida nos acercamos tambaleándonos y nos pusimos a balbucear. Desde aquel día, siempre que estábamos juntos en el parque nuestras madres o cuidadores se ponían a charlar un par de minutos mientras nosotros nos observábamos boquiabiertos.

Yo no me acuerdo de nada de todo eso, pero Niall asegura que sí. Afirma que nos perseguíamos por el parque y nos enseñábamos un diente de león, una piedra o un palo interesante o, probablemente, un palo que en realidad no era tan interesante pero que a nosotros nos parecía mágico. Se ve que una vez Niall se cayó sobre el puente que cruzaba el estanque. Ambas madres iban detrás de nosotros vigilándonos mientras avanzábamos, charlando sin duda sobre el desarrollo de sus niños como solo pueden hacerlo dos madres prácticamente desconocidas; yendo directamente al grano y hablando de cacas, patrones de sueño, puntos y pechos doloridos como si se conocieran de toda la vida. Iban un par de segundos por detrás de nosotros cuando Niall tropezó. Se puso a chillar cuando vio la sangre roja que le salía de la rodilla y la mano derecha, las dos partes del cuerpo que habían impedido que se hiciera todavía más daño. Lo observé un segundo sentado sobre su trasero acolchado por el pañal antes de inclinar la cabeza y besarle primero la mano y luego el pie y decir «cura sana». Cuando llegó su madre, Niall ya había dejado de gritar y me estaba mirando alucinado. Tengo que fiarme de su palabra. Mi madre tampoco se acuerda de nada. Pero el día en que entré en casa de Niall como su novia a los veintitrés años, su madre se giró hacia su marido y le dijo: «¿No te había dicho que era cosa del destino, Simon? Ese par. Desde el momento en que eran pequeños y Niall se cayó y Jeanie se agachó para consolarlo supe que estaban hechos el uno para el otro».

A medida que fueron pasando los años, sobre todo cuando la escuela primaria nos separó, dejamos de vernos con tanta frecuencia. Pero cuando de vez en cuando nos cruzábamos nuestras madres se saludaban y se detenían para charlar un momento sobre todo lo que había ocurrido desde la última vez que se habían visto mientras Niall y yo nos mirábamos embobados. Recuerdo soltar la mano de mamá y salir corriendo en dirección al sauce, mi árbol favorito de todo el parque, y que Niall me siguiera. Nos sentábamos debajo del árbol y arrancábamos margaritas mientras hablábamos entre susurros para no asustar a los pájaros que revoloteaban entre sus ramas. Le dije que mi pájaro favorito era el que tenía la cabeza azul. El herrerillo. Si a los siete años hubiéramos sabido cómo se llamaba seguramente nos habríamos llevado las manos a la boca por la risa. Me pregunto si también nos habríamos reído y habríamos abierto los ojos de par en par si alguien hubiera susurrado en nuestros oídos inocentes que acabaríamos casándonos con la persona que teníamos delante de nuestras narices ante la imposibilidad de que estuviéramos unidos para siempre por el amor.

Niall recuerda que siempre que nos encontrábamos quería aparentar ser más valiente de lo que era. Me contó que quería hablar más, decir algo a pesar de su timidez, para que centrara toda mi atención en él. Si se enteraba de que luego irían al parque se ponía a pensar en cosas que podría decirme, por ejemplo: «Hoy hace mucho viento» o «Mi hermano se ha roto una pierna». En realidad Gareth nunca se había roto la pierna, pero a Niall le había parecido que sería un tema que nos daría de qué hablar. Sin embargo, nunca consiguió reunir el valor suficiente. Aunque dice que una vez me ofreció una gominola del paquete de Fruit Pastille que su madre acababa de comprarle y que se suponía que debía compartir con Gareth cuando llegara a casa. Mientras las dos mujeres estaban conversando abstraídas se sacó el paquete del bolsillo, lo abrió cuidadosamente y me hizo una seña. Me alegré sobremanera al descubrir que la primera gominola era de naranja. Mordisqué o más bien lamí mi botín procurando no llamar demasiado la atención sobre algo que estaba evidentemente prohibido, e intercambiamos una sonrisa por nuestro engaño compartido.

Niall sabía a lo que se dedicaba mi familia. Siempre lo había sabido, me dijo años más tarde. No recordaba el momento exacto en que su madre le había dicho que teníamos una funeraria. Ni siquiera es consciente de cómo se lo contó. Pero dice que cada vez que nos veíamos se quedaba completamente alucinado de que viviera con gente muerta. Pensaba que aquello significaba que yo debía ser muy especial, porque estar muerto era especial. Significaba que estabas con Dios. Y Dios era lo más preciado del mundo. Quería preguntarme cómo era cuidar de personas que otros habían querido. Su única experiencia con la muerte había sido la muerte de su «aguelo» Bert, el padre de su madre. (Cuando Niall empezó a hablar era incapaz de pronunciar la «b» de «abuelo», así que empezó a llamarlo «aguelo» y así se quedó). Recordaba nuestra funeraria con su pasillo oscuro, el banco junto a la pared izquierda, la puerta que conducía a la sala de exposición de ataúdes y féretros a la derecha, la puerta siguiente que daba a la recepción y la hermosa luz natural que iluminaba a Bert, que yacía en su ataúd listo para su último adiós en el amplio velatorio del fondo. Y su madre estrechándole la mano a mi padre mientras le aseguraba que tenía un gran talento por haber conseguido que su padre pareciera un rey en su último día. Su madre sonrió a pesar de las lágrimas y alzó a Niall para que pudiera tocarle la mano al abuelo, acariciar la seda del interior del ataúd y decir: «Adiós, aguelo. Te quiero».

Niall decía que su madre adoraba a su padre, que cuando estaba vivo pasaba todo el tiempo que podía a su lado, y que cuando murió estuvo semanas visitando su tumba casi cada día y se llevaba a su hijo consigo, repitiéndole una y otra vez lo afortunado que había sido el aguelo de morir mientras dormía y de estar ahora con Dios. «Los muertos son especiales y se merecen nuestro amor, nuestras flores y nuestras plegarias, no hay que olvidarlos nunca», le decía, y luego le besaba la frente y lo abrazaba con fuerza mientras estaban sentados sobre la hierba seca de verano junto a la lápida de su padre.

Me alegro de que Niall nunca tuviera que preguntarme a qué se dedicaba la familia Masterson. Seguro que automáticamente hubiera supuesto que estaba preparando alguna broma cruel, tal y como parecían querer hacer todos los demás niños y niñas de mi vida. Excepto Cacahuete, que se enfadaba incluso más que yo ante las burlas de los demás; se subía las gafas de montura roja por la nariz y sus coletas rubias le temblaban por la rabia, cosa que me hacía quererla todavía más si es que era posible.

Cacahuete, o Sarah Byrne, era mi mejor amiga. Cuando teníamos cinco años y el primer día de escuela nos dijeron que nos sentásemos en las mesas bajas llenas de rompecabezas, Cacahuete se enzarzó en una carrera con Aoife Mullally para sentarse a mi lado porque sabía que yo era especial. Aunque nunca llegó a decírmelo con esas palabras exactas. No teníamos el vocabulario suficiente. Pero teníamos sentimientos. Toda la clase se rio cuando la profesora la llamó por su apodo, el nombre que sus padres le habían pedido encarecidamente que usara.

Cacahuete echó un vistazo orgullosa a su alrededor y también se echó a reír. Y acto seguido se inclinó hacia mí, me rodeó la oreja con las manos y me dijo que su padre había decidido apodarla Cacahuete para que todo el mundo supiera que su hija tenía una alergia mortal a aquel fruto seco, mientras yo me reía por las cosquillas que su voz y el poquito de saliva que se le escapó me hacían en el lóbulo.

Resulta que de todas formas Aoife Mullally y yo no habríamos sido muy buenas amigas porque dos años después me dijo que olía a carne podrida, que sabía que dormía en un ataúd y que mi padre estaba loco. Cuando me lo dijo estaba sola en el patio esperando a que Cacahuete regresara del baño.

—No se puede hablar con los muertos. Mi madre dice que tu padre se lo ha inventado todo.

—No es verdad —grité horrorizada al saber que había gente que no consideraba que mi padre fuera magnífico. Teníamos esa edad en la que los niños empiezan a comprender el daño que pueden llegar a hacer.

—Tu padre es un mentiroso.

—No, no es verdad. —Noté que los ojos se me llenaban de lágrimas. En realidad aquellas palabras también eran un ataque contra mí, aunque no le había contado a nadie que podía hablar con los muertos excepto a Cacahuete.

—Sí que lo es. —Caminó en círculos a mi alrededor disfrutando del poder que tenía en aquel momento.

—No lo es.

—¡Eres una llorica! —gritó al ver que me caía la primera lágrima. Al oír sus palabras me sobrevino una oleada de rabia. Y entonces fue cuando vi a Cacahuete caminando hacia mí. Quería que viera que era digna de su amistad, así que empujé a Aoife, que cayó de culo al suelo.

—¡Mi papá no miente! —chillé—. Sí que puede oír a los muertos, y yo también. —Era la primera vez que lo admitía en público, y a partir de aquel momento ya nunca me dejarían en paz.

Me alejé de Aoife pisoteando el suelo con fuerza y me encontré a medio camino con Cacahuete, la agarré del brazo y me la llevé en dirección opuesta a los comentarios hirientes de mis compañeros de clase.

Más tarde me llamaron al despacho del director para que aclarara por qué Aoife tenía un corte en la mano y el culo dolorido. Pero me negué a explicarle lo que me había dicho para provocar aquel «comportamiento tan inusual» en mí. Debido a mi silencio me obligaron a pedir perdón a Aoife, pero no levanté la mirada ni una sola vez, mantuve los ojos firmemente fijados en la alfombra gris manchada que cubría el suelo del despacho del director.

Aquella noche papá se sentó conmigo y me dijo que las niñas buenas no recurren a la violencia porque sí, así que tenía que haber ocurrido algo horrible, y que le gustaría que se lo contara. No podía soportar la idea de contarle lo que Aoife había dicho de él, pero al final las palabras me salieron a trompicones entre lágrimas, gemidos y bocanadas de aire apresuradas. Entonces mi padre me abrazó, me besó los rizos y me dijo que era una niña estupenda, pero me pidió que no volviera a hacer nunca nada parecido, sobre todo si había un profesor presente.

Aquel año Cacahuete y yo nos sentamos en la superficie esponjosa del patio del cole para prometernos de corazón que cuando fuéramos mayores viajaríamos juntas por todo el mundo. Estábamos hechas para el aire, el color y el cielo, me dijo mi amiga.

—Yo seré veterinaria de urgencias e iré volando por todo el mundo para salvar a los animales de terremotos y cosas así, y tú serás mi piloto.

Asentí con devoción ante aquella chica tan maravillosa como el algodón de azúcar. Papá siempre me compraba un poco en la feria de ganado anual de Kilcross. Me escupí en la mano en cuanto Cacahuete terminó de hablar y estreché la suya con una sonrisa.

Pero con el tiempo acabé decepcionándola. Nunca conseguí cumplir mi palabra y convertirme en una piloto; al contrario, me quedé en Kilcross, una ciudad donde a veces el cielo se pone tan oscuro que su pesadez y su magnitud parecen envolverlo todo (el chapitel de la iglesia, las casas, la arboleda de castaños que se alzan orgullosos en el punto más elevado de la ciudad en la carretera de Dublín) como si fuera una cúpula que llegara hasta el suelo imposible de atravesar ni aunque lo intentases. Ni siquiera viajé a ninguna parte excepto a Cork y Londres, y sin embargo a los treinta años ya tenía como veinte postales en una caja que guardaba debajo de la cama de todos los lugares que Cacahuete había visitado.

Niall y yo volvimos a encontrarnos en secundaria cuando empezamos el instituto. Nos vimos el primer día, pero apartamos las miradas casi tan deprisa como las habíamos cruzado. Nos pusieron en la misma clase por casualidad, pero teníamos trece años y llamar la atención nos provocaba ansiedad porque lo único que queríamos era ser invisibles. Pasaron tres días hasta que Niall se plantó con valentía delante de mí con Ruth, su mejor amiga, a su lado.

—¿Te acuerdas de mí? —me preguntó.

Cacahuete, temiéndose lo peor, automáticamente dejó caer la mochila al suelo junto a su taquilla y vino corriendo a mi lado. Por aquel entonces mi amiga era dos centímetros y medio más alta que yo, así que en realidad su presencia no imponía mucho, pero bastaba para que yo me sintiera protegida.

—¿Qué quieres decir con eso? —Cacahuete se colocó bien sus gafas, que en aquel momento eran lilas.

Debería haber sabido que Niall no era como los demás por todo el tiempo que habíamos pasado juntos en el parque, pero no estaba del todo segura. ¿Y si había cambiado? Los niños son impredecibles. Podían convertirse en chaqueteros, mentirosos y abusones con un chasquido de dedos.

—Soy Niall, Jeanie —dijo sonriendo con aquellos ojos marrones tan tiernos. Cacahuete descruzó los brazos y relajó los hombros que había tensado—. ¿No te acuerdas? Soy el chico de las gominolas. El del sauce.

—Sí, Jeanie, el chico de las gominolas y el sauce —se rio Cacahuete en tono burlón. Mi amiga no tenía ni idea de quién era «ese chico», así que le di un golpecito en el brazo.

—Ah, sí —asentí con la cabeza, como si justo entonces acabara de acordarme de todo.

—Nos han puesto en la misma clase.

—Soy Ruth. —La chica que había estado junto a Niall durante toda la conversación me estrechó vigorosamente la mano y luego la de Cacahuete.

Por aquel entonces Ruth era casi ocho centímetros más alta que Niall y tenía una aureola de rizos negros que le rodeaba una cara siempre sonriente que dejaba a todo el mundo con el beneficio de la duda.

—A mí también me han puesto en vuestra clase. —Me miró fijamente y sonrió—. Me gusta tu pelo. —Me toqué la mata de cabello que había sido otro objeto de burla de los demás niños de primaria. Decían que tenía «pelo de zombi». Cada domingo le rogaba a mamá que me trenzara o me alisara el pelo. «Pero si estás preciosa tal y como estás», protestaba. «Además, si te alisas el pelo solo conseguirás debilitártelo a largo plazo».

—Niall y yo fuimos a la escuela Colman —dijo Ruth orgullosa mientras Niall seguía con la mirada fijada en mí.

—Jeanie y yo, a la Saint Brigid —respondió Cacahuete mientras yo guardaba silencio.

—De pequeña quería ir a vuestra escuela, pero mamá me decía que estaba llena de pijos imbéciles. No seréis unas pijas, ¿no?

—No, todos los pijos imbéciles decidieron apuntarse al Saint Ciarán —contestó Cacahuete.

—Que bien, ¿verdad, Niall? —Ruth se giró de nuevo y vio que su amigo todavía me estaba mirando—. ¿Eh, hola?

—Perdona, ¿qué?

—Da igual. —Volvió a centrar su mirada en mi pelo—. Si te apetece podría peinártelo. Sé hacer unas trenzas muy chulas. Podría enseñarte a hacerlas y dejarte practicar con mi pelo.

—Sí, vale —respondí, cautivada por aquella diosa.

—Hay un tipo de trenza en particular que llevo un montón de tiempo queriendo hacerle a alguien, pero mi hermano se niega a prestarse como cobaya. Termina con una especie de moño en lo alto de la cabeza. ¿Me dejarías hacértela? —preguntó, y después de que asintiera afirmativamente le tendió sus libros a Niall y empezó a examinarme el pelo—. ¿Estás libre el viernes? Sería mejor que quedásemos en tu casa, mi hermano es un pesado. No nos dejaría en paz.

—¿Y si vamos todos a ver cómo lo hacéis? —sugirió Cacahuete.

—Bueno, por qué no. Pero tu pelo es demasiado fino, no podré trenzártelo —dijo Ruth señalando el pelo rubio y liso de Cacahuete.

—No me importa —respondió Cacahuete entusiasmada, ya que no quería perderse la diversión.

—Yo tengo entreno de fútbol —intervino Niall contento de tener una excusa genuina.

—No pasa nada, ven cuando termines —sugirió Ruth.

—Ah, bueno —respondió.

Le sonreí a Niall hasta que ambos nos echamos a reír. Ruth y Cacahuete se nos unieron, pero más bien porque les hicimos gracia. En aquel momento me alegré y me sentí agradecida de que Niall hubiese sido lo bastante valiente como para saludarme, porque gracias a ese gesto había pasado de tener un amigo a tres en un abrir y cerrar de ojos, algo que nunca habría pensado que pudiera ser posible.

—Vivo en la calle Church Street —le dije a Ruth cuando por fin conseguí calmarme un poco—. En la funeraria. ¿Sabes dónde es?

—Espera un momento. —Dio un paso atrás para mirarme de arriba abajo con la boca ligeramente entreabierta—. ¿En la funeraria Masterson? ¿O sea que vives con muertos?

—Sí, ¿algún problema? ¿Te incomodan los muertos? —Me pregunté si todo aquello había sido demasiado bonito como para ser verdad, si Ruth acabaría decepcionándome como todos los demás.

—No —dijo—. Mientras no tenga que peinarlos, me da igual.

CAPÍTULO SEIS

Me quedé junto al ataúd de Bernadette O'Keefe en el velatorio esperando a que hablara. Me senté en el mismo asiento de siempre, un taburete de bar alto con reposabrazos, como los que se ven en algunas cocinas cromadas de lujo. Así podía ver bien a los muertos. Con una silla normal solo los veía de perfil, y en cambio con el taburete los veía enteros; así era más personal, como si estuviéramos más cerca. Había comprado el taburete expresamente para aquel propósito en la exposición de cocinas de Kilmurray. Cuando no estaba de servicio, lo arrinconábamos en una de las esquinas del despacho de papá. A veces, cuando iba a buscarlo, me encontraba la chaqueta de papá encima o algún sobre si me había llegado correo, cosa que ocurría a menudo: solían ser cartas de familiares agradeciéndome mi tiempo y mis palabras de consuelo. O a veces me encontraba una flor, una margarita enorme arrancada de la zona donde crecían salvajes en el parque que había al lado de casa, cortesía de Niall. Yo le correspondía dejándole una barrita de chocolate Fry en el bolsillo de la bata blanca que se ponía para trabajar o el crucigrama que recortaba del *Irish Times* de papá y que luego resolvíamos los dos juntos en el Casey con una pinta.

Bernadette yacía tranquila vestida con su traje chaqueta amarillo pálido y su blusa blanca. Llevaba el pelo ligeramente ondulado y el maquillaje perfecto sin que fuera excesivo. La piel sin vida y sin sangre no era gran cosa, pero cuando Niall y Harry terminaban parecía que los muertos simplemente hubieran cerrado los ojos para tomar aire, para apreciar la magia de la vida. Junté las manos encima de las rodillas y fijé la mirada en la alfombra de color borgoña que había sido aplastada por los miles de pies que le habían ido pasando por encima a lo largo de los años (tal vez aquella alfombra sería lo primero que cambiaría) mientras esperaba y deseaba que sonara el timbre para anunciar la llegada de la sobrina de Bernadette, Helen. Era más fácil si los vivos estaban presentes mientras los muertos hablaban, así podían preguntarles todo lo que quisieran antes de que sus seres queridos se fueran para siempre.

—¿Cuándo cree que me despertarán? —Bernadette pronunció aquellas palabras con confianza y voz firme, sin un ápice de la vulnerabilidad que estaba acostumbrada a oír.

—Hola, Bernadette —dije recomponiéndome y preparándome por lo que me esperaba—. Soy Jeanie.

—¿Cuándo dejará de hacerme efecto este analgésico o lo que sea que me hayan dado?

Algunas veces los muertos no sabían que habían muerto. Papá había bautizado aquel fenómeno como «confusión mortal». Se creyó el más gracioso cuando se le ocurrió este término. El día en qué lo acuñó lo sorprendí más de una vez riéndose para sus adentros. Puse una mano sobre el ataúd y me tomé un momento antes de explicarle la situación. Pero Bernadette se me adelantó.

—Supongo que estoy en el Hospital de Kilcross, ¿verdad? Oh, por Dios, dígame que no me han traído a la clínica privada de Saint Finbarr. No tengo seguro médico. Mira que se lo he dicho a Helen un millón de veces.

—No, no está en la Saint Finbarr, Bernadette, me temo que en realidad está en…

—Oh, gracias a Dios. Su voz suena muy extraña, querida. ¿Estoy despierta o dormida? No consigo… ¿Es médica? Porque me duelen bastante el pecho y la cabeza…

—¿Se acuerda de las ovejas, Bernadette? —dije en un intento por reconducir la situación—. ¿De la que se quedó atrapada en la valla?

—Por supuesto que me acuerdo. Fue Bruce, que siempre se escapa por ahí. No parece para nada un cordero, es el bribón más obstinado que he tenido nunca. Una vez me lo encontré en el campo de Mackey. Aunque por suerte ninguna de las otras ovejas lo siguió. Son lo bastante listas como para no seguirlo cuando se va a dar un paseo. ¿Conseguí desengancharlo de la valla? No me acuerdo.

—Se resistió, Bernadette, le dio bastante guerra...

—Así es Bruce. Un día de estos acabará matándome.

Me quedé callada con la esperanza de que procesara la verdad que encerraban sus propias palabras, y lo hizo, pero de manera equivocada.

—Oh, no, no estará... —Bernadette se detuvo, incapaz de terminar la frase—. Menudo idiota, Bruce, no podías estarte quieto, ¿eh? No has parado hasta matarte.

—Lo siento, Bernadette, pero creo que...

—No hace falta que malgaste el aliento —me dijo, aunque en realidad eso debería estar diciéndoselo yo a ella, ya que tanto hablar la estaba agotando, la voz se le estaba debilitando por segundos, se le iba rompiendo como si fuera un móvil con mala cobertura, por lo que supe que no conseguiría retenerla durante mucho más tiempo—. Tenía que pasar tarde o temprano. Se veía venir desde hacía tiempo.

—Bernadette, perdone, pero según tengo entendido Bruce sigue vivito y coleando.

—Vaya, me alegra oírlo. En realidad vale una maldita fortuna. Siempre ha sido mi mejor carnero de concurso.

—Bernadette —empecé después de tomarme un segundo para mentalizarme—, siento decirle que tuvo un ataque al corazón mientras intentaba liberar a Bruce. Soy Jeanie Masterson. Está en la funeraria de la calle Church Street.

—Oh —contestó con tanta tristeza que acerqué la mano instintivamente a las suyas, que yacían cruzadas encima de su barriga. Seguro que ni siquiera lo notó. Pero era todo lo que podía ofrecerle en aquel momento, mi mano como sustituto del amor cariñoso de un amigo, una madre, una pareja—. ¿Vosotros no sois los que habláis con los...? —Volvió a detenerse incapaz de decir aquella palabra—. Bueno, que Dios me perdone, pero debería haber vendido a aquel bribón hace años.

Entonces empezó a ponerse triste, pero no le hicieron falta pañuelos para secarse los ojos sin lágrimas. Para las personas que no podían oírla parecía inmóvil y callada. Pero yo sí que escuché su rabia, su aflicción y su pena. Su mundo rompiéndose en mil pedazos. El horror de llegar al final de la vida, de darse cuenta de que ya no habrá un mañana ni un después. Saber que no habrá más días y tampoco más noches. Que todo ha terminado excepto por aquella breve burbuja de tiempo durante la cual podíamos oírnos, aunque podría reventar en cualquier momento.

—Pero si no me acuerdo de nada —dijo mientras intentaba aceptar la situación.

—En momentos de mucho estrés el cerebro no siempre lo recuerda todo, Bernadette.

—Ay, Dios mío, pero no había dejado nada preparado. Ni siquiera había hecho testamento. ¿Y quién cubrirá los costes del funeral? Helen no tiene ni idea de donde están las cosas en casa. ¿Cómo se las apañará para salir adelante?

—Explíquemelo a mí, Bernadette. Explíquemelo y me aseguraré de contárselo todo. —No dejaba de mirar el reloj. Sabía que en cualquier momento sonaría el timbre y aparecería Helen. Si pudiera retener a Bernadette a mi lado para que aquellas dos mujeres pudieran estar juntas un minuto más ya estaría contenta.

—Vale, eh... debajo de mi cama hay una maleta roja. Ahí es donde guardo todos los papeles importantes. Las escrituras, las cuentas bancarias. Dios mío, nunca conseguirá arreglárselas por su cuenta. No está hecha para este tipo de cosas.

—No se preocupe, nosotros la ayudaremos. Nos aseguraremos de que tenga todo el apoyo que necesite.

—No, no lo entiende. Cuando Frank murió se vino abajo. Frank era mi hermano, su padre. Tuvo que medicarse y todo. No sabrá cómo lidiar con mi muerte.

Eché un vistazo al reloj.

—¿Qué le diría a Helen si estuviera aquí ahora mismo, qué le diría?

Se quedó un momento en silencio y me pregunté si eso era todo, si ya se había terminado.

—Le diría —empezó para alivio mío— que es mucho más fuerte de lo que cree. Y que tiene la cabeza bien puesta, igual que su padre, que solo tiene que creer en ella misma. —Su voz empezó a desvanecerse, como si estuviera alejándose cada vez más y más.

De repente sonó el timbre bien fuerte.

—Bernadette, es ella. Helen acaba de llegar. Intente aguantar un poco más —le pedí levantándome de un salto del taburete y saliendo al encuentro de los pasos apresurados que venían del vestíbulo. Le tendí la mano a aquella mujer de pelo despeinado y ojos asustados.

—Hable con ella —le ordené mientras ponía la mano de Helen sobre la de Bernadette y me situaba apresuradamente al otro lado del ataúd para poder ver claramente a las dos mujeres.

—¿Bernie, tía Bernie? Soy Helen. —Me miró con cara de preocupación—. ¿Puede oírme o tiene que ir repitiéndole todo lo que diga?

—Bernadette solo puede oír mi voz y solo yo puedo oír la suya. Así que hablaré por las dos, ¿de acuerdo?

Asintió con la cabeza y volvió a mirar a su tía.

—Estoy bien, Bernie —continuó—. Seguro que estás preocupada por mí, pero estoy bien. Me ocuparé de todo. De Bruce y de las demás ovejas. Y de la casa. Y de mí. Tu mayor quebradero de cabeza. —Se rio por lo bajo. Observó la cara de su tía buscando alguna respuesta, y luego desvió la mirada hacia mí mientras transmitía sus palabras—. Te quiero, Bernie

—añadió—. ¿Lo ha oído? ¿Qué dice? No se habrá ido todavía, ¿no? Dígame que no se ha ido.

Pero sí que se había ido. Lo único que oía era el intenso silencio que había dejado atrás. Ese silencio siempre me recordaba al que se oye durante una fracción de segundo al pasar por debajo del puente de una autopista en un día de lluvia abundante, un silencio efímero que te envuelve por completo. Cerré los ojos a pesar de la fuerza de los latidos de mi corazón y respiré profundamente para calmarme, para recordarme que no debía decepcionar a los vivos.

—Sí, Helen. Todavía está con nosotras —mentí—. Dice que está muy orgullosa de usted. Y que siente haberla dejado así. Que no quería irse tan pronto.

—Oh, Bernie, no seas boba, no tienes que disculparte por nada. Soy yo quien lo siente. Debería haber ido al campo contigo y no haber dejado que lidiaras con Bruce por tu cuenta. Si lo hubiera hecho, tal vez ahora no estaríamos en esta situación. —Cerró los ojos y empezaron a brotarle las lágrimas, que le cayeron por las mejillas sin impedimento mientras apretaba con fuerza la mano de su tía—. ¿Qué habría sido de mí si no hubieras estado a mi lado? ¿Y qué será de mí ahora?

Inclinó la cabeza hasta la hombrera perfectamente planchada del traje de Bernadette.

Las lágrimas de los demás atraían las mías como imanes, por lo que enseguida noté que se me humedecían los ojos. Nunca lloraba a mares, solo me caían un par de lágrimas, pero siempre estaban ahí. Me las sequé fingiendo como siempre que me picaba el ojo. Papá me decía que esa era mi única debilidad, que lo sentía todo con demasiada intensidad. Pero yo sabía que en realidad a papá la pena lo afectaba tanto como a mí, que simplemente tenía unos lagrimales más fuertes que los míos. Estaba bien claro que solo era una diferencia biológica, nada más. Además, siempre le discutía que aquello fuera una debilidad.

—Benadette dice que usted es más fuerte de lo que cree, Helen, que saldrá adelante y que estará a su lado a lo largo de todo el camino. Dice que cuando note la calidez de un rayo de sol entrando por la ventana significará que está a su lado. —A veces me inventaba cosas. Bueno, para ser sincera lo hacía a menudo. Pero era para aliviar el dolor de los que se quedaban atrás, para darles algo a lo que aferrarse, algo que hiciera que la espera para escuchar lo que sus seres queridos tenían que decir hubiera valido la pena.

—Seguro que está hablando de la ventana de la cocina. Los rayos de sol entran cada mañana por ahí, bueno, siempre que el sol decida salir, claro. Bernie, no te preocupes, ahí estaré, esperándote.

—Dice que se parece a Frank.

—Siempre me lo ha dicho, ¿verdad, Bernie?

—Dice que es valiente como él, y amable. Que es lo mejor que podría haberle pasado nunca.

—Oh, Bernie.

Me quedé un momento callada mientras Helen alzaba la mano para recolocar un mechón de pelo a su tía que le había despeinado al abrazarla.

—Bernadette está preocupada, Helen. Está preocupada por que se tome su muerte muy a pecho, como la de su padre.

—No, Bernie. Ni se te ocurra irte con esa idea en la cabeza. Nunca volveré a decepcionarte así. Te prometo aquí y ahora que eso se acabó.

Helen dejó que su mano siguiera acariciando ligeramente el pelo de Bernadette. Entonces empezó a sonreír, como si de repente se le hubiera ocurrido algo precioso.

—Verdad que te gusta el grupo de música Westlife, ¿Bernie? Bueno, pues había pensado que tal vez te gustaría que pusiéramos *You Raise Me Up* en algún momento del funeral. —Se giró hacia mí y me preguntó—. ¿Cree que al cura le importaría?

—Ya hablaremos con él.

En realidad aquel tipo de cosas le importaban mucho a nuestro cura. Aunque en aquel momento tuviéramos al papa Francisco en el Vaticano, era como si hubieran desempolvado a los dos curas más conservadores y nos los hubieran mandado a Kilcross. Habíamos vuelto a las ceremonias con sotanas largas e himnos. Pero sabía que si alguien podía convencer al padre Dempsey era papá. Tenía buena mano con los curas, a diferencia de mí. Otro motivo por el que era mala idea que se jubilara. Luego lo añadiría a mi creciente lista de contras; todavía no había encontrado nada que anotar en la columna de pros. Pero teníamos un plan B por si el encanto de papá no funcionaba; pondríamos la canción aquí, en nuestros dominios, antes de llevar a Bernadette a la iglesia de Saint Xavier que estaba al otro lado de la calle.

Helen, Bernadette y yo nos quedamos charlando un rato más. Contesté tan bien como pude teniendo en cuenta lo poco que había podido hablar con Bernadette antes de que se fuera, y me aseguré de que Helen supiera de la existencia de la maleta roja de debajo de la cama, hasta que me pareció que había llegado el momento adecuado.

—Helen, Bernadette dice que está empezando a cansarse. Me temo que ha llegado la hora. Ahora empezará a desvanecerse.

—¡Oh! —exclamó con cara de niña perdida y asustada.

—A veces ocurre muy deprisa. Estos momentos son como el último titileo de una vela, débil y breve antes de apagarse para siempre. ¿Quiere decirle algo más antes de dejarla descansar?

—Te quiero, Bernie —declaró—. Dile a papá que también le quiero. —Le besó la mejilla y mantuvo la cabeza gacha durante un momento antes de incorporarse, volver a tocar el pelo de su tía y esbozar una valiente sonrisa.

Estaba agotada. Siempre acababa igual, exhausta por la concentración, por la intensidad de aquellos breves momentos preciosos en los que intentaba actuar de la mejor manera posible para todos los presentes. Vi por el rabillo del ojo que papá entraba en la habitación desde el pasillo. Se acercó y trajo una silla para que Helen pudiera sentarse junto a su tía.

—Quédese todo el tiempo que necesite —le dijo posando una mano sobre su hombro y señalándole la silla con la otra—. Os dejaremos un momento a solas. Volveré dentro de un rato para hablar de todos los detalles.

Papá me ofreció el brazo y nos dirigimos hacia la puerta para dejar a las dos O'Keefe solas, una que todavía podía hablar y otra que ya se había ido.

—¿Nos has estado escuchando desde el principio? —susurré. Papá asintió y me apretó la mano—. Entonces ya sabrás que Bernadette se había ido, verdad, que no he conseguido retenerla suficiente tiempo.

—Has estado fantástica, Jeanie. Si necesitara alguna prueba de que tu madre y yo hemos tomado la decisión acertada marchándonos y dejándoos a Niall y a ti a cargo de la funeraria, me habría bastado con los pocos minutos que acabo de presenciar.

CAPÍTULO SIETE

Aoife Mullally, la chica de la escuela primaria, tenía razón: papá mentía, y yo también. Por lo menos a veces, sobre todo cuando los muertos querían que comunicásemos algo no muy agradable a las personas que dejaban atrás.

Por ejemplo, una vez le dije a Carly Kiernan, que había venido desde Garna, una ciudad del condado de Donegal, que sí, que su marido que yacía en el ataúd la quería, a pesar de que tan solo unos segundos antes aquel hombre me había confesado que en realidad a quien adoraba era a la hermana de su mujer. Nunca entendí por qué quiso que se lo dijera en aquel momento a sabiendas de lo mucho que la destrozaría. Solo con echar un vistazo a aquella mujer desconsolada supe que sería incapaz de transmitir semejante mensaje. Tal vez aquella mujer había sido una esposa horrible que pegaba a su marido, le hablaba de manera humillante y le había hecho cosas incluso peores, y esa fuera la única oportunidad de aquel hombre de tener por fin un poco de poder, pero aun así yo, jovencita como era (qué debía tener por aquel entonces, ¿unos veinte años?), decidí negarle lo que tal vez fuera su momento de gloria al ver que su viuda estaba tan afligida. Pero por mucho que ella hubiera sido la mejor esposa del mundo y él un ser despreciable, ¿realmente dependía de mí ahorrarles sus vergüenzas y las mías? Al fin y al cabo mi papel consistía en ser un simple conducto, una vasija vacía. Y, sin embargo, no siempre era capaz de hacerlo.

Me molestaba mentir tan descaradamente. Al fin y al cabo, ¿quién era yo para jugar a ser Dios con las vidas de los demás?

Pero papá creía firmemente que a veces no nos quedaba más remedio que mentir para proteger a los vivos. En algunos momentos, sobre todo durante los últimos años, veía el cansancio que había ido acumulando por culpa de los muertos, y le había escuchado decir a más de un familiar expectante: «Dice que le quiere más de lo que se pueda imaginar y que siente haber tenido que irse tan pronto». Un mensaje simple y efectivo, aunque tal vez no fuera exactamente lo que el muerto le había pedido que dijera.

A veces no es que me pusiera a mentir sin más, sino que tergiversaba un poco la verdad o le limaba los bordes más ásperos y les contaba a los vivos una media verdad para aliviar su dolor. Y a veces lo hacía también a la inversa, cuando me sentía incapaz de decir a los muertos el mensaje que los vivos querían que les transmitiera. Una vez un hijo se plantó delante de su padre muerto y le dijo que lo odiaba. Que lo odiaba por todas las veces que lo había pegado y le había tenido que rogar tirado en el suelo que dejara de patear a su madre. Y que quería que sufriera en el más allá por todo lo que les había hecho. Me pidió que se lo repitiera todo palabra por palabra al viejo marchito que, unos segundos antes, se me había echado a llorar, a suplicar perdón y a preguntarme si iría al infierno.

Era un poco curioso que a pesar de no ser creyente me dedicara a un negocio en el que la fe tenía un papel tan importante. Aunque tampoco es que fuera por allí anunciándolo a voz en grito. Fui a misa hasta los dieciocho años con papá; mamá era una no creyente muy liberal. Pero después de cumplir la mayoría de edad simplemente dejé de ir a misa excepto a las funerarias, pues consideré que tener dieciocho años y ser adulta me daba derecho a ello. No me convencía la idea de que existieran un cielo y un infierno, y sin embargo me parecía perfectamente normal poder oír a las personas que ya no respiraban. ¿Y acaso eso no es precisamente una de las cosas más fascinantes del ser humano? Podemos no creer en algo porque nos parece extraño pero en cambio puede que otra cosa casi igual de extraña nos parezca perfectamente aceptable. Para mí todo se reducía a las pruebas. No tenía ni idea de a dónde iban los muertos después de que hablara con ellos.

Es por eso que esquivé la pregunta de aquel hombre asustado, tal y como hacía siempre que se trataba de un asunto de fe, y en cambio le dije:

—Trevor dice que le hizo mucho daño. Que no es algo que pueda perdonar tan fácilmente.

—Venga, dígale todo lo demás —exigió el hijo.

Recuerdo que en aquel momento me pregunté por qué los humanos no éramos más valientes. Por qué no teníamos el valor de decir las cosas por su nombre cuando estábamos vivos. Por qué dejábamos que el miedo nos acechara y nos silenciara. Y por qué me tocaba a mí decirle ahora a aquel hombre que su hijo se alegraba de que hubiera muerto. No fui capaz de hacerlo, así que Trevor empezó a gritar y a aporrear el pecho de su padre con los puños hasta que papá y Niall consiguieron apartarlo. Entonces se sentó en una silla y se echó a llorar. Y yo me quedé sentada a su lado con la sensación de haberle fallado. Cosa que era verdad. Al cabo de un rato vino su amigo y lo meció de un lado para otro hasta que sus lamentos se convirtieron en gemidos, y entonces se levantó, se marchó y no asistió a la ceremonia. No estoy segura de si acabó pagando la factura del funeral.

Tal vez si en este negocio hubiera otras personas que pudieran oír a los muertos me resultaría menos duro, menos pesado, menos solitario. O si fuera otro de los servicios ofrecidos habitualmente en todas las funerarias de Irlanda, un extra opcional con un recargo adicional: «¿Le gustaría contratar el paquete "Hablar con su ser querido"? ¿Que a cuánto sale la hora? A trescientos. Pero si el difunto habla durante menos tiempo solo le cobraremos la parte proporcional».

Nunca se hablaba abiertamente de dinero en la industria funeraria. Era un secreto muy bien guardado que se transmitía de un director funerario al siguiente. Y con la familia desconsolada apenas se hablaba de dinero y solo entre susurros, aunque a veces no se tocaba el tema hasta que no llegaba la factura y entonces todo el mundo enderezaba la espalda y prestaba atención.

Pero la familia Masterson éramos los únicos que teníamos el don de escuchar a los muertos. Lo que hacíamos era tan extraño para el resto del mundo como natural para nosotros. Incluso teníamos nuestros propios hastags, #TimadoresKilcross, #Mentirososmortales, y el que más me gustaba porque me parecía el más educado, #FunerariaGrosera. También había otros que decían todo lo contrario, #DonDelSeñor, #JeanieAutentica y #BenditosMasterson. Había creyentes y no creyentes. Los primeros acudían en manada a nuestra puerta y los últimos a veces nos la pintaban, como la mañana en que papá se encontró la palabra «SALEM» escrita en la verja.

«Niñatos», musitó enfurecido cuando fue a buscar la botella de cinco litros de Kleenal del armario de la limpieza que guardábamos justamente para ocasiones como aquella. Pero yo no estaba tan segura de que hubieran sido unos adolescentes a pesar de que su crueldad no parecía tener límites cuando iba al instituto, ya que al crecer me había dado cuenta de que los adultos podían llegar a ser igual de decepcionantes.

Cada año se organizaban en Irlanda numerosos encuentros y conferencias sobre el sector funerario a los que asistía para relacionarme con otros directores de funeraria con una sonrisa en los labios. Algunos me la devolvían, pero otros simplemente me hacían un gesto con la cabeza y guardaban las distancias. Los Masterson éramos capaces de dividir una habitación en dos con tanta precisión y eficacia como un cuchillo caliente partiendo un pastel de chocolate. La mayoría de las veces me deprimía, pero a veces me daba por experimentar y me unía a la conversación de un grupo de asistentes trajeados preguntándome cuánto tiempo tardarían en dispersarse. Y, sin embargo, incluso aquellos que se excusaban educadamente no podían evitar envidiar nuestro éxito pura y simplemente porque no paraban de llegar difuntos a nuestra puerta desde todos los rincones del país, pasando a menudo de largo de las suyas. El público irlandés era lo bastante creyente como para que nuestro balance anual fuera más alto que el de la mayoría de funerarias. Una vez un tipo de Galway anunció que él también podía oír a los muertos. Pero se le vio el plumero cuando confundió a Barry, el gato de la familia, con uno de los hijos del difunto. Nadie más tenía el don. Solo nosotros, el padre y la hija a los que la mayoría de la gente toleraba a regañadientes pero con respeto.

No sabía muy bien cómo se había sentido papá antes de que llegara yo. Me imagino que terriblemente solo. Era el único que tenía aquel don, y además se había casado con una mujer a la que no le gustaba hablar del tema. Aunque supongo que siempre había podido contar con Harry para compartir aquella pesada carga.

Ted Masterson, mi abuelo, el padre de mi padre, había sido el primer director funerario profesional de la familia. Fue él quien compró lo que en los sesenta era una tiendita de alimentación, un pequeño edificio en una parcela de tierra alargada que daba a la calle Church Street y que también albergaba una casa familiar en la parte trasera que daba a la calle Water Lane. Por aquel entonces aquellas dos construcciones estaban separadas, pero años más tarde Ted lo renovó todo e hizo construir un pasillo para conectarlas.

La tienda original tenía una habitación en uno de los lados donde traían a los muertos de la ciudad para que los atendiera la señora Simmons, la antigua propietaria, y su madre antes que ella. Era más bien un servicio comunitario que otra cosa, un favor que por lo visto le hacía al cura. Por aquel entonces no se embalsamaba a los muertos. Simplemente se lavaban y se limpiaban antes de ponerlos en un ataúd rudimentario y llevarlos a la iglesia de Saint Xavier situada al otro lado de la calle. Era imposible encontrar un lugar mejor para una funeraria: la localización lo es todo en esta línea de trabajo.

Cuando el negocio de las pompas fúnebres despegó en los setenta y el embalsamamiento se puso de moda, Ted empezó a ver el símbolo de la libra. Tomó el toro por los cuernos, se fue a Dublín para ver cómo funcionaba el proceso y se compró toda la maquinaria necesaria para poder hacerlo por su cuenta. Por aquel entonces no existía ningún tipo de calificación, aunque tampoco es que la cosa haya mejorado mucho desde entonces; simplemente hay que recibir unas sesiones formativas de cualquiera que esté dispuesto a compartir sus conocimientos. Años más tarde, Harry le relevó. Hoy en día, en la mayoría de las funerarias los embalsamadores siguen siendo hombres, cosa que resulta un poco extraña teniendo en cuenta que antiguamente las mujeres siempre habían sido las encargadas de ocuparse de los familiares y los vecinos y llevaban siglos atendiendo a los muertos, desde mucho antes de que la ciencia, el dinero y la testosterona se inmiscuyeran.

En cambio mi padre no tenía ningún interés en ocuparse del proceso de embalsamado, sino que prefería encargarse de la ceremonia, de hablar con los familiares, el cura y los sepultureros; en definitiva, asegurarse de que todo saliera bien. Según cuentan, empezó a hablar con los muertos poco después de que Ted comprara el edificio, cuando pusieron el primer cuerpo encima de la mesa de aquella pequeña habitación lateral.

Su madre Jean, mi abuela, en cuyo honor habían decidido llamarme Jeanie, también tenía una pizca del don, me había contado Harry cuando era más joven. Harry era la guardiana de la historia de la familia Masterson.

—Dejaba de hacer lo que estuviera haciendo, como por ejemplo lavar los platos en el fregadero de la cocina de nuestra casa en la calle Tryell Street, donde vivíamos antes de comprar la funeraria, se quedaba callada un momento y levantaba la mano para que Dave y yo dejáramos de armar tanto alboroto, como si estuviera escuchando algo. Y de repente decía: «Acaba de morir alguien». Y mi padre, tu abuelo, si estaba por ahí cerca, le respondía: «Bueno, por supuesto que acaba de morir alguien, seguro que cada segundo se muere alguien en el mundo». «No, me refiero a alguien de por aquí cerca», aclaraba, y entonces retomaba la tarea que hubiera dejado a medias. Y efectivamente, al cabo de una hora, la noticia recorría toda la ciudad y alguien llamaba a nuestra puerta para decirnos que un vecino o un primo se había ido. Entonces tu abuelo Ted miraba a su mujer y sonreía. Me gusta pensar que compró la funeraria por ella, porque sabía que tenía una especie de sexto sentido. Pero desafortunadamente murió poco después de que les concedieran la hipoteca para comprar la parcela debido a un accidente de coche. Más de una vez me he preguntado si la mañana en que ocurrió habrá predicho su propia muerte.

Esos momentos siguen siendo los mejores recuerdos que tengo de trabajar en la funeraria: estar ahí sola con Harry, sus historias y los muertos. Eran tiempos más simples, cuando nadie esperaba nada de mí: ni que mintiera ni que cargara con el peso de la verdad y la culpa; era libre de decir lo que quisiera cuando quisiera.

CAPÍTULO OCHO

Aquella tarde me senté en el asiento del copiloto del coche fúnebre mientras Niall conducía la corta distancia que había hasta la iglesia para trasladar a Bernadette. Vestidos con nuestros abrigos de lana negra seguimos el balanceo de la cola del traje de papá, que iba delante de nosotros, con Helen y la pequeña comunidad de Rathdrum detrás en dirección a las puertas abiertas de la iglesia de Saint Xavier y al padre Dempsey, que estaba ahí de pie esperando para recibirla. En aquellos momentos nunca hablábamos para evitar que los dolientes que iban detrás de nosotros pudieran pensar que estábamos de cháchara en vez de centrados en el trabajo que teníamos entre manos. Cada movimiento que hacíamos y cada palabra que articulábamos durante las horas de trabajo giraban alrededor de los muertos y sus seres queridos. Guardábamos silencio y nos manteníamos solemnes, nos centrábamos en ellos con tanta intensidad que nunca habrían adivinado que teníamos nuestros propios pensamientos.

Arthur iba caminando lentamente junto al coche fúnebre. Había cambiado el uniforme de correos por su traje negro, listo para ayudarnos a poner el ataúd encima del carrito en cuanto llegáramos.

El trayecto desde la funeraria Masterson, pasando por el acceso de vehículos asfaltado y cruzando la verja hasta llegar a las puertas de madera de la iglesia de Saint Xavier, no duraba más de unos dos minutos a paso rápido, cinco al paso lento de un séquito. A mi padre le encantaba el momento en que se ponía el sombrero de copa debajo del brazo derecho y caminaba lentamente delante del coche fúnebre que avanzaba poco a poco detrás de él con los dolientes cerrando el cortejo. Era su momento estelar, de llevar la voz cantante, y era la parte que más le gustaba de aquel negocio, mucho más que escuchar a los que ya no volverían a hablar.

Bernadette descansaría en la iglesia durante la noche a la espera de la misa y el funeral del día siguiente. Después de la breve ceremonia compuesta de plegarias, bendiciones y condolencias, ya no quedaba mucho más por hacer que llevar de nuevo el coche fúnebre al otro lado de la calle. Mientras Niall encendía el motor, Arthur se le acercó para darle un golpecito en la ventana y señalarle la verja que tenía por costumbre abrir y cerrar. Niall asintió y luego dio marcha atrás hasta la calle Church Street, listo para cruzarla. Observé a Arthur abrir ambas partes de la verja de hierro macizo y luego esperar a que Niall aparcara en el patio.

—Deberíamos contratarte —bromeó Niall mientras salía del coche fúnebre y hurgaba en sus bolsillos para asegurarse de que no se hubiera dejado nada dentro—. ¿Te apetece entrar, Arthur?

—No. Prefiero irme a casa con Teresa. —Ya estaba empezando a alejarse cuando se me ocurrió lanzarle la pregunta.

—¿Alguna señal del bolígrafo?

—Nada de nada. —Levantó la vista al cielo y sacudió la cabeza con tristeza, un hombre derrotado en el intento de recuperar un objeto que lo definía tanto como su sentido del humor, su ruta postal y su querido jardín.

A veces Mikey trabajaba con nosotros, pero solo en contadas ocasiones, y de hecho solía ser una señal de que estábamos desesperados. Como cuando nos dimos cuenta de que Bernadette no tenía ningún familiar, excepto Helen, que pudiera llevar el ataúd hasta el altar de la iglesia en la misa fúnebre del día siguiente. La sobrina decidió que sería mejor que nos encargásemos nosotros cuatro, Harry, Niall, Mikey y yo, en vez de intentar averiguar qué vecinos estarían dispuestos a hacerlo y ahorrarse así ofender a nadie si elegía a las personas equivocadas. Nos colocamos cada uno a un lado del ataúd de Bernadette y lo empujamos entre los tres con la ayuda del carrito en vez de llevarlo a cuestas, ya que Mikey se negaba a tocarlo.

Mikey odiaba a los muertos. Era por eso que se había ido de casa. Afirmaba que vivir en un espacio que no estuviera conectado de ninguna manera con los muertos, ni por una pared de ladrillos ni por un pasillo, lo haría más feliz. El hecho de que el único sitio donde cabía su cobertizo de última generación estuviera a pocos centímetros de la pared exterior del velatorio no le importó en absoluto: al parecer lo único que necesitaba para tranquilizarse era que hubiera algo de espacio vacío.

Cuando Mikey era pequeño era todo lo contrario a mí: no quería tener nada que ver con el negocio, evitaba la sala de embalsamar y se negaba a recorrer el pasillo que conectaba la casa familiar con la funeraria a menos que lo llevaran en brazos, y aun así se ponía a chillar.

«Madre del amor hermoso», decía a menudo mi madre mientras intentaba controlar las piernas y los brazos que mi hermano no dejaba de mover cuando tenía que ir a decirle algo a papá. Yo alzaba la mirada hacia Mikey sorprendida de que pudiera pensar que lo que había detrás de aquellas puertas era asqueroso. Normalmente mamá acababa dándose por vencida y pidiéndome que fuera a buscar a papá. Cuando Mikey tenía que entrar en la sala de embalsamar enseguida buscaba mi manga, no mi brazo, sino el puño de mi manga, y la tomaba entre el dedo índice y el pulgar, así que siempre me las daba de sí. No se soltaba en ningún momento mientras me seguía, y yo no paraba de decirle «Todo irá bien» y «Ya falta poco» hasta que por fin lo llevaba de vuelta a la seguridad de la cocina.

El único motivo por el cual Mikey accedía a trabajar con nosotros era para conseguir un poco de dinero extra para poder pagarse las ofertas especiales que no venían incluidas en la suscripción anual de la revista de historia militar Osman que le sufragaba papá. Era bastante cara, y cada año papá resoplaba por la cocina como si fuera la primera vez que oía aquel timo. Mamá le decía que se tranquilizase, que la felicidad que aquellas revistas le daban a su hijo no tenía precio. Mikey sabía bien lo que tenía que hacer. Era el trabajador ocasional perfecto; aunque un poco reacio, actuaba en silencio y con solemnidad, y sabía exactamente lo que tenía que hacer.

Después del funeral de Bernadette en el cementerio de Ballyshane, Mikey y yo caminamos hacia la furgoneta. Le había pedido a Harry que si no le importaba me cambiase el sitio y fuera con Niall en el coche fúnebre para que yo pudiera pasar unos minutos a solas con mi hermano. A lo largo de nuestras vidas había habido tantos momentos en los que me hubiera gustado alargar la mano y tocarlo; tal vez darle un golpecito espontáneo en el brazo o, cuando éramos pequeños, un abrazo jovial entre hermanos que hubiera acabado derivando en una llave mortal o un capón. Y ahora que éramos mayores me gustaría poder tomarlo del brazo o apoyarme en su hombro mientras avanzábamos por aquel camino tranquilo hasta la furgoneta, ahora que todos los dolientes ya se habían ido y solo quedábamos nosotros, las tumbas, el canto de los pájaros y la inminencia de la jubilación que estaba por venir y que nos separaría por primera vez en treinta y dos años. Pero era imposible hacer nada de todo aquello con Mikey. Si quería iniciar cualquier tipo de contacto físico con él primero tenía que pedirle permiso y luego negociar exactamente la presión que aplicaría y durante cuánto tiempo. Así que en vez de eso caminamos separados por una distancia prudencial hasta la furgoneta y luego salimos a la carretera principal de Kilcross mucho después de que la muchedumbre se hubiera dispersado.

—Bueno, ¿y qué me dices de eso de Baltimore, te apetece mudarte ahí? —le pregunté.

—Oh, sí. Pero eso no significa que no vaya a montar mi nueva estantería, lo digo por si acaso te lo estabas preguntando.

—Ya lo sé. No iba por ahí. A nadie le importa que construyas cosas. Al fin y al cabo es tu casa. —Me reí para aliviar su ansiedad.

—Papá dice que puedo quedarme con la sala de juegos de la casa nueva para poner todas mis cosas. ¿Te acuerdas de la sala de juegos, Jeanie?

—Sí. ¿Cómo podría olvidar todas las veces que te gané jugando a ping-pong? —me burlé.

—No. Ya vuelves a decir mentiras, Jeanie. Era yo quien te ganaba. Y tengo mis medallas para demostrarlo.

Cuando íbamos de vacaciones Mikey y yo organizábamos nuestra Prueba de Ping-Pong anual, a la que nos gustaba llamar «Triple P». La casa donde veraneábamos, y que pronto se convertiría en la nueva casa de papá y mamá, tenía una sala de juegos con una estantería llena de rompecabezas y cajas maltrechas de juegos como el Cluedo y el Trampa para Ratones, y en medio de la habitación había una mesa de ping-pong enorme. No teníamos ni idea de cómo se jugaba pero por aquel entonces nos gustaba mucho el Wimbledon, así que decidimos jugar siguiendo las normas del tenis masculino, ya que en nuestras competiciones deportivas no se toleraba ningún tipo de discriminación por razón de sexo. Un solo partido podía durar toda la semana que estábamos en Baltimore, y Mikey llevaba la cuenta de la puntuación meticulosamente. El ganador recibía una medalla que nos compraba papá y una cena en el restaurante que eligiera de entre las muchas buenas opciones que había en el pueblo, cortesía de mamá. Mikey siempre ganaba. Y nunca elegía cenar en el O'Driscoll, donde servían las mejores patatas fritas, ni en The Blue Nile, donde las hamburguesas eran tan jugosas que nos goteaban por toda la ropa y mamá se ponía histérica, ni en el Tanta, donde hacían unas pizzas con una base finísima perfecta. Siempre se decidía por el puesto de crepes que había junto al muro del puerto. Así que los cuatro nos sentábamos ahí con los pies colgando encima del agua, y comíamos crepes para cenar y nos reíamos, completamente felices con nuestras vidas.

—¿Me echarás de menos? —le pregunté.

Mikey se agarró el pulgar derecho con la mano izquierda y empezó a frotarse la piel como hacía siempre que alguien hablaba de emociones.

—Sí —contestó, y se giró para mirar por la ventana a tres vacas cuyas cabezas asomaban por encima del seto de un campo cercano a la rotonda—. Y a Niall. Y a Arthur. Pero volveremos a casa de vez en cuando. Papá me lo ha prometido. —Asintió para sí mismo y supongo que también para las vacas—. He estado pensando en que podría dividir mi colección. —Habíamos vuelto al terreno seguro de la guerra, así que Mikey dirigió la mirada de nuevo hacia el parabrisas y dejó de frotarse el pulgar, aunque siguió agarrándoselo por si acaso volvía a salir algún tema relacionado con los sentimientos—. Podría tener diferentes periodos históricos en cada casa. Tal vez podría incluso buscar otros proveedores para expandir la colección. Por lo visto las revistas de Beauford también son buenas. Colm siempre las compra. Pero no sé si seré capaz de hacerlo.

Colm era el amigo de internet de Mikey: coleccionaba cualquier cosa relacionada con la historia militar y jugaba a juegos de la PS4 que contuvieran cualquier tipo de batalla medieval. Colm y Mikey nunca habían quedado en persona ni tenían intención de hacerlo. Para Mikey el mundo en línea desprovisto de toda interacción social era una bendición, y mis padres, a diferencia de la mayoría, se habían alegrado de su llegada y de lo feliz que era mi hermano cuando se sumergía en la red. Al cumplir los quince años su mundo simplemente cambió a mejor.

Cuando de pequeña me di cuenta de que Mikey no tenía ningún amigo con quien hablar como yo con Cacahuete, insistí en jugar en su habitación con mis juguetes mientras él jugaba con los suyos. Ambos éramos felices jugando en silencio y por separado mientras nos hacíamos compañía. Sin embargo, con la llegada de los videojuegos ya no necesitó tanto mi presencia, aunque durante un tiempo seguí yendo a sentarme en su habitación y fingí interés por aquel nuevo mundo mientras él charlaba con sus amigos invisibles, hasta que al final me rendí y lo dejé a su rollo, ya que vi que estaba bien.

—Mmm. Parece una decisión complicada. Pero aún tienes mucho tiempo para decidirte. Te quedan por lo menos seis meses antes de tener que empezar a hacer las maletas.

—Sí. Hacer las maletas. Eso no me hace ninguna ilusión, Jeanie. ¿Crees que Niall podría ayudarme? Se le da muy bien este tipo de cosas. Tiene una mente muy lógica. ¿Podrías pedírselo?

—Por supuesto, pero también se lo podrías pedir tú mismo.

—Sí, pero creo que será mejor que se lo pidamos los dos. Así sabrá que es importante.

—De acuerdo. No hay problema. Sabes que haríamos lo que fuera por ti. Y si decides dejar algo en tu cobertizo, nos aseguraremos de que la calefacción esté siempre encendida aunque tú no estés para mantener a raya la humedad.

—Puede que tenga que hablar con papá sobre la posibilidad de pedir una nueva suscripción. No sé si se lo tomará muy bien.

Miré hacia mi hermano y me di cuenta de que había vuelto a frotarse el pulgar.

—A ver, Mikey, ¿qué te he dicho siempre que tienes que hacer en estos casos? —Sonreí.

—Ah, sí. «Cuando se trate de gastar dinero no hables nunca primero con papá, mejor siempre con mamá». —Soltó una risita.

—Te echaré de menos, Mikey. Esto no será lo mismo sin ti. Creo que me sentiré muy sola. —No tenía intención de volver a hablar de sentimientos, pero se me escapó sin más antes de que pudiera contenerme. No hacía falta que lo mirase para saber que ahora seguramente tendría el dedo completamente rojo.

»Lo siento, no debería haber dicho esto. O sea, al fin y al cabo, no será tan horrible. Todavía tendré a Niall y a Harry.

—Y a Arthur —añadió Mikey.

—Sí, y a Arthur —dije.

Cuando regresamos a casa y Mikey cerró la puerta de su cobertizo me enteré de que habíamos recibido otra llamada. Niall ya se había quitado el traje y había vuelto a ponerse su ropa de paisano, y cuando entré tenía una mano metida en la manga de la chaqueta y estaba intentando agarrar las llaves del coche con la otra.

—¿Quién ha muerto? —pregunté.

—Timothy Lennon.

—¿Pequeño? Vaya. Ahora tendré que aguantar que Arthur me lo restriegue hasta la saciedad. —Niall me miró inquisitivamente—. Esta mañana ha decidido volver a ponerlo en su porra para el fin de semana.

—Ah.

—¿Quieres que vaya contigo?

—No. No voy a ir a buscarlo yo. —Ahora Niall tenía ambos brazos metidos en la chaqueta y estaba agitando el izquierdo para conseguir que le bajara la manga de la camisa—. David me ha dicho que ya se encargaría él. Con la ayuda de Harry seguro que se las arreglará perfectamente.

—Pero entonces, ¿a dónde vas?

—Te estaba esperando. Vamos a salir. —Niall había perdido la esperanza de que la manga de la camisa bajara por sí sola. Buscó con la mano derecha la manga remolona del brazo izquierdo y solucionó el problema de un solo tirón.

—¿Ah, sí? ¿Por qué?

—Tenemos que largarnos de aquí para poder hablar largo y tendido sobre la jubilación de tus padres.

Recordaba pocas veces en las que Niall hubiera tenido una mirada tan decidida que no admitía discusión.

—Bueno, vale, ¿pero puedo cambiarme primero?

—De acuerdo, pero no tardes mucho. Te espero en el coche.

CAPÍTULO NUEVE

En comparación con la escuela primaria, la secundaria se me hizo menos cuesta arriba, ya que me sentía más fuerte en un grupo de cuatro. Éramos como el aislante de una caldera, impenetrables. Nos protegíamos mutuamente de lo que el resto de la gente decía sobre nosotros. Aquello nos permitía tener la piel más gruesa y hacer oídos sordos a sus continuas burlas. Mis compañeros no cambiaron ni maduraron tan deprisa como me hubiera gustado; seguían tan dispuestos como siempre a hacer ingeniosos comentarios sobre mi vida.

—Hey, Morticia, ¿haces sesiones de espiritismo?

Sus ocurrencias me resbalaban, actuaba como si no me hubieran dicho nada. Seguía caminando con los demás a mi lado sin girar siquiera la cabeza. Pero cuando mencionaban a Mikey («Ese hermano tuyo está como una cabra, ¿lo sabías?»), les cortaba el paso con mi cuerpo de metro y medio y les decía: «Repítelo si te atreves».

Sin embargo, se limitaban a reírse y a rodearnos, pues Cacahuete, Ruth y Niall me retenían para que no me metiera en un lío del que luego no pudiera salir.

En primaria Mikey había ido a un colegio especial, pero debido a su inteligencia superior a la media, aconsejaron a mis padres que lo transfirieran a un colegio ordinario en secundaria. Cuando yo empecé el instituto mi hermano iba dos cursos por delante de mí.

Cada día iba a buscarlo a la hora de comer para ver cómo estaba. Le habían asignado un asistente de educación especial durante las clases, pero a la hora de comer estaba por su cuenta.

Así que pasábamos la hora de comer juntos; me aseguraba de que comiera algo, porque a veces si había tenido una clase de Historia especialmente interesante continuaba leyendo su libro y se olvidaba de que tenía hambre. O comprobaba que no requiriera ayuda para preparar el material que necesitaba para las clases de la tarde.

Mis amigos sabían que a aquella hora estaba con Mikey. Niall era quien más se relacionaba con él, ya que charlaban sobre los últimos lanzamientos de PlayStation. A veces, si Niall y yo teníamos asignaturas diferentes antes de la hora de comer, al llegar ya me lo encontraba ahí inmerso en una conversación con mi hermano, y entonces me quedaba un poco atrás y contemplaba su amistad floreciente. Y sonreía. A veces Niall se daba cuenta de mi presencia, se sonrojaba y sonreía antes de volver a centrarse en la conversación que estaba manteniendo con Mickey, mientras yo cumplía con mi propósito: hurgar en la mochila de mi hermano para sacarle la fiambrera y ponérsela delante de sus narices.

—¿Has venido a visitar a tu hermano rarito de nuevo, Dorothy? —dijo Damien Rath, un gilipollas de nuestro año. En tercero empezó a llamarme Dorothy por *El mago de Oz*. No me molesté en preguntarle por qué Dorothy y no la Bruja Mala del Oeste, el personaje que habría elegido si hubiera estado en su lugar. Aquel día, cuando sonó el timbre y me despedí de Mikey, se quedó rezagado con nosotros cuatro.

—Cállate la boca, Rath. —Nunca sabré el motivo por el cual Niall decidió enfrentarse a él aquel día. Giré la cabeza para mirarlo y me pregunté por qué no había adoptado nuestra política habitual de ignorar a Damien, ya que todos sabíamos que lo mejor era dejarlo cotorrear con la esperanza de que se le acabaran las pilas y se largara.

—No te metas, Longley. Estaba hablando con ella.

Niall inclinó la cabeza con exasperación y le cortó el paso a Damien.

—Me meto si insultas a mi amiga.

—Uuuh. Eres todo un hombretón, ¿verdad, Nialler? —Damien esbozó una amplia sonrisa de oreja a oreja, abrió los ojos desmesuradamente y señaló con entusiasmo a Niall—. A ti lo que te pasa es que te gusta la hermana del rarito, ¿verdad?

—Eres un imbécil.

—Pero tengo razón, ¿o no? Bueno, supongo que para ella será un cambio agradable tirarse por fin a alguien vivo.

Niall alzó el puño para golpear a Damien, pero Ruth le agarró el brazo justo a tiempo. Damien siguió señalándolo y riéndose mientras pasaba por su lado.

—¡Gilipollas! —gritó Ruth cuando Damien le hizo la peineta, y luego le soltó el brazo a Niall.

—Gracias —le dije a Niall.

Se encogió de hombros avergonzado y me adelantó mientras nos dirigíamos al aula C12.

La mayoría de las veces quedábamos en mi casa. Dado que Mikey estaba casi siempre encerrado en su habitación y mis padres se pasaban el día trabajando, era como si fuera hija única y tuviera la casa siempre libre. Más adelante beberíamos alcohol a escondidas o robaríamos alguna botella del armario de mi padre, pero por aquel entonces nos tumbábamos en el salón, comíamos mierdas azucaradas que los niños de catorce años no deberían ni tocar y hablábamos de nuestro limitado mundo. Era perfecto.

Charlábamos sobre todo sobre nuestros compañeros de clase. O sobre los profesores, siempre teníamos algo que decir sobre ellos. Diseccionábamos y analizábamos cada dato interesante que habíamos recabado escuchando disimuladamente las conversaciones de los demás desde todos los ángulos posibles hasta haber exprimido todo su valor, y cuando nos quedábamos sin cotilleos nos poníamos a hablar sobre la última obsesión animal de Cacahuete o el nuevo peinado de Ruth que esperaba que me enseñara a hacer. Niall era el más reticente de los cuatro a compartir sus novedades, que solían estar relacionadas con los dos deportes que practicaba, el fútbol gaélico y el fútbol. Estuvimos a punto de no enterarnos de que había marcado el gol de la victoria en las finales del condado, pero aquel viernes lo noté diferente, más alegre y de risa más fácil, por lo que sospeché que había ocurrido algo. Cuando me enteré le hice una tarjeta de felicitación de lo más ridícula con un trébol y un balón de fútbol. Las manualidades nunca habían sido lo mío.

Pero Niall nunca se mostraba reacio a hablar de la familia Masterson. Si estábamos los dos a solas me pedía que le enseñara la funeraria. Yo accedía siempre que no hubiera nadie cerca, ni vivo ni muerto. Lo llevaba al velatorio, le mostraba los ataúdes de la sala de exposición, o acariciaba con los dedos el escritorio de mi padre y le contaba a quién habíamos atendido aquella semana y lo que nos había dicho.

—No lo entiendo, Niall —lo cuestioné un día mientras estaba sentada en la silla de la sala de embalsamar donde normalmente dejábamos la ropa de los difuntos antes de ponérsela. Creo que por aquel entonces teníamos quince años. Hacía un año que trabajaba a tiempo parcial con papá. Ahora ya era una empleada oficial con un sueldo real, no una voluntaria entusiasta. Papá decía que me estaba entrenando para cuando terminara los estudios y pudiera trabajar a tiempo completo—. Nadie que no haya crecido dentro de este negocio tiene tanto interés por este mundo. A ver, sí, todos quieren oír las historias espeluznantes, pero tu curiosidad es un poco inusual. Tal vez debería decirle a Damien Rath que el rarito eres tú, no yo —bromeé.

—La verdad es que no sé muy bien cómo explicarlo. Simplemente es algo que me fascina. Y tú también me fascinas. —Niall estaba de espaldas a mí observando el líquido de embalsamar con las manos sobre los pomos de las puertas abiertas del armario, sin ser muy consciente de lo que acababa de decir. Hasta que finalmente se dio cuenta, cerró enseguida el armario y se giró hacia mí—. Quiero decir, que me fascina lo que puedes hacer, hablar con los muertos y eso.

Fue la primera vez que recuerdo haber sentido aquella sensación en mi estómago. Todos habíamos dicho que nos «gustaba» alguien, o por lo menos Ruth lo decía a menudo, pero hasta aquel momento yo nunca había experimentado aquel sentimiento ni se lo había inspirado a nadie que yo supiera. Era agradable saber que alguien podía ver algo más que muerte en mí, si es que el instinto no me engañaba. Sonreí por el cumplido durante un segundo y luego me mordí el labio con los dientes. Los dos nos quedamos en silencio con las mejillas coloradas por la vergüenza compartida.

—¿Qué se siente? —preguntó Niall al cabo de un rato, y se acercó para inclinarse contra la mesa de embalsamar—. Ya sabes, al hablar con ellos.

Y a pesar de que ya habíamos hablado varias veces de aquel tema, aquel momento fue tan especial como la primera vez.

—Bueno, como he dicho siempre, no es algo que dé miedo. Para mí es tan natural como lo es estar hablando contigo ahora.

—Excepto por el hecho de que están muertos.

—Sí. Pero me gusta hablar con ellos, bueno, casi siempre. A veces meto la pata.

—¿A qué te refieres?

Me revolví en la silla dudando de si debería hablar sobre ese tipo de cosas con alguien que no fuera papá, pero tuve que recordarme que con Niall siempre me sentía segura.

—Por ejemplo, hace un mes llegó un hombre llamado John Kavanagh y me pidió que le dijera a su hermano Noel que había dejado en herencia su parte de la granja a su sobrino Eamon porque consideraba que era mejor granjero que él. No sé qué había ocurrido entre ellos ni por qué decidió contarme todo eso a mí, una chica de quince años, pero no tuve tiempo de preguntárselo y de todas formas tampoco lo hubiera hecho, porque mi trabajo no consiste en satisfacer mi propia curiosidad.

Se trata de los muertos, no de mí, ni siquiera de sus familiares, aunque papá no está de acuerdo conmigo en este aspecto; según él, siempre es mejor contentar a los vivos.

—Ves, eso es justo lo que me fascina —señaló Niall entusiasmado—. Me quedo alucinado cuando me cuentas este tipo de cosas. Incluso cuando éramos pequeños ya eras tan... no sé... profunda. Ojalá esos gilipollas de clase pudieran escucharte hablar así.

—Sí, claro. Solo pensarían que estoy incluso más tarada.

—¿Qué le dijiste al hermano?

—La verdad es que no debería estar contándote nada de todo esto, papá me mataría si se enterara, pero verás, no me gusta que esté tan convencido de que a veces tenemos que maquillar la verdad y no decir las cosas tal y como son.

Por aquel entonces estaba empezando a cuestionar las normas, como debe hacerlo cualquier quinceañero. Aquella política de papá de «mentir cuando sea necesario» no me parecía justa. Solo servía para protegernos a nosotros mismos, y desde luego nuestro trabajo no se trataba de eso, me quejé casi todas las noches a la hora de cenar durante un año. Mamá se negaba a intervenir en nuestros debates cuando la miraba para que me apoyara. «No pienso meterme en esta discusión», decía, como si llevara años intentando en vano que entendiéramos su punto de vista.

—En cualquier caso, papá no estaba lo bastante cerca como para oír la conversación —continué—, así que pensé que aquella era mi oportunidad para demostrarle que mentir no siempre era la mejor política. Así que se lo conté todo a Noel. Me giré hacia él y le dije que su hermano le había dejado la granja a su sobrino. «John dice que Eamon es mucho mejor granjero que tú», palabras textuales de John.

—¡Joder!

—Sí, lo sé. Tensé los dedos de los pies dentro de los zapatos y me puse a temblar, pero estaba decidida a hacerlo. Pero entonces Noel, que era un tipo enorme con los brazos y las piernas tan anchos como esa puerta, empezó a ponerse rojo. Estaba convencida de que se le iría la cabeza. Papá vino corriendo y se puso delante de mí por si acaso.

—Dios mío, ¿y qué hizo aquel hombre?

—Se echó a llorar. Se derrumbó sobre una silla y rompió a llorar inconsolablemente. Me sentí fatal, como si fuera yo quien le hubiera dicho todo aquello, aunque supongo que en cierta manera lo hice. No dijo nada durante un buen rato, simplemente se quedó allí sentado cubriéndose la cara con sus manazas grandes como palas. Y luego se levantó y se fue sin mirar atrás, ni siquiera se presentó al funeral al día siguiente. Lo encontraron dos días después en la granja. Iba borracho y amenazaba con pegarse un tiro.

—Por Dios.

—Cuando me enteré me quedé devastada. Quise ir a verlo para decirle que lo sentía, pero papá me dijo que no, que dejara las cosas tal y como estaban. Este trabajo es imposible. Si dices algo estás jodido, y si no dices nada también: hagas lo que hagas siempre acabas decepcionando a alguien.

—¿Tu padre se enfadó contigo?

—Bueno, al principio un poco. Pero luego me dijo que llevaba suficiente tiempo en este negocio como para saber que no hace falta que los vivos lo sepan todo. Admitió que en este caso Noel hubiera acabado enterándose tarde o temprano de lo que pensaba su hermano por la herencia, aunque señaló que precisamente por eso podría haberme ahorrado aquel disgusto, ya que muy pronto el notario le informaría de todo. Luego me abrazó y me dijo que con el tiempo acabaría encontrando mi propia manera de lidiar con ese tipo de cosas igual que él había encontrado la suya.

Jugueteé con los dedos mientras reflexionaba sobre la devastación que había causado aquel día. Mamá también se había disgustado. Aquella semana oí desde mi cuarto que mis padres cerraban la puerta de su habitación dos veces, momento en que mi madre alzaba y bajaba la voz enfadada y exasperada con mi padre por exponerme a todo aquello. Incluso falté un día a clase.

—Eres la persona más valiente que conozco.

—¿En serio? —Arrugué la nariz al oír aquella afirmación tan rimbombante y seguramente ridícula.

—En serio. —Niall asintió con la cabeza y luego volvió a apartar la mirada, así que volvimos a quedarnos en silencio y muertos de vergüenza como antes. Pero tuve la sensación de que Niall estaba a punto de decir algo más. Crucé las piernas y me preparé para oír una confesión de algo más profundo y personal. Aunque lo que dijo no fue exactamente lo que esperaba.

—¿Crees que tal vez algún día podría estar presente?

—¿A qué te refieres?

—A si podría estar presente mientras hablas con algún muerto.

—Oh... bueno, no es algo que puedas fijar en un calendario. La gente no siempre se muere cuando te va bien. Y en cualquier caso papá y Harry son muy protectores con este espacio y con los clientes. Si supiéramos que estamos aquí me matarían.

—¿Y si quisiera ser embalsamador como Harry? ¿Crees que entonces les importaría? Sería como una especie de lección, ¿no?

—¿Te gustaría ser embalsamador? —pregunté sorprendida, y en un abrir y cerrar de ojos me transformé en uno de aquellos incrédulos que normalmente se quedaban con la boca abierta al saber a lo que me dedicaba.

—Sí, ¿por qué no?

—Porque tendrías que aguantar toda una vida de burlas por culpa de las personas ignorantes. Yo estoy obligada a hacerlo, pero tú no. Tú podrías trabajar de lo que quisieras. La señorita McEntee dice que eres el mejor de la clase en dibujo técnico. Que tienes «cerebro de ingeniero».

—Sí, puede, pero... no lo sé. Este lugar me gusta mucho. —Despegó un poco la mano derecha de su rodilla y con la palma bocarriba gesticuló hacia la habitación mientras miraba la pared que tenía enfrente y luego el armario—. Me despierta sentimientos.

Si hubiera tenido la valentía que Niall había insinuado que poseía hace un momento, le habría preguntado: «¿Es este sitio lo que te despierta sentimientos o yo?».

—¿Lo dices en serio? —insistí—. ¿No es una especie de broma?

—¿Es que a estas alturas todavía no me conoces, Jeanie? Nunca te tomaría el pelo con eso, nunca.

—Vale. Bueno, lo preguntaré.

—Gracias. Te lo agradezco de corazón. —Me miró con sinceridad y supe que seguiría haciéndolo hasta que alguno de los dos se muriera de vergüenza. Y en aquel momento fue cuando empecé a preguntarme si la posibilidad de que hubiera un «nosotros» podría estar bien.

CAPÍTULO DIEZ

Cuando regresé junto a Niall, que me estaba esperando sentado en el coche tras el funeral de Bernadette, ya había pasado media hora. Enfadado porque hubiera tardado tanto, atravesó la verja a toda velocidad y ni siquiera se molestó en cerrarla detrás de nosotros.

—Mikey me ha dicho que ya cerraría él. —Fijó la mirada hacia adelante e ignoró mi mirada interrogativa.

Mientras esperábamos para salir de la calle Church Street y meternos en la calle principal, Ciara Considine, la farmacéutica, nos saludó con la mano, Miles Walker, el del taller junto al puente de Dublin Bridge nos tocó el claxon y Ursula Martin nos dio un golpecito en la ventana para preguntarnos si ya sabíamos los detalles del funeral de Pequeño. A veces desearía que fuéramos unos completos desconocidos en Kilcross, unos recién llegados. Porque a no ser que te convirtieras en un blanco por ejemplo, qué sé yo, por haber ganado algún premio que obviamente debería haber sido de un local, la gente normalmente te dejaba en paz. Podría venir un chiflado y lo único que dirían de él en el supermercado SuperValu sería que no les sorprendía porque no había nacido y crecido aquí. Los forasteros tenían permiso para ser diferentes y pasar totalmente desapercibidos. Y para no tener que saludar a nadie.

Niall condujo hacia el interior. No hablamos mucho y aproveché para cerrar un poco los ojos y descansar. Medité sobre la ausencia del deber y sobre Niall y yo mientras dejaba que los vestigios de su enfado por mi tardanza se esfumaran.

Una hora más tarde entramos en el aparcamiento del Woodstown Lodge, un hotel exorbitantemente claro de madera al estilo nórdico cerca del lago Inver. Miré a Niall y le sonreí mientras salíamos del coche.

—Tenemos una reserva para comer —dijo—, o por lo menos la teníamos. Tal vez a estas alturas ya hayan dado nuestra mesa a otras personas.

—¿Cómo has conseguido mesa? ¿Hiciste una reserva hace semanas?

—No —dijo mirándome por encima del capó del coche—. Los he llamado esta mañana y me he echado a llorar hasta que han cedido. —Aunque sabía que lo decía en broma su voz sonaba seria, como si todavía estuviera molesto por mi tardanza o tal vez por otra cosa.

—¿En serio ha funcionado?

—No —confesó—. Les han anulado una reserva.

Me apoyé en el coche, descansé la cabeza sobre los brazos cruzados y miré hacia el hotel y el lago de aguas aparentemente tranquilo. Pero al entrecerrar un ojo y fijarme un poco más vi que la superficie estaba ligeramente agitada, que las ondas parecían el nervio crispado de una sien latiendo a su propio ritmo extraño y desincronizado.

—¿Y si nos mudásemos a vivir aquí? —pregunté pensando en las habitaciones de lujo en las que nunca había puesto un pie pero que había contemplado boquiabierta en sus panfletos.

Niall rodeó el coche para pasarme el brazo por la cintura y animarme a seguir adelante.

—Venga, va —dijo—, o a este paso no vamos a comer nunca, y menos aún a mudarnos.

—No te merezco —admití sentada en una mesa con un mantel de tela blanco junto a una ventana que iba del techo al suelo con vistas al agua.

—Lo sé —dijo Niall sonriendo genuinamente por primera vez en todo el día. Se le había pasado el enfado, así que ya no quedaba ningún tipo de tensión entre nosotros.

De repente llegó el camarero con nuestros menús y un poco de agua con hielo y lo observamos mientras nos llenaba los vasos. Se fue pero regresó casi enseguida con una cestita llena de pan caliente y dos platitos con mantequilla que suponía que habrían preparado aquella misma mañana en la cocina.

—Sabes que todo eso de la jubilación de tus padres saldrá bien, ¿verdad, Jeanie? —dijo Niall dedicándome una sonrisa solidaria mientras la mantequilla se fundía en su trozo de pan.

—Sí, no para de decírmelo todo el mundo. —Hablé con un tono de voz más sarcástico de lo que pretendía y volví a enrarecer el ambiente, provocando que diéramos un paso atrás y que Niall volviera a dudar de mí. No éramos ajenos al terreno pantanoso. Aquella oscilación entre el aprecio y la frustración por el otro iba y venía en cuestión de segundos desde hacía años.

—¿Pero es que no lo ves, Jeanie? —dijo Niall soltando una risita incrédula—. Es nuestra oportunidad para poder vivir la vida como queramos. Esto no se trata solo del negocio, sino también de nosotros. De tener una casa para nosotros solos, por no mencionar tiempo y espacio para explorar distintas posibilidades sin tener que preocuparnos por si alguien nos estará escuchando al otro lado de la puerta. Y con esto no quiero decir que tus padres sean unos entrometidos. —Hizo un gesto con la mano para enfatizar que no tenía intención de ofender a nadie—. Tengo la sensación de que es exactamente lo que necesitamos. De hecho no podríamos haberles pedido que se jubilaran en un mejor momento, ¿no crees?

Resulta fascinante cómo dos personas pueden ver lo mismo de maneras tan diferentes. Yo veía aquel cambio inminente como algo negativo; Niall, por su parte, lo veía como si el vaso proverbial estuviera lleno a rebosar.

—Supongo... —Conseguí esbozar una sonrisita llena de culpa y bajé la mirada hacia mis manos que un segundo antes habían elegido un panecillo con tomate e hinojo que ahora ya no me apetecía en absoluto—. No lo había visto así.

—Tienes que tener fe en ti misma y en que podremos con todo, Jeanie. Si conseguimos abrirnos y ser sinceros el uno con el otro, este podría ser el inicio de un nuevo capítulo de nuestras vidas.

—Seguro que piensas que soy la mujer más desagradecida del mundo. Nos están dando en bandeja una casa y un negocio y voy yo y monto una pataleta.

—No montaste una pataleta.

—Bueno, pero tampoco me puse a dar saltos de alegría.

—No, pero lo entiendo, sé lo mucho que te afecta ese lugar; sé que te encanta, pero que también te pasa factura. Pero que un trabajo te encante no significa que no pueda ser también una carga. ¿Crees que Obama se levantaba cada día pensando «Cuánto me alegro de ser el presidente de los Estados Unidos»?

—Tampoco es que sea la presidenta de Estados Unidos.

—Bueno, pues míralo así: sé que me quieres, pero esto no significa que me quieras cada minuto de cada día.

Era una analogía inofensiva. En realidad, a simple vista, no parecía ir con segundas. Y, sin embargo, no la acompañó de ninguna sonrisa descarada, por lo que solo vi a un hombre que no estaba seguro de si lo quería con todo mi corazón. Niall dio un sorbo a su agua sin gas y posó sus ojos en los míos durante un segundo antes de desviarlos hacia el vaso con la intención de dejarlo sobre el mantel y ver así cómo su mano lo desplazaba hasta encontrar el lugar perfecto. Me pregunté si en realidad aquella comida se trataba de nosotros y no del negocio.

Al cabo de un momento vino el camarero para tomarnos nota. Casi no habíamos echado ni un vistazo al menú, pero aun así elegimos algunos platos. Sonreímos y le respondimos cuando nos preguntó a qué punto de cocción queríamos el atún y el filete. Cuando se marchó nos quedamos un momento en silencio durante el que no supe muy bien cómo reaccionar a las palabras de Niall, o si ni siquiera esperaba que contestara algo.

—De hecho, ¿puedo hacerte una pregunta, Jeanie? —Su intervención me ahorró el dilema. Vi cómo se le arrugaba la frente al poner cara seria mientras fijaba la mirada en los dedos con los que estaba alisando el mantel—. Y por favor respóndeme con sinceridad. Tengo que saberlo antes de que sigamos adelante y planeemos nuestro futuro juntos.

—Eh, vale —dije poco a poco cada vez más preocupada.

—¿Es por nosotros?

Fue como si algo en mi interior se moviera, se desplazara. Ya lo habíamos hablado antes; no quería volver a tocar el tema, por lo menos no en medio de un restaurante.

—¿A qué te refieres? —respondí con voz queda.

—Bueno, últimamente hemos tenido problemas, ¿verdad? —Me di cuenta de lo mucho que le estaba costando preguntármelo porque todavía no había levantado la mirada; seguía con la vista fijada en sus dedos mientras los movía de un lado a otro—. Verás… —Se removió en su asiento—. Bueno, solo me estaba preguntando si la jubilación de tus padres te estaba ayudando a inclinar la balanza, a darte cuenta de que nosotros, o más bien yo, no soy suficiente para ti.

Volvió a alargar la mano para agarrar el vaso de agua y dio un sorbo esta vez más largo antes de volver a dejarlo donde estaba.

—Eso es ridículo, Niall —protesté como si aquella idea no me hubiera pasado nunca por la cabeza.

—¿De verdad?

—Pues claro que sí, ¿cómo se te ocurre decir eso?

—No lo sé, tal vez sea porque no quieres tener hijos. Porque nunca has querido ni siquiera valorar la idea de buscar una casa para nosotros solos. Es como si quisieras quedarte estancada en este mundo en el que siempre has vivido, como si te diera demasiado miedo salir de ahí por algún motivo que desconozco y que solo se me ocurre que podría estar relacionado conmigo. —Se llevó un puño a la boca como si quisiera evitar que se le escapara algo más y echó un vistazo a los demás comensales del restaurante.

—¡Ah! —exclamé—. Ya estás otra vez con el tema de los niños.

—No, no hagas eso, no le restes importancia como si estuviéramos hablando sobre cuál es la mejor manera de colocar los cacharros en el lavaplatos. Y en cualquier caso, es mucho más que eso, Jeanie. En serio, llevamos qué, cuatro años juntos, y todavía seguimos viviendo en el cuarto de invitados de tus padres.

—Pero si en esa casa caben tres familias.

—Lo sé. Pero esa no es la cuestión.

—Mira, sé que siempre has soñado con tener una casa junto al mar, pero pensaba que lo miraríamos dentro de unos años, que sería más bien una casa de veraneo, no que la quisieras ahora mismo. Te juro que pensaba que te parecía bien vivir con mi familia, que te caía bien.

—No, Jeanie, no es que tu familia me caiga bien, es que la adoro. Y he aceptado vivir con ellos durante todo este tiempo porque me lo han puesto muy fácil. Pero cuando ayer tu padre dijo que se marcharían y que te lo dejarían todo pensé que ya era hora, que había llegado nuestro momento. Por fin, a los treinta y dos años, viviremos solos y a nuestro aire. Y además tampoco tendrías que preocuparte por Mikey. Incluso podríamos reformar la casa y ponerla a nuestro gusto. Estaba pensando en todo esto cuando de repente te miré y te vi tan asustada, Jeanie. Como si te hubieran quitado todo el papel de burbujas que te había estado envolviendo y protegiendo hasta ahora. Así que me puse a pensar que tal vez el problema era yo. Que tal vez te daba miedo quedarte a solas conmigo.

—No, no se trata de eso…

Justo entonces nos trajeron los entrantes, crepe de cangrejo y vieiras marinadas, cosa que me impidió volver a protestar de manera poco convincente. Creo que ni siquiera fui capaz de sonreír al camarero. Pero lo observé mientras se alejaba para rellenar los vasos de vino de una pareja de ancianos que había en la entrada de la sala y que parecían estar perdidamente enamorados.

—¿Qué te parece si pedimos una copa? —sugerí pensando que tal vez eso nos ayudaría.

—¿Qué? No puedo, tengo que conducir, pero tómate una tú si quieres. ¿Te apetece?

—No, en realidad no —dije con voz triste como si lo estuviera volviendo a decepcionar. Levanté el tenedor y jugueteé con el cangrejo, pero enseguida volví a dejarlo porque me entraron náuseas. Niall todavía no había ni tocado los cubiertos.

—Me estoy cansando, Jeanie. Me estoy cansando de vivir como tú quieres. De que todo tenga que hacerse según tus términos.

—Niall, yo...

—No, escúchame —me interrumpió, y soltó un suspiro mientras se masajeaba la frente—. Esto también es culpa mía. Lo he aceptado todo sin más. ¿Cómo podrías saberlo si nunca he tenido los cojones de decírtelo?

—Por favor, Niall, podríamos no...

—Así que aquí va, eso es exactamente lo que quiero: hijos, una casa junto al mar...

—Lo sé, Niall, ¿pero podríamos no hablar de este tema aquí?

—Y... —continuó ignorando mi petición y levantando un dedo por cada cosa que mencionaba— también quiero el televisor más grande del mundo, uno que ocupe toda la pared del salón. Y un perro. Quiero un puto perro. —Entonces bajó la cabeza avergonzado o herido, no sabría decirlo—. ¡Me cago en...! —exclamó, y se pellizcó el entrecejo con los dedos—. Ahora no tengo hambre, joder. Por fin conseguimos venir a este restaurante y qué hacemos, discutir. Eso no es lo que había planeado.

Lo observé mientras exhalaba con fuerza y bajaba la cabeza. Me sentí culpable por lo exasperado que estaba conmigo, con nosotros.

—No sabía que te gustaban los perros —dije con voz queda.

Puso cara de hombre derrotado.

—¿Cómo puede ser que no sepas que me gustan los perros? Si prácticamente se me cae la baba cada vez que veo uno.

—No, perdona, quería decir que no sabía que querías tener uno.

—Bueno... pues ahora ya lo sabes.

—¿De qué raza? O sea, si tuviéramos un perro, ¿de qué raza te gustaría que fuera?

—Un teckel de pelo duro —respondió con voz queda.

—Vaya, veo que le has estado dando vueltas.

—Sí. Son muy monos. —Volvió a beber un sorbo de su vaso de agua—. Me recuerdan a ti, son pequeños y silenciosos. Aunque tienen menos pelo.

—Vaya, gracias. —Esbocé una sonrisa, pero no me la devolvió—. Podríamos tener un perro, sabes —añadí, desesperada.

—Claro. Genial. —Sus palabras no contenían ni un ápice de alegría. Creo que no habría conseguido que esbozara una sonrisita ni aunque hubiera hecho aparecer un perro en aquel preciso instante. Niall apartó la mirada.

—Y podríamos reformar un poco la casa. Es una mierda de premio de consolación en comparación con una casita junto al mar, lo sé, pero no sé cómo nos las apañaríamos viviendo tan lejos y llevando un negocio en la región de Midlands.

Volví a sonreír con la esperanza de que Niall me mirara, pero en cambio se frotó el ojo derecho. Quise decirle que parase, que no se hiciese daño. Que los ojos son demasiado valiosos como para frotarlos con tanto vigor.

—Mira, sabes qué, será mejor que comamos —dijo—. Antes de que nos demos cuenta volveremos a estar metidos en la rutina deseando haber aprovechado este momento. —Entonces se puso a contemplar el agua a través de la ventana.

Puede que aquella fuera la última frase entera que Niall consiguió articular en todo el día. A partir de aquel momento solo pronunció una o dos palabras seguidas, tres si lo forzaba, en respuesta a mis intentos por salvar el día. Recurrí a cortinas de humo conversacionales lo más alejadas que pude de nuestra relación, como, por ejemplo, la vida de otras personas, la liga de fútbol local, e incluso la previsión meteorológica; dejamos nuestros problemas para otro día que estuviéramos más capacitados para gestionarlos, que tuviéramos respuestas mejor preparadas y que estuviéramos más seguros de la solidez de la pareja, un día que no era consciente de que no quedaba tan lejos porque estaba devanándome los sesos para encontrar algo que decir.

CAPÍTULO ONCE

El verano de 2003, a la edad de dieciséis años, Niall se convirtió en el asistente de fin de semana de Harry. Papá no podía estar más contento. Niall le había caído bien desde el primer momento en que había puesto un pie en nuestra casa; era un jovencito que no había demostrado más que respeto por nuestro trabajo, toda una rareza. Pero lo que selló su vínculo fue lo mucho que Niall se preocupaba por Mikey. Siempre que Cacahuete, Ruth y yo nos quedábamos charlando en el salón, Niall solía subir a la habitación de Mikey para jugar al FIFA, un juego que a mi hermano no le gustaba especialmente pero que se había comprado porque a Niall le encantaba. A ojos de mi madre no existía persona más buena y amable que nuestro nuevo ayudante de embalsamador.

Regresamos al instituto dos semanas más tarde como estudiantes de quinto. Mikey ya había terminado sus estudios y no quería ni oír hablar de ir a la universidad, se contentaba con vivir protegido en casa, en su habitación, mientras que Niall y yo caminábamos juntos por aquellos pasillos como compañeros de trabajo y cuidadores de los muertos con la cabeza bien alta. Todavía éramos solo amigos, y aunque nos habíamos echado miraditas por encima de la mesa de embalsamar, nuestro momento todavía no había llegado. Cuando se corrió la voz de que ahora Niall trabajaba para nosotros, dejó que las bromas le resbalaran como si no hubiera oído nada. Su compostura empezó a llamar la atención. Bueno, eso y que durante el verano había pegado un estirón y se había estilizado. Ya no era de estatura media ni tenía las mejillas rechonchas: aquel hombretón de metro ochenta y rasgos cincelados hacía girar muchas cabezas. Los susurros de «buenorro» y «macizo» le seguían por los pasillos. Cacahuete, Ruth y yo coincidimos en que Niall era como nuestro hermano mayor guapo con el que todas querían estar. Yo también me reía de la broma, pero no tanto como ellas.

Pero entonces llegó un nuevo alumno al instituto.

—Fionn Cassin, fotógrafo —dijo con toda la confianza de un adulto mientras alargaba la mano para estrecharme la mía a modo de presentación junto a las taquillas de los de quinto.

—Oh. Hola —contesté, y dejé los libros que estaba intentando ordenar dentro de la taquilla para estrecharle la mano. Biología y Geografía, las dos asignaturas que tenía a continuación, dejaron de ser mi prioridad más inmediata. En cambio mi cabeza empezó a preocuparse por cómo debía tener el grano de la barbilla y si el corrector lo estaría disimulando bien, y por si llevaba el cuello de la camisa recto en vez de torcido hacia la izquierda, como solía estar siempre, escondido debajo de mi jersey, como si tuviera frío y buscara algo de calor—. Me llamo Jeanie. Jeanie Masterson.

Al cabo de unas semanas Fionn me contó que se había abierto paso entre la multitud sin que le importase que todos lo miraran con desdén, a él, un completo desconocido, para llegar hasta mí. Intenté averiguar frente al espejo de mi armario qué podría haberlo atraído hacia mí. Pero lo único que vi fue una chica menuda de rasgos finos y piel pálida, como se refería mi madre a nuestro «atractivo» común, devolviéndome la mirada.

Niall, que también estaba conmigo junto a las taquillas, miró a Fionn con desconfianza.

—Niall Longley —se presentó alargando la mano y rompiendo nuestro momento de apreciación mutua.

—¿Longley? Conozco la obra de un poeta con el mismo apellido. ¿Estáis emparentados? —Los ojos de Fionn no se apartaron de los míos. Su acento de Dublín, que normalmente provocaba que a los irlandeses rurales nos hirviera la sangre por tener que bailar siempre al son de los designios de la metrópolis, para mí sonaba como un *riff* adictivo y melódico del que no me cansaba.

—No —rio Niall, como si aquel tipo fuera un imbécil de Dublín—. No hay ningún poeta en la familia. Somos más de fútbol que de palabras.

—Qué pena. Me gustan los poetas. —Solo entonces Fionn se giró para estrecharle la mano a Niall.

Dios mío, Fionn era guapísimo, tenía unos ojos como de lobo, una sonrisa ladeada que dejaba entrever su incisivo izquierdo torcido, y el pelo negro lo bastante largo como para que de vez en cuando tuviera que soplar de soslayo para apartárselo de delante de los ojos. No era un guaperas clásico pero tenía su puntillo, era más bien un tipo seguro de sí mismo que un malote y, sin embargo, percibí un pequeño resquicio de vulnerabilidad que me alteró el corazón y provocó que tuviera ganas de decirle que no se preocupara, que nosotros cuidaríamos de él.

Cacahuete y Ruth llegaron justo en aquel momento y observaron a aquel espécimen inusual. Le dieron la bienvenida y le preguntaron cómo cojones había acabado en Kilcross.

—¿Y por qué no? —sonrió contento—. Me alegro de haber venido. ¡Mirad qué comité de bienvenida! —Gesticuló hacia los cuatro, pero me fijé en que sus ojos se posaron más tiempo en mí.

A partir de aquel día Cacahuete, Ruth y yo nos autoproclamamos las guías de Fionn en el instituto y le aconsejamos a quién le convenía evitar, con qué profesores era mejor no meterse y qué tiendas tenían las mejores ofertas para la hora del almuerzo. Absorbimos todo lo que estuvo dispuesto a contarnos sobre él mismo, pero se mostró más reservado de lo que nos hubiera gustado con el tema de por qué se había ido de Dublín.

Me di cuenta de que Cacahuete se llevó bien con Fionn desde el principio. Pero no estaba segura de si le gustaba. En ese caso me habría hecho a un lado. Le debía por lo menos eso por todos los años que me había protegido con tanta valentía. Decidí preguntárselo una tarde sin más mientras caminábamos por la carretera de Dublin Road en dirección a su casa, cuando Fionn no llevaba ni siquiera una semana en el instituto.

—Oh, no, me cae bien —protestó—, pero no me gusta de esa manera. Su pelo alborotado me recuerda demasiado a Fred.

—Fred era el hermano mayor de Cacahuete que en realidad se llamaba Tom, pero su padre, fiel a su estilo, lo había apodado Fred porque le recordaba al protagonista de *Los Picapiedras* por la seguridad que tenía en sí mismo. Fred era el cantante de un grupo de música llamado Damage que según él llegaría lejos. A lo largo de los años habíamos ido a ver algunos de sus conciertos en la parte trasera del pub Fitzer, hasta que el grupo se separó por culpa de la insistencia de Fred en levantar el pie de micrófono y blandirlo por el escenario en los conciertos, pues acabó rompiéndole el brazo al bajista.

Cacahuete veía a Fionn como un espíritu afín, igual que a mí tiempo atrás; un creyente en la vida más allá de Kilcross. Llevaba desde el primer año de instituto estancada con tres personas que se veían quedándose exactamente en el mismo lugar donde habían vivido siempre durante el resto de sus vidas. Fionn era su nuevo aliado en su búsqueda de la libertad y en su determinación por convencerme de que mi destino, o incluso mi don, no significaba que tuviera que quedarme en Kilcross.

—Además, quiere irse a Londres —continuó Cacahuete—. Lo tiene todo planeado, a qué universidad quiere ir y todo.

—Pero eso es justo lo que no me cuadra, Cacahuete, ¿por qué se ha mudado a Kilcross? Es todo lo opuesto a Kilcross.

—Supongo que por sus padres.

Al y Jess. Así era como los llamaba Fionn. Ni siquiera «padre y madre», como siempre habíamos asumido que hacían los niños de Dublín. (Mamá acabó odiando que Fionn llamara a sus padres por su nombre de pila; era una costumbre muy de Dublín, tenía un toque de liberalismo *hippy* del *Irish Times*). Se habían mudado al campo, a Drumsnough para ser exactos, un pequeño cúmulo de casas rurales a unos cinco kilómetros de Kilcross, porque necesitaban respirar un poco de aire puro, nos contó Fionn. Al era diseñador gráfico y podía trabajar desde casa, y Jess se dedicaba al trabajo comunitario e iba a la ciudad en tren.

—Creo que yo también me iré a Londres —dijo Cacahuete—. Después de terminar mis estudios en la Universidad de Dublín, claro. Seguro que allí necesitarán a una veterinaria como yo. Tú también deberías venirte. Podríamos compartir piso los tres juntos. Sería genial.

—Deberías comentárselo mañana a Fionn. Seguro que no pensará que estás loca teniendo en cuenta que lo conocemos desde hace cuánto, ¿cinco minutos?

—Bueno, tal vez me guarde esta propuesta maravillosa para otro momento. Puede que se lo diga después de que os caséis.

—¿Qué? Pero si acabo de conocerlo.

—Oh, venga ya. Te quedas callada siempre que aparece, se te nota un montón.

—No es verdad. —Me sonrojé y me eché a reír, confirmando sin lugar a dudas que me había descubierto.

Pero Cacahuete no sonrió tan ampliamente como esperaba.

—¿Y qué hay de Niall, Jeanie? Pensaba que estabais a punto de tener algo. ¿Has perdido el interés?

De repente dejé de caminar y suspiré profundamente abrumada por todo el peso de la culpa.

—No… no lo sé, Huete. Es solo que desde que ha llegado Fionn… Supongo que ahora entiendo lo que dicen con eso de que «lo sabes enseguida». Joder, no sé qué hacer. Puede que Fionn ni siquiera esté interesado en mí, y encima le rompería el corazón a Niall.

De hecho ya había empezado a rompérselo. Un día Fionn trajo algunas de sus fotos para enseñárnoslas. Una de un anciano mirando por la ventana de una habitación encima de una tienda, que me hizo sentirme más sola de lo que nunca hubiera imaginado que podría sentirme por alguien que ni siquiera conocía. Un juguete en blanco y negro abandonado en el banco de un parque cuyo dueño se había marchado, tal vez incluso llorando a mares por su pérdida. Y una chica de pie leyendo en una parada de autobús mientras la gente la esquivaba para no chocar con ella. Tal vez otra persona que hubiera presenciado aquella escena solo se habría dado cuenta del bullicio que había alrededor de la chica, pero no Fionn, que había conseguido capturar la belleza de su quietud.

—Vaya —le dije después a Niall mientras íbamos a clase de Inglés—. Fionn tiene mucho talento.

—No sabía que te gustara la fotografía.

—Oh, sí, papá es un aficionado a la cámara. ¿Sabes las fotografías que hay colgadas encima de los bancos del pasillo, la del cisne en el canal y la de la mujer y el niño caminando por la calle Mary Street? Son suyas. Vidas capturadas en tan solo un segundo. Requiere mucha habilidad.

—Nunca me había parado a pensarlo. Puede que investigue un poco.

Sabía que Niall quería desesperadamente que lo mirara para que lo viera, para que lo viera de verdad como antes, pero no pude hacerlo. No ahora que había conocido a Fionn.

—Claro —dije evitando su mirada, y dejé que la multitud de alumnos de quinto año que intentábamos entrar en el aula A23 a contracorriente de los alumnos de segundo año que intentaban salir de ahí actuara como distracción y me sirviera de excusa para guardar silencio.

Cacahuete agachó la cabeza concentrada, como si buscara la respuesta en la acera.

—Bueno, no puedes evitar sentir lo que sientes —dijo al cabo de un par de segundos—. No puedes hacer que te guste alguien solo porque te sientes culpable —me consoló, y entonces me agarró del brazo y tiró de mí—. Niall estará bien. Ruth y yo cuidaremos de él. Y además, ahora casi todas las chicas quieren salir con él, así que no estará solo. Y yo que tú tampoco me preocuparía por Fionn. ¿Has visto cómo te mira? En realidad haríais buena pareja. Los dos sois muy creativos.

—Yo no soy nada creativa.

—No estoy de acuerdo. Tus galletas de mantequilla son espectaculares. Además tienes un don especial, y esto también cuenta. —Se quedó un momento en silencio antes de continuar y habló con voz incluso más seria—. Todavía no entiendo por qué no quieres irte de aquí, alejarte de toda esta mierda que tienes que aguantar. Esas miraditas día tras día. Me preocupas, Jeanie.

—Estoy bien.

—No tienes que quedarte y trabajar con tus padres. Lo sabes, ¿verdad?

Me quedé callada. Mi padre se moría de ganas de que empezara a trabajar a tiempo completo en la funeraria en cuanto terminara los estudios. Y desde luego la culpa era mía. Había mostrado un entusiasmo tan insaciable por aquel lugar durante tantos años que nos había convencido a todos de que sin duda me dedicaría al negocio familiar. Pero eso era antes de que entendiera lo difícil que podía llegar a ser aquel trabajo.

—Por fin tendremos un tercer par de manos —decía papá—. Ya no seremos dos y contaremos con un poco de ayuda siempre que no tengas deberes. Llevamos mucho tiempo esperándote, Jeanie. Cuando empieces a tiempo completo eso sí que será un verdadero negocio familiar.

—Deja en paz a la pobre niña —decía mamá, y si estaba cerca de mí me ponía una mano en el hombro.

La mayor parte del tiempo estaba convencida de que era lo que quería hacer, pero a veces me lo cuestionaba. Qué lejos que habíamos llegado papá y yo desde aquel padre de mente abierta que había dicho que yo podría ser lo que quisiera y aquella niña que solo quería estar en la sala de embalsamar. Y desde que Niall se había unido al negocio papá no podía contener la emoción por lo perfectas que serían nuestras vidas, y a la hora de cenar rompía a reír a carcajadas en la mesa cuando decía lo aliviado que estaba por no tener que pagar a una casamentera, pues ya me las había arreglado por mi cuenta para traer al hombre perfecto a nuestra puerta. Mamá se reía al oírlo, estaba encantada con la idea porque adoraba a Niall, mientras que yo alzaba los ojos hacia el cielo.

—Veo lo duro que es para ti hacer ese trabajo, Jeanie —continuó Cacahuete, y volví a ralentizar el paso al escuchar sus palabras—. Advierto la responsabilidad que sientes. Y también es por esta ciudad. Es demasiado pequeña, todo el mundo lo sabe todo sobre ti. Eso volvería loco a cualquiera. A veces me preocupa que tu don sea más bien una maldición. En Londres también podrías trabajar en una funeraria, pero no tendrías que hacer lo que haces aquí. Podrías mantener tu don en secreto si quisieras.

—Pero los muertos lo sabrían. Sabrían que no los estoy ayudando.

«¿Y qué sería de Mikey?», quería preguntarle. No estaba segura de si sabría lidiar con el trastorno que supondría para él que uno de nosotros se marchara. Pero me guardé aquel pensamiento para mí, pues sabía que Cacahuete me diría que se trataba de mi vida, no de la suya, y no quería oírselo decir. En lugar de eso miré al otro lado de la calle, hacia el aparcamiento de un bloque de pisos, donde una niña de unos ocho años salió del asiento trasero de un coche y enseguida se puso a hacer el pino. Envidié al instante la libertad de sus movimientos, lo despreocupada que estaba por lo que el mundo pudiera pensar de ella mientras alzaba las piernas y los brazos le temblaban durante un momento.

—Bueno, ¿y si te dedicaras a otra cosa? Marcharte a Londres podría sentarte bien. Podrías hacer cualquier cosa. Imagínate como sería la vida sin esta presión.

Me detuve en plena acera, obligando a un chico que reconocí como un novato de primero a bajar a la calzada para no chocar con nosotras. Mientras me disculpaba me pregunté si habría oído parte de nuestra conversación.

—No pasa nada —dijo con aquella especie de asombro y deleite que se siente cuando te habla alguien mayor. Lo observé mientras seguía caminando con dificultades por el peso de la mochila que llevaba en la espalda. Daba la sensación de que su delgado cuerpo se caería de un momento al otro, hasta el punto en que me planteé si debería ofrecerme a llevarle la mochila. Pero avanzaba tan deprisa que enseguida se alejó.

—Entiendo tu preocupación, Huete. —Volví a centrar la atención en mi amiga al cabo de un momento—. De verdad. Pero estoy la mar de bien.

—Lo siento, Jeanie, solo me preocupo por ti, eso es todo. —Me apretó ligeramente el hombro. Asentí con la cabeza y retomé la marcha—. Bueno, volviendo a tu boda. Cuando elijas vestidos de dama de honor ten en cuenta que el color que más me favorece es el azul.

Me reí, aliviada por el cambio de tema y contenta por lo mucho que quería a aquella chica.

—Pero deberías contarle a Fionn lo de tu don antes de la boda —dijo, y entrelazó su brazo con el mío mientras pasábamos por delante del aparcamiento y doblábamos a la derecha en dirección a su casa—. De hecho te aconsejo que lo hagas cuanto antes, para que no se entere por otro.

Poco después de aquella conversación, tal vez al día siguiente, Cacahuete decidió tomar cartas en el asunto a pesar de mi inquietud. Cacahuete, Fionn y yo estábamos sentados en el suelo frente a la zona de las taquillas; mi amiga estaba en medio y los tres teníamos las piernas estiradas, que íbamos encogiendo y volviendo a estirar como si fueran pistones cuando pasaba gente, y estábamos hablando de que por qué los demás seguían obsesionados con Fionn si ya llevaba dos semanas en el instituto. Fionn había vuelto a sorprender a Jasmine Daly mirándolo fijamente.

—Seguirás causando este efecto en los demás durante un tiempo —afirmó Cacahuete, y a continuación chupó la cucharita del yogur y la balanceó en el aire con autoridad—. Verás, para las Jasmine Daly de este mundo tienes pinta de «malote».

—¿De malote? No me lo había dicho nunca nadie.

—Eres de Dublín, así que cumples los requisitos.

—Ah.

—Si fueras de la zona o vinieras del Saint Ciarán y te gustara la química como a mí, tu llegada ya sería agua pasada. Tu afición a la fotografía te da un aire exótico aunque seas de Dublín. Y esos pómulos. —Cacahuete le señaló la cara con la cuchara.

—Oh. —Fionn se tocó los pómulos con indecisión, como si comprobara que efectivamente tenía las calificaciones necesarias para ganarse el título de malote—. Gracias, supongo.

—Oh, no, no eres para nada mi tipo. Qué va. A mí me va más el rollo empollón, no... —Cacahuete volvió a chupar la cuchara y dejó que su lengua reposara un momento en la concavidad mientras miraba al infinito, intentando determinar qué era exactamente lo que la molestaba del aspecto de Fionn— *grunge*. Sin ofender.

Fionn se rio un poco.

—Vaya, eso de hacer cumplidos se te da de maravilla. De hecho nunca me había considerado *grunge*. Me gusta pensar que mi aspecto es único. Aunque tampoco es que este fantástico uniforme permita la expresión individual.

—Pero puede que a Jeanie le mole más este rollo.

—¿Ah, sí? —Fionn se inclinó hacia delante y me miró con una sonrisa.

—No le hagas caso —repliqué muerta de vergüenza.

—Escucha, niñato —continuó Cacahuete como si no le acabara de pellizcar el muslo izquierdo con las uñas del pulgar y el índice—, yo en tu lugar metería ficha rápido. Es una mujer de recursos, sabes. Trabaja en una funeraria.

—Ah, sí. Alguien me lo dijo ayer cuando ya me iba para casa.

Cerré los ojos al oír aquella noticia, no quería saber qué más le habían contado.

—Ya nos imaginábamos que no tardarían mucho en decírtelo. —Cacahuete observó a los demás alumnos de quinto año con recelo—. ¿Y qué más te dijeron? ¿Algún insulto, algún rumor?

—En realidad nada más. O por lo menos no que yo oyera. Me tenéis bien enseñado, así que me limité a esbozar una sonrisa educada y seguí caminando.

—Así me gusta. Es mejor que te lo contemos nosotras, para que tengas toda la información.

—Ahora sí que estoy intrigado.

—Bien, vale, pero si después de que te lo cuente alguna vez, aunque sea solo una, te burlas de ella por eso tendrás que vértelas conmigo, ¿de acuerdo? Quiero ser veterinaria, así que sé cómo infligir dolor.

—Huete, tal vez este no sea el momento ni el lugar. —Miré a mi alrededor con la esperanza de que nadie nos estuviera prestando atención, y comprobé que Jasmine Daly por fin había abandonado su puesto.

—Jeanie tiene un don —dijo Cacahuete ignorándome—. Puede hablar con los muertos. Solo durante un ratito, justo después de que se mueran. Se dedica a resolver sus problemas antes de que pasen a mejor vida. Como por ejemplo encontrar anillos de boda perdidos o decir a sus familiares que los quieren. Ese tipo de cosas. —Se giró hacia mí para que lo confirmara, pero no dije ni hice nada. Mantuve la vista fijada al frente, demasiado asustada como para mirar a Fionn.

—Espera un momento. ¿Me estás diciendo que Jeanie puede oír a los muertos? —Me imaginé la cara de desconcierto que debía de estar poniendo el pobre Fionn.

—Básicamente. Su padre tiene el mismo don. Pasa de generación en generación. Es como lo del séptimo hijo.

—¿Lo del séptimo hijo?

—Ay, lo siento. Se me olvida que al ser de Dublín tienes una experiencia del mundo limitada. —Imaginé la sonrisa burlona de Cacahuete—. En esta zona se dice que el séptimo hijo de un séptimo hijo puede curar verrugas o, ya sabes, otras dolencias corporales.

—Eh, vale —dijo Fionn, pero sonó más confundido que antes—. Pero... Jeanie solo tiene un hermano, y lo que es más importante, no es un chico.

—No, pues claro que no. Solo estoy intentando explicarte que por aquí los dones se transmiten de generación en generación.

Me froté el muslo cubierto por el pantalón de poliéster de arriba abajo, me moría de ganas por salir corriendo.

—¿Lo dices en serio? No le estarás gastando una broma al chico de Dublín, ¿verdad?

—Va en serio. Niall también trabaja en la funeraria. Pregúntaselo si quieres.

Sonó el timbre y me levanté de un salto sin mirar a ninguno de los dos. Con la única intención de alejarme todo lo posible de allí empecé a abrirme paso entre la multitud sin saber muy bien dónde estaban Cacahuete y Fionn, y a pesar de que me había dejado el libro para la siguiente clase en la taquilla. Buscaba algún baño donde poder refugiarme. Quería subir al tercer piso, la planta más alta del edificio, donde sabía que había uno justo al final del pasillo. Era un baño de uso exclusivo para el personal del instituto, pero me daba igual. Si conseguía llegar hasta allí y cerrar aquella puerta, podría respirar de nuevo.

Me moví deprisa, con la cabeza gacha, subiendo a contracorriente por una escalera y siguiendo a la muchedumbre por el pasillo hasta que por fin vi la puerta del baño a una corta distancia caminando o corriendo. Pero justo cuando empezaba a sentir un poco de alivio, una mano me agarró del brazo y tiró de mí hasta sacarme del tumulto de cuerpos y llevarme a un pequeño recoveco que daba a un despacho abandonado.

—¿Estás bien, Jeanie? Me ha costado mucho seguirte el paso.

Era Fionn.

Me negué a mirarlo y simplemente me encogí de hombros, medio encantada de que me hubiera seguido y medio asustada por lo que pudiera pasar a continuación, mientras contemplaba a través del cristal de la puerta del despacho la solitaria silla y el escritorio. Junto al teléfono había un boli Bic, toda una novedad desde la última vez que me había asomado al interior; alguien estaba llenando de vida aquel lugar solitario.

Fionn me soltó el brazo y, mirando de reojo, vi que se apoyaba relajadamente contra la pared de enfrente y que sus ojos se apartaban un momento de mí para ver pasar a los últimos alumnos. Las puertas de las aulas se cerraron a nuestro alrededor antes de que retomara la palabra.

—Desde el primer momento en que te vi supe que eras especial. —Se metió el pulgar izquierdo en el borde del bolsillo y dejó los demás dedos libres para poder flexionarlos y estirarlos a medida que hablaba para enfatizar sus palabras—. Sabes, a veces cuando los demás hablan pones una cara como si, no sé si sabré explicarlo muy bien, pero en serio, es como si vieras algo que los demás no podemos ver.

—No veo fantasmas. No funciona así. —Me abracé la cintura con los brazos tan fuerte como pude y bajé la mirada hacia el suelo al darme cuenta de que aquel chico del que ya estaba medio enamorada tal vez nunca llegaría a comprenderlo.

—No. No. No es lo que estaba insinuando. ¿Ves lo mal que se me da esto? No, es como si tuvieras otro sentido del que los demás carecemos. Una especie de telepatía o empatía. —Dado que no mostré ninguna reacción ante sus palabras, Fionn se agachó para mirarme a los ojos—. Es increíble. Lo sabes, ¿verdad?

Volví a encogerme de hombros y lo miré de reojo.

—Mira, soy un tipo que confía en sus sentidos, en sus instintos, y vas tú y tienes un don que yo solo puedo imaginar. —Se giró un poco para poder apoyarse contra la pared—. Puedes confiar en mí, Jeanie. No soy un gilipollas. Pero estoy celoso.

—No lo estarías si te hubieran escrito «rarita» en la taquilla.

Volví a bajar la mirada hacia mis pies, avergonzada por presentarme de manera tan vulnerable y asustada por el riesgo que estaba corriendo al ser tan sincera.

—Ah, así que aquí también ocurren estas mierdas. Créeme, yo también he sido objeto de esa clase de burlas.

Eso sí que no me lo esperaba. Que aquel chico cuya confianza solo era comparable con mi timidez porque eran polos opuestos supiera lo que era ser acosado.

—Mis padres no decidieron venir aquí solo por el aire puro. Quisieron darme un respiro. —Entonces fue Fionn quien apartó la mirada y levantó la vista, observando el techo bajo que teníamos justo encima, y entonces tuve la oportunidad de mirarlo, de contemplar el contorno de su mandíbula y la longitud de su cuello largo, y me sonrojé por las ganas que sentí de alargar la mano y tocarlo—. Siempre he destacado. Los niños con una cámara en la mano que no tienen miedo de decir lo que piensan llaman un poco la atención. Al y Jess tuvieron que comprarme dos cámaras nuevas en mi antigua escuela.

—¡Oh! —exclamé con voz tímida—. No lo sabía.

—Mira, no quiero compararlo con lo que has tenido que pasar tú, pero quería decirte que en parte lo entiendo. Que lo comprendo.

Su sonrisa volvió a embrujarme, y entonces Fionn sacó la cabeza por el pasillo para comprobar que no viniera nadie.

—Bueno —dijo después de asegurarse de que estuviéramos solos—, ¿qué me dices si nos largamos de aquí? Podríamos tomarnos el día libre.

—¿Me estás proponiendo que hagamos pellas? —El estómago me dio un vuelco por la emoción y el miedo de romper las normas.

—Sí. Creo que me queda mucho por oír de Jeanie Masterson.

Ladeé un poco la cabeza en un intento por esconder el rubor que se me estaba extendiendo por las mejillas.

—Así que Cacahuete tenía razón, eres un malote.

—No mucho. No he hecho pellas en mi vida.

En aquel momento me eché a reír presa de una oleada de emoción y riesgo que nunca antes había sentido, y asentí con la cabeza. Pocos minutos después ya estábamos bajando de puntillas por la escalera de incendio y cruzando las puertas dobles de la planta baja del colegio.

CAPÍTULO DOCE

Hacer pellas en una ciudad rural era arriesgado. Cualquiera podía reconocerte. A las once de la mañana el uniforme escolar estaba condenado a atraer la atención de los muchos buenos samaritanos que consideraban que era su deber llamar a la escuela sobre todo porque estaban preocupados por los niños, no porque sentían que tuvieran algún poder al hacerlo. Y si no te veían ellos, era un profesor que se había escapado a comprar ropa en Dunnes en algún rato que tenía libre entre clase y clase quien llamaba a secretaría para dar el aviso. No cabe duda de que a Fionn y a mí nos vio alguien, porque más tarde tuve que sentarme en la mesa de la cocina frente a las caras decepcionadas de mis padres y escuchar sus reproches: «Esto no es propio de ti», «¿En qué demonios estabas pensando?», y «¿Pero quién es ese tal Cassin?». Pero lo único que pude hacer fue mirarlos con cara inexpresiva, pues sabía que nunca conseguiría explicar con palabras los sentimientos tan profundamente complejos que sentía, así que les contesté débilmente, prácticamente susurrando, que no sabía lo que se me había pasado por la cabeza. Aunque en realidad debería haberles dicho que había sido cosa del amor.

También tuve que soportar que al día siguiente me llamaran al despacho del director a media clase para explicar mi comportamiento y me encontrara a Fionn esperando su turno junto a la puerta, pero todo valió la pena por el tiempo que pude pasar con él.

Fuimos al cine a media mañana a ver *Lilo y Stitch*. Nos sentamos entre un montón de niños pequeños ruidosos y sus madres, y observamos cómo recorrían el trillado camino de ida y vuelta al baño; creo que nunca había sentido tanto vértigo en mi vida. O tanto desenfreno. No me importaba lo que dijeran los demás. Que escribieran lo que quisieran en mi taquilla o en la parte interior de las puertas de los retretes, por fin me daba igual. Nos reímos por encima de las palomitas, nos tiramos los granos de maíz que no se habían abierto, nos intercambiamos las bebidas y compartimos los dulces. Luego paseamos triunfalmente con el uniforme por la ciudad hasta llegar al parque y nos sentamos bajo mi sauce.

Entonces Fionn se puso serio, bajó la vista al suelo y se puso a frotar la tierra cubierta de hierba con la suela de su zapato, cosa que me hizo temer que toda aquella alegría estuviera a punto de llegar a un abrupto final.

—Oye —empezó—, no quiero meter la pata. O sea, acabo de llegar a esta ciudad y no quiero causar problemas entre tus amigos y tú, pero... —Cerré los ojos y me preparé para oírle confesar que estaba enamorado de Cacahuete o de Ruth—. ¿Hay algo entre Niall y tú?

Sonreí y levanté aliviada la cabeza hacia las ramas del sauce. Observé sus últimos vestigios de energía veraniega que empezaban a desvanecerse a medida que el otoño avanzaba y tomaba las riendas.

Me hubiera gustado responder «hay algo» o «podría haber algo» o tal vez un arriesgado «sí». Algo que transmitiera la verdad. Algo que indicara que no me había olvidado tan deprisa de Niall. Algún indicio de lealtad hacia mi amigo, no de traición, tal y como lo percibí después de haber dejado pasar la ocasión.

—¿Por qué lo preguntas? —Eso es lo que decidí responder. Pasé por encima de Niall con una sola frase que acompañé con una sonrisa, el coqueteo de las personas tímidas. Y sin embargo, ¿qué otra cosa podría haber dicho teniendo en cuenta cómo me latía el corazón por lo mucho que deseaba a aquel chico cuyos ojos estaban estudiando cada centímetro de mi cuerpo?

—Porque estaba pensando… —Sus palabras fueron desvaneciéndose a medida que sus labios esbozaban una sonrisa. Sin ningún atisbo de duda Fionn dio un paso adelante, puso una mano en mi nuca y me atrajo hacia él. ¿Hay alguna palabra para describir lo que se siente cuando dos labios se tocan por primera vez? Si no, debería inventarse. Una palabra que capture la alegría de hacer el pino en un aparcamiento, la emoción de descender a toda velocidad por una colina en bicicleta, la exquisitez del primer sorbo de cerveza en un día tórrido de verano. Fue espléndido, aunque es posible que también fuera un poco torpe y no tuviera ritmo ni fluyera, pero a mí me dio igual y creo que a Fionn también. Nos separamos un momento y nos echamos a reír, ninguno de los dos tenía ganas de decir nada, solo anhelábamos sentir de nuevo la calidez y la suavidad del otro.

—No —dije finalmente—, no hay nada entre Niall y yo.

Le mandé un mensaje a Cacahuete en cuanto llegué a casa. A la mañana siguiente entramos juntas por las puertas de la escuela, pues Cacahuete había insistido en encontrarnos temprano y que se lo explicara todo. Nos abrimos camino a través del tránsito de primera hora; nos pegamos a la pared para esquivar a los alumnos que caminaban de espaldas mientras explicaban alguna historia a sus colegas, y nos chocamos entre nosotras cuando empujaron a alguien desde un lateral hacia el torrente de estudiantes. Las voces fueron subiendo cada vez más de volumen porque todo el mundo quería ser oído por encima de aquel caos de palabras, canciones, bromas y gritos.

Vi a Fionn de pie al final del pasillo, en el sitio donde normalmente se reunía nuestro grupo, justo al lado de una gran ventana con un alféizar donde cabían tres culos apretados. Mientras Cacahuete y yo nos acercábamos, Fionn me miró y sonrió ligeramente con aquel movimiento de labios casi imperceptible, dulce y cálido, que provocó que yo hiciera lo mismo. Alcé una de las comisuras de los labios e intenté reprimir las ganas de reír. Cacahuete me dijo algo, pero ni siquiera la oí.

Con cada paso que daba las mejillas me ardían de la emoción. Vi que Fionn se apartaba de la pared para tomarme la mano derecha, para hacerme girar grácilmente bajo su brazo hasta quedar pegada a él, y posó su mano izquierda en mi cintura. Encajábamos a la perfección. Nuestros ojos se encontraron. Durante dos segundos, nada más. Suficiente como para tener la misma sensación que si me hubiera zambullido en el lago Saor el día más frío de invierno y se me hubiera cortado la respiración al estar en manos de algo mucho más grande que yo. A continuación Fionn me empujó con cuidado de nuevo hacia el torrente de estudiantes, pero el mundo parecía estar muy lejos de nosotros, como si solo estuviéramos él y yo en lo que dentro de mi cabeza era un momento mágico.

Ruth y Niall llegaron dos minutos más tarde. Por aquel entonces Cacahuete ya se había sentado en el alféizar de la ventana e indicó a Ruth y a mí que nos sentáramos con ella, y Fionn se quedó a mi lado. Ruth le hizo señas a Niall para que se acercara a su lado e intentó entablar una conversación con él, pero vi que estaba distraído observando cómo sacaba el viejo walkman de mi padre y un CD de Nick Cave que le había robado a Harry y le ofrecía uno de los auriculares a Fionn. Escuchamos *The Mercy Seat* y asentimos en señal de aprobación ante la grandeza y la autenticidad de Nick.

Cacahuete tenía la cabeza metida en un libro sobre ranas que había tomado prestado de la biblioteca el día anterior. Ruth se estaba examinando las uñas recién pintadas, pues había desistido de intentar hablar con Niall, que seguía observándonos a Fionn y a mí.

—Me gusta Ansel Adams —dijo Niall de la nada, obligando a Fionn a sacarse el auricular. Cerré los ojos al darme cuenta de que Niall realmente había estado investigando más sobre fotografía.

—¿Adams, en serio? —dijo Fionn con entusiasmo, encantado por tener la oportunidad de hablar de fotografía—. Es un poco comercial para mi gusto, pero sí, lo entiendo. Bueno, ¿y qué es lo que más te atrae de su trabajo?

—No lo sé. Captura algo que es difícil describir con palabras. —Niall desvió la mirada hacia mí y yo deseé que no lo hiciera, que no intentara enseñarme algo para hacerme apartar la mirada de Fionn. ¿Qué debió ver en mi expresión? Espero que amabilidad y disculpa en vez de la pena lastimera que en aquel momento sentía por él.

—Inténtalo —dijo Fionn deleitándose con aquel potencial debate.

Niall dudó y cerré los ojos deseando que no mordiera el anzuelo que Fionn le había lanzado sin querer.

—Es por la luz. Se le da bien capturar la luz.

—Eso es evidente. Pero, a ver, ¿por qué la obra de Adams es mejor que, por ejemplo, lo que hizo Willy Ronis en los cuarenta y los cincuenta, la manera en que capturó las personas y lo que significa ser humano? Conoces a Ronis, ¿no?

Niall se encogió de hombros y enseguida perdió el interés, pero era evidente que para Fionn aquella conversación no había hecho más que empezar.

—Por ejemplo, hay una fotografía, vale, de una mujer desnuda inclinada encima de un fregadero en una habitación muy simple, que se dispone a lavarse y que solo vemos desde atrás. Y la habitación está vacía. Solo hay una silla y poco más, y cuando miro esa fotografía veo a la humanidad despojada de todo lo demás. Espera, creo que llevo una copia encima. —Fionn empezó a hurgar en su mochila mientras seguía hablando—. O sea que sí, que los paisajes son bonitos y comprendo por qué a la gente le gusta Adams, pero lo que Ronis captura es nuestra vulnerabilidad, cosa que para mí es la verdadera expresión de la belleza. A ver si encuentro la fotografía, así entenderás mejor lo que quiero decir.

—No te preocupes —dijo Niall, que cada vez estaba claramente más incómodo con lo que había empezado.

—Ay, mierda, puede que me la haya dejado en casa. —Fionn alzó la cabeza de la mochila y consideró aquella posibilidad—. No, estoy seguro de que me la he llevado.

Fionn continuó rebuscando entre sus papeles y suspirando, así que le puse la mano encima del hombro con delicadeza con la esperanza de detenerlo.

—No pasa nada, Fionn, déjalo —le susurré. Entonces Fionn dejó de hacer lo que estaba haciendo, se giró y me besó. Si no lo hubiera hecho en aquel momento habría alargado más el beso y le habría transmitido mis ansias y lo mucho que lo deseaba. Pero, consciente de la situación, me aparté de él incapaz de mirar a Niall a la cara para no ver la decepción en su mirada que ya no podría evitar.

—Hostia puta, Cassin, déjalo ya. —El estallido de Niall lo detuvo todo. Todo el mundo se giró para mirarlo excepto yo. Se aproximaron para observar de cerca su dolor, y en aquel momento deseé estar en el velatorio consolando un alma muerta en vez de ahí viendo a mi amigo sufrir por culpa mía.

—Niall —conseguí decir, y flexioné las manos que tenía apoyadas encima de los muslos. Una exclamación queda con la esperanza de calmarlo y convertirlo de nuevo en el hombre apacible que todos conocíamos.

—¿Qué? —Niall me miró—. Le he dicho que lo dejara de una puta vez y no me ha hecho ni caso.

—Solo quería enseñarte la fotografía —se defendió Fionn con la mano todavía metida en la mochila.

En aquel momento Niall se acercó a Fionn hasta quedar a pocos centímetros de su cara, le quitó la mochila y se la tiró con fuerza contra la pared.

—¿Pero qué cojones haces? —Fionn se giró para ir a recuperar sus pertenencias, pero Niall lo agarró por el brazo y se quedaron quietos mirándose a los ojos.

—En realidad no me importa una mierda, Cassin. Tú ganas, vale. Lo has ganado todo, joder.

Y entonces Niall le soltó el brazo y se dio la vuelta ante la respiración agitada y las miradas de todos los alumnos de quinto año, el cántico creciente de «pelea, pelea, pelea», la puerta de la sala de profesores abriéndose más adelante en el pasillo y los profesores que salieron dispuestos a acabar con cualquier horror que se estuviera produciendo.

CAPÍTULO TRECE

Guardamos silencio durante todo el trayecto de vuelta a casa desde el Woodstown Logde. Cualquier vestigio de conversación que hubiésemos conseguido mantener mientras comíamos desapareció. Nada de lo que dijera conseguía arrancarle una respuesta que no fuera monosilábica. Después de aparcar en el patio Niall se puso a mirar el teléfono, como si en aquellos cincuenta minutos de trayecto se hubiera perdido miles de mensajes y llamadas que requerían su atención urgente.

Dado que parecía que no me quisiera a su lado, entré en casa y me encontré a Arthur en la cocina charlando con papá, tal y como me esperaba. Sabía que era capaz de quedarse todo el día allí esperando a que llegara para reclamar su premio por la muerte de Pequeño Lennon.

—¿Tenía razón o qué? —exclamó sonriendo desde el otro lado de la cocina.

Me saqué del bolsillo la barrita de Twix que me había parado a comprar de camino a casa y se la lancé.

—Ya me imaginaba que estarías por aquí.

—Vaya, ¿qué tenemos aquí? Me lo he ganado sin trampa ni cartón.

Agitó el Twix que había atrapado al aire con una sola mano como un profesional y lo miró como si fuera una copa dorada por la que hubiera estado entrenando durante años.

—Estoy segura de que a Pequeño le encantará saber lo contento que estás de que por fin se haya muerto.

—Oh, era solo una broma, Jeanie. Pequeño era un buen hombre. En realidad le tenía mucho cariño. Y a su manera me trataba muy amablemente.

—¿Y qué te ha dicho, papá?

—¿Pequeño? Ah, sí, estaba a punto de bajar.

—Ay, papá, que todavía no estás jubilado. Deberías haber bajado antes. ¿Y si hubiera estado esperándote durante todo este rato y ahora ya fuera demasiado tarde?

—Es que… —empezó papá a la defensiva mirando primero a Arthur y luego a mí, como si fuera a encontrar la coartada perfecta en alguna de nuestras caras— justo ha llegado Arthur cuando me disponía a bajar y nos hemos puesto a charlar.

—Eh, esto no tiene nada que ver conmigo. No hace falta que metáis a un espectador inocente en todo esto. —Pobre Arthur, atrapado en medio de los Masterson como de costumbre.

—Ya voy yo —dije resoplando como una mártir. Pero enseguida me sentí culpable y me pregunté si no sería mejor que pasara un rato con Niall intentando enmendar lo que se había roto entre nosotros y nos había llevado a aquel silencio inesperado y deshilachado.

Oí la puerta principal cerrándose detrás de mí y las pisadas de Niall avanzando por el pasillo con más lentitud de lo habitual. Abrió la puerta de la cocina y se metió las llaves en el bolsillo.

—Jeanie, me voy a la habitación a ver el partido.

Si mi padre y Arthur no hubieran estado presentes habría intentado hablar con él de inmediato, pero como me sentía cohibida por su presencia, me limité a decir:

—Claro, si es lo que te apetece.

Pasó junto a mí encorvado y triste en dirección a la nevera.

—¿Cómo estáis, chicos? —consiguió decir.

—Vamos tirando, Niall, ¿y tú? —contestó Arthur.

—¿Qué tal estaba la comida del Woodstown Logde? —inquirió papá alegremente—. Puede que lleve a Gráinne a comer allí para celebrar un poco nuestra jubilación inminente.

Si nuestra frialdad los incomodó lo disimularon muy bien.

—Sí, está muy rica. —Niall alargó el brazo y le ofreció una cerveza.

—No, ya vamos servidos, gracias. Hoy vamos fuertes. —Arthur alzó su taza de té como prueba.

Normalmente Niall se habría sentado a charlar un rato con ellos. Incluso se habría animado a ir a tomar una pinta en el Mc-Caffrey si lo hubieran sugerido. Pero lo observé agarrar aquella botella fría y caminar hacia la puerta del vestíbulo que conducía al resto de la casa con los hombros hundidos por el peso de todo lo que todavía nos quedaba por decir. Lo seguí hasta el pie de las escaleras y lo alcancé cuando ya estaba a medio subir.

—Tal vez suba cuando termine con Pequeño —le dije—. Podríamos, ya sabes, seguir hablando.

—Claro —contestó con voz muy débil, como si finalmente le hubiera drenado hasta el último ápice de energía que le quedaba.

Valoré la posibilidad de añadir algo más, pero en lugar de eso lo escuché subir las escaleras de dos en dos con sus largas piernas y me lo imaginé tirando el abrigo por el suelo de nuestro dormitorio, tumbarse en la cama, quitarse los zapatos de una patada haciendo todo el ruido posible y apretar la mandíbula mientras veía el partido que estuvieran echando.

Cuando regresé a la cocina papá y Arthur intercambiaron una mirada que ignoré con elegancia y me dirigí directamente hacia la puerta más alejada.

—Voy a ver si Pequeño todavía sigue aquí —dije con voz queda.

—Tienes toda la razón, cariño. Enseguida bajo. —Las palabras de papá se colaron por la rendija de la puerta justo antes de que la cerrara detrás de mí.

Harry ya había terminado de ordenar la sala de embalsamar. Estaba inmaculada. Se veía limpia y olía a fresco, tal y como a

Harry le gustaba. Su amor por la limpieza y el orden no solo se reflejaba en su trabajo. Su apartamento, donde muchos se imaginaban que coleccionaba gatos, atrapasueños y quemadores de aceite, era blanco, cromado y minimalista, y tenía algunos toques de color en forma de trapos de cocina azules con el dibujo de una lima justo en el centro o de cojines verde musgo en su sofá gris que sin duda alguien había hecho a mano en una casita de Donegal y había rellenado con las plumas que había ido recogiendo de los gansos de la finca familiar. Harry tenía su propio estilo.

—Hola —la saludé con toda la alegría que fui capaz de fingir. Harry estaba inclinada encima de Pequeño, que ya estaba en el velatorio dentro de su ataúd.

—¡Ah! —Harry dio un salto y se llevó la mano al pecho mientras se giraba hacia el umbral de la puerta—. Has vuelto temprano.

—Sí —confirmé—. Perdona si te he asustado.

—No, no me has asustado —protestó, pero fue incapaz de mirarme a los ojos. Enseguida se alejó de Pequeño y cruzó la habitación acariciándose su media melena negra—. ¿Qué tal ha ido la comida?

—Muy bien.

—Me alegro. —Lo dijo poco a poco, justo mientras daba el último paso antes de llegar hasta mí. Su sinceridad me afectó los lagrimales que ya tenía sensibles—. Espero que os haya ayudado.

Ah. En aquel momento adiviné lo que la inquietaba. Harry, al igual que todos los demás, incluida yo misma, estaba preocupada por cómo estaba lidiando con la noticia de mis padres.

—De hecho quería hablar contigo, Jeanie —continuó—. Sobre el futuro. Todavía me queda mucho para jubilarme, así que había pensado en quedarme a tu lado y actuar como tu mano derecha tanto tiempo como pueda. Espero que te parezca bien.

—Por supuesto que me parece bien. Esto no es una adquisición hostil, Harry —me reí—. No podría hacerlo sin ti.

—Sí que podrías —dijo con tanta calidez que supe que si me quedaba con ella aunque fuera un segundo más rompería a llorar.

—Debería ir a ver si ese hombre tiene algo que decir. —Señalé a Pequeño antes de dirigirme al despacho de papá para agarrar mi taburete—. Espero que por lo menos mi señor padre haya bajado para ayudarte a colocar a Pequeño en el ataúd —grité.

—Por supuesto que sí. —Harry siempre defendía a papá.

—Pues no entiendo por qué no se ha quedado por aquí por si Pequeño tenía algo que decir.

—Iba a hacerlo, pero Arthur lo ha llamado y se ha distraído. De hecho justo cuando has llegado estaba pensando en ir a buscarlo.

Volví a entrar al velatorio donde estaba Harry y dejé el taburete delante de mí.

—Tengo la sensación de que papá ya se ha dado por vencido. —Jugueteé con el cuero blanco del asiento—. ¿Cuál crees que es el verdadero motivo por el que quiere jubilarse, Harry? —Ahí estaba aquella sospecha que no me había dado ni cuenta que tenía hasta que no la había verbalizado en voz alta sin más. Esperé su respuesta.

—Solo está agotado. Necesita un descanso. —Pero no me miró directamente a los ojos.

—¿Te sorprendiste cuando te lo dijo?

—No, la verdad es que no. Si hubiéramos apostado por la edad de jubilación de Dave Masterson habría ganado algo de pasta.

En aquel momento me pregunté cómo debió de sentirse Harry hace unos años cuando su padre decidió poner únicamente el nombre de su hijo en las escrituras de la funeraria. ¿Podría ser que ahora estuviera volviendo a sentirse dejada de lado?

—Por cierto, Ruth ha venido hace un rato. —Harry no cambió drásticamente de tema, solo pasó sutilmente al siguiente—.

Está interesada en quedarse con la peluquería de tu madre, quiere que se la alquile. —Mi abuelo Ted le había dejado a Harry el edificio contiguo, donde estaban la peluquería de mi madre en el piso de abajo y el apartamento de mi tía en el de arriba. Harry era la casera de mi madre.

—Así que ha conseguido hablar contigo. Le he recomendado que se pasara por aquí. —Aquella mañana, mientras me tomaba mi tiempo para prepararme, Ruth me había llamado incapaz de contener la emoción ante la idea de hacerse finalmente con la peluquería de mi madre, donde había trabajado desde que había terminado los estudios.

—Será la hostia, Jeanie. Tú con la funeraria y yo con la peluquería. Podríamos hacer alguna oferta conjunta. Yo podría peinar a los dolientes a mitad de precio y tú podrías tirar las cartas del tarot a mis clientes o algo así.

—No soy vidente, Ruth, y la gente no suele querer arreglarse como si fuera Nochevieja cuando se le muere el marido. —Pero nada podía contener su emoción. Estaba convencida de que los hombres trajeados nos invitarían a la ceremonia de entrega de premios en la que galardonaban a las grandes empresas—. Nos convertiremos en las emprendedoras del año, no nos llevaremos solamente el premio reservado a las mujeres. Lo ganaremos todo. Vamos a ser las reinas de la ciudad. —Me había hecho reír, cosa que en un día como aquel merecía un premio.

—Y qué, ¿le alquilarás la peluquería? —pregunté a Harry.

—¿Y por qué no? Ruth me cae bien. —Sonrió. Harry no envejecía nunca. Parecía tener el mismo aspecto que cuando tenía cinco años.

—Oye, Harry, tú y yo estamos bien, ¿no? —De repente sentí la necesidad de recibir el amor y la amabilidad de aquella mujer, especialmente hoy—. ¿No te importa que mi padre me haya dejado el negocio a mí?

—Renuncié a este sueño hace mucho tiempo, cariño. En realidad nunca fue factible. Tu abuelo no era un hombre muy adelantado a su tiempo. No había duda de que Dave acabaría tomando las riendas del negocio. Pero ahora es justo que te lo quedes tú, te lo has ganado. Y tú y yo —dijo señalándonos a las dos— siempre estaremos bien, mi pequeñina. —Me abrazó y yo me aferré a ella—. Bueno —dijo mientras me soltaba—. Ahora que ya ha llegado la caballería, será mejor que te deje para que puedas dedicarte a lo tuyo. —Me dio un beso en la mejilla antes de agarrar su paraguas a pesar de que el cielo estaba bien claro y se fue.

Me senté junto a Pequeño. No había hecho falta arroparlo mucho con la sábana interior de seda ya que no había nada que ocultar, ni imperfecciones ni ropa mal ajustada. A veces los vivos nos traían ropa que no les sentaba muy bien a los muertos, sobre todo si habían sufrido alguna enfermedad larga. Pero Pequeño estaba perfecto.

—Timothy —lo llamé—. ¿Todavía está ahí?

Hubo un momento de silencio y entonces oí su voz rota y áspera, como si acabara de despertarse y estuviera intentando ajustarla.

—¿Es usted, David?

—No, Timothy, soy Jeanie. Su hija.

—Pero yo esperaba hablar con David —dijo, molesto.

—Puedo ir a buscarlo si quiere.

—No, no. Es que… —suspiró—. Ahora ya es demasiado tarde. Supongo que tendré que explicárselo a usted. Pero llámeme Pequeño. Mi madre empezó a llamarme así desde el día en que nací por lo pequeño que era.

—Lo siento, siempre dudo con los apodos.

—No pasa nada. —Ahora sonaba menos irritado.

—¿Cómo se encuentra, Pequeño? ¿Está bien?

—He estado mejor. —Esbocé una pequeña sonrisa al oírlo—. Pero bueno, sabía que la muerte llevaba un tiempo merodeando por mi casa, así que no debería haberme sorprendido de que finalmente hubiera venido a por mí. Aun así, no hay palabras para explicar esa horrible sensación de saber que no vas a volver. Que la taza de té que acabas de prepararte nunca va a ser bebida y que todo lo que has hecho en tu vida ya es historia, todo lo que define quién eres y cómo serás recordado. Y es entonces cuando... desearías haber hecho las cosas un poco diferentes, joder.

Le puse la mano sobre el hombro.

—Morir es algo que va mucho más allá del miedo. ¿Alguna vez le han dicho algo parecido?

—La gente me ha dicho tantas cosas sobre...

—Es como si Dios hubiera creado una emoción específica para el momento exacto en que te sobreviene la muerte. Cuando era pequeño un caballo se me encabritó. Debía de tener unos cuatro años y nunca me había sentido tan perdido y solo, pensé que me moriría, solo quería a mi mamá, pero estaba solo. Enseguida sentí un vacío en el corazón; no, peor, un abismo de soledad bien ancho y profundo. Pues al morir sentí lo mismo pero multiplicado por cien.

¿Qué podía decirle a aquel hombre que había perdido todo lo que yo todavía tenía? Tragué saliva con fuerza sintiéndome culpable incluso por respirar.

—Lo siento, Pequeño. —Mis palabras fueron tan modestas e inútiles como el gesto de apretarle un poco más el hombro.

—Pero bueno, ahora estoy aquí, en mi último momento con los vivos. Será mejor que lo aproveche.

—¿Hay algún motivo por el que te hayas quedado para hablar, Pequeño? ¿Quieres que haga algo por ti?

—Sí —contestó con una determinación que, si hubiera estado vivo, me imagino que hubiera ido acompañada de un gesto para ponerse bien la corbata, alzando la cabeza con el cuello torcido como hacen a veces los hombres que llevan el cuello de la camisa cerrado—. Sí que puedes hacer algo por mí. Se trata de Arthur Aherne.

No dijo nada más. No añadió ningún otro detalle. Su silencio esperaba mi pregunta.

—¿Se refiere a nuestro Arthur, el cartero?

—Tengo algo que le pertenece. Su bolígrafo.

Tardé un segundo en procesar sus palabras.

—¿Su bolígrafo? —Me alegré pero a la vez me puse en guardia. Estaba confundida, no sabía si echarme a reír del alivio o pedirle una explicación de inmediato.

—Sí.

Y entonces me pregunté estúpidamente si tal vez Pequeño se estaba refiriendo a un bolígrafo ordinario, a uno Bic que Arthur le hubiera prestado. Pero me pareció un poco ridículo que aquel hombre muerto estuviera gastando sus energías en hablar conmigo para poder devolver un boli Bic, así que me pareció que lo mejor sería aclarar la situación.

—¿Se refiere al bolígrafo plateado, el que siempre lleva en el bolsillo, el que fue de su madre?

—Sí, ya sé de quién fue. —Volvió a detenerse un momento como si estuviera considerando si debía seguir hablando. O si yo era de fiar. Pero al cabo de un momento cedió y retomó la palabra—: Se lo quité o, para ser más exactos, se lo saqué del bolsillo de la chaqueta que dejó sobre una de mis sillas de la cocina un día que vino a mi casa. Aproveché cuando se fue al baño y se lo quité.

No esperaba que Pequeño fuera a confesar un robo. Antes de que empezara la explicación pensaba que me diría que a Arthur se le había caído el bolígrafo del bolsillo y que había rodado accidentalmente hasta debajo de la mesa de la cocina o que se lo había dejado allí después de usarlo para algo, pero no que se lo había robado.

Detrás de mí oí unas pisadas suaves, unas zancadas que no quise interrumpir. Me giré y vi a papá entrando en el velatorio con un dedo encima de los labios, acercándose de puntillas hasta la silla más próxima. Me alegró que estuviera ahí para compartir el peso de aquella carga en concreto de entre todas las que había tenido que soportar a lo largo de los años.

—¿Puedo preguntarle por qué le quitó el bolígrafo a Arthur? —pregunté deliberadamente para poner a papá al corriente de la situación, y vi que alzaba las cejas al oír aquella pregunta tan inesperada.

—Pues verá, resulta que tiempo atrás ese bolígrafo fue mío. Me lo compré a los veinticuatro años con el primer buen sueldo que gané trabajando de vendedor a puerta fría. Estaba apoyado contra el mostrador de la tienda Hickey's Hardware cuando de repente entró ella, Bess Aherne. Al pasar junto a mí se quedó mirando el bolígrafo que llevaba en el bolsillo del pecho de la camisa. Por Dios, era despampanante.

Arthur hablaba a menudo de su madre. Había muerto cuando tenía cinco años, por lo que no la recordaba mucho. A veces decía que no estaba seguro de si realmente había visto cómo se agachaba junto a él cerca del fregadero de la cocina o si había sentido cómo lo levantaba en brazos. Se preguntaba si lo había interiorizado todo de las historias que le contaba su padre sobre cómo era antes su pequeña familia, si se había apropiado de ellas. Arthur llevaba una fotografía de su madre en el bolsillo del pecho de la camisa junto a otra de su padre, ambas cerca del bolígrafo.

—Al principio no sabía que estaba casada —continuó Pequeño—. Nunca llevaba ningún anillo, decía que el metal le irritaba la piel, aunque no sé si aquello me hubiera detenido. La hubiera querido de todos modos, ¿cómo podría no haberla querido? Ninguna mujer me había hechizado nunca de aquella manera. Me enteré de su estado civil por casualidad cuando la vi con él, con Nathaniel.

—¿El padre de Arthur? —Conocía bien la historia de Nathaniel y su carácter apacible. Era un hombre que se había dedicado en cuerpo y alma a criar y amar a su único hijo después de que su mujer muriera tan joven. Trabajaba en la oficina de correos y consiguió que Arthur entrara a trabajar allí cuando tenía unos catorce años.

—El mismo. Cuando se lo pregunté no me lo negó. De la misma manera que yo no podía negar que la quería. La di el bolígrafo un mes después de que empezáramos a salir juntos. Un mes durante el cual se había metido en mi cama y nos habíamos querido. Nueve meses después nació Arthur. Vi a Bess criándolo como si fuera hijo de Nathaniel. Nunca me dijo que fuera mío pero yo sabía que lo era, tan seguro como que fui yo quien le robó el bolígrafo a Arthur hace tres semanas. Es por la nariz aguileña, todos la tenemos: mi padre, su padre antes que él y ahora mi hijo.

Giré la cabeza hacia atrás para mirar a papá y luego la ladeé hacia la izquierda, viendo a través de la pared la imagen de Arthur sentado en la cocina comiéndose su Twix sin saber que su vida estaba siendo reescrita a manos del hombre que hacía semanas que no le abría la puerta. Se me llenaron los ojos de lágrimas, pero me los froté con las manos porque me negaba a que me cayera ninguna.

—La aventura continuó hasta que un día Bess dejó de venir y volví a quedarme solo. No sabía que había muerto, me enteré cuando lo leí en *The Kilcross Herald*. Pensaba que simplemente había dejado de quererme.

Se quedó un momento en silencio y entonces aproveché para observarlo detenidamente e intentar imaginar al chico joven del que Bess se había enamorado. Pequeño era delgado, pero intenté visualizar la buena percha que debía haber tenido antaño. Me imaginé unos ojos marrones profundos y conmovedores que parecían esconder algún secreto o tal vez alguna herida que Bess había tenido la tentación de sanar.

—El día de su funeral me quedé de pie al fondo de la iglesia, vi a ese hombre llevando a Arthur en brazos detrás de su ataúd y pensé «Dios, llévame a mí también». Pensaba que mi corazón no lo aguantaría, pero Él siguió haciéndome pagar por mis pecados. Estuve tentado de tomar cartas en el asunto, no sé si me entiendes. Pero fui un blandengue y un cobarde por no pensar en aquel niño que era mío de lo consumido que estaba por culpa de mi corazón roto. Me pasé diecisiete años con la intención de ir a su casa, pero no tuve los cojones de hacerlo. Y entonces, de repente, vi a un chico joven repartiendo el correo y supe que era él. Por aquel entonces Arthur debía de tener veintipocos años. A pesar de estar tan aislado del mundo decidí abrirle la puerta para que me entregara las cartas en mano aunque tuviera un buzón. A partir de entonces esperé todos los días junto a la ventana a que se acercara. Fingía que iba a salir o que estaba mirando el tiempo que hacía, y así surgió nuestra amistad. A veces entraba a tomar una taza de té; aunque sabía que tenía mucho trabajo siempre le ofrecía una taza y nunca me la rechazó. Hablaba de su madre y su padre, dado que para aquel entonces Nathaniel ya había muerto. Una vez me enseñó el bolígrafo y me contó orgulloso que se lo había dejado en herencia. Me pasé más o menos cuarenta años viendo aquel bolígrafo en su bolsillo y reviviendo la vida secreta que su madre y yo compartimos sin dar nunca ningún indicio de lo que se me pasaba por la cabeza.

»Pero entonces me puse enfermo. Dos años más tarde empecé a morirme y Arthur era la única persona que llamaba a mi puerta aparte de los del programa de alimentos. Oh, intentaron buscarme un cuidador, pero siempre les decía que se fueran por donde habían venido. Arthur no tenía ninguna obligación de venir a verme, sabe, no tenía ni idea de nuestra conexión. Para él solo era el viejo malhumorado que no caía bien a nadie de la ciudad y aun así llamaba un par de veces por semana a mi puerta para comprobar que estuviera bien. Aquel día en concreto se levantó para ir al baño, como ya le he dicho, y dejó la chaqueta sobre la silla, así que lo único que tuve que hacer fue agacharme, como si fuera de lo más natural recuperar el bolígrafo que Bess había sostenido tiempo atrás, el bolígrafo que nos unió. Después de aquel momento no quise volver a verlo. No quería mirar a mi hijo a los ojos sabiendo que le había robado un objeto tan preciado para él, pero tampoco quería devolvérselo.

Se quedó en silencio más tiempo de lo que esperaba.

—¿Pequeño? —lo llamé con un susurro asustado con la esperanza de que todavía no se hubiera ido.

—Pero ahora quiero devolvérselo. —Había conseguido sacar más energía de quién sabe dónde para continuar—. Dígale que siento habérselo robado y haberle mentido. Lo tengo en mi bolsillo interior. Tómelo.

Volví a echar un breve vistazo a papá, que me observó mientras desabrochaba la chaqueta del traje de Pequeño para poder palpar la frialdad del bolígrafo con la mano izquierda. Cuando lo saqué lo observé en la palma de la mano, era un objeto muy delicado, y cerré los ojos para intentar mantener la compostura.

—Lo tengo, Pequeño.

—¿Se lo contará todo?

Enseguida miré hacia papá, el hombre que siempre estaba dispuesto a distorsionar la verdad.

El peso de aquella confesión se me hizo una montaña, sobre todo teniendo en cuenta que aquel día Niall apenas me hablaba. No quería cargar con el peso de esa verdad que ahora tenía que contar a Arthur, el hombre que me traía barritas Twix y me hacía reír, un hombre que me importaba. No quería verlo sufrir. Pero ¿cómo podía no decírselo?

—Por supuesto —dije con voz tan queda y reacia que me pregunté si me habría oído.

—Se lo he dejado todo a Arthur, la casa, el dinero. Ahora es todo suyo. Acabará enterándose cuando el notario contacte con él. Pero me gustaría que lo supiera antes de que eso ocurriera. De hecho me gustaría que se lo dijera su padre, por eso estaba esperando a que viniera. Sé que tienen una relación muy estrecha. Arthur siempre me hablaba mucho de él.

—Papá está aquí conmigo. Lo ha escuchado todo —dije sintiéndome egoístamente aliviada de que me hubieran sacado aquel peso de encima. Miré a papá, que parecía haber perdido su sonrisa amable.

—Perfecto —dijo Pequeño con voz temblorosa, una debilidad que indicaba su marcha inmediata—. Creo que me voy a ir, si no le importa.

Asentí con la cabeza mientras mis ojos amenazaban con volver a llorar. Me los sequé y esperé un momento a que se me calmara la respiración.

—Descanse, Pequeño. —Lo dije más fuerte de lo que esperaba porque justo en aquel momento exhalé aire. Volví a tocarle el hombro y entonces miré a papá.

—Se lo vas a decir, ¿verdad? —le pregunté cuando se acercó a mi lado y le entregué el bolígrafo. Asintió cabizbajo.

—Bueno, menuda sorpresa —resopló con incredulidad.

—¿Sabías algo de todo esto?

—¿Yo? No.

—Perdona, no pretendía acusarte de nada, es solo que es tan…

—Triste —sugirió, y asentí con aprobación. Justo en aquel momento me empezó a doler la cabeza, la presión me latía en las sienes—. Siento que hayas tenido que encargarte tú, cariño, debería haberlo hecho yo. Seguro que no ha sido fácil para ti escuchar todo esto, sobre todo la parte de… —Gesticuló con la mano en el aire mientras me miraba, incapaz, pensé, de decirlo en voz alta.

—Bueno, en realidad ha sido todo horrible. Pero no puedo creer que Pequeño haya dicho que era… —Se me rompió la voz. Hice una mueca de dolor al notar otra oleada de dolor punzante. Me masajeé la cabeza con los dedos mientras procesaba todo lo que acababa de oír y todo lo que Niall y yo no habíamos dicho antes—. Creo que necesito tomar un poco el aire. Pero se lo contarás todo a Arthur tal y como Pequeño te ha pedido, ¿verdad, papá? —Ya me estaba dirigiendo hacia las puertas dobles que daban al patio.

—Oh, sí. Le diré que Pequeño tenía su bolígrafo y... —Se quedó callado durante unos segundos, como si le doliera demasiado decirlo en voz alta— y todo lo demás —concluyó con voz triste.

Me detuve ante la puerta que acababa de abrir, preocupada por si papá decidía que todo eso era demasiado y optaba, como ya había hecho tantas veces antes, por ahorrar sufrimiento a los vivos.

—Sí, pero todo, todo, papá —le rogué ansiando desesperadamente sentir en la cara la brisa que notaba en la mano—. No blanquees nada. Estamos hablando de Arthur, no de un cliente cualquiera.

Papá bajó la mirada hacia el bolígrafo, como si hubiera aparecido de repente en su mano sin que se diera cuenta.

—De acuerdo —dijo con voz queda, despistado y asustado, pensé, por todo lo que tenía que confesar a su amigo.

Cerré la puerta detrás de mí, sofocando sus últimas palabras.

—Pero, Jeanie...

No podía regresar a la estrechez agobiante de aquella habitación. Respiré el aire puro mientras me alejaba corriendo, aferrándome a la convicción de que aquella vez seguro que papá diría toda la verdad.

CAPÍTULO CATORCE

Fionn y yo llevábamos saliendo casi un año cuando Al y Jess plantaron un sauce en su jardín.

—Justo a tiempo —dijo Jess alegremente cuando nos vio llegar un viernes por la noche—. La cena enseguida estará lista.

Aun así Fionn tomó dos rebanadas de pan de la cesta y me ofreció una, pero la rehusé. Empezó a comérselas tal cual, sin ni siquiera una pizca de mantequilla, de pie junto a su madre, aprobando sus planes para el jardín y sugiriendo que si querían plantar árboles podrían poner un sauce porque era mi favorito. Jess compró un sauce para mí, o más bien para Fionn, el hijo por el que haría cualquier cosa. Y aunque era un árbol relativamente joven tenía bastante follaje como para que Fionn y yo pudiéramos sentarnos bajo su copa cuando el sol brillaba y secaba la tierra para charlar y reír, escuchar música o compartir auriculares mientras contemplábamos su casa.

Cenar en casa de la familia Cassin siempre suponía una nueva experiencia para mí: *halloumi* o boniato encurtido que tenía una textura sedosa en mi boca, y conversaciones sobre el medio ambiente o las exposiciones que había en la Royal Hibernian Academy. Les gustaba que fuera un lienzo en blanco que pudieran llenar con su color. Eran gente amable y cariñosa. Gente que reducía su consumo de plástico comprando jabones hechos a mano que olían a rosas y rellenando sus botes de detergente y suavizante para la ropa en una tienda de comida ecológica mucho antes de que todo el mundo empezara a hacerlo. Compraban el *Irish Times* y el *Observer* los fines de semana y

The Kilcross Herald los martes para poder conectar con su nueva comunidad y comprender los intereses de la gente de la ciudad. Les dije que solo tenían que investigar sobre la Asociación Atlética Gaélica, la música country y el programa de *The Late Late Show*, cosa que les hizo reír.

Me llevaban con Fionn a ver teatro en el Arts Centre, donde las compañías invitadas daban vida a obras de Oscar Wilde, Frank McGuiness y Edna O'Brien. Hasta entonces solo había ido al teatro para ver la pantomima de Navidad e ignoraba que existiera todo ese otro mundo. Íbamos a ver exposiciones de arte en el vestíbulo del consejo del condado y nos quedábamos de pie delante de unos cuadros que a mí no me decían nada pero que a veces Fionn se quedaba contemplando durante varios minutos. Íbamos a galerías fotográficas de Dublín y nos sentábamos en silencio mientras observábamos las obras de Bobbie Hanvey, Colman Doyle y Elizabeth Hawkins-Whitshed, o «Greenshed», como no paraba de llamarla erróniamente.

—¿Es así como te sientes cuando hablas con los muertos? —me preguntó Fionn un sábado que había rogado a papá que me diera el día libre. Habíamos ido a Dublín en autobús bien temprano para ver una exposición en un centro cívico sobre fotógrafos irlandeses emergentes. Éramos los únicos visitantes a aquellas horas, así que podíamos hablar entre susurros—. Ya sabes, como si solo estuvieras tú y ellos y esa… ¿conexión? —Se llevó una mano al corazón mientras contemplaba una fotografía en blanco y negro de un niño de unos ocho años que miraba a la cámara que tenía delante de los ojos.

—Sí —respondí asintiendo entusiasmada con la cabeza, sintiéndome orgullosa de que nuestros mundos estuvieran unidos por la conexión espiritual que sentíamos al trabajar.

—No todo el mundo lo entiende, sabes. No todo el mundo es capaz de apreciar esa inmensidad. Que algo sea mucho mayor que ellos.

Fionn siguió mirando la fotografía.

—Por eso somos perfectos el uno para el otro. —Sin mirarme siquiera me agarró la mano que tenía encima del regazo, se la acercó a los labios y la besó—. Nos entendemos mutuamente, comprendemos que necesitamos silencio, contemplación y poder sumergirnos en la profundidad del alma de una persona.

Me encantaba la habilidad que tenía con las palabras. Con él me sentía preciosa y única, merecedora de todo aquel anhelo que sentía por mí. Estaba tan perdidamente enamorada de él: de cómo flexionaba los dedos antes de agarrar su cámara y de cómo desviaba el ojo hacia la derecha cuando explicaba cualquier cosa, como por ejemplo cómo conseguir el mejor ángulo para una fotografía.

En aquel momento sentí que lo quería con tanta intensidad que alargué los brazos para girarle la cara hacia mí y poder besar aquellos labios que parecían estar siempre entreabiertos, como si estuviera asombrado por la vida misma.

—Te quiero —le dije mirándolo a los ojos; a él, que me conocía mejor que nadie, que conocía cada pequeña célula que me daba vida.

—Llevo esperando que me digas estas palabras desde el día en que te conocí.

Contemplé sus ojos, su sonrisa, la piel que le recubría el cuerpo; tuve la sensación de que resplandecía por lo mucho que lo había asombrado.

—Pues deberías habérmelas dicho tú primero —reí.

—No, estaba dispuesto a esperar.

—Bueno, pues dilo ahora. —Le agarré el brazo y se lo apreté, necesitaba desesperadamente oír su confesión.

—Te quiero, Jeanie Masterson. Siempre lo he hecho. Y siempre lo haré.

Aquella noche hicimos el amor por primera vez. Fuimos al lago Fen para aprovechar el cambio de luz. Me hizo una infinidad de fotos. Todavía tengo alguna guardada por ahí. Las desenterré no hace tanto y vi mi cabeza ladeada hacia el cielo con los ojos cerrados mientras estaba sentada en una roca fría como el hielo. En algún momento sencillamente paró de tomar fotos, dejó que la cámara le colgara del cuello y me miró. Cuando ya estaba a punto de preguntarle si pasaba algo se levantó, se acercó y me tomó de la mano. Me condujo hasta las profundidades del bosque, lejos del camino, y me besó apasionadamente contra un árbol. Allí nos amamos despreocupadamente mientras el olor penetrante del sudor de sus axilas me llegaba a la nariz y mi chaqueta tejana se oscurecía y se manchaba debido a la corteza mojada.

Con Fionn aprendí lo que era una relación y me alejé definitivamente de todo lo que podría haber sido con Niall. Nos besamos, nos toqueteamos, discutimos, nos reconciliamos e hicimos el amor a una velocidad vertiginosa en espacios pequeños, como los aseos de la planta baja, o a veces en una cama individual cuando no había nadie en casa. Esperé mensajes que nunca llegaban y llamadas que llegaban demasiado tarde. Me mordía las uñas y era incapaz de pensar en nada más, ni en lo que decía el profesor ni mucho menos en lo que decían los muertos, ya que estaba consumida por la imagen de su cara y el tacto de su mano agarrando la mía de camino al instituto. Fue una época fantástica. Nuestro amor era de aquellos que inspiran poesía de la mala y crean recuerdos que dañan corazones incluso a los ochenta y nueve años.

Durante todo aquel tiempo Niall se mantuvo al margen del grupo y no volvió a pasar tanto tiempo como antes con nosotros, aunque Ruth y él siguieron manteniendo una relación cercana. Por aquel entonces estaba ocupado con las muchas chicas con las que decidió salir, aunque nunca duraba mucho tiempo con ninguna. Estaba convencida de que dejaría el trabajo por todo lo que había ocurrido entre nosotros. Pero su interés por los muertos superaba todo lo demás con creces. Todos los sábados seguía trabajando con Harry, observaba y aprendía a lavar a los muertos, a peinarlos y maquillarlos. Harry afirmaba que tenía un talento innato y observaba su trabajo con una sonrisa y un gesto de asentimiento. Cuando no había ningún cliente al que atender limpiaba el suelo, las toallas y las sábanas, reponía las estanterías y tomaba el té con papá en la cocina o jugaba a la PlayStation con Mikey. Pero cuando nos tocaba trabajar juntos notaba una incomodidad en el ambiente que ambos intentábamos disimular con una sonrisa. Nunca volvimos a estar tan unidos como antes, la distancia entre nosotros aumentó, nuestras conversaciones se redujeron a las que tendrían unos simples conocidos. Y aunque echaba de menos todo lo que había perdido, sentía que no tenía ningún derecho a pedir nada más a aquel hombre al que tanto había defraudado.

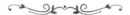

Cuando llegó el mes de enero de nuestro último año de instituto nuestros futuros parecían estar decididos: Cacahuete se iría a Dublín para ser veterinaria, Ruth se quedaría en Kilcross para ser esteticista o peluquera, no estaba muy segura, y Niall se sacaría el título de embalsamador en nuestra funeraria. Y yo también me quedaría para trabajar a tiempo completo… en casa.

Sin embargo, un par de meses antes mamá entró en un periodo de pánico frenético, y apareció con varios folletos universitarios en los que marcó carreras como Arquitectura, Escritura Creativa y Animación; carreras por las que yo nunca había mostrado ni el más remoto interés. Aunque cuando me enseñó la de Hostelería me despertó el gusanillo. Me imaginé contenta y feliz haciendo bollos con un delantal amarillo chillón en una pequeña cafetería de color azul cielo en la esquina de alguna ciudad exótica.

—Sería tu mejor clienta —afirmó mamá cuándo cometí el error de comentárselo.

—No si la abriera en París. Hay un buen trecho desde Kilcross hasta ahí.

—París. Imagínatelo. Nada es imposible, amor mío, ya lo sabes. Si es lo que quieres te ayudaremos a conseguirlo.

—No voy a abrir una cafetería en París, mamá. Me quedaré aquí.

—¿Estás segura, cariño? Tal vez te iría bien hablar otra vez con la señora Curtis.

La señora Curtis era la profesora que hacía de orientadora profesional.

—Ya me ha hecho todas las malditas pruebas psicométricas del país. Y todas coinciden en que debería dedicarme al sector de los servicios sociales. Así que supongo que quedarme aquí cuidando de las personas, aunque estén muertas, es perfecto para mí.

—Solo me preocupo por ti, cariño, eso es todo.

—Estaré bien, mamá, en serio.

En los meses venideros me habría ido realmente bien poder contar con su apoyo para hacer realidad los sueños que estaba empezando a vislumbrar.

El plan de Fionn no había cambiado ni un ápice desde el momento en que lo había conocido: seguía con la idea de irse a Londres. Cuando era pequeño sus padres lo llevaron a esa ciudad y por casualidad encontraron una exposición de fotografía en la que se exponían las obras de los estudiantes del London College of Art.

—Se quedó patidifuso —me explicó Jess—. Tuvimos que prometerle un montón de cosas para sacarlo de ahí, entre ellas comprarle su primera cámara. Imagínatelo, solo tenía nueve años. Pensábamos que lo convenceríamos con una pizza, pero no, tuvimos que gastarnos doscientas libras en una Canon. Y desde entonces ha seguido con lo mismo, ¿a que sí, pequeño? —Alargó la mano por encima de la mesa hacia su hijo que estaba allí sentado y sonriendo, paseando la mirada entre ella y yo, las dos mujeres a las que sabía que nunca daría la espalda.

Fionn me preguntó si podía fotografiar la funeraria para el portafolio que tenía que presentar junto a su solicitud de entrada a la universidad. Aunque mis padres ya habían superado el recelo inicial que sentían por aquel chico que había llevado a su hija por el mal camino y la había incitado a hacer pellas, nunca se habían acabado de sentir cómodos con él. Mamá desconfiaba de cualquiera que viniera de Dublín, sobre todo si iba con una cámara en la mano a todas partes y la apuntaba hacia ella, así que desde un principio me dijo que si Fionn volvía a hacerlo lo apuntaría hacia la puerta. Y por lo que a papá respectaba, bueno, era como si supiera desde el primer momento que si algo podía estropear los planes que tenía para el futuro de la Funeraria Masterson y el papel que esperaba que su hija tuviera en el negocio era Fionn Cassin. Aunque ninguno de los dos llegó a decirme nunca nada, era perfectamente consciente de que estaban decepcionados de que al final no hubiera surgido algo entre Niall y yo.

—Bueno, jovencito, según tengo entendido tienes la intención de marcharte a Londres —dijo papá una tarde de enero desde detrás de las páginas del *Sunday Independent* mientras esperábamos sentados a que mamá trajera su famoso asado de los domingos.

Fionn había cometido un error garrafal la primera vez que había venido a comer con mi familia un año atrás. Mi madre ya nos había llamado para que nos sentáramos a la mesa y lo estábamos haciendo en silencio, como era costumbre siempre que mamá cocinaba por miedo a emitir el más mínimo ruido que pudiera estresarla todavía más, y entonces Fionn dijo: «¿Puedo ayudarte en algo, Gráinne? Jess dice que tengo un don natural para la cocina». «No», replicó mi madre con la frente sudada, y alargó una mano para proteger la ternera que chisporroteaba en la bandeja como si Fionn fuera a robársela en cualquier momento. «Y llámame señora Masterson».

Mamá no tenía mucha confianza en sus habilidades culinarias. Era más bien impaciente. Siempre quedaba maravillada ante mi maña por la repostería. Pero aun así cada domingo insistía en sudar la gota gorda y preparar un asado para cenar.

—Sí —le confirmó Fionn a mi padre, entusiasmado como siempre de hablar sobre su futuro con la fotografía—. En el London College of Art, tienen un plan de estudios excelente. Tengo un folleto por aquí, ¿te gustaría verlo? —Hizo un ademán de levantarse, de ir a hurgar en la funda de su cámara que había dejado en la sala de estar, bien lejos de la vista de mamá, pero papá alzó la mano doblando una de las esquinas del periódico grácilmente sobre sí misma.

—No hace falta, hijo.

—¿Qué dices, papá? —preguntó Mikey levantando la cabeza de su libro *Campañas de la guerra mahdista*.

—No, no te estaba hablando a ti, hijo, sino a Fionn.

—Ah, vale. —Mikey volvió a bajar la cabeza contento por estar excusado, y tomó un sorbo de MiWadi, su refresco favorito para cualquier ocasión.

Miré hacia papá preguntándome por qué no había dejado que Fionn le enseñara el folleto. No le habría costado nada, pero se negó a mirarme a pesar de ser consciente de que me había dado cuenta de que sabía que lo estaba observando.

—¿Y cuándo te irás?

—A finales del verano. Si es que me aceptan, claro. Primero tengo que mandarles mi portafolio. De hecho, de eso quería hablarte. Quería preguntarte si me dejarías hacerlo sobre tu negocio y tú.

Papá se quitó las gafas y dejó el periódico sobre su plato todavía vacío.

—¿A qué te refieres?

—Bueno, estaba pensando en fotografiaros a todos mientras trabajáis, a Jeanie, a Harry y a ti. Y a Niall también, si le apeteciera, para capturar la belleza del trabajo que hacéis.

—La belleza, dices; eh, poca gente usaría esa palabra —dijo papá riendo. Arrugó el periódico al apoyar los codos encima de la mesa y se puso el extremo de la varilla de las gafas encima del labio mientras observaba cada vez con mayor curiosidad a Fionn. Tal vez un observador ajeno podría llegar a la conclusión de que mi novio acababa de dar un golpe maestro, pero en realidad Fionn no era una persona manipuladora. Nunca se le habría pasado por la cabeza hacerle la pelota a un hombre que se consideraba bastante hábil con la cámara. Lo único que pretendía Fionn era hacer el mejor portafolio posible.

—¡Joder! —gritó mamá de fondo—. ¡Siempre me queda grumoso! —Giré la cabeza y le sonreí para darle ánimos, pero estaba tan concentrada removiendo la salsa que no se dio ni cuenta.

—Bueno, por qué no —dijo papá—. Siempre y cuando lo hagas cuando no tengamos clientes.

—Sí, claro. O sea, por supuesto. Lo que a vosotros os parezca apropiado.

—De acuerdo.

—¿Podría empezar esta misma semana? Tengo que mandarles el portafolio a principios de marzo.

—No veo por qué no.

—Genial.

—Pero dime una cosa, ¿no estarás planeando llevarte a mi hija contigo, verdad? —Fionn se giró para mirarme y enseguida volvió a centrar la mirada en papá con un ataque de pánico escénico de manual—. Porque si ese es tu plan, entonces no hay trato.

Quise morirme en aquel mismo instante. Yacer junto a la señora Swarbrigg que descansaba en el velatorio y que, apenas una hora antes, me había dicho que se arrepentía de no haber perseguido su sueño de ser bailarina y en vez de eso haberse quedado trabajando en la tienda de ropa familiar en lo alto de la calle Mary Street durante cincuenta y un años.

—No. Ni siquiera se nos había pasado por la cabeza —protestó Fionn tal vez con más vehemencia de la necesaria, cosa que hizo que me preguntara si se lo había planteado al igual que yo. Incluso había soñado con ello. Nos había imaginado recorriendo las calles de Londres y viviendo en un piso de techos altos con vistas al Támesis. E hijos, tendríamos hijos, un chico y una chica. Los visualizaba claramente, con el pelo negro rizado y los ojos espectaculares de Fionn. Ya amaba el latido de sus corazones. Pero por mucho que hubiera soñado con aquello mil veces, seguía pareciéndome imposible. Mi vida estaba aquí, trabajando en lo que había nacido para hacer, y no me veía haciendo lo mismo en otro sitio sin tener a papá a mi lado.

—Bueno, entonces no hay ningún problema. —Papá dobló el periódico en cuatro partes perfectas.

—Vale, atención todo el mundo, que llega la ternera asada. —Mamá dejó el primer plato delante de papá—. Dejad los periódicos, los libros y las cámaras. Empezad a comer, que está caliente —dijo, y añadió con voz más baja y menos alegre—: Y quemado.

Las fotografías en blanco y negro del proyecto que Fionn tituló «Cuidar de los muertos» incluían una imagen de papá hablando con Harry delante de un ataúd vacío en la sala de embalsamar; papá sentado en su escritorio mirando hacia la derecha por la ventana del despacho, muy al estilo Clark Gable según mamá; papá ante la puerta principal de la funeraria abierta dirigiendo una mirada seria a la cámara; mamá, que insistió en estar presente ese día, untando una brocha de maquillaje con un poco de base. Y yo, en una fotografía que Fionn había tomado en contrapicado y de lado, sacudiendo una de las sábanas que usábamos para cubrir los cuerpos. Todavía oigo el chasquido nítido del algodón que capturó cuando la sábana descendía hinchada de aire por el centro antes de acabar posándose sobre la mesa de embalsamar. Niall no quiso formar parte del proyecto.

Eran unas fotografías hermosas, solemnes y respetuosas. El día en que Fionn nos pidió a todos que nos sentáramos en la mesa de la cocina para enseñárnoslas mamá y papá se sonrojaron y yo sonreí radiante. También le pidió a Mikey que viniera, pero mi hermano era demasiado sincero como para fingir interés, así que se sentó a leer el catálogo de la editorial Osman.

—Son magníficas, Fion. Simplemente magníficas —dijo papá con un deje de admiración en la voz.

—Me alegro de que te gusten. Creo que he conseguido capturar la tranquilidad de la funeraria.

—Bueno, es lo que intentamos —puntualizó mamá mientras miraba las fotografías por encima del hombro de papá y Harry esbozaba una sonrisa divertida al oír que su cuñada de repente se había incluido en el negocio del que normalmente se mantenía alejada. Estaba bien claro que Fionn había conseguido escalar algunas posiciones en el barómetro de las personas que le caen bien a mamá, aunque no tanto como Niall. Aquel mismo día le había oído decir que Niall tenía el pelo más sano y grueso que había visto nunca, cosa que siempre era un punto positivo a ojos de mamá, y eso que Niall no necesitaba más atributos positivos.

—¿Sería posible que nos hicieras algunas copias? —preguntó papá—. Te las pagaríamos, por supuesto. Estaba pensando que podrían irnos muy bien para poner en la página web o en un folleto.

—No hace falta que me paguéis nada; fuisteis lo bastante amables como para dejar que os molestara mientras trabajabais.

—Insisto. —Papá lo miró por encima de sus gafas para zanjar la discusión.

—De acuerdo, vale, si me decís cuáles queréis os haré copias. Lo único que os pido es que si las utilizáis citéis mi autoría.

Aquellas fotografías estuvieron en nuestra página web durante un buen tiempo y todavía siguen teniendo un sitio de honor en una de las paredes del despacho de papá donde cuelgan enmarcadas. Papá incluso utilizó la fotografía en que salía sentado en su escritorio como foto de perfil en Facebook. Pero cuando Niall se hizo cargo de nuestras redes sociales años después dijo que aquellas fotos habían quedado demasiado anticuadas y optó por una imagen de unos lirios y agua ondeante para representar a la familia Masterson.

—Podrías venir —me dijo Fionn aquella misma tarde después de que todos se hubieran marchado y hubiéramos dado buena cuenta del pescado y las patatas fritas que papá había comprado—. Me refiero a Londres.

Durante el mes que había tardado en crear su portafolio no habíamos hablado ni una sola vez sobre aquel tema; puede que a ambos nos diera demasiado miedo lo que fuera a decir el otro, pero aun así era una cuestión que se interponía entre nosotros, era como un bache que teníamos que evitar constantemente.

—¡Oh! —exclamé al ver que aquel momento que tanto había soñado se hacía realidad, pero aun así el miedo me revolvió el estómago.

—Escúchame, Jeanie. —Fionn cerró la puerta del lavaplatos, me quitó el bote de mayonesa que llevaba en la mano para poder envolvérmela y lo dejó encima de la encimera—. Cacahuete y yo hemos estado hablando y ambos coincidimos en que te sentaría bien.

—¿Cómo que habéis estado hablando? —pregunté sorprendida, y poco a poco aparté la mano dolida por haberme convertido en la amiga problemática de la que había que hablar en privado.

—Solo quería averiguar qué creía que me contestarías si te pedía que vinieras conmigo.

—Eso ya te lo podría haber dicho yo. Cacahuete está convencida de que necesito que me rescaten. —De repente me invadió la tristeza al darme cuenta de que tal vez Fionn pensara exactamente lo mismo, que creyera que estaba ahí atrapada y que tenía que salvarme. Me senté en la mesa con la espada encorvada y las manos flácidas encima del regazo—. ¿Tú también lo piensas? ¿Es por eso que me lo estás pidiendo? ¿Este es el plan que habéis urdido entre los dos para salvarme de mí misma? —Fionn se agachó delante de mí, buscó mis manos con las suyas y levantó la mirada con cara seria—. Porque si es así —continué, conteniendo las ganas de llorar—, que sepas que no necesito que nadie me salve de nada. Aquí estoy la mar de bien. Tengo un trabajo que me gusta de verdad. Tengo una vida. No necesito que me metas en la tuya como si fuera una obra de caridad.

—No, no, Jeanie... me he expresado mal. No eres mi obra de caridad. Tenemos algo especial, tú y yo. En serio, llevo mucho tiempo pensando en nosotros y Londres, desde mucho antes de que lo mencionara tu padre. —Dudó por un segundo—. Supongo que solo necesitaba un poco de apoyo y tal vez un poco de orientación de la persona que mejor te conoce. —Sonrió con la esperanza de que lo imitara—. Solo quería asegurarme de no cagarla. Porque esto es muy importante, sabes. Por favor, no me castigues por haber intentado hacer las cosas bien.

Lo miré y en cada una de las hermosas arrugas de su rostro percibí su honestidad. Y me derretí cuando volvió a sonreír y le vi el incisivo.

Asentí mientras me tranquilizaba, fruncí los labios y me concentré en nuestras manos entrelazadas que seguían descansando encima de mis rodillas, aunque todavía no me atrevía a hablar por miedo a que me temblara la voz.

—Bueno, sabes que Al y Jess vendrán conmigo a Londres, ¿verdad? Que vamos a mudarnos los tres. La cosa es que... espero que no te importe, pero les pregunté si les parecería bien que vinieras con nosotros y me respondieron que sí. —Se me acercó todavía más—. Estoy convencido de que allí fuera te espera algo mucho más grande de lo que esta ciudad puede ofrecerte, Jeanie.

—¿Como qué? —pregunté asustada con un hilo de voz, pues sabía lo mucho que le dolería a papá que me marchara y, a decir verdad, lo perdida que me sentiría sin tenerlo a mi lado.

Tal vez yo necesite a mi familia y a los muertos tanto como ellos a mí, pensé.

—Estamos hablando de Londres, Jeanie, una ciudad llena de dinamismo y un montón de posibilidades en cada esquina.

Era como si se estuviera describiendo a sí mismo. Para mí Fionn era como una pluma blanca y ligera que flotaba por las calles grises de Kilcross negándose a aterrizar. Dando saltitos y emocionándose ante los detalles más insignificantes: una mala hierba que crecía entre las losas de la acera de la calle Mary Street, la curvatura de la mejilla de un transeúnte, la sonrisa de la hija del director de la funeraria. Aquello me asustaba. Y en aquel momento me di cuenta de que nunca había tenido la sensación de poder llegar a ser la persona que él creía que era. De repente todo cambió, y los sueños de la vida que nos deparaba el futuro se empañaron.

—No podría ir a Londres ni aunque quisiera, Fionn —protesté—. Tengo que pensar en el negocio.

—Ah, claro, el negocio, siempre el negocio.

—Me necesitan. Papá cuenta conmigo. Hace tanto que espera que trabaje con él a tiempo completo. Y los muertos también, entre los dos podríamos atender a muchos más. Y eso sin mencionar a Mikey.

Fionn asintió, como diciendo que ya estaba otra vez con lo mismo de siempre.

—Pero no pueden retenerte físicamente aquí, Jeanie, ni los vivos ni los muertos, no si tú no quieres quedarte. Tienes derecho a elegir tu propia vida.

Tal vez debería haberle dicho que me daba demasiado miedo marcharme y zanjar aquel tema de una vez por todas. Y además, lo mirase como lo mirase, por mucho que me costara cargar con el peso de los muertos y de mi familia, aquí sabía quién era y que mi don era importante para mí, para la comunidad y para los muertos. Aquí, en Kilcross, era alguien especial. Pero allí, en Londres, todo aquello se desvanecería y no sería nada ni nadie, viviría a la sombra de la carrera de Fionn.

Me daba demasiado miedo perder aquello que me definía y, sin embargo, el hombre al que amaba me estaba pidiendo que me arriesgara.

—¿Podemos dejarlo por ahora? —le pedí. En mi mente ya estaba huyendo de él, pero me sentía incapaz de decepcionarlo, no en aquel momento.

—Bueno, vale —suspiró dándome un respiro a regañadientes—. Pero piénsatelo.

—Como si no llevara pensándolo desde el momento en que te conocí. —Aquellas palabras susurradas se me escaparon con la misma facilidad con la que me había enamorado de él.

—¿Y entonces por qué no? ¿Por qué no lo haces sin más? —inquirió con entusiasmo renovado hincando las rodillas en el suelo.

—Porque yo no soy tú —exclamé—. Para mí no todo es tan blanco y negro, ¿sabes? —Y en aquel momento finalmente rompí a llorar.

—No, no, no —musitó Fionn, y se levantó del suelo para envolverme entre sus brazos y acunarme con delicadeza—. Se suponía que esta conversación iría diferente. Mira, lo siento. Dejémoslo por ahora, ¿vale? Todavía nos queda un montón de tiempo.

Asentí pegada a su pecho, apoyando la cabeza contra su corazón al que amaba con cada respiración corta y jadeante de mi cuerpo.

CAPÍTULO QUINCE

Nunca le decía que no a Fionn. No quería hacerlo. No podía soportar escuchar aquella palabra saliendo de mis labios. Pero después de que me preguntara si iría con él a Londres aquella primera vez volvió a sacar el tema cada dos semanas y yo siempre le respondía lo mismo: que todavía me lo estaba pensando. Y así era. Le di mil vueltas al tema durante el mes de junio mientras un centenar de alumnos hacíamos los exámenes en filas de diez en el polideportivo con las cabezas agachadas por la tensión, sumidos en el silencio mientras trabajábamos. Y también me lo pensé durante todo aquel julio sublime en que celebramos nuestra libertad nadando en el lago Saor. Y también durante el mes de agosto mientras observé a Fionn empaquetar todas sus cosas y mirarme de reojo a ver si al fin decía algo.

Harry me encontró sola un sábado por la tarde sentada en el velatorio, donde había ido a esconderme. No estaba con ningún cliente, estaba a solas pensando, intentando averiguar qué hacer.

—¿Estás bien, Jeanie? —me preguntó mientras se sentaba a mi lado.

—Oh, sí, claro. —Intenté esbozar mi sonrisa tranquilizadora—. ¿Has venido a decirme que necesitas que te ayude en algo? —Hice ademán de ponerme en pie, pero Harry me detuvo con la mano.

—No, en realidad estaba preocupada por ti. ¿Te apetece hablar de ello o...?

Me pregunté por qué no se me había ocurrido antes hablar con aquella mujer en la que confiaba tan plenamente.

—Se trata de Fionn —admití compartiendo mi carga con ella de buena gana—. Me ha pedido que me fuera con él a Londres.

—Ah, ya veo. —Abrió los ojos de par en par—. Y... ¿qué le has contestado?

—Nada. —Arrugué la frente—. Lo quiero mucho, de verdad, pero tengo miedo.

—Oh, Jeanie, pobrecita. —Me acarició el brazo—. ¿Se lo has contado a tu madre y a tu padre?

—¡No! Y por favor no se lo digas.

—De acuerdo, de acuerdo. —Hizo un gesto con la mano para intentar calmarme—. Sabes, cuando yo tenía tu edad también estuve pensando en marcharme a Londres.

—¿En serio? —Me sorprendió descubrir que Harry había pasado por lo mismo que yo.

—Pero nunca llegué a irme. —Vi la mueca que hizo antes de que girara la cara.

—¿Por qué no?

—Por este lugar. —Observó detenidamente las paredes del velatorio, como si años atrás hubieran extendido sus manos de piedra y la hubieran retenido a la fuerza—. Para mí fue todo un dilema. Tenía la esperanza de que un día me despertaría y sabría sin lugar a dudas si ir a Londres o quedarme aquí, si quedarme aquí o irme a Londres. De que la respuesta estuviera allí sin más, clara como el agua.

—Es exactamente lo que me ocurre a mí. —De repente me animé, no podía creerme que hubiera encontrado a alguien que me comprendiera. Pero entonces me deshinché al recordar que me estaba quedando sin tiempo—. Aunque debería decidirme pronto.

—Oh, pequeña. —Me envolvió en un abrazo cuando vio que los ojos se me llenaba de lágrimas—. Acabarás encontrando la respuesta. Ocurrirá algo que te empujará en la dirección adecuada. Te lo prometo.

—¿Fue lo que te pasó a ti? —le pregunté apartándome un poco para poder mirarla a los ojos.

—Bueno, creo que sí. Cuanto más tiempo pasaba confundida, más me parecía que no debía marcharme, porque si no lo hubiera sabido, ¿verdad? No dejaba de repetirme lo mismo. Así que me quedé. Y me alegro de haberlo hecho. Tampoco es que se esté tan mal aquí. —Parpadeó lentamente y tuve la sensación de que tenía mucho más que decir aunque decidió no hacerlo. En aquel momento me agarró la mano presa del pánico—. Te echaríamos mucho de menos si te fueras, lo sabes, ¿verdad?

—Lo sé —susurré mientras contemplaba sus ojos tristes y preocupados que escondían toda su historia.

¿Fue la culpabilidad que vio en mis ojos lo que hizo que Harry se levantara enseguida y se sacudiera de encima lo que fuera que la agobiara?

—No me hagas caso, Jeanie —afirmó—. Lo que necesitas es hacer una lista de pros y contras. Ya he terminado por hoy, así que ¿qué te parece si te llevo a comer al Kate's Kitchen, pedimos el plato más grasiento y hacemos esa lista?

—De acuerdo —contesté sonriendo aliviada y animada de nuevo gracias a su amabilidad.

Aquella lista no me sirvió para nada. Y a pesar de que la respuesta que buscaba seguía eludiéndome, dejó de importarme tanto porque ya no me sentía tan sola.

Al final fue Mikey quien me salvó sin quererlo ni beberlo. El año anterior, al cumplir los diecinueve, Arthur le había conseguido un trabajo. Para alegría de todos y a pesar de los nervios de Mikey, Arthur había hablado con Brian Fitzgerald, el amo del pub Fitzer, y lo había convencido de que necesitaba un barman a tiempo parcial que fuera más adecuado para el trabajo diurno. Resulta que a Mikey le encantó el trabajo, sobre todo la parte de gestionar las entregas de los proveedores y cambiar los barriles. Le gustaba tener que mantener la bodega limpia y ordenada. A medida que fue avanzando el año fue llenándose de orgullo, se le notaba sobre todo cuando caminaba pisando la acera con firmeza en dirección al trabajo cinco veces por semana; había conseguido asentar su lugar en el mundo exterior, algo que siempre le había parecido imposible.

Pero al cabo de un año, a finales de agosto, todo se vino abajo. Desapareció dinero de la caja del pub en más de una ocasión, y aunque Arthur afirmó que Mikey era igual de inocente que el propio Brian acabaron despidiéndolo. Fue una época muy triste en nuestra casa; cenas en silencio, portazos en el cobertizo y visitas infinitas de Arthur. Pero nada consiguió aliviar el dolor de la herida que mi hermano tenía en el fondo del alma; ni las palabras alentadoras de papá, ni las proclamaciones de injusticia y revancha de mamá, ni la voz estruendosa de Arthur prometiendo que Brian acabaría entrando en razón. Fui la única persona que Mikey permitió que se le acercara; me sentaba a su lado noche tras noche mirando documentales militares inacabables, cuando en realidad solo tenía los ojos puestos en mi hermano, y cada vez que veía su tristeza por haber perdido su propósito se me hundía el corazón. En una ocasión incluso alargó la mano para agarrarme el puño de la camiseta tal y como hacía cuando éramos pequeños, y tuve que contenerme para no echarme a llorar. No podía dejar a mi hermano. Incluso aunque mi don decidiera desaparecer en aquel mismo instante y papá me instara a hacer las maletas para ir a Londres, no podría marcharme.

Al final Fionn dejó de preguntarme si me iría a Londres con él. Cacahuete también dejó de intentar persuadirme, nadie volvió a pedirme que me fuera de Kilcross. Pero a pesar de todo, en algún rincón remoto de mi alma, me quedó la duda de si estaba dejando pasar una gran oportunidad.

A principios de septiembre me até la sudadera con fuerza alrededor de la cintura mientras Fionn se metía en el asiento trasero del coche de sus padres para irse para siempre. Le dije que iría dentro de un tiempo. Pero no en aquel momento, no cuando Mikey necesitaba estabilidad. Serían unos seis meses o un año como mucho. Además, Fionn y sus padres necesitaban su propio espacio para adaptarse a sus nuevas vidas en el barrio de Kennington, pensaba para consolarme, lo último que necesitaban era estar pendientes de mí. Y Fionn volvería de vez en cuando para visitarme, ¿no? No habían vendido la casa, sino que habían optado por alquilarla como vivienda vacacional por periodos de corta duración, así que seguro que en algún momento volverían a casa. Y, en cualquier caso, yo también iría a visitarlo.

Y lo hice. Muchas veces.

Durante mi primera visita recorrimos lo que me pareció todo el Támesis por la zona de South Bank, incluso más allá del teatro Globe de Shakespeare, con las manos entrelazadas sin que ni siquiera me importara que me hubiese salido una ampolla en el pie izquierdo, y de vez en cuando Fionn se echaba a reír y se detenía en medio de la acera solo para besarme, obligando a los demás transeúntes a desviarse rápidamente para no chocarse con nosotros. Y poco después fue aquella visita en la que hicimos el amor sobre la alfombra de la sala de estar de su piso del barrio de Kennington en cuanto sus padres salieron por la puerta. Volví a visitarlo tres meses más tarde y me llevó a una exposición de su universidad con la que se había comprometido a echar una mano. Me senté sobre un bloque de piedra deforme que asumí que era un asiento pero que por lo visto era una de las obras expuestas, y cada cinco minutos Fionn pasaba a mi lado y me guiñaba el ojo. Lo esperé sola y de pie durante dos horas, apoyada contra la pared y sorbiendo un vaso de vino blanco tibio hasta que me llevó a su casa, donde se durmió encima de su cama sin quitarse la ropa. Al cabo de un mes, cuando quedamos con sus nuevos colegas Marko, Ellie y Tyrone y se bebieron hasta el agua de los floreros, me escabullí mientras estaban charlando sobre gente que ni siquiera conocía para llamar a Cacahuete, que ahora vivía en el campus de Dublín encantada con su vida de estudiante de veterinaria.

—¿Todavía os queréis? —preguntó mientras cerraba una puerta para amortiguar las voces de fondo.

—Por supuesto.

—Entonces, ¿por qué me llamas a un precio desorbitado a las once de la noche de un sábado?

—Porque te echo de menos.

—Ya, claro, pero si nos vimos el fin de semana pasado cuando vine a casa. ¿Dónde estás?

—En un pub llamado The Dog and... no sé qué más con sus colegas de la universidad.

—Duck. Seguro que el pub se llama The Dog and Duck. Suena muy inglés.

—Fionn es tan feliz, Huete.

—Eso es bueno, ¿no?

—Pero es feliz aquí, en este mundo del que yo no formo parte.

—¿Y qué tal sus colegas?

—Muy majos.

—¿Peeero?

—Agh, sonará estúpido, pero Fionn no me ha agarrado la mano en toda la noche. Siempre acaba buscando mi mano en algún momento, pero esta noche no lo ha hecho. —Me sentí mal diciéndolo, me pareció incluso injusto pensar que sus amigos me hubieran desterrado de su corazón, y sin embargo quería confesárselo a alguien, soltarlo todo, y que mi amiga me dijera que era una tontería.

—¿Estás segura de que no se trata simplemente de que vuestro amor juvenil está madurando? Eso no significa que haya dejado de quererte.

—No, si ya lo sé. Pero tengo la sensación de que ya no soy el centro de su mundo. Ahora lo es Londres. —Hacía un par de semanas que tenía aquella sensación. Sabía que acabaría ocurriendo algo así, que Fionn dejaría de prestar tanta atención a nuestra relación, a pesar de que fuera algo temporal mientras se adaptaba.

—Fionn tiene que encontrar su lugar en Londres, Jeanie, y eso cuesta. Además, el amor no es siempre tan obsesivo; cambia y se transforma, pero eso no tiene por qué ser malo.

—Suenas como una mujer de mundo, Cacahuete.

—Bueno, el hecho de estar saliendo con un narcisista ayuda.

—¿Cómo está Rob?

—Tan enamorado de sí mismo como siempre, pero me sigue pareciendo irresistible. —Rob era un capullo de Kildare que insistía en hablar con un acento pijo de Dublín. Cacahuete sabía que era un idiota, pero tal y como me decía a menudo era incapaz de dejarlo—. A ver, Jeanie, ya sabías que esta situación con Fionn no iba a ser fácil, ¿no? Que mantener una relación a distancia es complicado. No puedes pretender que cada vez que os veáis estéis en sincronía. Eso sería esperar demasiado tanto de él como de ti.

—Ya lo sé, pero no sabía que iba a ser tan duro.

—Oh, Jeanie, ojalá pudiera darte un abrazo ahora mismo. Todo irá bien. No le des muchas vueltas. Vuelve a entrar en el pub, tómate una copa o algo y agárrale tú de la mano, no esperes a que Fionn venga a buscarte. Es un buen chico, Jeanie. Intenta relajarte y dejarte llevar. ¿Vale?

—Vale. Y tú, ¿estás bien?

—Sí. Vente a Dublín el fin de semana que viene si los muertos pueden prescindir de ti.

—De acuerdo.

—Genial. Bueno, supongo que debería volver con el señorito. ¿Seguro que estás bien, Jeanie?

—Por supuesto —mentí intentando convencerme tanto a mí misma como a ella de que lo decía de corazón—. Y gracias, Huete. Dale recuerdos a Rob.

—No, no se los voy a dar, que luego se le suben los humos. Ve y pásatelo bien.

Cuando volví a entrar en el pub me alegré al ver la cara de alivio que puso Fionn al verme, como si llevara horas fuera, y enseguida me tomó de la mano y me dio un beso en la mejilla.

Y sin embargo supe que aquel ir y venir constante y aquellas interrupciones de las vidas que habíamos escogido no se volverían más fáciles con el tiempo y que, en algún momento, algo tendría que acabar cediendo.

Una semana más tarde, como si me hubiera leído la mente, Fionn me llamó para decirme que no vendría a verme dentro de tres semanas tal y como habíamos acordado. Que había estado reflexionando y que no era justo para ninguno de los dos tener que hacer aquel esfuerzo constante y que tal vez deberíamos dejarlo, darnos un respiro y asentar un poco nuestras vidas. A menos, claro, que hubiera cambiado de opinión y por fin estuviera dispuesta a irme a vivir a Londres.

—No, ya me lo imaginaba —dijo al percibir el pánico silencioso que me invadió con más fuerza que nunca—. Bueno, ¿qué me dices? ¿Te parece bien que lo dejemos por ahora?

—Sí, vale —accedí dando gracias de que Fionn no estuviera delante de mí para ver lo devastada que estaba—. Lo entiendo.

—Bueno, así que eso es todo, ¿no? —añadió, pero ahora que la llamada estaba a punto de terminar la confianza en su voz disminuyó.

—Eso creo, ¿no? —contesté dejando entrever también mis dudas.

Durante las semanas siguientes mi familia tuvo que soportar mi silencio y mis lloros. Papá tuvo que encargarse por su cuenta de hablar con los muertos en vez de compartir su carga conmigo; Harry me daba un abrazo cada vez que entraba en la sala de embalsamar y me sentaba haciendo la posición del loto sobre la silla de la ropa. Mamá incluso le dio un par de horas libres a Ruth para que viniera a peinarme. Y Mikey llamó a la puerta de mi habitación, un hecho tan insólito que lo dejé entrar y sentarse a mi lado en silencio absoluto mientras leía una de las últimas revistas que había adquirido.

Y luego estaba Niall, que a pesar de la distancia que nos separaba me hizo varias tazas de té cuando me encontraba sentada en pijama en la mesa de la cocina y llenó el abismo infinito de mi pena con historias que había oído contar a otros aprendices de embalsamador que había conocido en el curso que había hecho en Dublín. El misterio de la botella de whisky que aparecía cada año en la tumba de un hombre por su cumpleaños y que su mujer no tenía ni idea de dónde provenía pero que de todos modos se llevaba a casa para preparar un pastel en Navidad. La historia de las cincuenta cartas que encontraron en los bolsillos del jersey de una mujer que había estado escribiendo cada semana a su difunta hermana melliza desde el día en que la había perdido. Y la del bebé que era tan pequeño que tuvieron que hacerle un ataúd a medida, que su madre insistió que pintaran de color amarillo.

Mi familia tuvo que soportar todos los gemidos, las lágrimas y las muecas hasta que un viernes por la noche, un mes después de aquella llamada, sonó el timbre de la puerta principal. Oí unos pies subiendo apresuradamente por las escaleras y poco después Harry llamó a la puerta de mi habitación y me dijo que me vistiera. Cuando bajé me encontré a Fionn de pie en el vestíbulo caminando nerviosamente en círculos hasta que me detuve confusa delante de él. Entonces tomó mi cara entre sus manos y me besó con tanta intensidad que Harry tuvo que retirarse a la cocina y cerrar la puerta. No dijo nada, solo me tomó de la mano y paró un taxi para llevarme a su casa, a la casa que Al y Jess nunca habían llegado a vender y nunca venderían, tiró su mochila casi vacía en el suelo y me condujo hasta su cama.

—No sé en qué estaba pensando —dijo después cuando ambos nos quedamos ahí tumbados jadeando—. En aquel momento todo me parecía fútil. Estaba tan deprimido por todo este asunto que no veía otra solución que dejarlo. Pero nos las arreglaremos, Jeanie, ¿verdad?

—Sí —contesté mirando fijamente sus ojos cristalinos y creyendo en su versión de nuestro futuro.

Nos quedamos abrazados el resto de la noche y también todo el día siguiente sin admitir que, por supuesto, nos estábamos mintiendo, que ya habíamos constatado que arreglárnoslas era demasiado difícil y desgarrador. Pero lo que en realidad estábamos haciendo era despedirnos, liberándonos para poder vivir nuestras vidas sin la carga de nuestro amor.

Y, sin embargo, éramos verdaderos adictos y a lo largo de los siguientes dos años recaímos de manera intermitente en los brazos del otro a pesar de estar con otras personas. Para él fue Sophie, ¿o era Amber? Y para mí fueron Aaron y Paul, dos hombres que conocí cuando iba borracha y me gustaron, y con los que volví a quedar sin ir tan borracha. Eran relaciones para pasar el rato, pero no podían compararse con la intensidad y el esplendor de lo que había entre Fionn Cassin y yo.

Nuestra adicción se prolongó hasta que un día, cuando cumplí los veintidós años, fui a Londres a visitar a Fionn por sorpresa. Giré por la esquina de la calle Methley Street con una botella de champán del *duty free* en la bolsa y me detuve de golpe al verlo besando a una chica en el portal de su edificio. Era preciosa. Negra, esbelta y arrebatadora. Observé cómo Fionn la retenía cuando la chica se giró para marcharse. La agarró suavemente por el cuello y la atrajo hacia él con unas ansias que conocía bien, una escena que me hizo recordar nuestro primer beso. Se quedaron en el portal totalmente absortos el uno con el otro hasta que finalmente la chica cedió y volvió a entrar cerrando la puerta detrás de ella. Se me hizo un nudo en el estómago, y el corazón me dio un vuelco y se hundió en las profundidades de mi interior para refugiarse del dolor que me produjo aquello que acababa de presenciar y que enseguida reconocí como amor.

Eché a correr.

Llorando a pleno pulmón, sin importarme lo que pensaran los demás, hasta que me topé con la parada de metro y dejé que mi cuerpo se apoyara contra la pared y se hundiera hasta el suelo, desde donde distinguí con los ojos borrosos unas viejas manchas de pis y unos chicles pisoteados. Alcé la mirada hacia aquella ciudad abarrotada con sus autobuses rojos, sus bloques de pisos, sus gritos, sus bocinazos y sus músicas, y por una vez me alegré de no haberme mudado allí. Lo único que quería era regresar a casa: a Kilcross, con los muertos. Era lo único que deseaba.

Ahora sí que se ha acabado, pensé. Lo que había entre Fionn Cassin y yo finalmente había terminado.

CAPÍTULO DIECISÉIS

Después de la confesión de Pequeño sobre la paternidad de Arthur, salí de casa para dejar que el aire me envolviera el cuerpo con la esperanza de que se me pasara aquel dolor de cabeza tan intenso. Caminé más allá del SuperValu y vi a los compradores que entraban y salían del supermercado después de trabajar con la cabeza gacha, intentando no mirar a nadie a los ojos. Pasé delante de pubs con música, tiendas que llevaban horas cerradas y escuelas sumidas en la oscuridad. Deambulé por los puentes del canal. Crucé en rojo. Esquivé los coches aparcados encima de la acera, las personas que venían en dirección contraria y las bicicletas encadenadas a las farolas hasta que los adelanté a todos caminando sola a grandes zancadas.

Pero no me invadió la tranquilidad, solo destellos de todas las cosas para las que no tenía solución ni respuesta y entraban y salían de mi cerebro com si fueran actores dirigidos por un mal director. Cuanto más deprisa caminaba, más deprisa aparecían. Hasta que me detuve ante el murito del monumento que habían erigido tres años atrás para conmemorar el alzamiento de 1916. Me quedé allí de pie respirando pesadamente y leyendo los nombres grabados en el bloque de granito: Dan O'Loughlin, Patsy O'Loughlin, Cáit McNamara, Eamonn Kelly; en total, doce hombres que había marchado hacia Dublín en respuesta al llamamiento a las armas y habían muerto allí. Me pregunté quién habría hablado con ellos mientras yacían moribundos en las calles de la ciudad o detrás de las barricadas de la oficina general de correos. Quién habría escuchado lo que querían transmitir a sus seres queridos. No tuvieron a nadie y el mundo no se derrumbó. Vivieron y murieron. Tener a Jeanie Masterson a su lado para escuchar sus susurros finales no habría supuesto una gran diferencia para ellos el día en que se desangraron en la calle O'Connell Street, ¿verdad?

Alcé la cabeza para observar los estorninos que aleteaban de un lado a otro por el cielo vespertino, chocando contra muros invisibles y rebotando hacia cualquier dirección. Podría alejarme de todo como mamá y papá y olvidarme de ello por completo. Podría comprar una casa junto al mar con Niall tal y como él quería, tener un perro y olvidarme de los muertos, y sí, tal vez incluso podría plantearme lo de tener hijos.

Llamé a Cacahuete, que respondió al segundo tono.

—Justo estaba pensando en ti.

—¿Te encuentro en mal momento?

—Para nada. Los niños están en la cama. Anders se ha dormido en el sofá y yo estoy aquí a su lado intentando recordar cómo se llamaba aquel chico que se sentaba detrás de nosotras en clase de Inglés. El que era pelirrojo. —Después de acabar la carrera, Cacahuete se había mudado a Londres para trabajar en una clínica veterinaria propiedad de un hombre noruego atractivo y pudiente llamado Anders. Enseguida se enamoraron y Rob el narcisista por fin quedó confinado a aquel rincón del cerebro donde guardamos bajo llave los recuerdos embarazosos. Poco después, a los veinticinco años, descubrió que estaba embarazada de mellizos, Oskar y Elsa, y se mudaron a Oslo para criarlos allí.

—¿Liam Conway?

—Sí, ese mismo. ¿Sabe esquiar?

—No estoy segura, pero podría preguntárselo la próxima vez que lo vea en el Casey con su barriga cervecera encima de la barra mientras se traga su séptima pinta.

—Ah, así que todavía vive en Kilcross. Es que esta mañana estaba observando a Anders mientras esquiaba y te juro por Dios que he visto a un tipo que era su viva imagen.

—Viva.

—¿Qué?

—Se dice «viva imagen», no «vida imagen».

—Oh. Pues qué pena que no fuera él; ha sido agradable ver a alguien conocido por aquí, o por lo menos imaginarme que era un conocido.

—Liam era un capullo, Cacahuete. ¿No te acuerdas de que siempre que pasábamos a su lado nos tiraba los libros?

—Ah, es verdad, sí que lo hacía. Es curioso lo que el cerebro decide recordar, ¿verdad? Bueno, ¿qué hay de nuevo?

—Oh, nada. Solo que mi mundo se está derrumbando. Papá y mamá se marchan. Niall ahora quiere tener un perro e hijos. Y yo ni siquiera sé por qué me dedico a este trabajo. Solo me trae problemas.

Durante los siguientes minutos la puse al día de todo lo que había ocurrido mientras Anders continuaba roncando tan fuerte a su lado que finalmente Cacahuete tuvo que meterse en su habitación para poder escucharme en condiciones.

—En realidad tener un perro no sería tan mala idea, Jeanie. Podría serte de ayuda.

—¿En serio esa es tu respuesta a este asunto, cómprate un perro?

—¿De verdad que estás considerando dejarlo todo después de tanto tiempo?

—A veces se me hace todo tan cuesta arriba que me pregunto si realmente importa que escuche a los muertos o no. ¿De verdad es tan importante que alguien descubra que su padre en realidad no es su padre biológico? ¿De qué sirve?

—No sé muy bien de qué estás hablando, Jeanie, pero sí, supongo que a cualquiera le interesaría saber que su padre en realidad no es su padre biológico. Espera un momento, me ha parecido oír a Oskar, no sé por qué pero últimamente no duerme muy bien. Tiene pesadillas. Dame un segundo. —Se oyó un chirrido cuando dejó el teléfono, luego se hizo el silencio y después sonó de nuevo aquel chirrido cuando volvió a levantar el aparato—. No, falsa alarma. Pero Jeanie, nunca te había oído hablar así.

—Lo sé, ahora mismo todo me parece inestable, Huete. Es como si hubiera perdido el control de mi vida.

—Ahora sí que estás empezando a preocuparme. Cargas con demasiadas cosas, ¿verdad? Recuerdo lo de aquella niña pequeña, ¿cómo se llamaba? Annie o…

No hizo falta que dijera nada más para que me pusiera a pensar en Anna-Lisa McGarry, una niña de doce años que había sido enterrada en un campo a menos de dos kilómetros de la pared gruesa y fría contra la que estaba apoyada, de hecho siempre la tenía muy presente en mis pensamientos. No dije nada, pero enseguida noté aquella sensación familiar de escozor en los ojos.

—¡Mierda! —dijo Huete—. Ahora sí que Oskar se ha despertado. Tengo que colgar. Lo siento, Jeanie.

—Claro, tranquila, ve. Dale un beso de mi parte.

—Lo siento. Ya volveré a llamarte, ¿vale?

—Vale.

—Adiós. Te quiero.

Me llevé las manos a los ojos para secarme las lágrimas que derramaba cada vez que pensaba en Anna-Lisa. No había muchos casos como el suyo, pero sí los suficientes como para recordarme que a veces mi presencia sin duda importaba.

Papá tenía la política de que si la policía o cualquier otra persona acudía a nosotros pidiéndonos ayuda para encontrar a una persona desaparecida debíamos rehusar educadamente. Decía que no era nuestro trabajo. Ya era lo bastante cansado lidiar con los muertos de la funeraria como para además ponernos a caminar por el canal o por el bosque con la esperanza de oírlos. Y por otro lado tampoco nos convenía atraer más atención mediática de la que ya nos habíamos ganado con los años. Habíamos aparecido unas cuantas veces en los titulares locales e incluso un par de veces en los nacionales, casi siempre por buenos motivos, todo hay que decirlo, pero aun así papá prefería que nos dejaran en paz para poder centrarnos en nuestro trabajo y no tener que estar a disposición de los demás.

Pero una noche Keith Hanley llamó a nuestra puerta. Lo conocía porque iba un curso por detrás de mí en el instituto. Era un buen tipo. Sobre todo porque nunca me había insultado ni me había llamado Morticia. Siempre que alguien decidía no seguir la corriente de la mayoría me daba cuenta. *Mira, una persona decente*, pensaba, *alguien que, si alguna vez me pide un favor, tal vez se lo haga.*

Había ocurrido tres años atrás. Niall y yo habíamos pasado la noche fuera celebrando nuestro primer aniversario y todavía estaba embriagada por aquel maravilloso entusiasmo que a veces te invade cuando haces una escapada. Nos habíamos ido hacia el oeste, hacia el mar, el paisaje favorito de Niall por su vastedad, su profundidad y su carácter indómito. Era capaz de pasarse más tiempo del que mi paciencia toleraba observando el horizonte. Me había puesto a caminar por la playa de Kiltern y me había girado con la intención de decirle que se apresurara, pero en vez de eso había sonreído orgullosa de que aquel hombre robusto, alto, de pelo rizado corto y con apenas barba fuera mío.

—¡Venga! —le había dicho después de haber atesorado durante un rato más aquel sentimiento—. O puede que al final me canse y te quedes sin lo que te había prometido.

Enseguida se había acercado corriendo hacia mí. Me había agarrado por la cintura, me había besado apasionadamente, y me había hecho tantas cosquillas que me había acabado tirando al suelo. Me había levantado y me había acercado hacia él para darme un último beso antes de meter su mano en mi bolsillo trasero y seguir caminando por la playa.

Oí el timbre de la puerta principal. Por aquel entonces Niall todavía se mostraba un poco reticente a abrir la puerta. Pero después, tras un año viviendo en la funeraria, lo que le costaba era saber cuándo no pasarse de la raya. Nunca llegué a valorar lo difícil que debió resultarle aquella transición, entrar a vivir en casa de una familia con unas costumbres ya fijadas. No sé cuánto tiempo tardó en tener la sensación de que podía abrir la puerta principal. Puede que ni él mismo lo sepa. Pero seguro que recuerda aquel periodo durante el que se movía de puntillas por las esquinas de su nueva vida porque todavía no la sentía suya.

—Jeanie, justo la mujer que buscaba. —Keith se giró para mirarme cuando abrí la puerta principal. Se había unido al cuerpo de policía poco después de terminar los estudios. Al principio lo habían destinado a Dublín, pero aquel año había pedido el traslado a su ciudad natal. Todavía aparentaba unos trece años con aquel uniforme a pesar de que tenía ya veintiocho, sobre todo porque su sonrisa parecía no envejecer—. ¿Podemos hablar un momento?

Lo hice pasar a la cocina y nos sentamos a la mesa. Rechazó la taza de té que le ofrecí y resistió la tentación de comerse uno de los Twix de Arthur.

—Mira, sé que lo que te voy a pedir es pasarse de la raya, pero no habría venido a molestarte si no tuviera una corazonada. —Se detuvo y me observó, tal vez esperaba que objetara desde el principio, pero al ver que no lo hacía continuó—. Ha desaparecido una niña.

—Ay, Keith…

—No, espera un momento, Jeanie, escúchame. Nadie sabe que estoy aquí. No se trata de una petición oficial. Pero es una niñita de doce años que no tiene a nadie, Jeanie. Deberías verla. Está en los huesos. Va cada día a la escuela porque le encanta. Pero a lo largo de los años se ha presentado con moratones, fracturas y todo lo que te puedas imaginar. Llevo un año vigilando a ese desgraciado y creo que le ha hecho algo, Jeanie.

—¿Quién?

—Su padre. Un tipo alcohólico y decrépito. Pero nunca se emborracha lo bastante como para no ser consciente de lo que hace. Es un listillo. Sabe exactamente qué decir y a quién decírselo. Pero bueno, la cosa es que su tía Kay, la hermana de su madre, de su madre fallecida —alzó la mirada para enfatizar la tragedia—, se ha presentado hoy en comisaría y nos ha dicho que la niña ha desaparecido. Hemos mandado a un par de policías a su casa y ahora mismo están interrogando al padre.

—Mira, Keith, me gustaría poder ayudarte, pero...

—No, verás, siempre que su padre se pone de mal humor la niña huye de él, me lo ha contado su tía Kay. Sale por un agujero que hay en la pared de su jardín trasero y se esconde en el campo hasta que el hombre se calma. Pero la tía dice que la niña no está ni en su casa ni en el campo ni en ninguna parte. Ya lleva un día desaparecida y su padre ni siquiera lo ha denunciado. ¿Por qué crees que no lo ha hecho, Jeanie?

Me encogí de hombros.

—Porque ese cabrón sabe perfectamente dónde está. —Keith plantó el dedo índice en la mesa de la cocina y lo contempló durante unos segundos con la boca crispada por la frustración—. Lo único que te pido es que vayas a dar una vuelta cerca de la casa. Con Niall. Yo no puedo acompañarte. Estoy fuera de servicio. Y, bueno, me han ordenado que dejase de meter las narices en este caso.

—¿Y eso?

—Digamos que todo este asunto me está afectando. Me han apartado del caso porque he estado «husmeando demasiado» y estoy «demasiado implicado a nivel emocional». Pensaba que era imposible husmear demasiado cuando se trata de una niña indefensa, pero ya lo ves, por lo visto estaba equivocado. Mira, os llevaré a Niall y a ti hasta la casa y os esperaré a una distancia prudencial. Solo seréis dos personas dando un paseo, ¿vale? Su casa es la última de la urbanización, así que cuando estéis cerca podréis saltar la valla, meteros en el campo y recorrerlo de arriba abajo. Si la niña está viva puede que ambos la oigáis, pero si está muerta, bueno... entonces solo la oirás tú. —Me miró y alzó un poco las cejas con un deje de esperanza.

—Pero ¿a los policías que están en la casa no les va a parecer un poco sospechoso que de repente aparezcamos los de la funeraria en el campo de atrás? Seguro que nos llevarían a comisaría para interrogarnos. No sería el primer malentendido que mi familia ha tenido con la policía.

—Por favor, Jeanie, sé que es mucho pedir, pero estoy convencido de que la niña está ahí. Y soy consciente de que solo puedes oír a los muertos durante un corto periodo de tiempo, así que tienes que hacerlo ahora. La niña lleva un día desaparecida. Por favor, Jeanie, te juro por Dios que nunca más volveré a pedirte nada parecido.

Le pedí a Niall que bajara y se lo conté todo en el pasillo antes de que entrara en la cocina y volviera a oírlo en boca de Keith. No lo seguí de inmediato y me quedé de pie junto a la puerta de la sala de estar. Papá estaba ahí dentro con mamá poniéndose al día con sus telenovelas. Me pregunté si tendría que llamar a la puerta y contárselo todo. Me pregunté si estaría dispuesto a romper sus reglas por una sola vez y vendría conmigo para intentar encontrar a la niña. Pero no lo hice. En cambio me acerqué a Niall y lo miré a los ojos dispuesta a seguir su ejemplo.

—Si cuando llegamos allí la casa está rodeada de policías no haremos nada, ¿de acuerdo?

—De acuerdo, Niall —accedió Keith—. Aunque es probable que ya se hayan marchado. No entiendo cómo es posible que este individuo haya conseguido embrujarlos, pero no hay manera de que vean lo mismo que yo.

—Tal vez no quieran verlo —dijo Niall. Entonces me apretó la mano y nos pusimos en marcha.

Keith tenía razón: los policías ya se habían marchado. Vimos una bombilla encendida y una persiana bajada en el piso de arriba, pero aparte de eso todo parecía tranquilo. Keith se quedó en su coche para que nadie lo viera mientras Niall y yo saltábamos por encima de la verja.

En cuanto puse un pie en el suelo la oí.

—Hola —dijo desde la otra punta del campo—. Estoy aquí.

Miré a Niall, pero cuando me di cuenta de que él no había oído nada supe que habíamos llegado demasiado tarde.

Su voz, a pesar de ser débil, estaba llena de determinación. Solo con oírla decir una frase supe que Keith tenía razón. Era una niña que, a pesar de todo, sabía lo que quería, y ahora mismo quería ser encontrada.

—Camina en dirección a la cima de la colina de Tullogh. Por aquí. Hasta que no puedas seguir avanzando.

Bajo el crepúsculo de la noche nos dirigimos hacia la pendiente de la colina y subimos por encima de los árboles hasta llegar al límite del campo. Una vez allí caminamos junto a la valla hasta encontrar un montón de tierra cubierto con unas ramas de la zanja.

—Anna-Lisa —grité, y caí de rodillas al suelo mientras Niall salía disparado a decirle a Keith que había acertado con su corazonada—, ¿estás ahí?

—Sí —contestó.

—Ya vienen, Anna-Lisa. Enseguida vendrán a ayudarte.

—Ahora ya nadie puede ayudarme. —A pesar de que lo dijo con voz firme percibí la vulnerabilidad que estaba intentando ocultar—. Papá dice que a veces no sabe medir su propia fuerza. Pero nunca me había hecho tanto daño como anoche. —Se detuvo un momento para recuperar su determinación—. No le gustaba que aquel policía viniera a casa tan a menudo para comprobar si estaba bien. Le dije que no era culpa mía. Que yo no le había pedido que lo hiciera, pero no me creyó y siguió pegándome puñetazos y patadas. Noté el momento en que se me paró el corazón. —A partir de entonces no pudo contenerse y se le rompió la voz bajo el peso de su tragedia.

Empecé a cavar con mis propias manos y las uñas se me llenaron de tierra mientras intentaba llegar hasta ella para que supiera que no estaba sola. Pero estaba enterrada a mucha profundidad.

—Supe… supe que esta vez se había pasado —dijo con voz baja—. E intenté decírselo… decirle que esta vez no me recuperaría como siempre lo había hecho. Pero no podía oírme… a diferencia de ti.

—¿Por qué te hacía daño, Anna-Lisa? —le pregunté sin aliento por el esfuerzo que estaba haciendo para llegar hasta ella.

—Decía que era la única manera de aliviar el dolor.

Acerqué la cabeza al suelo y cerré los ojos.

—¿Qué dolor? —susurré intentando que no oyera que estaba llorando mientras observaba mis propias manos acariciar la tierra como si la estuvieran acariciando a ella.

—El dolor de cuando murió mamá. Fue hace cuatro años, cuatro meses y cuatro días. Tampoco le gustaba que se lo recordara. Sabía que eso lo ponía de mal humor. Pero aun así lo hacía, como la zorra que siempre me dijo que era.

Alcé la cara hacia el cielo vespertino y las lágrimas me cayeron por el cuello. De repente unas nubes grises ocultaron los últimos rayos de sol, oscureciendo así la tierra y enfriando el ambiente repentinamente.

—Oh, Anna-Lisa, lo siento mucho. —La manó que me llevé a la boca con tierra y todo me temblaba solo de imaginar la crueldad con la que aquel hombre había corrompido la inocencia de aquella niña—. Tu padre no debería haberte llamado así. Y tampoco debería haber hecho lo que hizo.

Detrás de mí escuché las pisadas de Niall y de Keith por encima de la tierra compacta de verano mientras se acercaban corriendo. Jadeaban por el esfuerzo.

—Levántate —me dijo Keith—. Levántate, Jeanie. Seguro que por aquí hay pruebas. Apártate.

—Pero si estamos hablando —contesté girándome hacia él; todavía no estaba lista para separarme de la niña.

—Tienes que hacerlo, Jeanie —insistió mientras me agarraba el brazo y me levantaba—. ¿Ha sido él, Jeanie, la niña te ha dicho si ha sido el padre? —Keith, el hombre de la sonrisa amable y el carácter bondadoso, me apretó el brazo con tanta fuerza que levanté la mano no tanto para apartarlo de mí sino porque me sorprendió que fuera capaz de hacer daño a nadie. Me rogó con los ojos que confirmara sus sospechas.

—Sí —afirmé.

—¡Joder, joder, joder! —exclamó cubriéndose los ojos con el dorso de las muñecas.

Miré a Niall, que enseguida me abrazó. Nos quedamos observando a Keith hasta que finalmente se detuvo, sacó su teléfono móvil y se giró para dar el aviso.

—¿Anna-Lisa? —Volví a acercarme hacia ella, pero no mucho—. Keith, el policía que intentó ayudarte, está aquí. Pronto te sacaremos de ahí. Y entonces podré atenderte en mi casa. —No me atreví a decir «en la funeraria». La niña era consciente de que estaba muerta, pero aun así me pareció demasiado duro utilizar aquella palabra con una niña tan pequeña—. Lo siento. Siento mucho todo lo que te ha ocurrido.

Anna-Lisa no contestó. Me estaba costando encontrar las palabras adecuadas para decir a continuación, aunque no era la primera vez que me pasaba.

—¿Te gustaría que hiciera alguna cosa por ti, Anna-Lisa? ¿Quieres que le diga algo a alguien de tu parte o que haga alguna cosa?

—¿Podrías darme mi estuche, por favor? —Aquellas palabras tan inesperadas e inocentes me desarmaron por completo, hasta el punto en que volví a caer de rodillas al suelo desoyendo por completo la advertencia de Keith para poder escuchar todas sus instrucciones al detalle—. La tía Kay me compró unos bolis nuevos. Pero nunca llegué a utilizar el de color lila. Tal vez pueda usarlo allá donde vaya ahora.

—Por supuesto, Anna-Lisa, por supuesto. Le pediré a Keith que lo busque.

—Y otra cosa —añadió mientras esperaba a su lado dispuesta a hacer lo que fuera por aquella niña—, ¿podrías preguntarle al policía si papá también está muerto?

—¿Qué quieres decir, Anna-Lisa?

—Siempre decía que sabía que tarde o temprano lo empujaría a ello.

—Oh. —Al principio no la entendí, pero de repente lo supe—. Por Dios —dije en voz baja antes de levantarme y acercarme corriendo hacia Keith—. Deberías ir a echar un vistazo a la casa —le dije.

Se empezaron a oír unas sirenas de fondo que anunciaban la llegada de los policías hasta que por fin llegaron y Keith se precipitó hacia ellos, señalando con el dedo la ventana del piso de arriba.

—Keith ha ido a comprobar que tu padre esté bien, Anna-Lisa, no te preocupes. —Tuve la sensación de haber dicho una tontería, sobre todo dado que no sabía si la niña le tenía mucho aprecio a aquel hombre que la había tratado con tanta crueldad, pero se me escapó antes de que pudiera pensármelo.

—De acuerdo. —Llegados a este punto se le empezó a debilitar la voz, y la decisión con la que había hablado hasta aquel momento comenzó a resquebrajarse.

Vimos a dos policías acercándose corriendo por el campo, llamándonos y haciéndonos señas para que nos moviéramos.

—Anna-Lisa, tengo que irme. Lo siento, ojalá pudiera quedarme más tiempo. Hasta luego. —Pero no oí ninguna respuesta mientras Niall me apartaba a rastras antes de que llegaran los policías.

No volví a oír la voz de la niña ni siquiera cuando su cuerpo roto y amoratado llegó días después a nuestra mesa de embalsamar. Nunca había llorado tanto por nadie como aquel día.

Después de que le hicieran la autopsia y reunieran todas las pruebas, Anna-Lisa fue enterrada junto a su madre. Sin embargo el funeral se retrasó un poco, hasta que los policías estuvieron convencidos de que no necesitaban el estuche. Cuando Keith lo trajo me observó mientras se lo colocaba entre sus manos frías para que pudiera encontrarlo con facilidad. Niall había conseguido obrar otro milagro. Aunque no había quedado exactamente igual que la niña sonriente que aparecía en la fotografía que nos había dado su tía Kay, por lo menos parecía estar en paz, sin ningún rastro de dolor, herida ni lesión. Había conseguido ocultarlo todo.

Los únicos asistentes a la ceremonia privada que se celebró con el padre Dempsey fuimos Keith, Kay, Niall y yo. Luego colocamos la tapa en el ataúd de Anna-Lisa y la cargamos entre los cuatro por el pasillo de honor que sus compañeros de clase habían creado hasta las puertas de la iglesia de Saint Xavier llena a rebosar de niños cantando y profesores llorando por la niña a la que no habían podido salvar.

Cuando todo terminó, Keith pidió otro traslado. A la ciudad de Cork, creo recordar. Y se mantuvo fiel a su palabra; nunca más volvió a pedirme ayuda.

CAPÍTULO DIECISIETE

La mañana siguiente después de que dejara a papá hablando con Arthur, me desperté sobresaltada e inspeccioné la oscuridad del dormitorio consciente de que había tenido un sueño intranquilo y que estaba sola. La almohada de Niall no tenía ni una sola arruga. Y eso que anoche me lo había encontrado durmiendo cuando me había metido en la cama. Para mi alivio no habíamos tenido la oportunidad de hablar, pues seguramente no habría estado muy constructiva. Niall debía haberse levantado a primera hora de la mañana. Puede que mi sueño intranquilo lo hubiera despertado.

Tampoco lo vi cuando bajé a la cocina, pero me fijé en que la puerta del cobertizo de Mikey estaba abierta. El reloj me indicó que eran las seis y media de la mañana. Pero ¿cuánto tiempo llevaba despierto? ¿Podría ser que mi hermano se hubiera pasado toda la noche en vela, preocupado por cómo enfrentarse a la tarea de llenar sus nuevas estanterías?

Me puse a dar golpecitos en la ventana de la cocina hasta que Mikey sacó la cabeza. Alcé una taza y se la señalé, pero negó con la cabeza y volvió a desaparecer. Todavía confusa y agobiada por todos los acontecimientos del día anterior, me senté a la mesa preguntándome si debería volver a la cama. Pero al final acabé optando por prepararle un café a Mikey de todos modos.

Al cabo de un momento me detuve con mi ofrenda en la mano ante la puerta del cobertizo y me di cuenta no solo de que dentro no había espacio para ninguno de los dos, pues todas las superficies, incluyendo el suelo, estaban cubiertas de revistas, sino de que además Niall no estaba allí dentro tal y como había empezado a suponer.

—Vaya, Mikey, veo que estás muy liado aquí dentro.

—Sí. He decidido expandir mi colección y además reorganizarla. Y en vez de hacerlo por periodos de campañas militares se me ha ocurrido hacerlo por regiones. Así me será muy fácil llevarme ciertas partes del mundo cuando nos mudemos. Pero la cosa ha empezado a complicarse cuando he llegado a la invasión del Imperio. No sé si debería clasificar este episodio según el lugar donde se produjo la guerra o la procedencia del ejército invasor.

—¿Cuánto rato llevas con esto?

—¿Qué hora es?

—Las seis y media.

—¿De la mañana?

Asentí inquieta por lo que estaba a punto de decir.

—Bueno, pues unas trece horas.

—¡Mikey!

—Me he hecho un lío. A media reorganización he decidido que era una mala idea, así que he vuelto a clasificarlo todo por fecha tal y como estaba antes. He empezado por aquí.

Señaló hacia la enorme pila de revistas que había en el suelo detrás del sofá, puestas de lado como si fueran fichas de dominó caídas.

—Pero me estoy confundiendo con tantas pilas; hay demasiadas e incluso se me está empezando a olvidar el año por el que voy.

—¿Y si te ayudo? Podría ir diciéndote el año por el que vamos y entonces tú podrías hurgar por todos los montones regionales y sacar las revistas que van a continuación y yo podría ir juntándolas. Y cada diez años, por ejemplo, podrías acercarte y comprobar si lo estoy haciendo bien. ¿Qué te parece?

En aquel momento me di cuenta de que eso implicaría que otra persona tocara sus revistas. Por lo visto los demás o, más bien dicho, nosotros, no las manipulábamos con tanto cuidado

como le gustaría. Por eso solo las dejaba encima de una superficie si estaba ahí cerca para poder protegerlas. De lo contrario
siempre estaban guardadas en su estantería, lo más lejos posible
de los profanos.

—Iré con mucho cuidado.

—Nada de dejar huellas.

—No dejaré ninguna —contesté sin saber muy bien cómo
me las arreglaría para conseguirlo—. Pero ¿qué te parecería
tomarte primero esta taza de café y tal vez comer algo? No
podemos ponernos a trabajar con el estómago vacío. O por lo
menos yo no puedo. Venga, va. Entremos en casa.

Empecé a caminar y me giré para comprobar que me siguiera por si de repente cambiaba de opinión, pues no sería la
primera vez que ocurría algo parecido. Nos sentamos a la mesa
y nos comimos dos cuencos de cereales Crunchy Nut Corn
Flakes. Cuando éramos pequeños solo nos dejaban comer cereales azucarados los domingos. Durante el resto de la semana
mamá insistía en que comiéramos cereales naturales de la marca Corn Flakes o Ready Brek, o si no gachas de avena que pre-
paraba ella misma, lo que desgraciadamente implicaba muchas
prisas, suspiros y grumos.

—Mikey, ¿viste a Arthur ayer antes de que se fuera? —le
pregunté.

—¿A Arthur? —Una gota de leche se abrió paso lentamente
por el centro de su barbilla y se posó en el surco de su hoyuelo.
Estuve a punto de alargar la mano y secársela tal y como había
visto hacer a mamá miles de veces, y llegué incluso a imitarla en
alguna ocasión no sin antes avisar a Mikey de lo que me disponía
a hacer, aprendiendo así a cuidar de mi hermano mayor.

—¿Te pareció que estaba bien o más bien alterado?

—¿Por qué lo preguntas? —Mikey se levantó para agarrar
un trozo de papel de cocina y secarse la gota en vez de utilizar
el dorso de la mano.

—Oh, nada, es solo que papá tenía que comentarle una
cosa.

—¿Te refieres a que se queden a dormir en nuestra nueva casa cuando nos mudemos? —Volvió a sentarse para seguir devorando el desayuno—. Porque Arthur ya me dijo que vendría a visitarnos cada mes, que a Teresa y a él les gusta mucho Baltimore. Me dijo que acamparían en el jardín.

—No le hagas ni caso. Hay habitaciones de sobra en la casa. Además, me parece que a Teresa no le va mucho la acampada —dije riendo.

—Dice que saldrán un viernes en cuanto termine su ronda por la ciudad y que llegarán con tiempo de sobra para ir a tomar una pinta a media tarde en el Cotters. Y nosotros también vendremos de visita, por supuesto. Así que creo que no voy a echarlo mucho de menos porque lo veré muy a menudo.

En aquel momento sentí tanto amor por mi hermano que hubiera podido darle un abrazo indeseado, pero me contuve. Me pregunté cómo me las arreglaría cuando no lo tuviera a mi lado. Casi rompí a llorar solo con imaginarme el cobertizo sin su gloriosa presencia. Solté la cuchara y bajé la mirada hacia el mejunje pastoso que tenía en el cuenco; se me habían ido todas las ganas de comerme aquella delicia azucarada que dos segundos antes me había hecho sonreír como una niña.

—¿Te acuerdas de cuando Arthur fue al Fitzer para contarle a Brian que había sido Ernie quien había estado robando dinero de la caja y no tú? Nos contó que estuvo tentado de quitarle el micro a Danny Tiernan a medio estribillo de *Brown Eyed Girl* y decir la verdad delante de todos los clientes. Me hubiera encantado verlo.

—Sí —replicó Mikey—. Arthur siempre ha defendido mi honor tal y como hacen los camaradas leales.

Nos enteramos de quién había estado robando dinero en el Fitzer hace dos años cuando Ernie Grace, que había trabajado con Mikey, murió de neumonía. Tenía demencia y llevaba un tiempo ingresado en una residencia.

En cuanto saludé a Ernie, que yacía plácidamente en su ataúd, se arrancó a hablar, como si tuviera mucho que contar.

—Siempre he sido un mentiroso compulsivo. Cuando era pequeño le robaba los bombones rosas a mi madre. Luego pasé a robarle cigarrillos. Y más adelante dinero. Que Dios me perdone. Al final ya ni distinguía lo que era verdad de lo que era mentira.

—De acuerdo, Ernie —dije poniendo una mano encima de la suya con la esperanza de tranquilizarlo—. Podemos hablar de todo eso con calma. —Me pregunté si aquella agitación se debería a la demencia. Pero no, resulta que la muerte lo había curado y que Ernie estaba en su sano juicio. Su comportamiento no tenía nada que ver con eso.

—No debería haberlo hecho. Sabía que era injusto. Sobre todo tratándose de un hombre como él. Pero tuve que hacerlo por culpa del juego, sabes. Y los Fitzgerald iban lo bastante anchos como para no echar de menos unas cuantas perras, por lo menos al principio.

En aquel momento me detuve y empecé a procesar lo que acababa de revelarme. Miré con los ojos abiertos como platos a aquel hombre de mejillas hundidas. Tardé un buen rato en poder hablar de manera coherente, así que me recliné sobre el taburete, y cuando volví a inclinarme hacia delante para retomar la palabra, Ernie se me adelantó.

—Fui yo —proclamó cada vez más impaciente—. Fui yo quien robó dinero en el Fitzer hace tantos años, cuando tu hermano trabajaba ahí. Vi la oportunidad de echarle la culpa al tipo nuevo. El juego es horrible. Es capaz de hacerte hacer cualquier cosa. De hacerte herir a cualquier persona. Simplemente deja de importarte todo. ¿Es que no lo ves?

—A ver si lo he entendido bien, Ernie —dije—. ¿Me estás diciendo que incriminaste a mi hermano?

—Sí —contestó inmediatamente.

—¿A mi hermano que nunca ha hecho nada de malo en toda su vida, que una vez cuando era pequeño le pidió a mi padre que lo llevara de nuevo al quiosco de Frayne porque le había dado un céntimo más de cambio? ¿A él decidiste echarle la culpa?

—Sí —dijo tímidamente, con un hilo de voz apenas más alto que un suspiro—. Básicamente.

—Por Dios. —Rememoré aquellos meses de tristeza profunda por los que había pasado mi hermano. Su cara incapaz de sonreír, aquella alma maltrecha incapaz de comprender o perdonar un mundo que podía llegar a ser tan cruel—. Mi hermano se ha negado a aceptar ningún otro trabajo en la ciudad desde que lo despidieron, ¿lo sabías? —dije, furiosa—. Trabajos que podría haber ejercido a la perfección, que lo hubieran llenado de felicidad, que hubieran aportado un poco de normalidad en su vida. Pero los rechazó porque tenía miedo de que alguien volviera a acusarlo de algo que no había hecho. ¿Sabías que ahora vive en el cobertizo? Solo sale de ahí cuando lo obligamos. Lleva años escondiéndose del mundo.

—Como yo —dijo Ernie, apocado ante mi furia—. Me he pasado años escondido tras la rabia y la confusión de una mente que ya no sabía ni quién era.

Estaba acostumbrada a que las personas que no eran muy amables en vida no se convirtieran en santas solo por estar muertas. La mayoría se ponían a lloriquear sin poder creer que su vida hubiera acabado así. Esperando nuestra simpatía. Como el padre de Anna-Lisa, que había llorado a mares sobre nuestra mesa de embalsamar. Tanto papá como yo nos habíamos quedado a su lado, escuchándolo. Aquel hombre no preguntó ni una sola vez por su hija; solo lloró por él mismo, por su propia muerte, porque no le había quedado otra opción.

Papá siempre decía que no nos correspondía juzgar a las personas que yacían ante nosotros, pero con aquellos dos hombres me costó no hacerlo. Aunque Ernie no hubiera dado una paliza a mi hermano con sus propios puños, sí que había condenado a un hombre vulnerable a una vida de soledad, y eso que Mikey era capaz de mucho más que de preocuparse por cómo ordenar sus revistas. Además, tampoco había olvidado lo mucho que aquel desastre había influenciado mi decisión de no ir a Londres.

En aquel momento hubiera podido llevar a Ernie alegremente al otro lado de la carretera y entregárselo al padre Dempsey.

Me di cuenta de que no sería capaz de seguir hablando durante mucho más tiempo sin mostrar mi malestar, así que intenté terminar la conversación.

—¿Eso es todo, Ernie? —pregunté—. ¿Necesitas decir algo más?

—No —respondió en voz baja como si fuera un niño y acabara de regañarlo.

Aquello fue suficiente para ablandarme, para convencer a mi conciencia de que tras diez años de aquel incidente incluso Ernie merecía que le prestara atención hasta que dijera sus últimas palabras.

—Bueno —dije con voz más amable—, me quedaré por aquí por si acaso cambias de opinión.

—Solo me gustaría decirle a Mikey que lo siento, se lo harás saber, ¿verdad? —El pánico de antes había desaparecido de su voz y había sido sustituido por un leve lloriqueo—. Dile a tu hermano que lo que hice estuvo mal. Dile que fue uno de los mejores trabajadores que pasó por el Fitzer. Era un buen barman, lo hacía mucho mejor que yo. Nunca había visto a ningún hombre poner en orden un lugar como aquel. Le gusta la organización, ¿verdad? Se pasaba el día limpiando. Y se esforzaba mucho por hablar con los clientes. No se le daba muy bien, no tenía el don de la palabra, pero se esforzaba. Lo veía en la barra leyendo los titulares deportivos para poder conversar con los parroquianos.

¿Mikey leía la sección de deportes para intentar conectar con la gente? No tenía ni idea. Noté que volvía a invadirme la pena al darme cuenta de que todos los esfuerzos que mi hermano había hecho para encajar habían sido en vano.

—Me arrepiento mucho de lo que hice. Más de una vez consideré confesarlo todo. En mis momentos más lúcidos, antes de que esa enfermedad me pudriera el cerebro por completo, dejé unas instrucciones por escrito, una especie de testamento, supongo, pidiendo que cuando muriera me llevaran a vuestra funeraria para poder contároslo todo. Tenía la esperanza de recuperar todas las facultades al morir, por así decirlo. Pero también dejé unas instrucciones por escrito a mi hermano. Le pedí que después del funeral se asegurara de que hubieras conseguido hablar conmigo. Y por si acaso no hubiera sido posible, le dejé una carta en la que escribí todo lo ocurrido. Pero ahora, después de todo este tiempo, no puedo ofrecerte nada más; solo la verdad para intentar enmendar las cosas.

—¿Por qué no me mandaste la carta en cuanto la escribiste?

—Porque era un ladrón muy cobarde. Tenía miedo de que te presentaras ante mi puerta.

—Y con razón. Sin duda lo habría hecho. —Y mamá y papá también, por no mencionar a Arthur.

—¿Se lo dirás a tu hermano?

—Por supuesto que se lo diré. Pero oye, Ernie, ¿estás buscando la absolución para hacer borrón y cuenta nueva en caso de que Dios exista? —pregunté desconfiando de nuevo de aquel hombre.

—Vaya, has descubierto mi astuto plan. Pero ¿acaso importa que te haya contado la verdad solo por motivos egoístas? La cuestión es que ahora lo sabes, y eso significa que Mikey también lo sabrá.

Y aunque solo estuviera preocupado por ajustar cuentas antes de llegar ante las puertas del Señor, en cierta manera tenía razón: lo único que importaba era que hubiera dicho la verdad. No se quedó durante mucho más tiempo después de haber pronunciado aquellas palabras, apenas un par de segundos antes de que lo llamara por última vez y me diera cuenta de que su luz finalmente se había apagado.

Al día siguiente no vino mucha gente al funeral. Solo un puñado de personas. Pero Arthur y Mikey se sentaron al fondo de la iglesia. No fueron al entierro, pero se santiguaron mientras los cuidadores de la residencia, Niall y yo empujábamos a Ernie por el pasillo de la iglesia.

Papá ladeó la cabeza con discreción hacia Mikey y Arthur cuando pasaron junto a él.

—Papá me ha dicho que perdonar es importante —dijo Mikey cuando más tarde le pregunté por qué había asistido al funeral—. Aunque en realidad no lo he perdonado. No se lo digas a papá, pero solo he ido porque Arthur me dijo que él también iría.

El hermano de Ernie, un hombre bajo y fornido vestido con un traje que no era de su talla, me abordó después del entierro. Me dio la carta a pesar de que le aseguré que Ernie me lo había confesado todo. Y le dije de pasada que Ernie había saldado su cuenta con Dios, y el hermano se rio y afirmó que nunca había conocido a nadie menos religioso que Ernie en toda su vida.

—Ernie solo quería un funeral religioso porque mamá era muy creyente. Supongo que lo ha hecho para hacer las paces con ella, por todo lo que la hizo sufrir. —Resopló, sospecho que avergonzado por las acciones de su hermano, y se secó los ojos llorosos antes de alejarse cojeando, apoyando más un pie que el otro para paliar algún tipo de dolor, y entonces me di cuenta de que lo había entendido mal. Ernie me había dicho la verdad por el bien de Mikey, no por el suyo.

La carta no decía nada que Ernie no me hubiera contado, y sin embargo me pareció importante dársela a Mikey como prueba de su inocencia.

Pero aquello no supuso ningún cambio para él. Continuó pasando las horas dentro de su cobertizo y rechazó todas las ofertas de trabajo, y eso que tuvo unas cuantas gracias de nuevo a Arthur. Clasificador de cartas en la oficina de correos, un puesto muy acertado para Mikey dada su pasión por el orden. O el trabajo de dos horas a la semana haciendo inventario los viernes en la librería Billy's Books, aunque el propio Billy no estuviera del todo convencido de que necesitara contratar a nadie. Pero Mikey siempre rechazaba todas las ofertas a pesar de que Arthur lo animaba con entusiasmo y cariño.

Mikey y yo trabajamos muy duro aquella mañana clasificando sus revistas y asegurándonos de que volvieran a estar bien ordenadas. No le di mayor importancia al hecho de que Niall todavía no hubiera aparecido, ya que di por sentado que simplemente había dormido en la habitación de invitados y que había decidido levantarse un poco más tarde. Pero cuando papá se puso a buscarlo a las ocho y cuarto y dijo que no lo encontraba por ninguna parte, fui a echar un vistazo a la habitación de invitados y me di cuenta de que allí no había dormido nadie, y además sus zapatillas de correr todavía estaban en el lavadero. Lo llamé, el tono de llamada sonó seis veces y acto seguido me saltó el buzón de voz. Volví a llamarlo. Pero aquella vez solo oí dos veces el tono de llamada antes de que me saltara el buzón de voz, cosa que significaba que Niall había rechazado mi llamada deliberadamente. Volví a llamarlo una vez más, pero una voz me informó de que el teléfono estaba desconectado o fuera de cobertura. Dondequiera que estuviera, aquello no era una buena señal.

—¿Estás segura de que no contesta el teléfono, Jeanie? —Papá estaba empezando a entrar en pánico en medio del cobertizo de Mikey. Mi hermano bufó y resopló al pasar a su lado, pero papá no pareció darse cuenta de que su presencia le molestaba.

—Intenta llamarlo tú mismo si no me crees, papá.

—Esto no es nada propio de él, Jeanie. ¿Ha ocurrido alguna cosa entre vosotros dos?

—No, papá, estamos la mar de bien. —Alargué el brazo alrededor de mi padre para agarrar la pila de revistas que Mikey me estaba tendiendo.

—¿Por qué año vamos, Jeanie?

—Por el 1874.

—La guerra de Red River. Seguro que he puesto estas revistas en el montón de América del Norte.

—¿Estás segura, Jeanie? Ayer, cuando llegasteis a casa después de comer, no parecíais estar muy bien.

Ignoré su preocupación y redirigí la conversación bien lejos de mis problemas maritales.

—Por cierto, papá, ¿cómo se lo tomó Arthur? —Bajé un poco la voz para no alertar a Mikey de que algo iba mal, aunque en realidad era casi imposible sacarlo de su frenesí reorganizador.

—Bueno, le devolví el bolígrafo pero no fui capaz de contarle... lo que dijo Pequeño.

—Jolines, papá, ¿no podrías haber dicho la verdad por una vez en tu vida? —Dejé caer una revista con fuerza y el ruido provocó que Mikey girara la cabeza.

—No es que no quisiera, Jeanie, es que, bueno... —Se tiró de los puños de la camisa y suspiró—. Es que... —empezó de nuevo y flaqueó, silenciado una vez más por lo que fuera que estuviera agobiándolo—. Hemos recibido una llamada —consiguió decir finalmente—. Andrew ha muerto. —Al oír aquellas palabras me detuve en seco.

Andrew Devlin tenía cuarenta y cinco años y sufría de insuficiencia cardíaca congestiva. Se había pasado años entrando y saliendo del hospital y se había operado varias veces con la esperanza de lograr algún avance pero sin éxito. Había pasado sus últimos meses en el ala de cuidados paliativos del hospital de Kilcross. Papá no conocía a la familia hasta que recibió su llamada seis meses atrás y le dijeron que tanto ellos como Andrew estaban listos para empezar a planear la ceremonia. El primer día papá se había reunido con ellos durante dos horas para explicarles todas las opciones posibles. Me contó que había pasado de reírse mientras charlaban a acompañarlos en sus silencios en los momentos más serios. Tuvo que acabar retirando la mano cuando la madre de Andrew, Sophie, se negó a soltar la fotografía que habían elegido para el recordatorio, y todo el mundo se la quedó mirando mientras ella se llevaba la imagen al pecho. Al final había sido Andrew quien había alargado la mano y se la había quitado con delicadeza. Mientras le daba la fotografía a mi padre, había colocado su otra mano entre las de su madre, en el espacio vacío que había dejado su cara sonriente y feliz.

Aquel día papá no los presionó para que tomaran ninguna otra decisión. Les dijo que ya regresaría otro día para seguir con la planificación. Pero siguió yendo a ver a Andrew semana tras semana a pesar de que ya hacía tiempo que habían ultimado todos los detalles para sentarse a charlar un rato con él, echar unas risas y traerle el *Irish Times*, su periódico favorito, o cualquier libro que le llegara a las manos y creyera que a Andrew podría gustarle. A veces iba para ver un partido que pasaban por televisión o simplemente para sentarse junto a su cama del hospital mientras dormía. Alguna fuerza lo había atraído hacia aquel hombre, o hacia aquel chico, tal y como decía él. A la vida se le da bien hacer que las personas más inesperadas se conviertan en tus favoritas. Los casos en los que florecía una amistad cuando la muerte estaba a punto de llamar a la puerta eran los más difíciles para papá.

—Oh, papá, lo siento mucho. No lo sabía —dije arrepintiéndome enseguida de haberme enfadado tanto.

—Ya lo sé, cariño.

Lo abracé y noté que sus brazos me rodeaban con fuerza la cintura en señal de agradecimiento y tristeza.

—Quiero ir a ver a Sophie y a Donal un rato, ya sabes, sus padres, así que esperaba que Niall pudiera ir a recoger a Andrew a las diez.

—Puedo ir yo, si hace falta —dije liberándolo de mi abrazo—. Mira, si a y media no ha llegado a casa empezaré a hacer algunas llamadas.

—Tengo las de 1875 y 1876, Jeanie. —Mikey se acercó con una pila de revistas pisando con fuerza alrededor de papá antes de detenerse junto a mí—. Creo que ya es hora de que repase los últimos años.

—De acuerdo, Mikey. —Lo observé mientras examinaba las últimas revistas que había añadido.

—¿Puedo empezar a hacer algunas llamadas, Jeanie? ¿Tal vez a Arthur? Seguro que él podría tantear el terreno, conseguir que toda la ciudad esté ojo avizor. —Papá ya se había sacado el teléfono del bolsillo.

—De acuerdo, papá, pero no te preocupes, Niall no ha desaparecido, en serio. Estoy segura de que… ha salido a dar una vuelta o algo.

Justo en aquel momento la verja se abrió con un crujido. Papá salió corriendo y Mikey enseguida se apoderó del espacio que había dejado vacío por si acaso volvía. Aguanté la respiración para escuchar a papá.

—Aquí estás, Niall. Estábamos empezando a preocuparnos de verdad. Justo estaba a punto de llamar a Arthur para preguntarle si te había visto mientras hacía sus rondas.

Hasta que no noté la oleada de alivio recorriéndome el cuerpo no me di cuenta de lo preocupada que había estado. Me acerqué a la puerta abierta del cobertizo y me apoyé en el dintel para observar a Niall mientras entraba en casa.

—Hola —lo saludé en voz baja.

Se giró para devolverme el saludo con un gesto de cabeza sin esbozar ni siquiera una sonrisa. Acto seguido desvió la mirada y entró en casa seguido de cerca por papá.

—Vale, Jeanie, ya lo tenemos todo listo para seguir. Ahora toca el año 1877, la guerra ruso-turca.

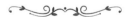

Diez minutos después encontré a Niall de pie en la cocina con el traje ya puesto y colocándose bien la corbata, y vi que había dejado las llaves del coche en la mesa que tenía delante. Papá ya se había marchado para ir a ver a los padres de Andrew. No se giró para mirarme cuando entré. Sabía que eran mis pisadas, mis zapatos, no le hacía falta alzar los ojos para saber que su mujer había entrado en la habitación y había llegado la hora de que explicara su desaparición.

—Papá estaba preocupado. —Me quedé de pie con la espalda apoyada sobre la puerta ahora cerrada.

—Ya me lo ha dicho.

—¿Te ha contado lo de Andrew?

—Sí. —No añadió nada más, cosa que no era muy propia de él. Niall no era un desalmado.

—¿Qué ocurre, Niall? Anoche te vi durmiendo en nuestra cama y de repente habías desaparecido. ¿Dónde estabas? —Me atreví a avanzar otro paso hacia el interior de la cocina.

—En casa de Ruth. —Siguió sin mirarme.

—¿En casa de Ruth? ¿Me estás diciendo que te has levantado en mitad de la noche y has decidido ir a casa de Ruth? —Ruth y Derry vivían en una casa enorme al lado de los padres de Derry, en la otra punta de la ciudad—. ¿No pensaste en los niños? Podrías haberlos despertado.

—Bueno, pues no los he despertado. Y no me he ido en mitad de la noche, solo era la una de la madrugada. Además ayer, cuando le escribí a Ruth, me dijo que podía quedarme en su habitación de invitados. Que podía ir cuando quisiera. —Se metió las llaves del coche en el bolsillo.

—¿Cómo que ayer le escribiste?

—Ruth sabía que tenía planeado llevarte a comer fuera y simplemente me preguntó cómo había ido la cosa y, bueno… supongo que acabé contándoselo todo.

—¿Cómo que todo? ¿Qué significa «todo»?

Niall se encogió de hombros.

—Por Dios, Niall, ya no tienes quince años, sabes. —Subí el tono de voz, exasperada—. Soy tu mujer, no tu madre. A mí no me vengas con esa actitud.

—Ah, o sea que por fin te das cuenta de que eres mi mujer.

—¿Qué quieres decir con esto?

—Oh, ya sabes, pues que se supone que los maridos y las mujeres deben ser honestos entre ellos. Aunque a veces tengo la impresión de que no acabas de entenderlo. O por lo menos no cuando te conviene. Verás, Jeanie, últimamente no tengo ni idea de lo que te pasa por la cabeza. Con toda esa mierda de la jubilación de tus padres y todas tus excusas para no tener hijos, aunque empiezo a creer que en realidad nunca has querido ser madre. Te lo guardas todo en tu interior como has hecho siempre. Y ayer, después de que fuéramos a comer y de que luego ni siquiera te molestaras en subir a hablar conmigo tal y como habías dicho que harías, decidí que no, que no estaba dispuesto a seguir aguantando todo esto.

—Pero si cuando te propuse que siguiéramos hablando pareció que no te importaba.

—Perdona por no saltar de emoción cuando mi mujer da señales de preocuparse por mí.

—¿Así que decidiste marcharte sin más?

—Sí.

—Ah, muy bien, seguro que eso nos ayudará un montón.

—A ver, Jeanie, explícame por qué eso te parece tan diferente de lo que haces tú. Siempre estás emocionalmente ausente conmigo.

—¿Emocionalmente ausente? —Me reí por lo bajo—. Esta es una de las palabrejas de Derry, ¿verdad?

Derry se había convertido en un hombre nuevo totalmente en sintonía con sus sentimientos. No paraba de decirle a Ruth que tenía la sensación de que estaba emocionalmente ausente, y los tres nos meábamos de la risa.

—Y en cualquier caso, eso no es verdad, Niall.

—Venga ya, Jeanie, por supuesto que lo es.

—¿Acaso no estoy hablando contigo ahora mismo?

Niall observó a su mujer con ojos recelosos. Mientras esperaba su veredicto pasaron los segundos y fui pensando en todos los argumentos defensivos que se me ocurrieron por si acaso los necesitaba, como el perro que tal vez compraríamos y la casa a la que tal vez iríamos de vacaciones.

—Has cambiado, Jeanie. No siempre has sido así, sabes. Cuando nos prometimos pensaba que sabía todo lo que te pasaba por la cabeza. Absolutamente todo, y estaba agradecido de cojones por ello. ¿Menudo estúpido, no? Pero así era como me sentía. Agradecido de que por fin me quisieras y confiaras en mí, porque mira si seré gilipollas que estaba convencido de que nunca llegarías a verme de la misma manera que veías al cabrón de Fionn Cassin. Pensaba que teníamos una buena relación, sana y honesta. Y ahora ni siquiera sé lo que tenemos.

Se me fueron de la cabeza todas las excusas y justificaciones en cuanto oí mencionar aquel nombre. El nombre que se escondía en los recovecos y los surcos de mi cuerpo, que a veces anunciaba su presencia entre susurros en los momentos más extraños, como por ejemplo cuando abría la puerta principal, cuando me ataba los cordones de los zapatos o cuando me despertaba en una mañana fría y oscura de invierno.

—Por Dios, Niall, eso fue hace años.

—Olvidas que te vi cuando se marchó. Estabas devastada, ni siquiera comías. Te quedaste en los huesos.

—Niall, entonces era joven. Eso es ridículo.

—Sabes, estuve mucho tiempo esperando que llegase el día en que me dijeras que lo nuestro había terminado, pero nunca llegó. Creo que no conseguí relajarme hasta que nos casamos. E incluso entonces siempre he oído una vocecita en algún rincón de mi cerebro diciéndome que no cantase victoria todavía. Eres la persona más escurridiza a la que nunca he intentado aferrarme, Jeanie, y durante todo este tiempo he logrado mantenerme bien agarrado, pero últimamente me estás sobrepasando. O sea, lo he intentado. ¿A que sí? No puedes decir que no me he esforzado para procurar que hablaras, que te sincerases respecto a nuestro futuro, pero siempre encuentras la manera de cerrarte en banda y llenar el espacio que nos separa con cualquier otra tontería, como el perro de los cojones.

—Espera un momento, pero si fuiste tú quien se puso a hablar de perros, no yo.

—Pero estos últimos años la cosa ha ido empeorando. Desde que empezamos a hablar de tener hijos...

—Dios mío, ¿es que has perdido la cabeza? Fuiste tú quien empezó a hablar de bebés.

—Bueno, vale. Desde que empecé a hablar de tener hijos te has ido alejando paso a paso de mí y no te has detenido desde entonces. Te has ido apartando centímetro a centímetro con cualquier excusa. Dime que me equivoco.

—No puedo volver a tener esta maldita conversación. —Levanté las manos enfadada y me giré para alejarme, pero sus palabras me detuvieron en seco.

—Ah, muy bien, ¿y qué te parece si hablamos del tema dentro de cinco años, o de diez, o tal vez cuando tengas la menopausia? Tenemos treinta y dos años, no vamos sobrados de tiempo.

—¡Serás cabrón! —exclamé, y volví a girarme para mirarlo a la cara.

—Sabes qué, Jeanie, olvídalo. Ya me he hartado, sabes, ¡estoy hasta los cojones! Tú quieres vivir una vida en la que cada uno vaya a su bola y de vez en cuando nos juntemos para follar cuando a ti te convenga, eso sí, tomándote dos pastillas por si acaso uno de mis soldaditos consigue dar en el blanco. Tú ganas. He perdido el interés.

—¿Qué quieres decir? —Me entró el pánico al oír sus palabras. Niall nunca me había hablado de aquella manera tan definitiva, con tanta indiferencia. Ya no sabía ni quién era ese hombre.

—Pues lo que estoy diciendo. —Bajó la cabeza y observó sus dedos tamborileando encima de la mesa—. Creo que deberíamos tomarnos un tiempo para que ambos podamos reflexionar sobre lo que queremos. Ruth me ha dicho que puedo quedarme en su habitación de invitados todo el tiempo que necesite. Así que hoy mismo me llevaré algunas de mis cosas. De hecho, puede que incluso lo haga antes de pasar a recoger a Andrew.

—¿Qué? No lo dirás en serio, Niall. —¿De verdad habíamos llegado al punto en que Niall estaba dispuesto a darse por vencido con nuestra relación?—. Las cosas entre nosotros no van tan mal. Estar a mi lado no es tan horrible. Sí, es verdad, me está costando afrontar lo de la jubilación de mis padres, pero ¿en serio vas a irte por eso?

—He intentado ayudarte. Pero es como si no tuvieras ni un hueco para mí.

—Eso no es verdad. Mira, quédate, quédate y conseguiremos arreglarlo entre los dos, ¿vale?

—No. Ya he tomado la decisión. Necesito alejarme un poco, hacer lo mismo que haces tú. Aquí me agobio demasiado. No podemos hablar libremente y con sinceridad si todo el mundo nos está mirando y escuchando a través de las paredes.

—Pero ¿qué le voy a decir a mi familia? —le supliqué incapaz de enfrentarme ni siquiera a la idea de ver la cara de mamá, papá y Mikey. Las expresiones de preocupación y sufrimiento que pondrían cuando se lo dijera. Y eso sin tener en cuenta las preguntas, los ofrecimientos de ayuda e incluso la meditación. No, no, esto no podía estar pasando.

—¿La verdad, por ejemplo? Podrías intentarlo, para variar. Diles que tenemos problemas.

No supe qué responderle. Me quedé sin palabras. Enmudecieron todas ante lo que estaba ocurriendo.

Niall volvió a tamborilear los dedos encima de la mesa y me miró brevemente antes de salir hacia el vestíbulo para subir las escaleras en dirección a nuestra habitación. No lo seguí. Tal vez debería haber sido más insistente, pero en cambio me senté frente a la mesa desconcertada y triste mientras lo oía recoger sus cosas, abrir y cerrar los cajones, ir y venir del baño al dormitorio. Poco después bajó por las escaleras y se detuvo al pie para observarme sentada en la cocina completamente desolada.

—Iré un momento a casa de Ruth para dejar todo esto y luego volveré para ir a recoger a Andrew al hospital.

No asentí con la cabeza, fui incapaz de hacerlo. Niall me observó durante un par de segundos antes de salir por la puerta principal. Entonces salí disparada hacia la sala de estar para mirarlo por la ventana: se puso la bolsa por encima del hombro, cruzó la calle Water Lane e hizo un gesto amable con la mano al conductor del coche que había reducido la velocidad para dejarlo pasar. Comenzó a caminar con aquel andar suyo tan resuelto antes de desaparecer al doblar por la calle Mary Street.

CAPÍTULO DIECIOCHO

Tras mi última visita a Londres, Fionn dejó de llamarme. No volvió a comprar un billete de avión a la desesperada para conquistarme de nuevo y decirme que me querría para siempre. Mi intuición había acertado, ya que quienquiera que fuera aquella mujer con quien lo había visto besándose en el portal de su casa había roto mi embrujo.

Me negué a salir de la cama, a vestirme, a ducharme y a comer. Papá, Harry y Niall tuvieron que hacer horas extra para cubrir mi ausencia durante las semanas siguientes. Me pasaba todo el día sentada en mi habitación con la esperanza de que sonara el teléfono, pero a la vez convenciéndome a mí misma de no llamarlo. En vez de eso llamaba a Huete, a veces hasta dos veces en un mismo día, y me echaba a llorar. Ruth venía a verme por lo menos tres veces por semana con un montón de chocolate y sus bártulos de peluquería. Por lo menos siempre tuve las uñas y el pelo fabulosos durante aquel periodo tan horrible.

—Deberías salir por ahí con Niall y conmigo, te sentará bien —me repetía sin parar.

Pero cada vez que me invitaba rechazaba su oferta.

Niall me mandaba chistes al móvil, aunque el único que me viene a la mente ahora es «Genio y figura hasta el sepulturero» acompañado de una foto de Ruth y de él de fiesta por la ciudad, animándome con sus sonrisas a salir de aquel pozo e intentar volver a vivir la vida.

El único lugar al que fui durante aquella época fue al cobertizo de Mikey. Nos habíamos intercambiado los papeles y ahora era yo quien necesitaba su ayuda. Era la única persona que nunca me sugería que me vistiera, que saliera a dar una vuelta ni que sonriera. Lo único que quería de mí era que escuchara algunos datos militares curiosos de vez en cuando.

Cuatro meses después de la ruptura, cuando finalmente ya había empezado a vestirme, estaba sentada escuchando a Mikey contándome por qué la guerra de Crimea no se consideraba el primer conflicto moderno simplemente por los beneficios postindustriales de las armas que se fabricaban. Y por lo visto también por qué fue el primer conflicto en ser cubierto por la prensa.

—Es que no lo entiendes, Jeanie —dijo Mikey ante mi respuesta poco entusiasta—. Estoy intentando explicarte que la cobertura mediática que tuvo la guerra de Crimea fue el equivalente a nuestro Twitter y Facebook. Fue alucinante.

Si no hubiera estado tan devastada por haber roto con Fionn tal vez habría evitado visitar a mi hermano justo después de que recibiera la revista trimestral de Osman. Pero prefería mantenerme entretenida, incluso aunque aquello significara soportar una charla de dos horas sobre la tabla de contenidos de la revista y de la que le mandarían el trimestre siguiente, ya que Osman muy amablemente enviaba un boletín informativo junto a cada entrega para anunciar las buenas noticias.

—No, de verdad que lo entiendo —dije intentando sonar más convincente.

—Y lo mejor de todo es que...

—¿Qué me dices, esta no era la mejor parte?

Mikey no me miró con mala cara, ni siquiera se estremeció, simplemente tomó aire y siguió hablando.

—¿Qué es eso de allí? —le pregunté sin apenas alzar el dedo en dirección a una revista roja que estaba en el montón de las últimas adquisiciones.

—¿Dónde?

—Esa revista roja. Las tuyas suelen ser blancas, ¿verdad?

—Sí, desde luego que lo son. —Mikey se giró en la dirección que señalaba mi dedo hasta llegar a la parte de debajo del montón de nuevas adquisiciones, impaciente por sacar a la impostora—. Esto es muy inusual. Ni siquiera me había dado cuenta. —Apartó sus revistas con cuidado de la infiltrada—. Ah, sí, ahora me acuerdo. A la editorial le ha dado por diversificar. Para intentar ampliar su base lectora. Y han decidido probar con la historia social. Les escribí un correo electrónico para pedirles específicamente que no me mandasen esa revista. Ni siquiera el primer número gratuito. Y sin embargo aquí está. —La sacudió con asco delante de mí.

—Entonces, ¿puedo echarle un vistazo?

—Toda tuya. No la quiero. Como bien sabes, Jeanie, solo tengo interés por la historia militar. ¿En qué estarían pensando? Mi historial de compra debería demostrarles que solo tengo interés por una cosa.

Empecé a ojear la revista sin molestarme en señalar que si hasta ahora la editorial Osman solo había publicado revistas de historia militar, en realidad el historial de compra de Mikey no podía demostrar gran cosa sobre sus otras preferencias. Mientras mi hermano seguía dándole vueltas al error colosal que había cometido la revista y preguntándose en voz alta si la mejor manera de hacerles llegar su decepción sería mandarles otro correo electrónico, me entretuve momentáneamente con las historias de la gente y sus imágenes fantasmagóricas sonriendo en blanco y negro que desfilaban ante mis ojos, hasta que al final de la revista vi una imagen a todo color de una mujer que parecía tener unos sesenta años junto a un artículo titulado «Hablar con los muertos: la historia de una funeraria del sur de Francia», escrito por Marielle Vincent. Lo leí a toda velocidad mientras Mikey seguía divagando.

Cuando me di cuenta de que aquella mujer oía de verdad a los muertos y de que aquel titular no era solo un anzuelo para animar a los lectores a seguir leyendo me levanté de un salto de la silla, el primer movimiento enérgico que hacía en meses, para plantar el artículo delante de la cara de mi hermano.

—Dios mío, Mikey, ¡hay otra persona que puede oír a los muertos!

Mi hermano entrecerró los ojos como si las páginas le hubieran escupido.

—Por favor, Jeanie, no grites. Ya sabes que no me gusta cuando la gente grita.

—Sí, sí, es verdad. Perdona. Es solo que no me lo puedo creer. Tengo que ir a decírselo a papá.

Volví a leer el artículo por encima mientras entraba en casa para asegurarme de que estuviera en lo cierto a pesar de que estaba convencida de ello, pero aun así a veces el cerebro decide leer lo que quiere en vez de lo que realmente está escrito. Pero no había cambiado nada. Marielle Vincent era realmente una de los nuestros.

—¡Papá! —Lo llamé a gritos echando un vistazo en cada habitación hasta que finalmente lo encontré en la cocina preparándose una taza de café—. Papá, no te lo vas a creer.

—¡Jeanie! —rio—. Me alegra verte tan contenta. He echado de menos esta sonrisa.

A papá le hizo gracia el artículo, pero no quedó atónito al leerlo. No tuvo que sentarse en una silla por miedo a caerse de culo al suelo por la sorpresa, como me había pasado a mí. No se metió enseguida en Google para buscar más fotografías de aquella maravillosa mujer. Simplemente se inclinó encima de la revista para leer el artículo cuando la dejé sobre la mesa.

—Vaya, ¿te lo puedes creer? —dijo riéndose entre dientes.

—Esa mujer puede hablar con los muertos como nosotros —repetí por si acaso no lo hubiera entendido del todo—. Y también lleva haciéndolo desde que era pequeña. Y lo mejor de todo es que antes era embalsamadora pero ahora lo ha dejado. Se niega a embalsamar. Su marido, Bernard, murió hace tres años y fue incapaz de llenarlo de productos químicos. Ahora simplemente limpia y viste a los muertos en su casa, tal y como me has contado que hacía la señora Simmons. Y después de hablar con los muertos, los entierra en su campo al que llama «prado conmemorativo».

Levanté la mirada expectante hacia mi padre.

—Vaya, eso sí que es inusual.

—¿No sientes ni un poquito de curiosidad? ¿No te gustaría saber cómo empezó, cómo lidia con todo y si tiene una cola enorme de gente que quiere contratar sus servicios como nosotros?

—Me alegro mucho por ti, cariño, de verdad que sí. Estaría bien tener una perspectiva francesa sobre el tema. Los franceses son grandes filósofos. Muy profundos.

—Bueno, he decidido que le mandaré un correo electrónico.

—Me parece una idea estupenda.

—¿Quieres que le pregunte algo de tu parte?

—*Où est la gare?* —Se rio al pronunciar la única frase en francés que recordaba de su etapa escolar—. No, estoy seguro de que te las arreglarás perfectamente. Eh, espera un momento…

Por fin muestra un poco de interés, pensé. Papá me quitó la revista de las manos y la cerró para examinar la cubierta.

—¿La editorial Osman ha empezado una revista nueva? —Me miró como si fuera yo quien lo dejara seco cada tres meses—. Espero por Dios que eso no signifique que tengo que pagar otra suscripción.

—Pero, papá —dije sin poder creer su indiferencia ante aquella noticia—, durante todos estos años hemos tenido que apañárnoslas solos, pero ahora tenemos a otra persona con quien hablar e intercambiar ideas.

—Jeanie, llevo mucho tiempo haciendo esto. Sé perfectamente lo que hago, no me hace falta ponerme a debatir con otra persona. Pero deberías ponerte en contacto con ella si eso es lo que quieres. Me alegro por ti, en serio.

Entonces se fue y me dejó a solas en la cocina con la sensación de ser una inepta, una aprensiva y un manojo de nervios a la hora de hablar con los muertos, a diferencia del señor Tranquilidad, que se inventaba lo que creía que los vivos querían oír.

—¿Estás bien, Jeanie? —Harry apareció por la puerta del pasillo al cabo de dos segundos.

—Oh, hola. —Volví a bajar la mirada hacia el artículo preguntándome qué debería hacer—. ¿Alguna vez has pensado que no estás a la altura de tu trabajo, Harry? ¿Que todas las personas a tu alrededor son supereficientes y trabajan al unísono y que en cambio tú eres… inútil?

—A veces el entusiasmo juvenil de Niall hace que me dé un poco de vergüenza no saltar de la cama cada mañana emocionada por pasar otro día lavando a los muertos, pero lo atribuyo más bien a mi edad. —Se sentó frente a mí esperando a que dijera algo más—. ¿Por qué lo dices, qué ha pasado?

Señalé la revista con la cabeza.

Harry la giró para leer los titulares.

—¿Va en serio? —Siguió leyendo sin levantar la vista de la página.

—Sí, es de verdad.

—Vaya.

—Lo sé. Incluso tú lo entiendes. Pero en cambio a papá no ha parecido importarle. A él se le da mucho mejor todo esto que a mí. Cada vez que llega otra persona muerta siento una punzada de miedo en el estómago al pensar qué me dirá y qué me pedirá que haga. Pero en cambio él no.

—Oh, yo no estaría tan segura, Jeanie. Creo que sí que le afecta, pero…

—Pero ¿qué? ¿Se le da mejor ocultarlo?

—Podría ser.

—No tienes ni idea de lo sola que me siento a menudo, Harry. Sé que te parecerá ridículo, pero a veces tengo la sensación de que todo el peso de la funeraria recae sobre mis hombros.

—Oh, Jeanie, cariño, eso no es verdad. Me tienes a mí.

—Pero tú no puedes entender cómo me siento. Lo preocupada que estoy por meter la pata. Y lo de tener que mentir,

Harry, tener que cubrir la verdad y adornarla para hacerla más agradable para todo el mundo. Nunca podrás llegar a entenderlo.

Vi que Harry se estremecía, el daño que le había causado con mis palabras.

—No, supongo que no. —En aquel momento soltó la revista y puso las manos encima de su regazo, fuera de mi campo de visión—. Cuando eras pequeña hablabas constantemente conmigo, especialmente sobre los muertos. Y me encantaba. Lo echo de menos. —Entonces alzó los ojos para mirarme directamente a la cara—. Sabes que nunca nada de lo que digas sobre la funeraria me parecerá estúpido ni que te diré que lo superes. Sé que es difícil, te lo veo cada día en la cara.

En aquel momento me pregunté cuándo y por qué había dejado de hablar con aquella mujer tan atenta que formaba parte de nuestras vidas pero que nunca se imponía, ni alzaba la voz, ni pedía más de lo que le parecía justo.

—Lo siento, Harry. No debería haber dicho eso. Es solo que necesito hablar con alguien que lo entienda por experiencia propia, sabes.

—Claro. —Le quitó hierro a mi disculpa con un simple gesto—. Lo entiendo. Y me alegro de que hayas encontrado a esa mujer, alguien que vuelva a hacerte feliz después de todo lo que has pasado. —Se levantó y encendió el hervidor para prepararse su taza de las mañanas de agua caliente con un chorrito de limón.

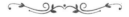

Marielle Vincent no tenía cuenta en ninguna red social y los de la editorial Osman no quisieron proporcionarme sus datos personales, pero accedieron a mandarle una carta de mi parte, sí, una carta de papel, no un correo electrónico.

Esperé la respuesta de Marielle, pero Arthur llegaba cada día con las manos vacías. Aunque siempre me aseguraba que era imposible que la carta se hubiera perdido en territorio irlandés.

—La duda ofende, Jeanie.

—¿En serio me estás diciendo, Arthur, que la oficina de correos de Irlanda no ha perdido nunca ni una sola carta?

—Y si ha ocurrido, seguro que ha sido por culpa de los ingleses. Son gente muy retorcida, acuérdate de todo lo que hicieron durante la hambruna.

—Que sepas que he dejado de escucharte.

—Aunque también podría ser cosa de los franceses. Siempre están en huelga. ¿A que no has oído nunca que los irlandeses hagamos huelga?

Cuatro meses más tarde, cuando ya había empezado a olvidarme de que había enviado aquella carta, me llegó un correo electrónico. Marielle empezaba por reconocer que había tardado mucho en contestarme, aunque no se disculpaba por ello. Escribía de manera directa e iba al grano, y no sabía si eso se debía a su dominio del inglés o si se trataba más bien de la respuesta natural de alguien que sin duda había recibido más de un mensaje desagradable después de la publicación del artículo. Pero me animó a mandarle más información sobre la familia Masterson y nuestro negocio. Le respondí al cabo de cuatro días, el tiempo que me pareció prudencial para demostrarle que me tomaba muy en serio su mensaje, una madurez que tal vez apreciara y le demostrara que yo, a diferencia de las demás personas que le habían escrito, no pretendía hacerle ningún daño ni quería ridiculizarla. Cuando me contestó por tercera vez, Marielle Vincent empezó por fin a creerme.

A partir de entonces pasamos a escribirnos unos correos electrónicos larguísimos más o menos una vez a la semana detallando todo lo que nos había ocurrido desde la última vez que habíamos hablado, y a veces incluso nos llamábamos por teléfono, sobre todo si no habíamos acabado de entendernos por escrito.

«A veces los muertos son unos cobardes y nos utilizan para que hagamos su trabajo sucio», me escribió Marielle una vez que saqué mi tema de conversación favorito, lo que los Masterson callábamos. «Pero ¿quién podría culparlos? ¿Acaso nosotras no haríamos lo mismo? A mí no me importa. Siempre transmito a las familias todo lo que los muertos me dicen. Y los dolientes aceptan mis condiciones antes de venir. "Puede que el difunto le diga algo que no le guste", les digo cuando hablo con ellos por teléfono. "Pero es decisión suya si quiere oírlo o no. Puede pedirme que me detenga en cualquier momento". Pero ya me he acostumbrado a las lágrimas, a las caras enrojecidas, a la rabia. Tal vez este sea el motivo por el que no tengo muchos clientes. Muchas familias suelen optar por la funeraria local. No pasa nada, no todos somos tan valientes».

«Desde luego yo no lo soy», respondí.

A lo que me escribió:

«Solo porque yo haya elegido actuar así no significa que tenga razón. Además, casi todos los muertos son amables y proporcionan palabras de consuelo, y eso es lo que hace que este trabajo valga la pena. Por lo menos intenta centrarte en esto, Jeanie».

Casi podía oírla murmurando aquellas palabras en mi oído, «Pog lo menós». Cuando hablábamos por teléfono su voz sonaba tan opulenta y suave como un almohadón de terciopelo.

Por primera vez sentí que los Masterson no estábamos solos.

Llevaba un par de meses escribiéndome con Marielle cuando Niall me encontró en el ordenador de papá leyendo su último correo electrónico. Niall y yo habíamos vuelto a estrechar nuestra relación, la distancia que nos separaba había empezado a disminuir en cuanto Fionn había desaparecido de mi vida, cosa que permitió que resurgiera una amistad que había ido madurando durante veintitrés años. La insistencia de Ruth y de Niall por fin había dado sus frutos y dejaba que de vez en cuando me sacaran a rastras, y poco a poco mis células fueron regenerándose mientras comíamos palomitas bajo la luz mortecina del cine local y pasábamos el rato sentados en taburetes de bares y mesas de restaurantes charlando sobre el mundo.

—Así que esta mujer no embalsama —comentó Niall al sentarse a la mesa, y acto seguido agarró un boli y se puso a darle vueltas con la mano izquierda como si fuera el bastón de una animadora.

—No, decidió dejar de hacerlo.

—O sea que tiene como mucho unas veinticuatro horas antes de tener que enterrar a los muertos, ¿no?

—Más o menos, por eso dice que la cosa se complica si el difunto vive a un par de horas de distancia. A veces tiene que rechazar algún cliente.

—Ya veo que no es una esclava del dinero.

—Me parece que Marielle no es esclava de nada ni de nadie.

—¿Te parecería bien que algún día hablara con ella sobre su decisión de dejar de embalsamar a los muertos? Tal vez podría mandarle un correo electrónico. Me encantaría saber más sobre el tema.

—Se lo preguntaré. No creo que le importe.

—Tampoco quiero entrometerme en vuestra relación, así que no la presiones mucho si ves que no le hace mucha gracia.

—No creo que sea un problema. Además, te debo eso y mucho más por todo lo que has tenido que aguantar... bueno, de mí y de mis lágrimas.

—Ah, ¿eso? Ni siquiera me había dado cuenta —dijo con una sonrisa.

—Ya, claro. Pero en serio, Ruth y tú os habéis portado muy bien conmigo, me habéis sacado mucho por ahí y habéis intentado animarme.

—Tampoco es que sea tan horrible pasar tiempo contigo. Por lo menos después del tercer mojito. —Sonrió y añadió—: Pareces estar mejor, Jeanie. Me alegro de que así sea. —Me miró y se detuvo un momento deliberadamente—. Te he echado de menos.

Y en aquel instante fue cuando se encendió el pequeño interruptor de la atracción en mi interior. Noté el latido de mi corazón por debajo de la piel fina de mis muñecas, en la curva del cuello y dentro de mis orejas manifestando audazmente su presencia, exigiéndome que hiciera algo, cosa que por lo visto implicaba sonrojarme desde la punta de los dedos de los pies hasta las mejillas, apartarme el pelo de los ojos y dirigir la mirada hacia cualquier otra parte menos hacia él. Pero Niall lo entendió. Vi que se sonrojaba. Todos aquellos fructíferos años en el campo de juego le permitieron reconocer las señales cruciales. Sonrió y entonces dio un golpecito sobre la mesa con el boli.

—Atención, chicos —dijo papá entrando ajetreadamente en la sala de embalsamar—. Tenemos un caso complicado. Se trata de una mujer joven de veintidós años. Fue atropellada por un camión del pan mientras daba marcha atrás cerca de Ashdown Industrial Estate. Murió al instante. La familia me suena de algo; se trata de los Howard, viven en esa urbanización nueva, en Greenlands. La chica se llamaba Alannah Howard.

—¡Oh! —exclamé—. En nuestra escuela había una Alannah Howard que iba un curso por detrás de nosotros, ¿a que sí, Niall?

Niall había dejado de sonreír. La palidez se apoderó de sus mejillas y borró todo rastro del rubor que las había coloreado un minuto antes. Se quedó mirando boquiabierto a papá.

—No me importa llamar a Harry si todo esto te sobrepasa, Niall —le aseguró papá—. No va a ser fácil teniendo en cuenta que ambos la conocíais.

—¿Estás bien, Niall? —le pregunté al ver que no contestaba.

—La vi el sábado por la noche. —Pronunció aquellas palabras con los ojos fijos en el espacio vacío que quedaba entre papá y yo, en tierra de nadie.

—¿En el McCaffrey?

Asintió.

—Oh.

—Voy a llamar a Harry. Creo que será lo mejor —dijo papá mientras se sacaba el móvil del bolsillo, pero entonces se detuvo—. Aunque se trata de una lesión craneal.

Ambos miramos a Niall consciente de que era la persona más indicada para ocuparse de un caso como aquel.

—¿Niall? —dije con delicadeza—. ¿Te ves capaz de hacerlo?

Dirigió la mirada al bolígrafo que tenía entre las manos, luego hacia mí y luego a papá.

—Sí —dijo en voz baja, y añadió un «claro» en un volumen casi inaudible antes de levantarse y salir del despacho para esfumarse hacia el patio.

Los daños en la parte posterior de la cabeza de Alannah no impidieron que se celebraran las exequias con el ataúd abierto tal y como la familia había solicitado. La herida que tenía podría haberse ocultado fácilmente con su pelo y colocando una sábana estratégicamente a su alrededor. Y sin embargo sabía que aquello no sería suficiente para Niall. Por aquel entonces Niall ya se había convertido en todo un experto en reconstrucciones. Se estaba empezando a labrar buena fama a pesar de que solo tenía veintitrés años. Había asistido a un par de seminarios adicionales sobre la materia en Dublín y había visto infinitos vídeos en YouTube de los mejores embalsamadores de la industria dando los consejos más punteros. Algunos días no hablaba de otra cosa que no fueran productos para rellenar, cera y correctores cosméticos desde primera hora de la mañana hasta bien entrada la noche. Incluso los de la funeraria Doyle sabían que no tenían a nadie que igualara sus habilidades y de vez en cuando nos preguntaban si podían mandarnos algún cadáver que requiriera su pericia. Decidió que se encargaría de reparar la herida de Alannah.

—¿Y si su madre o su padre se agacharan para besarla, posaran la mano sobre su cabeza y notaran la cavidad? Sería horrible —declaró Niall cuando le sugerí que no tenía que hacerlo si no se sentía capaz—. Tengo la obligación de cuidar de los muertos. La dejaré perfecta, como si no hubiera sufrido ni un rasguño.

Aunque ya esperaba que su respuesta fuera en esa dirección, no pensaba que aquel caso lo afectaría tanto.

—¿Estás seguro de que estás bien, Niall?

No me respondió de inmediato sino que siguió mirando a Alannah durante un buen rato hasta que finalmente habló en voz baja.

—El sábado me miró. Me lanzó una de esas miradas largas, tú ya me entiendes.

—Sí —dije asintiendo con la cabeza. Y entonces sentí una pequeña punzada de celos.

—Fue cuando Ruth y tú os pusisteis a hablar otra vez de Derry. —Por aquel entonces Derry ya le había pedido tres veces a Ruth que salieran juntos, pero aquella noche nuestra amiga finalmente había accedido a tener una cita con él.

—¿Ha dicho algo? —preguntó Niall bajando la mirada hacia Alannah.

—No, por ahora está en silencio. No ha dicho ni una sola palabra desde que ha entrado.

Niall asintió.

—Hablé con ella. Incluso le pedí su número de teléfono. Tengo el papelito guardado en el bolsillo de la chaqueta. —Ambos desviamos la mirada hacia su chaqueta azul oscuro, que colgaba de un gancho junto a la puerta—. No puedo creerme que esté…

—Oh, Niall. —Alargué la mano para tocarle el brazo. Se la quedó mirando durante tanto rato que empecé a preguntarme si le había parecido ofensivo que hubiera hecho un gesto tan personal en un lugar que debería ser sagrado. O, peor aún, si le había parecido una especie de insinuación indeseada teniendo en cuenta todo lo que acababa de contarme.

Se apartó hasta quedar fuera de mi alcance.

—¿Podrías decirle que necesito salir un instante?

—Por supuesto, claro, pero de momento no ha dicho nada, así que no creo que…

—Díselo de todas formas —me pidió.

—De acuerdo. —Puse una mano encima del hombro de Alannah mientras observaba a Niall salir de la sala.

Al cabo de un rato, al ver que no volvía, fui a buscarlo al velatorio y cerré la puerta detrás de mí con delicadeza, procurando no asustarlo más de lo que ya lo había hecho. Le hablé con voz queda desde la puerta de la habitación.

—Niall, perdona si al tocarte el brazo me he comportado de manera inapropiada. Yo solo quería… No pretendía insinuar nada.

Se giró y me miró desde donde estaba, más al centro de la habitación.

—Hacía mucho tiempo que no me tocabas. —Todavía tenía aquella expresión ligeramente sorprendida de antes en la cara.

—Supongo que es verdad.

—Has estado un poco absorta. Por un tal señor Cassin. —Me miró a los ojos de la misma manera que seguramente Alannah lo había hecho cinco noches antes.

—Ah, él.

—Sí, él.

Niall me miró un momento y entonces tomó aire, una de esas grandes bocanadas que se toman antes de sumergirse dentro del agua, pero enseguida apartó la mirada como si quisiera evitar hacer o decir algo de lo que luego pudiera arrepentirse; ¿le daba vergüenza mover ficha o temía que lo rechazara? No pude soportarlo. No pude soportar ver a aquel hombre tan maravilloso sufrir por mí o por mi culpa ni un minuto más. Así que aquella vez fui yo la que avanzó por el espacio que nos separaba. La que al llegar a su lado notó que se le aceleraba la respiración. La que fijó la mirada en aquellos ojos marrones tan tiernos cuya tristeza quería borrar. La que alzó un dedo para acariciarle la sien izquierda, para posarlo suavemente sobre la arruga que tenía ahí.

—Lo siento —susurré, y Niall frunció el ceño, sorprendido.

—¿Por qué?

—Por Alannah. Y por no haberte visto como debería haberlo hecho durante todos estos años.

Y entonces acerqué mis labios a los suyos porque le debía aquel primer beso. Los pedazos de mi corazón recibieron una descarga de vitalidad que hacía mucho tiempo que no sentían. Cuando nos separamos, Niall soltó una pequeña carcajada, luego asintió con la cabeza y bajó la mirada para buscarme las manos y envolverlas con las suyas.

—¿Significa eso que tal vez aceptes salir conmigo? —preguntó alzando la cabeza con los ojos entrecerrados y una sonrisa en sus hermosos labios.

—Sí —respondí feliz, genuinamente feliz—. Si me lo pides te diré que sí.

—Bueno, entonces supongo que debería pedírtelo.

—Tal vez deberías, sí.

—Tal vez lo haga.

—Espero que lo hagas.

—Bien —dijo antes de acercarme hacia él para volver a besarme.

CAPÍTULO DIECINUEVE

A lo largo de los años me fui enterando de lo que había sido de la vida de Fionn a través de Cacahuete. Mi amiga quedó con él un par de veces cuando trabajaba en Londres con Anders, pero cuando se mudó a Oslo se fueron distanciando. Nunca le preguntaba por Fionn aunque tuviera que usar todas mis fuerzas para contenerme, sobre todo para saber si todavía se estaba viendo con aquella chica. Además, ahora yo estaba con Niall y las cosas marchaban muy bien.

Pero un jueves mientras caminaba por la calle Mary Street vi que se me acercaba un chico con unos andares familiares. Por aquel entonces tenía veintisiete años; durante los cinco que llevábamos sin vernos no nos habíamos comunicado de ninguna manera, nada de llamadas, mensajes ni visitas. Y sin embargo allí estaba, con el pelo más corto, algo parecido a una barba y la correa de la funda de la cámara colgada del hombro y luego suelta hasta la cintura. Parecía mayor, más cansado. Pero a pesar de todos esos cambios y de lo mucho que nos habíamos alejado, enseguida volví a caer bajo su hechizo y de repente me sentí insegura ejecutando los movimientos corporales más sencillos, como por ejemplo caminar; ¿qué pie iba primero, el de la izquierda o el de la derecha? A todo eso empecé a notar el latido emocionado de mi corazón en las orejas.

—Hola —dijo sin más, y se detuvo frente a mí tan relajado como si cada jueves me lo encontrara por la calle de camino al banco para depositar dinero.

—Hola. —Traté de imitar su actitud relajada, pero era como si todo mi cuerpo estuviera resuelto a defraudarme, ya que mi mano empezó a rascarme la frente y luego intentó rizar algunos mechones de pelo que tenía detrás de la oreja—. ¿Has vuelto a casa?

—Solo por un par de días. No me quedaré mucho tiempo. Tienes buen aspecto.

—Tú también. —Desvié la mirada hacia la ventana del restaurante Kate's Kitchen al otro lado de la calle para evitar ver su sonrisa y su incisivo.

—¿Cómo estás, Jeanie? Hace mucho que no sé nada de ti. —Pronunció aquellas palabras pausadamente, enfatizando mi nombre, como si quisiera hacerme saber que mi estado mental y emocional le importaban de verdad.

—Estoy bien, sí. ¿Y tú? —Puede que mi respuesta no estuviera a la altura de sus esfuerzos, pero estaba demasiado nerviosa como para contestar algo más profundo.

—Bien, sí, ya sabes. Me he instalado en mi antigua casa. Justo ha coincidido que ha quedado un hueco libre entre inquilinos... ¿Quién iba a decir que tanta gente querría vivir en Drumsnough? —dijo riendo—. En realidad he venido a relajarme un poco. Jess dice que tanto viajar me ha dejado exhausto. He estado trabajando en varios festivales de música del Reino Unido y de Europa. He estado a tope.

—Suena bien. Me refiero a lo de viajar tanto.

—Sí, bueno, no es tan glamuroso como parece pero, ya sabes, me permite ir tirando. Pagar el alquiler. Y fotografiar lo que quiero en mi tiempo libre.

—Supongo que ya no vives en la calle Methley Street con Al y Jess.

—No. Ahora ya soy mayorcito y vivo por mi cuenta. Tengo un piso de dos habitaciones alquilado en Brixton. No está muy cerca del centro, pero me gusta.

—Ah, qué bien.

—Antes quedaba con Cacahuete de vez en cuando, pero desde que se mudó a Oslo casi no la veo. Aunque cada tanto nos escribimos.

—Sí, lo sé.

Bajó la mirada y se quedó atónito al ver el anillo de compromiso brillante y ostentoso que llevaba en el dedo anular.

—Vaya. Cacahuete me había dicho que estabas con Niall. Pero no pensaba que fuerais tan en serio.

—Oh, sí, eso. —Cuatro meses antes, el día de Navidad, Niall había llamado a todo el mundo después de cenar, justo cuando nos disponíamos a jugar al Cluedo, se había arrodillado delante de todos los presentes y había sacado un anillo de la nada. Antes de que me salieran las palabras para contestarle miré la cara de todos, papá, mamá, Harry e incluso Mikey, y vi que sonreían alegremente. Papá se levantó para abrazar a Niall antes de que pudiera contestarle que sí. Cosa que hice. Y lo dije de todo corazón a pesar de que mientras todo el mundo nos felicitaba mi mente se trasladó un momento a aquella calle de Londres. Mamá incluso convenció a Mikey de que nos estrechara la mano.

Me puse la mano en el bolsillo para ocultar los destellos del anillo.

—¿Ya habéis escogido una fecha?

—Será en junio del año que viene.

—Casada a los veintiocho años. —Lo dijo sin ningún deje de incredulidad burlona. Más bien sonó sorprendentemente triste.

Impotente ante el dolor que veía en su rostro, me reí de sus palabras a la defensiva.

—No somos tan jóvenes, ya no tenemos dieciocho años.

—No, supongo que no —admitió bajando el tono de voz y desviando la mirada hacia el suelo—. Sabes, podríamos haber sido nosotros si las cosas...

Al oír las palabras de Fionn supe que tenía razón: si yo hubiera tenido las agallas de ir a Londres y él no hubiera conocido a otra chica, sin duda podríamos haber sido nosotros. Pero justo en aquel momento un transeúnte interrumpió nuestra conversación.

—Hola, Jeanie —dijo Miles Mercier sin detenerse, y me saludó con la mano.

—¿Va todo bien, Miles? —contesté, y me negué a seguir obsesionándome ni un minuto más con el recuerdo de Fionn abrazando a otra chica en el portal de su piso tantos años atrás.

—¡De maravilla! —Miles giró la cabeza para que pudiera oírlo bien mientras se alejaba caminando.

—¿Eres feliz, Jeanie? —Por aquel entonces Fionn ya había recuperado la compostura.

—Por supuesto. —Solté una risita como si fuera una pregunta absurda.

—Me alegro. —Volvió a bajar la vista al suelo y esbozó una sonrisa que nadie hubiera podido tildar de alegre. Tal vez resignada. Sí, más bien resignada.

—Bueno, será mejor que... —Hice un gesto en dirección al banco con la intención de acabar con aquello lo más rápido posible, incapaz de seguir ni un minuto más en la misma calle que aquel hombre que me había hecho tanto daño. Aquella fue la primera vez que se me ocurrió compararnos con el Velcro. Podíamos existir cada uno por nuestro lado, pero cuando nos encontrábamos nos aferrábamos con una desesperación y un deseo que rayaba la avidez, y separarnos era un proceso tan violento como arrancarse la piel.

—Oye, Jeanie... —Fionn dudó un momento y alzó la mirada hacia el cielo—. ¿Podríamos, eh, hablar? Pero no aquí. Tal vez luego. ¿Qué te parece si nos tomamos una copa?

Su invitación alimentó el fuego en mi interior, pero conseguí resistir al deseo que sentía por él.

—No lo sé.

—Mira, es importante. —Puso cara seria, como desafiándome a rechazar su propuesta—. Por favor, Jeanie. Te juro que nunca volveré a pedirte nada más.

La tentación de dejarlo todo por estar ni que fuera un segundo a solas con Fionn durante el que podría ocurrir cualquier cosa era muy fuerte. Sin embargo, sabía que era lo más peligroso que podía hacer. No quería hacerle eso a Niall, no después de lo lejos que habíamos llegado juntos, de los lazos y los corazones rotos que habían sanado, del amor que habíamos conseguido encontrar.

—No lo sé, Fionn. Es que ahora mismo tenemos mucho lío.

Y a pesar de su cara de preocupación consiguió esbozar una sonrisita exquisita, y entonces me entraron ganas de besar aquellos labios como si todavía tuviera derecho a hacerlo. Me asustaba mucho el poder tan absoluto que tenía sobre mí.

—Claro. Lo entiendo. Solo quería… —Soltó un suspiro y volvió a levantar la mirada hacia el cielo. Entonces negó con la cabeza—. Oye, no me hagas ni caso, ni siquiera debería habértelo dicho, no pasa nada. —Había algo más que no me estaba contando, lo presentía, pero tendría que hacer aquel sacrificio.

—Lo siento —dije.

—No, de verdad. Lo entiendo.

—Perdona, pero tendría que ir tirando.

—Ah, sí, claro. —Se apartó para dejarme pasar con el corazón acelerado y sospechaba que las mejillas sonrojadas—. Me quedaré en casa unos cuantos días, te lo digo por si acaso, bueno, pasas por ahí. —El mundo se detuvo a mi alrededor mientras caía bajo el embrujo de la inquietante belleza de aquellos ojos. Tuve la sensación de que me estaban rogando que por favor viniera una última vez, que se lo estaban implorando a mi corazón.

—Tengo que… tengo que irme, en serio. —Aparté la mirada para romper el hechizo y me puse a caminar apresuradamente. Agaché la cara y me concentré en la acera, en poner un pie delante del otro y no respirar hasta que desaparecí de su vista y me metí dentro del banco, donde apoyé la espalda contra la pared fría que había justo al lado de la puerta y cerré los ojos.

Me avergüenza admitir que estuve considerando mentir a Niall y no contarle que me había encontrado a Fionn por la calle. *Seguro que le hará más mal que bien*, me dije a mí misma al regresar caminando a casa. No hacía falta reabrir viejas heridas y esparcir su pus. Pero cuando llegué ya se había corrido la voz. Niall estaba esperándome en la sala de embalsamar que tuve que cruzar para dejar la bolsa de dinero vacía en el cajón del despacho de papá.

—He oído que ha vuelto —me dijo—. Os han visto juntos.

—Ya veo —contesté riendo exageradamente—. Supongo que te lo habrá dicho Arthur.

—¿Cómo está?

—Bien, está bien. —Me quedé un par de segundos junto al escritorio de papá antes de hacer de tripas corazón y salir a la sala de embalsamar. Tal vez no debería haber pronunciado las palabras que dije a continuación, pero quería que Niall supiera lo mucho que significaba para mí—. Me ha propuesto que nos viéramos esta noche…

Y en aquel preciso instante Niall estalló y me di cuenta de que todavía llevaba clavada en su interior mi relación con Fionn y lo mucho que le había afectado, como si fuera un latido irregular indeseado de su corazón.

—¿Me estás vacilando, Jeanie? —exclamó antes de que pudiera explicarme.

—Niall, no pasa nada. Le he dicho que…

—¿De verdad has olvidado que os estuvisteis liando durante años aunque estuvierais con otras personas? ¿En serio crees que me va a parecer bien que quedes con él esta noche?

—No, déjame terminar. —Me acerqué a Niall que estaba junto la mesa de embalsamar para tomarle las manos pero se apartó de mí, así que mis dedos no encontraron más que aire—. Le he dicho que no. Mira, Niall, eso fue hace años. Las cosas han cambiado mucho desde entonces. Ahora estoy contigo. No es lo mismo. No tienes nada de lo que preocuparte.

Y aunque la rabia de Niall se desvaneció casi igual de deprisa que había aparecido, todavía quiso añadir algo.

—Bueno, aun así estoy preocupado. Me he pasado años viéndoos perdidamente enamorados. Y ahora que por fin estamos juntos aparece como si nada con la intención de apartarte de mi lado.

—De verdad que no está ocurriendo nada de eso, Niall. Te lo prometo —le aseguré, aunque en realidad desconocía las intenciones de Fionn. Tal vez Niall tuviera razón. Tal vez eso era exactamente lo que habría ocurrido si hubiera quedado con él. Se me habría acercado y yo se lo habría permitido, embriagada por la intensidad y la fuerza del amor despojado de toda lealtad y obligaciones, agradecida por poder pasar un momento más con él—. No pienso quedar con él. Me da igual lo que Fionn Cassin quiera decirme. Como si quiere pedirme que me fugue con él: me da igual porque te he elegido a ti. —Alcé aquel anillo que a veces me parecía demasiado pequeño para representar la promesa que le había hecho al hombre que me había rescatado, me había hecho poner los pies en la tierra y me había ayudado a volver a ser feliz en mi hogar—. Es a ti a quien quiero —afirmé, y se lo dije de todo corazón.

Y sin embargo al día siguiente conduje hasta casa de Fionn y me quedé un buen rato parada ante su acceso para vehículos. Y cuando se abrió la puerta y apareció y me miró con aquellos ojos, le aguanté la mirada un segundo durante el cual tuve ganas de salir corriendo hacia él y besarlo con la misma intensidad con la que me había besado él en el vestíbulo de mi casa tantos años atrás, pero no lo hice. En vez de eso agaché la cabeza, arranqué el motor del coche y me alejé.

Aquel mismo año, Niall y yo atendimos a un hombre llamado Maurice Hannigan.

Era de Meath, el condado vecino. Había solicitado nuestros servicios no por nuestras habilidades, sino simplemente porque no éramos locales. Nunca me había encontrado con nada parecido, un hombre que a los ochenta y cuatro años había acabado con su vida. Lo observé mientras yacía ante mí sobre la mesa de embalsamar y me pregunté por qué había decidido poner fin a su vida de aquella manera en una habitación de hotel.

Había dado por sentado que hablaría para pedirme que transmitiera algún mensaje a su hijo que había venido desde Estados Unidos. Pero se quedó en silencio.

Niall y yo lo desnudamos, doblamos su traje, su jersey y su camisa, y lo dejamos todo con cuidado debajo del traje limpio que su hijo Kevin nos había traído.

—¿No ha dicho nada? —preguntó Niall.

—No, por ahora solo silencio. No ha pronunciado ni una sola palabra.

La cara de Maurice tenía una expresión desafiante. Como si nunca hubiera hecho ni una sola cosa que no quisiera hacer en toda su vida.

—Tal vez haya sido uno de los afortunados y haya dicho todo lo que tenía que decir antes de irse.

—No sé si calificaría de afortunado a alguien que se ha suicidado.

—No, desde luego que no —dije, y entonces me fijé en el dedo anular de Maurice y en la marca roja que le había quedado cuando Niall le había quitado el anillo de boda.

Nos pusimos a lavarlo en silencio. Dado que no tenía ni idea de cómo sonaba la voz de aquel hombre, tuve que imaginármela a partir de la voz de su hijo, a quien conocí al día siguiente y cuya voz me recordaba al timbre reconfortante de Marielle. Tenía la boca ligeramente entreabierta, apenas unos milímetros, como si no tuviera energías para cerrarla. Se sentó junto al ataúd y jugueteó con las manos, bajó la mirada al suelo y luego la alzó hacia su padre solo para bajarla de nuevo, cosa que estuvo haciendo en bucle durante varios minutos.

Cuando me senté a su lado me miró. No sabría decir si lo que vi en sus ojos fue miedo, pena o que simplemente no sabía qué decir. Pero antes de que pudiera aligerar su carga, tomó la palabra.

—Tengo entendido que habla con los muertos.

—A veces ellos hablan conmigo. Pero me temo que su padre no ha dicho nada.

—Sí, eso se le daba muy bien. —Volvió a mirar a su padre.

—Ojalá me hubiera hablado, puede que entonces habría podido decirle algo que le ayudara a entender…

—No se preocupe, no hace falta. Me dejó un mensaje. Echaba de menos a mi madre. Se sentía solo. Eso es todo.

—Oh, me alegro de que lo hiciera. Es muy duro cuando no hay ninguna explicación.

—Si me lo hubiera dicho antes tal vez podría haber hecho algo. Podría habérmelo llevado a Estados Unidos, aunque seguro que no le habría gustado la idea.

Sentí lástima por aquel hombre que cargaba solo con todo el peso de la culpa.

—¿Tiene algún familiar por aquí cerca? —le pregunté.

—Soy hijo único. Aunque tengo primos en Inglaterra. En Bristol y Cheltenham. Pero no nos conocemos mucho. Eso sí, mi mujer está de camino con los niños. Tenemos dos hijos. Un chico y una chica.

—Me alegro de que puedan venir.

Oí la puerta de la cocina cerrándose de fondo.

—¿Qué les voy a decir a los niños? Ya son lo bastante mayores como para comprender ciertas cosas, pero no sé qué decirles. —Escondió la cara tras sus manos largas y delgadas, y empezó a sollozar en voz baja—. Mi padre era casi siempre un cabrón cascarrabias. Pero era mi cabrón cascarrabias. Y debería haber pasado más tiempo con él.

—No, no debería. —Lo más extraño de todo fue que dije esas palabras como si tuviera derecho a hacerlo, como si creyera firmemente que eran verdad. Todavía a día de hoy no sé de donde salieron ni por qué las dije con tanta autoridad, fue como si las hubiera pronunciado Maurice—. Quiero decir —añadí intentando aclarar mi afirmación sin parecer todavía más loca— que todos tenemos nuestras vidas e intentamos hacerlo lo mejor posible. Estoy segura de que usted también lo hizo tan bien como pudo.

Kevin bajó las manos y se giró para sonreírme.

—Eso es exactamente lo que me hubiera dicho mi padre. ¿Está segura de que no le ha dicho nada? —Se rio por lo bajo—. Le hubiera caído bien. A la mayoría de la gente le caía bien. Era un viejo cascarrabias, y de los pesados además, pero tenía algo que encandilaba a la gente. Ojalá lo tuviera yo también, fuera lo que fuere. Era disléxico y yo ni siquiera lo sabía. Decía que no tenía ni idea de dónde había sacado mi habilidad para escribir. Pero me hubiera gustado poder intercambiar mi don de las palabras por su encanto ni que fuera un solo día para comprender mejor cómo era su vida.

Agachó la cabeza perdido entre aquellos pensamientos sobre su padre.

—Bueno, ¿ya sabe qué les dirá a sus hijos?

—Supongo que la verdad. ¿Qué otra opción tengo? Les diré que su abuelo los quería. Y que tenía el corazón demasiado débil como para seguir viviendo.

Asentí y sonreí impresionada por aquel hombre destrozado.

—¿No es curioso que cuando pasamos la vida con alguien creemos conocerlo perfectamente? ¿Creemos saber lo que hará en cada situación? Pero nunca, ni en un millón de años, me habría imaginado que mi padre se iría así. Y sin embargo, ahora que estoy aquí, ahora que he escuchado lo que tenía que decir, lo entiendo. En realidad ha sido una decisión muy propia de él. Cada persona es un eterno misterio, ¿verdad?

—Desde luego.

—Bueno, claro, seguro que sabe exactamente de lo que estoy hablando. Aquí deben llegar todo tipo de personas. —Me observó con curiosidad—. ¿Y cómo funciona eso que hace, lo de hablar con los muertos?

—A veces las personas muertas deciden hablar y yo simplemente las escucho. Tampoco es que sea muy complicado.

—¿Y qué dicen?

—De todo un poco. A veces dicen cosas buenas y otras cosas terriblemente tristes.

—¿Y luego tiene que transmitírselo todo a personas tan devastadas como yo?

—Básicamente.

—Vaya. Debería escribir un artículo sobre usted.

Solté una risita rápida y cohibida sin saber muy bien qué pensar. No estaba segura de estar lista para ser el centro de atención del mundo entero. Pero entonces me acordé de Marielle y de lo mucho que me había cambiado la vida leer su artículo.

—De hecho hay una mujer en Francia llamada Marielle Vincent que tiene mucha más maña que yo para este tipo de cosas, tal vez debería hablar con ella.

Kevin volvió a girarse para contemplar a su padre.

—No sé si me gustaría tener que cargar con el peso de la verdad.

—Tiene sus momentos.

—¿Y no puede poner su don en pausa?

—No. Está siempre activo, todo el día durante todos los días del año. Si los muertos quieren hablar, ahí estaré para escucharlos.

—O sea que los oirá hasta que se muera por mucho que cambie de trabajo o se jubile, porque los muertos seguirán hablando.

—Sí, supongo que sí.

—¿Y quién la escuchará a usted cuando se vaya? ¿Tiene algún hijo al que haya transmitido su don?

—No. —Sonreí casi como si me estuviera disculpando ante aquel hombre que no conocía de nada. Por aquel entonces Niall y yo no habíamos hablado de tener hijos. Y además yo ya no tenía nada claro cuál era mi postura sobre el tema. Antes estaba convencida de que quería tener hijos, pero ahora estaba muy confundida. Sin comerlo ni beberlo, aquel extraño había expresado con palabras el miedo que llevaba años acechándome y que ahora veía claramente: si mis hijos heredaban mi don significaría que una criatura inocente tendría que cargar con las presiones y las expectativas que lo acompañaban, por no hablar del peso de la opinión pública, igual que me había ocurrido a mí. No sería justo—. No tengo hijos —concluí—. Por ahora soy la última de la familia.

CAPÍTULO VEINTE

Para celebrar mi despedida de soltera, Cacahuete nos invitó a Ruth y a mí a su apartamento de Londres en el barrio de St John's Wood. Al mudarse a Oslo habían decidido mantenerlo para que Anders tuviera algún lugar adonde quedarse cuando tuviera que ir a echar un vistazo a la clínica veterinaria que tenía en el Reino Unido. Pero finalmente habían decidido vender tanto el negocio como el apartamento. Aquella sería la última vez que Cacahuete iría a Londres y dormiría en su primera casa.

En realidad no tenía muchas ganas de que me hicieran una despedida de soltera, pero Ruth no había parado de darme la brasa, así que finalmente había aceptado. Ruth estaba embarazada de cuatro meses de Amy y lo estaba pasando un poco mal, por lo que a Cacahuete le pareció que sería un gesto bonito para intentar animarla.

A pesar de que se había pasado toda la tarde vomitando en los baños del aeropuerto, en el avión y al aterrizar, Ruth no podía contener lo contenta que estaba por alejarse de Derry y de Tom durante un par de noches.

—Los quiero, de verdad que sí, pero por Dios, no paran de ponerlo todo patas arriba. En cuanto ordeno algo enseguida aparecen con las manos llenas de chocolate para manchar mi sofá de color crema.

—Sí, deberías decirle a Derry que dejase de hacerlo —afirmó Cacahuete riéndose mientras abría la primera botella de champán.

—Y tal vez comprar un sofá de cuero.

—Gracias, Jeanie, pero no soporto el ruidito que hacen.

—Oh, es verdad, ahora que lo dices yo tampoco lo soporto.

Al día siguiente nos pasamos toda la tarde comprando en la calle Oxford Street tal y como quería Ruth. Cuando finalmente llegamos al apartamento de Cacahuete, Ruth enseguida se fue en busca de la comodidad de su cama y se durmió con la ropa y los zapatos puestos. Cacahuete la tapó con una manta. Nos quedamos bajo el dintel de la puerta contemplando cómo se le hinchaba y deshinchaba la hermosa barriga donde llevaba a su bebé.

—Bueno, Jeanie, ¿ya le has dicho a Niall que no estás segura de querer tener hijos? —Le había contado a Cacahuete que me preocupaba transmitirles mi don.

—No, todavía no.

—¿Y no te parece que deberías decírselo antes de comprometeros de por vida?

—Lo haré, lo que pasa es que todavía no he encontrado el momento adecuado.

Cacahuete asintió con la cabeza y decidió no seguir insistiendo con el tema porque era mi despedida de soltera. Entonces miró a Ruth y dijo:

—Es una pena.

—¿Lo dices porque no quiero tener hijos?

—No, gilipollas, lo digo porque Ruth se ha quedado dormida. Tenía toda la noche planeada. Quería llevarte a un restaurante de sushi genial, y había encontrado un club de jazz perfecto para luego.

—¿Un club de jazz? Será una broma, ¿no?

—Pues claro, cariño, pero ha valido la pena por verte la cara. —Me pellizcó la mejilla y se echó a reír—. No, es una discoteca normal y corriente. Bueno, en realidad es más bien un bar de copas al que solíamos ir con Anders, pero hay sitio para bailar si te apetece.

—¿Así que todo bien con Anders?

—Todo va de maravilla con este hombre. Me dijo que le apetecía mucho pasar un tiempo a solas con los mellizos. Los quiero mucho pero son agotadores, como siempre te has empeñado en señalar. Se los llevará a la cabaña. Deberías verla, no es más que un par de tablas de madera, se parece mucho al cobertizo del jardín trasero de mi casa donde mi padre se escondía los fines de semana cuando quería ver un partido en paz.

—¿Y últimamente habéis hablado sobre casaros?

—No.

—Pero a ti te gustaría, ¿no?

—Pues claro —respondió como si fuera una pregunta estúpida. Noté que me observaba mientras alzaba mi copa y bebía un poco más de champán—. Escucha, si no lo tienes claro con Niall puedes anular la boda. Nadie te odiaría por ello.

—Excepto Niall, papá, mamá, Harry y desde luego Mikey.

—¿Y qué hay de ti, qué pensarías tú?

—Yo también me odiaría a mí misma. Y de todas formas quiero a Niall.

—Ya, ¿pero sabes lo que le ha faltado a tu respuesta? Mandarme a la mierda e indignarte porque te haya sugerido que anulases la boda tan cerca de tu gran día.

—¿No podemos seguir hablando de Anders, de tus adorables bebés rubios y de lo «asquerosamente rica» que eres? —Me eché a reír en un intento por distraerla.

—Claro. Si insistes. —Dimos otro trago a nuestras copas y volvimos a contemplar a nuestra amiga que roncaba plácidamente—. Ruth estaba muy emocionada, ¿a que sí? Ha valido la pena ir de compras solo por verle la cara mientras nos arrastraba a todas las tiendas. Pero ¿cómo se las ha apañado por andar tanto rato con esos zapatos?

Cacahuete señaló los tacones rojos de Ruth con su copa de champán.

—Bastante me ha costado a mí aguantar con estos zapatos, y eso que no estoy embarazada de cuatro meses. —Bajé la mirada hacia mis zapatillas azul claro con cordones rosas—. ¿Crees que deberíamos quitarle los tacones?

—Supongo que sí. No sé si descansará mucho durmiendo con esos zapatos puestos.

Nos acercamos al pie de la cama y cada una le agarró una pierna para intentar quitarle el tacón con cuidado. Sin embargo, sus pies no parecían dispuestos a colaborar. Intentamos tirar y empujar por la punta y el talón, y luego de un lateral a otro. Incluso probamos a sacudirle los pies para desencajar los tacones, pero al final no nos quedó más remedio que tirar con fuerza. Contamos hasta tres y tiramos a la vez. Salimos disparadas hacia atrás hasta chocar con la pared y nos miramos asustadas por si la habíamos despertado, pero teníamos cada una un tacón rojo en la mano.

—Gracias, chicas. —Ruth sonrió sin abrir los ojos, se giró hacia un lado, se puso las manos debajo de la mejilla derecha y volvió a acurrucarse soltando un suspiro de satisfacción.

Nos reímos y le dimos unas palmaditas en los pies después de haberle puesto el edredón por encima.

—¿Crees que a Ruth le importaría que nos marchásemos? —susurró Cacahuete cuando nos disponíamos a salir de la habitación—. Me muero de ganas de llevarte a un sitio.

—A mí no me importaría si a ella le pareciera bien.

Cuando Cacahuete se agachó junto a la cama para preguntarle si le gustaría salir con nosotras, Ruth le hizo un gesto para que se marchara.

—¿Solo un par de horitas?

—Déjame, estoy durmiendo.

—Vale, pues iremos nosotras, ¿eh? ¿Seguro que no te importa?

Ruth volvió a girarse y nos ignoró por completo.

Cacahuete se negó a decirme a dónde íbamos, pero insistió en que me arreglara un poco más y no me pusiera las zapatillas Puma con cordones rosas. Accedí y me calcé las botas altas rojas con plataforma muy del estilo de Harry que me había comprado en una tienda de Oxfam por cinco euros, y en pocos minutos nos pusimos a andar a buen paso en dirección a la línea de metro de

Jubilee. Cacahuete no dejaba de mirar el reloj y de tirar de mí cada vez que me paraba junto a la ventana de algún restaurante para echar un vistazo.

—Ya comeremos luego, te lo prometo. Puede que en el sitio al que vamos haya canapés.

Cruzamos calles, pasamos por debajo de arcos y recorrimos callejuelas y callejones de edificios blancos con grandes escaparates donde se exponían cuadros enormes que valían lo mismo que una casa en Kilcross. Cacahuete se detuvo frente a uno de aquellos edificios del que salía un murmullo formado por todas las voces de las personas que había dentro, un zumbido bastante parecido al de las colmenas de abejas de Simon, el padre de Niall.

—¿Qué estamos haciendo aquí?

Eché un vistazo al escaparate donde se exponía una fotografía enorme. Tardé un momento en comprender lo que estaba mirando, pero enseguida lo vi, la sábana hinchada llenando el espacio como si fuera una ola o una arruga de un pétalo de rosa blanco, algo grácil, exquisito y hermoso.

—Estás de broma, ¿no? —Me cubrí la boca con la mano. Era aquella fotografía de hacía diez años en la que salía aireando una sábana en la sala de embalsamar, solo que yo ya no aparecía en la imagen. Solo salía la sábana volando, y los colores y las sombras habían sido modificados hasta quedar de una especie de color sepia.

—Le dije que tal vez me pasaría. Es la primera gran exposición que hace en años.

Seguí mirando la fotografía. Me quedé sin palabras, y tardaría un poco en recuperarlas.

—Hemos llegado un poco tarde. Creo que nos hemos perdido su discurso; a los ingleses se les da un poco mejor eso de la puntualidad que a nosotros.

Cacahuete se dio la vuelta pero yo me quedé inmóvil. Me quedé allí de pie, observando. Ni siquiera me moví cuando me agarró de la mano e intentó llevarme para dentro.

—¿Jeanie? ¿No quieres entrar?

—Deberías… deberías habérmelo dicho, Cacahuete.

—Lo sé, pero a veces las amigas tienen que hacer este tipo de cosas.

—¿Por qué? —pregunté girándome hacia ella.

—Porque quiero que estés segura de que quieres casarte con Niall, Jeanie.

—Ah, y has pensado que traerme aquí a ver ni más ni menos que al mismísimo Fionn Cassin me ayudaría a decidirme.

—Básicamente.

Me alejé de la galería hasta encontrar un portal con un par de escalones y me quedé allí sentada, con la frente apoyada sobre la mano, hasta que Cacahuete se sentó a mi lado.

—Quiero a Niall, Huete. Ya te lo he dicho.

—Ya sé que lo quieres. ¿Pero es amor de verdad?

—Pues claro que lo es.

—A ver, escúchame un momento. No tenemos ninguna obligación de entrar. No le he dicho que vendríamos. Creo que solo me mandó una invitación por educación. Hace años que no lo veo. Pero es que estoy preocupada por ti, Jeanie.

Levanté la mirada hacia esa amiga que parecía estar constantemente preocupada por mí y me sentí culpable de que aquella fuera nuestra dinámica, de que ella tuviera que ser mi defensora, mi protectora y mi conciencia. Enseguida se me esfumó el enfado.

—Todo esto es culpa del champán. —Golpeé su rodilla con la mía y sonreí.

—Sí, echémosle la culpa al champán. Me parece una idea excelente.

Solté una carcajada.

—Mira, esto es una estupidez. Soy feliz con Niall, no hay nada de lo que preocuparse. Entraremos en la galería y te lo demostraré, así podrás dejar de sufrir por mí. Nos quedaremos media hora. Intentaremos encontrar todas las fotografías en las que salga yo, y teniendo en cuenta que Fionn estaba loco por mí seguro que habrá un montón, y luego nos largaremos, regresaremos a casa con Ruth y nos reiremos de todo esto. ¿Trato hecho?

Alargué la mano para estrechársela.

—¿Estás segura?

—Dese luego. —Alargué un poco más la mano, animándola a hacer lo mismo. Cuando Cacahuete me la estrechó se echó a reír y yo hice lo mismo. Nos levantamos, retrocedimos hasta la galería tomadas del brazo y entramos.

Al principio no vimos a Fionn. Pero tenía que estar por ahí, en alguna parte. Notaba su presencia amortiguada entre aquel enjambre de cuerpos. Cacahuete se dirigió directamente hacia la barra de bar improvisada y la camarera sonriente. Pidió dos copas de vino y me trajo una mientras examinaba con los ojos los canapés que la camarera le había señalado. Yo ya no tenía hambre, se me había hecho un nudo en el estómago. Cacahuete puso tres tostaditas con paté una encima de la otra y se las metió en la boca a la vez.

—¿Qué? —preguntó tirando migajas encima de ella y de mí con una mirada desafiante.

—¿No deberíamos, eh…? —Señalé las fotografías que había colgadas en la pared con la copa de vino.

—Sí, por supuesto. Pero primero déjame agarrar un par de canapés más. —Cacahuete miró su copa de vino y, al darse cuenta de que solo podría cargar con unos pocos canapés si seguía sosteniéndola, se la terminó de un trago, la dejó encima de la mesa y preparó un par de sus canapés especiales de tres pisos.

—No te preocupes, volveré enseguida a por otra copa —le dijo a la camarera, que parecía estar empezando a cansarse de sus visitas recurrentes antes de ponernos a dar una vuelta por la habitación—. Me parece que le gusto. Si fuera mi tipo me lanzaría —bromeó.

El pulso casi audible de mis venas hizo que me preguntara en qué rincón me lo encontraría, cuándo oiría por fin su voz, o si tal vez notaría su presencia junto a mí antes de verlo ni oírlo. La mera idea de encontrarme con Fionn me consumía y convertía en una farsa mi atención fingida por su trabajo, por su interpretación del mundo. Sin embargo seguí adelante, yendo de una fotografía a la otra, asintiendo con la cabeza ante cualquier cosa que Cacahuete dijera, y haciendo observaciones con palabras que había robado del vocabulario de Fionn años atrás: orientación, vértice, apertura.

No procesé los detalles de muchas de aquellas fotografías. No es que no fueran buenas o no merecieran mi atención y mis elogios; eso habría sido del todo mentira. Cada una de aquellas fotografías tenía el potencial de volver a atraerme hacia Fionn, de remover hasta los últimos vestigios de la admiración y el amor incuestionable que había sentido por él. Momentos cotidianos capturados con tanto detalle y profundidad por aquella faceta suya tan misteriosa que sabía identificar cuál el segundo indicado para presionar el botón y crear una belleza tan simple que me hacía llorar.

Cerré los ojos ante la mayoría de las imágenes y recorrí apresuradamente la habitación. A Cacahuete le costaba seguirme, pero sobre todo porque no paraba de ir a buscar más comida y vino. Era lo único que podía hacer para resistir la tentación de buscarlo. Pero una de las fotografías hizo que me detuviera de golpe, un primer plano de la cara de una chica. La esquina superior izquierda, incluyendo sus ojos, quedaba a la sombra, mientras que un haz de luz iluminaba el resto de su cara en diagonal desde la sien derecha hasta la mandíbula, mostrando la negrura oscura de su ojo derecho, la curva definida del pómulo y sus labios carnosos. Su ojo visible observaba algo que quedaba fuera del plano. Aquella chica era preciosa. Aquella chica era yo. No recordaba que me hubiera hecho esa foto. No tenía ni idea de dónde estábamos ni por qué aquel haz de luz me iluminaba la piel, contrastando mis pecas intensa y exuberantemente contra mi palidez. Me quedé sin aliento y Cacahuete posó su mano firme sobre mi brazo.

—¡Hostia puta! —exclamó.

Nos quedamos ahí de pie incapaces de apartarnos de aquella cara absorbente, incluso cuando otras personas nos importunaron pasando por delante y deteniéndose para observar la fotografía, personas que por cierto no miraron para atrás y no relacionaron a la chica de la fotografía con la que tenían detrás, con el pelo negro encrespado y la boca abierta. Seguimos mirando fijamente al frente hasta que se apartaron y la chica de la fotografía volvió a ser visible.

—Veo que has encontrado la galería —dijo Fionn—. No estaba seguro de si vendrías, Cacahuete, y desde luego no esperaba que trajeras a una invitada tan especial.

—Hola, qué tal. —Cacahuete se giró para darle un beso en la mejilla—. Yo tampoco estaba del todo segura, pero aquí me tienes. Ruth ha estado a punto de venir con nosotras, pero se ha quedado dormida en casa por el cansancio del embarazo. —Cacahuete asintió con una sonrisa y continuó hablando—. Vaya, esto es muy elegante. —Dio una vuelta sobre sí misma y tiró un poco de vino de la copa que acababa de agarrar debido a la fuerza centrífuga mientras señalaba la habitación, la gente, las fotos y, por supuesto, el bar—. Por cierto, los canapés están deliciosos.

—Qué bien, me alegro de que te gusten.

Yo no había movido ni un solo músculo. Sabía que tendría que decir alguna cosa, pero a mi cerebro le estaba costando centrarse.

—Bueno, Jeanie, me alegro de verte. Gracias por venir.

Me miró con aquellos ojos de lobo.

—Eh, sí, bueno… —Tuve que tragar saliva antes de que mi voz pudiera pasar a la acción—. En realidad no sabía a dónde íbamos hasta que no hemos llegado.

—Ya veo. —Fionn sonrió a Cacahuete, que alzó las cejas y esbozó una sonrisa descaradamente culpable.

—Perdona, no he sido muy educada.

—No, no te preocupes. Supongo que debe descolocar un poco entrar en una galería de otro país y encontrarte tu cara en la pared.

Volví a mirar la fotografía y entrecerré los ojos para intentar recordar aquel momento.

—¿Cuándo me hiciste esta foto? No me acuerdo.

—Estábamos en mi casa de Drumsnough. En mi habitación. —Apartó los ojos de los míos avergonzado pero sin dejar de sonreír.

Entonces me acordé de aquel momento y me llevé la mano a la boca. Se me humedecieron los ojos y parpadeé al darme cuenta de que si la fotografía no estuviera ampliada se me vería el cuerpo entero desnudo. Fue un día que sus padres no estaban en casa y habíamos aprovechado la ocasión para meternos debajo de las sábanas hasta que Fionn había abierto los ojos de manera desmedida y había suspirado al liberarse.

—*La petite mort* —me había susurrado a la oreja mientras se tumbaba bocarriba junto a mí y cerraba un instante los ojos.

Al cabo de un momento se levantó para hacer no sé qué. Me incorporé sobre la cama con curiosidad por saber qué buscaba. Fue entonces cuando noté la calidez del sol sobre el lado derecho de mi cara, un haz de luz que penetraba en la oscuridad entrando a través de una pequeña rendija entre las cortinas.

—Quieta. No te muevas —me dijo Fionn. Alzó la mano izquierda para indicarme que me quedara inmóvil mientras tomaba su cámara. Me hizo tantas fotos que recuerdo que al cabo de un rato empecé a impacientarme.

—Solo una más, por favor. Mira hacia la pared, más allá de las cortinas. Así. Perfecto.

—Bueno, ya vale. Tus padres llegarán en cualquier momento.

—A ellos no les importará encontrarnos así. Ya te lo he dicho, lo único que me han pedido es que fuera responsable, respetuoso y usara protección.

Se arrodilló delante de mí con la cámara todavía en la mano, hizo un par de fotos más y volvió a besarme. Nunca había visto aquella fotografía hasta ahora.

—¡Dios mío! —exclamé de pie en medio de la galería.

—Lo siento. ¿Me he pasado? Me dijiste que podía utilizar todas las fotografías que te había hecho. Sigue siendo una de mis favoritas. Pero puedo quitarla si quieres.

—No, no pasa nada. —Respiré profundamente—. Había olvidado... —Intenté hablar con más coherencia, pero de repente me detuve porque sentí que me faltaba el aire—. ¿Hay alguna...? —Estaba buscando la palabra «silla», pero tuve que conformarme con poner una mano detrás del culo y esperar que alguno de los dos me entendiera.

—Oh, eh, me temo que no...

—Creo que necesito un poco de aire. —Señalé hacia la ventana, le endosé a Cacahuete el vaso de vino que llevaba un buen rato vacío y me fui. Me abrí camino entre la gente para salir y me aferré a la barandilla del edificio de al lado, y fui apoyándome de barandilla en barandilla hasta llegar a los escalones en los que nos habíamos sentado antes, y una vez allí tomé aire y lo exhalé.

—Eso sí que ha sido una salida dramática espectacular. —Cacahuete se sentó a mi lado con un vaso de agua y una copa de vino que llevaba sin mucha pericia con una sola mano rebosando por todas partes y unos cuantos canapés más en la otra. Me los ofreció todos. Para su alivio, solo agarré el vaso de agua y ella mordisqueó y sorbió todo lo demás—. Me he sentido como si estuviera en una novela de Jane Austen pero sin la ropa de época.

—Sí. Lo he hecho expresamente para ti, Cacahuete. He pensado que así la noche sería más interesante.

—Fionn está cagado.

—¿De qué estás hablando?

—Cree que lo vas a denunciar.

—¿Por qué iba a denunciarlo?

—Podrías sacarle una pasta si no le autorizaste a usar tu fotografía por escrito.

—En serio, Cacahuete, ¿te has tomado algo mientras no miraba?

—Ojalá. No, es cosa del vino. No bebía tanto desde antes de tener a los mellizos. Es muy fuerte.

—O puede que te lo estés bebiendo demasiado deprisa.

—Es una posibilidad. Pero, volviendo al tema, Fionn quería salir a buscarte pero se lo he impedido. «Amigo mío», le he dicho, «ya me encargo yo de ella».

—Dios mío, estás borrachísima.

—Lo sé. —Cacahuete soltó una carcajada, se terminó el vino que le quedaba en la copa y se acurrucó junto a mi hombro—. Creo que me quedaré aquí apoyada un momento.

—Genial.

Mientras Cacahuete suspiraba y se quedaba dormida casi al instante, me pregunté cómo era posible que volviera a estar tan hundida en la mierda como siempre que Fionn Cassin estaba involucrado.

—¿Te encuentras mejor? —Fionn se me acercó dudoso.

—Oh, sí. Perdona por lo de antes. —Sonreí mientras vi que se acercaba otro paso—. Es solo que me he quedado un poco descolocada, como bien has dicho.

—¿Así que Cacahuete no te había dicho a dónde te llevaba, eh?

—No. —Bajé la mirada hacia la coronilla de mi amiga—. Pero aun así la quiero.

—¿Puedo sentarme? —preguntó Fionn señalando el amplio escalón.

—Claro. ¿Pero no deberías estar ahí dentro codeándote con todo el mundo y vendiendo tus obras?

—No creo que nadie me eche en falta por un par de minutos.

Se sentó y nos quedamos contemplando la calle en aquel instante fugaz y silencioso de un sábado noche, aunque de fondo oíamos la música y las risas de las calles más concurridas.

—Me alegro de que hayas venido, sabes.

—¿Ah, sí?

—¿Todavía no te has casado?

—En dos semanas.

Vi cómo se le levantaban las cejas antes de volver a fijar la mirada al suelo.

—Nunca os habría imaginado juntos.

—No. Y parece que no eres el único. —Volví a mirar a Cacahuete—. Pero hacemos un buen equipo, ¿sabes?

—Así que todo ha acabado saliendo a la perfección.

—Sí. A la perfección.

Se instaló un silencio incómodo entre los dos.

—Bueno, ¿has hablado con algún muerto interesante últimamente? —Sus palabras rompieron el silencio y nos llevaron hacia un terreno seguro.

—Oh, sí —contesté riendo, y me tranquilicé un poco—. Unos cuantos. De hecho, hace poco hablé con uno de los tuyos.

—¿Uno de los míos?

—Sí, con un londinense irlandés.

—Oh, ¿eso es lo que soy ahora?

—Annie Galvin. Ochenta y cinco. Murió en una residencia para la tercera edad de por aquí. No tenía a nadie. Nadie la conocía excepto una mujer llamada Samantha del centro de londinenses irlandeses que iba a visitarla cada quince días. Cada vez que la veía le recordaba que cuando muriera quería que se asegurara de que su cuerpo regresara a su ciudad natal de Kilcross. Lo único que quería era ser enterrada con sus padres. Pero no tenía ni un céntimo en el banco. Así que cuando ya le quedaba poco, Samantha salió en la radio y creó una página de GoFundMe gracias a la cual dos días después de morir Annie ya estaba en nuestra funeraria diciéndome que ojalá nunca se hubiera ido de Kilcross. Estuvimos charlando sobre lo que recordaba de la ciudad y le expliqué todo lo que había cambiado. Era encantadora. Y cuando estuvo lista para irse, me dio las gracias como una dama y se despidió.

—Vaya. Ves, este tipo de historias son las que me ayudan a entender por qué te quedaste.

Pasó un segundo antes de que pudiera contestar.

—Sí, era una mujer excepcional. —Fijé la mirada hacia el final de la calle donde se detuvo un taxi y vi a un hombre que salía de dentro, se levantaba el cuello del abrigo y desaparecía en el interior de algún edificio sumido en una oscuridad total. Aquel era el mundo de Annie, una ciudad en la que el misterio y la soledad iban de la mano.

—¿Estás contento de haberte mudado a Londres? —pregunté, y me giré hacia Fionn deseando que me lo contara todo.

—Sí, sin duda. Ha sido genial. Es una ciudad con posibilidades infinitas. Me gusta ser el dueño de mi propio destino.

—¿No te ha corrompido el dinero como a todos los demás?

—El dinero es importante, por supuesto, pero intento no perder de vista lo más importante. Sin embargo soy muy afortunado porque parece que a la gente le gusta mi obra, así que puedo permitirme escoger. Al menos por ahora. Hasta que pase de moda.

—¿Y qué ocurrirá entonces?

—Me volveré indulgente. Verás, Jeanie, el secreto está en no creer nunca que estás acabado, que eso es todo y que ya no te queda nada por aprender. Porque siempre hay algo, siempre.

Me reí al oírlo.

—¿Qué es lo que te hace tanta gracia?

—Oh, nada. Es que me haces reír. Esta es una de las cosas que más me gustaban de ti. Ese deleite por las cosas nuevas, por explorar, crear e ir más allá. Yo nunca fui como tú. Y nunca llegué a entender qué viste en alguien como yo.

Me avergoncé de que solo por tenerlo sentado a mi lado hubiera sido capaz de hablar con tanta sinceridad y sonreír tan espontáneamente.

—¿Todavía sigues con esas, Jeanie? ¿Después de todos estos años?

Parecía casi enfadado, como si hubiera vuelto a decepcionarlo.

—¿Alguna vez te has mirado al espejo, Jeanie? ¿Alguna vez te has puesto a pensar en lo que haces? O sea, ¿te has oído hace un momento mientras me hablabas de Annie? Eres la mujer más inusual que he conocido en toda mi vida. Y eso que he conocido unas cuantas que valían mucho la pena. Pero ninguna ha conseguido hacerme sentir lo mismo que tú ni de lejos. Contigo me sentía tan vivo. La manera en que me mirabas me hacía creer que podía conseguir cualquier cosa. Y una de mis mayores decepciones en la vida es que nunca fui capaz de hacerte sentir lo mismo.

Me quedé sin aliento y bajé la mirada hacia mis rodillas, avergonzada.

—Tenía tantas ganas de que vinieras conmigo cuando me fui, Jeanie. Pensaba que si lograba enseñarte este mundo comprenderías lo increíble que eras y todo el potencial que tenías. Pero creo que mi insistencia acabó haciéndonos más mal que bien, así que al final dejé de machacarte. —Entonces fue Fionn quien desvió la mirada—. Pero no tienes ni idea de lo mucho que me costó olvidarte, Jeanie. Lo mucho que me costó no escribirte, ni llamarte ni rogarte que por favor te subieras a un maldito avión y te mudaras a Londres. Y luego oí que Niall y tú estabais juntos y pensé: *Sí, tiene sentido. Para ella es una apuesta segura. Así no se asustará.* Pero odié a Niall por ello. Menuda estupidez, ¿verdad? En realidad, si te paras a pensarlo, debería haberlo llamado para darle las gracias por brindarte lo que creías que necesitabas, esa protección. —Soltó una pequeña carcajada derrotada—. Pero ojalá... ojalá me hubieras dado una oportunidad, ojalá le hubieras dado una oportunidad a todo eso, Jeanie, era lo único que quería.

Después de haber soltado aquel alegato se cubrió la boca con la mano, pero todavía le quedaba algo por decir.

—Incluso regresé a Kilcross para asegurarme de que realmente quisieras a Niall. ¿Te acuerdas del día en que nos encontramos en la calle Mary Street y te dije que nos viéramos más tarde pero rechazaste mi propuesta? Pero luego viniste a mi casa y por una fracción de segundo pensé: *Vale, este es el momento en que por fin lo mandamos todo a la mierda y nos damos otra oportunidad.* Pero entonces arrancaste el motor del coche y te fuiste —se rio—. Y sin embargo aquí estoy, todavía unido irremediablemente a ti.

No sé muy bien cómo me las arreglé para aguantarle la mirada a pesar de que tenía la sensación de estar ahogándome en la persona que estaba hablando y lo que estaba diciendo. Y fue como si volviéramos a estar en su habitación y nos viéramos de verdad. Se inclinó para besarme. Y sentí que era lo correcto. En aquel momento cerré los ojos, quería poder recordar sus labios para siempre. Crear un recuerdo que perdurara en el tiempo y que caracterizara la vulnerabilidad, la estupidez, la debilidad, la fuerza y el amor que nos unía.

Acercó la mano a mi pelo para enterrar los dedos en su espesura, para agarrarlo con su puño y atraerme hacia él provocando que la cabeza de Cacahuete se deslizara hombro abajo y que tuviera que apartarme de Fionn para impedir que la cabeza de mi amiga chocara contra el peldaño y acunarla en mi regazo.

—¿Fee-on? —lo llamó una voz inglesa desde el otro lado de la calle pronunciando fatal su nombre.

Aquello bastó para que Fionn cerrara los ojos, enfadado por un segundo, antes de volver a abrirlos y a absorberme con su mirada.

—Si alguna vez te das cuenta de que has tomado la decisión equivocada estaré aquí esperándote, ¿vale? —susurró pegando su frente contra la mía—. Te quiero, Jeanie Masterson, y siempre te querré desesperadamente y sin remedio.

No dijo nada más ni esperó a que respondiera, aunque tampoco sé muy bien qué esperaba que dijera. Me dio un beso en la frente, se levantó y se alejó caminando.

Nunca le conté a nadie lo que Fionn me dijo aquella noche. Ni a Cacahuete, a quien tuve que despertar para que nos llevara de vuelta a casa. Ni a Ruth, que cuando regresamos se puso hecha una furia por haberse perdido el reencuentro e insistió en que le contásemos todo lo que había dicho Fionn. Ni a Niall, a quien abracé y besé apasionadamente cuando vino a buscarnos al aeropuerto de Dublín, ganándome un silbido de Ruth, decidida a demostrarle que lo quería y a convencerme a mí misma de que había tomado la decisión correcta. Decidí que no lo sabría nunca nadie. Guardaría la promesa de Fionn en mi interior, junto a todos los demás secretos que los muertos me habían contado, por si acaso algún día la necesitaba.

CAPÍTULO VEINTIUNO

L a primera vez que Niall y yo hablamos de tener hijos fue dos semanas más tarde, el día de nuestra boda, mientras estábamos sentados en la mesa principal con las caras doloridas de tanto sonreír para la cámara.

Niall no podía apartar la mirada de Ruth, que cargaba orgullosa con la barriga en la que estaba creciendo Amy.

—¿Qué? —le pregunté divertida al verlo tan distraído observando a Ruth pasar por delante de la mesa principal, justo cuando habíamos acabado de comer el plato fuerte y Gareth, el hermano de Niall, se estaba preparando para levantarse y empezar con los discursos. Ruth nos saludó con una mano y nos lanzó un beso mientras con la otra se aguantaba el dobladillo de su vestido naranja, y vimos cómo le botaban los rizos al apresurarse para intentar ir y volver del baño antes de que comenzara lo bueno.

Niall se rio por mi curiosidad y me buscó la mano.

—Te estaba imaginando así, con ese aspecto tan radiante.

—Me parece que Ruth no se siente muy radiante. Antes me ha dicho que tiene la sensación de llevar a todo un equipo de fútbol ahí dentro.

—Bueno, en cualquier caso me muero de ganas de empezar con todo eso.

—De empezar a qué, ¿a engendrar un equipo de fútbol gaélico?

—Bueno, tenemos veintiocho años, puede que ya no estemos a tiempo de tener una alineación completa. Pero me encantaría que tuviéramos un centrocampista y unos cuantos defensas.

Me miró con una sonrisa perpleja cuando me reí tal vez más fuerte de lo que debería.

—Tenemos tiempo de sobra, Niall. Todavía quedan años para que nos pongamos a pensar en esas cosas.

—Claro —contestó. Mantuvo su sonrisa pero me fijé en que había bajado las comisuras de los labios. Era lo que yo llamaba su «sonrisa contenida», la que esbozaba para decir «ya hablaremos luego del tema», y se giró. Mantuvimos las manos entrelazadas mientras hablaba con Gareth, que se acercó para oírlo mejor.

En aquel momento Cacahuete, engalanada con el vestido azul pálido de dama de honor que había decidido llevar, se inclinó hacia mí.

—¿Crees que debería ir a rescatar a Anders?

Desviamos la mirada hacia su mesa y vimos que su pareja estaba intentando que Elsa dejara de hacerse una piscina de gelatina en el regazo para que los pececitos pudieran nadar y que Oskar dejara de correr por todo el salón persiguiendo a Tom, el hijo mayor de Ruth.

—Pensándolo bien, me parece que está perfectamente —concluyó.

Conseguí mantener a Niall a raya con el tema de tener hijos hasta que cumplí los treinta. Entonces fue cuando intensificó la presión; me decía que era el momento de ponernos a ello porque no podíamos tener un solo hijo, eso sería cruel, teníamos que tener dos. De lo contrario se aburriría. ¿Con quién jugaría si no?

—¿Y con quién se pelearía? —añadí mientras estábamos junto a la mesa de la cocina doblando las toallas para el pelo y las sábanas recién lavadas que usábamos para los muertos en uno de los insólitos días tranquilos de la funeraria.

Gareth y Niall ni siquiera se ponían de acuerdo con cómo jugar al Monopoly. Cada Navidad, cuando íbamos a casa de la familia Longley, se embarcaban en la misma discusión. Durante los primeros diez minutos todo iba viento en popa, pero entonces les salía la vena competitiva y uno empezaba a decir al otro que tenía que sacar tres veces dobles y no dos para salir de la cárcel.

—Las peleas son tan importantes como el amor a la hora de forjar una relación con alguien —se quejó Niall—. Además, no podemos tener un solo hijo, porque entonces tendría que cuidarnos solo cuando nos hagamos mayores.

—¿Es por eso que la gente tiene hijos, para que alguien se ocupe de ellos cuando sean mayores?

—Básicamente. Y también porque hay que incrementar la población para que alguien pague los impuestos que harán falta para que podamos cobrar nuestras cuantiosas jubilaciones del Estado.

—Vaya, qué conmovedor. Creo que deberías dejarme preñada ahora mismo.

—Por mí, encantado. —Niall soltó la toalla que estaba doblando y se me acercó, pero yo lo aparté de un empujón entre risas.

—No todo el mundo tiene hijos, Niall. Mira por ejemplo a Arthur y Teresa.

—Pensaba que era porque no podían concebir.

—Bueno, sí, es verdad.

—Al paso que vamos ni siquiera sabremos si podemos.

—Lo único que digo es que hay gente que no tiene hijos y es perfectamente feliz —dije desviando la conversación.

—Pero tú quieres tener hijos, ¿no? —Niall dejó de doblar toallas—. O sea, no estás diciendo que quieres tener hijos solo porque yo quiero tenerlos, ¿verdad? No estás haciendo eso, ¿no?

—Claro que no —contesté como si hubiera dicho una ridiculez.

Llegados a aquel punto yo también había dejado de doblar ropa y estaba ensimismada enrollándome con fuerza un hilo que había encontrado en una de las sábanas alrededor del dedo pequeño.

—Entonces, ¿cuál es el problema?

—Es solo que todavía no estoy lista. Todavía me parece un compromiso demasiado grande, sabes. Todo podría cambiar.

—Pero ya tienes treinta años, Jeanie. Por mucho que te quedaras embarazada ahora mismo, darías a luz a los treinta y uno. Y cuando viniera el segundo podrías tener ya treinta y cinco.

—Vaya, veo que lo tienes todo calculado. —Tiré del hilo que me había desenrollado del dedo cada vez con más fuerza hasta que lo rompí.

—Es mejor que los hijos no se lleven muchos años.

—Pero hoy en día la gente tarda más en tener hijos.

—Ruth y Cacahuete, no.

—No, ya sé que ellas no. Me refiero en general.

—Sí, pero al final acaban teniendo hijos. Nosotros ni siquiera hemos empezado a intentarlo.

—Ya lo sé, pero mira a Ruth y a Derry. Siempre están exhaustos. Y cuando salimos con ellos tienen que volver a casa a las diez.

—Pero se las arreglan. Son felices, ¿no? ¿A qué viene todo esto, Jeanie? No lo entiendo.

—Bueno… —dije, nerviosa, y me di cuenta de que tendría que confesar mis miedos a Niall—. ¿Y si el niño o la niña tiene lo mismo que yo?

—¿A qué te refieres?

—Ya sabes, a que pueda hablar con los muertos.

—Ah. ¿Y esto te asusta?

—Supongo que sí. O sea, no me gustaría que tuviera que vivir con ello. Mamá sufrió mucho por mí cuando se enteró. Sabía lo que me esperaba. Había visto a papá sufrir por tener que cargar con todas las revelaciones de los muertos, y eso sin tener en cuenta que los vivos pueden llegar a ser muy crueles.

—Pero ten en cuenta que tendrá la mitad de mis genes. Tal vez herede el gen de ser muy habilidoso con las manos.

—No tiene gracia, Niall.

—No he dicho que la tuviera. Supongo que no me había dado cuenta de cómo te sentías.

—Bueno, pues ahora ya lo sabes. No quiero que mis hijos tengan que soportar todos los comentarios crueles y los insultos. Seguro que te acuerdas, lo viviste de primera mano. No puedo hacerles esto. Y no es solo eso, este trabajo es muy complicado, nunca puedes tomarte ni un respiro. Te persigue cada minuto de cada día exigiendo que le prestes atención.

—Vale, a ver, un momento —cedió—. Nunca me lo había planteado así. Pero lo entiendo. Además, nunca se sabe, puede que no se lo transmitas. Mikey no heredó el don de tu padre. Y aunque lo heredaran nos tendrían a nosotros, y también a tu padre. Los ayudaríamos a salir adelante. No estarían solos.

—Pero yo tenía a papá y aun así me sentía sola.

—Pues nos aseguraremos de que ellos no se sienten así.

Me dedicó una sonrisa alentadora y asentí con resignación. Entonces me abrazó, me besó en la cabeza y me acurrucó contra su pecho.

CAPÍTULO VEINTIDÓS

E l día en que trajimos a Andrew Devlin, el amigo de papá, a la funeraria, Niall y yo trabajamos codo con codo prácticamente en silencio, como si fuéramos desconocidos extremadamente educados. No me miró a los ojos ni una sola vez a pesar de mis esfuerzos. Quedé agotada de procurar no disgustarlo todavía más con mis movimientos. Pero no interactuó en ningún momento conmigo, no me tiró ningún hilo al que poder agarrarme ni me lanzó ninguna miradita furtiva cuando estaba distraído; soportó su malestar como un verdadero profesional.

Al hacer una pausa vi que tenía tres llamadas perdidas de Ruth. Tras la última había dejado un mensaje.

«Jeanie, ¿has decidido dejar de hablarme? Quería explicarte lo de Niall. No podía negarme a ofrecerle la habitación de invitados. No a él. Somos amigos de toda la vida. Espero que lo entiendas. Odio esta situación. No quiero ponerme del lado de nadie. Tú también puedes contar conmigo, ¿de acuerdo? Así que más te vale llamarme. Llámame».

Le mandé un mensaje con un solo corazón como señal de que la entendía, pero me sentí incapaz de decirle nada más, por lo menos no todavía.

Terminamos a última hora de la tarde, y en cuanto Andrew estuvo vestido y listo dentro del ataúd, Niall se dirigió al pasillo y me dijo que iba a comer algo fuera aunque siempre comía en la cocina.

—¿No puedes esperar aunque más no sea un par de horas? Puede que Andrew se ponga a hablar y me gustaría que estuvieras por aquí por si necesito tu ayuda.

—Nunca antes te ha importado encargarte sola de todo esto.

—Ya, pero hasta ahora siempre habías estado cerca. Para mí significa mucho saber que estás en la cocina o en el despacho.

—¿Me estás diciendo que Jeanie Masterson necesita mi apoyo?

—¿Tan raro te parece?

—Sí, la verdad es que sí.

—Vale, sé que tenemos que hablar de todo lo que está ocurriendo entre nosotros, y quiero hacerlo, de verdad que sí. Pero ahora mismo tengo que encargarme de esto. Se trata de Andrew y necesito saber que estarás por aquí. ¿Podrías quedarte por aquí, por favor? —Estaba cansada y agobiada por toda la situación.

—¿Y no puedes llamar a Harry?

—No, Niall. Necesito que seas tú. Igual que siempre.

Niall consideró mis palabras durante unos segundos. Me sentí tan sumamente triste por tener que rogarle que hiciera algo que siempre había dado por sentado, porque nuestro destino nos hubiera llevado hasta ahí, hasta aquella vida en discordia.

—Además, ¿no debería ser tu padre quien estuviera en el velatorio con Andrew? Pensaba que habiendo tenido que hablar con tantas personas muertas agradecería poder charlar precisamente con Andrew.

—No es fácil cuando tienes una relación muy cercana con el muerto.

Niall suspiró pesadamente y se pasó la mano por la cara antes de girarse para recorrer el pasillo en dirección a la cocina.

Veinte minutos más tarde Andrew todavía no había dicho nada. Estaba empezando a preguntarme si tal vez Niall tendría razón, si debería ser papá quien estuviera aquí sentado y no yo. Tal vez mi presencia fuera el motivo de su silencio, pero de repente se puso a hablar y enseguida me lo contó todo.

—No quería irme, sabes, pero al final he exhalado mi último aliento casi con entusiasmo. Tenía el corazón demasiado deteriorado. Estaba listo. Y ellos también: mamá, papá y mis hermanos. En ese momento lo he visto bien claro, he visto que necesitaban que esto se acabase; ese cansancio gris, esos ojos tristes, esos labios preocupados que se habían quedado sin palabras pero seguían extrañamente crispados, dispuestos a articular cualquier cosa que pudiera aliviar aquel horror que se había prolongado durante tanto tiempo. Desde el momento en que la última operación no salió tan bien como los cirujanos esperaban fue como si ya tuviéramos la vista puesta en mi funeral. No podía retenerlos durante más tiempo en esta monotonía. Así que me dejé ir, les devolví sus vidas.

—Oh, Andrew, estoy segura de que tu familia no lo veía así.

—Venga, Jeanie, no quiero oír más clichés. Ya he oído bastantes.

—No pretendía…

—Por supuesto que no. Pero supongo que no tengo mucho tiempo, así que será mejor que usemos el poco que me queda para decir verdades.

—¿Has pasado miedo? —Normalmente no hacía aquel tipo de preguntas a los muertos, pero papá me había hablado tanto de Andrew que tenía la sensación de conocerlo aunque en realidad era la primera vez que hablábamos.

—Estaba aterrado. Y mi familia tenía peor cara que yo. Se lo he dicho tal cual. Así hemos podido reírnos de algo. Siempre va bien aligerar un poco el ambiente cuando la muerte está presente. —Tuve la sensación de que el humor de Andrew podría aligerar hasta el momento más oscuro.

—Sí, nosotros hemos llegado a la misma conclusión —Sonreí.

—Tu padre se ha portado muy bien conmigo, Jeanie. No sé qué habría hecho sin él.

—Pero ¿no se te hacía raro que un director funerario fuera a visitarte tan a menudo? ¿No pensabas que te había llegado la hora cada vez que entraba por la puerta?

—Me gustaba lo sincero que era con mi familia y conmigo sobre qué esperar de la muerte, pero también de la vida. Además, enseguida se me olvidaba a qué se dedicaba. Me gustaría creer que nuestra amistad significó tanto para él como para mí.

—Yo creo que sí.

—Nos hicimos confidentes. Compartimos pensamientos privados, secretos. Le conté que me había enamorado de una de las enfermeras. Tanya. Ella sí que sabía hacerme reír. Hablaba conmigo de verdad, no con ese deje lastimero de «eres un enfermo terminal». Charlábamos sobre las críticas literarias que había leído en el periódico; de los estrenos de cine, de política, de amores pasados, de platos favoritos, de mejores vacaciones, de peores citas… Simplemente conectamos. Adoraba cada una de las sílabas que pronunciaba.

—Vaya.

—Oh, no, no te hagas esperanzas. Me parece que ella no sentía lo mismo por mí. O puede que sí. Pero me daba igual. Sé que sonará un poco egoísta, pero la emoción que sentía al verla fue lo que me ayudó a salir adelante durante los últimos meses.

—¿Llegaste a contarle lo que sentías por ella?

—No, ni hablar. No podía arriesgarme a perderla. ¿Y si me hubiera contestado que no sentía lo mismo que yo? Habría dejado de venir a verme o peor aún, se habría comportado de manera distinta al interactuar conmigo. Me habría hablado con una versión diferente de sí misma, avergonzada e incómoda. Se habría acabado todo. No, era mejor que no dijese nada. Tú tienes a Niall, Jeanie, así que seguro que entiendes que el amor es inestimable.

—Eh, sí, claro. Por supuesto. —Golpeé suavemente el lateral de su ataúd con la uña del dedo índice, incapaz de mirarlo a la cara.

—Pero ¿tú te oyes a ti misma? —Estoy convencida de que, de haber podido, en aquel momento Andrew hubiera levantado un dedo y lo hubiera blandido ante mí—. Eso era lo que temía que ocurriera con Tanya, que si le contaba lo que sentía me respondiera con alguna evasiva como «no eres mi tipo».

—No era lo que quería decir. Pero, en cualquier caso, ¿qué habría tenido de malo que te hubiera contestado eso? Simplemente te habría querido de otra manera, ¿no habría sido suficiente?

—No, cuando esperas que alguien te corresponda con amor verdadero no es suficiente.

—Bueno, a veces no es tan sencillo.

—¿Ah, no?

—Bueno, para mí es como si hubiera distintos tipos de amor en el mundo —dije intentando expresar con palabras lo que siempre me había avergonzado creer en mi interior—. Del mismo modo que hay rosas de distintos colores o diferentes tipos de vientos, nubes y arañas.

—¿Arañas?

—Variaciones de una misma cosa. Algunos amores son apasionados, profundos y te aceleran el corazón, y en cambio otros son más calmados y cómodos; más fáciles, más seguros.

—Pero ¿eso no sería más bien una amistad?

—No. Bueno, vale, sí, todo amor es amistad. Pero luego acaba convirtiéndose en algo más, ¿no?, crece y se fortalece y, sí, también va echando raíces. Y después, con el tiempo, acaba apareciendo la pasión.

—¿Crees que debería habérselo dicho? —preguntó Andrew después de quedarse un momento en silencio.

—Tal vez. Tal vez deberías haberle dado una oportunidad a esa mujer. ¿Y si ella también te quería y ahora se arrepiente de no habértelo dicho antes de que te fueras?

—Mmm. ¿Hay palabras más bonitas en nuestro idioma que «te quiero»? ¿Y si se lo dijera como regalo de despedida? No lo sé; eso que dices del amor fácil y cómodo no me ha convencido del todo.

—Pero ¿no es por eso que estás aquí? Normalmente los muertos quieren que haga algo por ellos, que transmita algún mensaje de su parte. ¿No te has quedado por eso? ¿Para hablar conmigo de Tanya?

—Oh, sí, tu padre me contó todo lo que hacéis y lo mucho que ayudáis a las personas. Por cierto, ¿está por aquí?

—No, me temo que no. —En aquel momento me sentí cohibida al pensar que tal vez Andrew hubiera preferido que fuera papá quien estuviera hablando con él.

—Oh, no, no me has entendido, Jeanie. En realidad te lo estaba preguntando para asegurarme de que no estuviera por aquí. Le dije que no viniera. No quería que tuviera que pasar por esto. «Déjame con tu hija», le dije. «Si tengo algo que decir, ya se lo diré a ella».

Sonreí.

—Sabes, hace años, antes de que las funerarias nos apoderásemos de las almas muertas, a los muertos los lavaban y los vestían sus familiares, amigos o vecinos. No había otra opción.

—Bueno, en este caso me alegro de que vosotros os hayáis ocupado de todo. Mis familiares y amigos ya han hecho bastante por mí durante estos últimos años como para encima tener que pedirles que se encargaran de esto. Además, tenía ganas de conocerte. Tu padre me ha hablado mucho de ti. Me contó que se quería jubilar.

—Ah, eso.

—Tengo que admitir que lo animé a hacerlo. «Vive tu vida mientras puedas», le dije. —Le flaqueó la voz, cosa que en vida podría haber sido el preludio de un ataque de tos.

—Sí, bueno, para serte sincera, y ya que insistes con la honestidad, me está costando asumir que mi padre de repente haya decidido apostar por su libertad.

—Ah, qué bien un poco de honestidad. —Empezaba a costarle hablar, pero hizo un esfuerzo para continuar—. También lo animé a que fuera más honesto. «No te vayas sin decir todo lo que quieras decir. Cuéntaselo todo a esa chica», le dije. Y espero de corazón que lo haya hecho, Jeanie.

—¿A qué te refieres? —Solté una carcajada sorprendida.

—No me corresponde a mí... —La voz de Andrew siguió debilitándose y perdiendo su consistencia, se le empezó a romper y a cansar, alejándose cada vez más de mí.

—Quédate conmigo, Andrew, solo un poco más. Vamos a respirar los dos relajadamente. —Y aunque sabía que él ya no tenía ningún órgano funcional, ni diafragma, ni pulmones ni músculos para hinchar el pecho, esperé que el sonido de mi respiración fuera suficiente como para retenerlo. Le quedaba tan poco tiempo que supe que tenía que olvidarme de lo que había insinuado sobre mi padre y concentrarme en él—. Andrew, deberías decirme lo que quieres que haga por ti mientras puedas.

—Nada —consiguió decir. Apenas se le oía la voz—. Solo quería estar entre los vivos durante unos minutos más.

Era una petición muy simple, y sin embargo me pregunté si no habría algo más, si no se estaría conteniendo. Pero era demasiado tarde, el tiempo se le estaba acabando rápidamente y estaba llegando a su fin.

—¿Y por qué no? —dije—. Puedo seguir hablando si quieres.

—Hazlo, por favor. Así podré escuchar lo que se siente al estar vivo.

Ahora ya estaba muy lejos, yendo a la deriva.

Me quedé a su lado diez minutos más hablando conmigo misma a pesar de ser consciente de que Andrew ya se había ido, pero no me rendí hasta que estuve completamente segura de que ya no podía escuchar a los vivos.

Supe quién era Tanya por instinto. Me pareció que tenía cuarenta y pocos años y me resultó extrañamente familiar, aunque tal vez solo fuera porque Andrew me la había descrito tan bien con sus palabras que tenía la sensación de que ya la conocía. Cuando se acercó al ataúd de Andrew la observé posar los dedos sobre su hombro y me lo imaginé esbozando una sonrisa al notar aquel contacto prolongado, hasta que finalmente la chica se apartó y se dirigió hacia Sophie, Donal y los hermanos de Andrew. Los abrazó a todos, los rodeó con sus brazos y abrió las manos para acariciarles todo lo posible la espalda, y les susurró unas palabras al oído que no alcancé a oír porque estaba demasiado lejos, pero Donal casi se derrumbó en los brazos de la mujer que había cuidado tan bien de su hijo.

La observé tomar asiento entre la multitud, agachar la cabeza y no volver a levantarla hasta que papá indicó que era hora de que salieran todos los dolientes excepto los familiares más cercanos. Al verlo controlando el velatorio volví a preguntarme qué le habría confiado a Andrew, que era ese «todo» que el difunto esperaba que papá me hubiera contado. Mientras reflexionaba ayudé a Harry y Arthur a pedir a los asistentes que formaran una línea por el pasillo, el camino de entrada y la calle hasta la puerta de la iglesia tal y como la familia de Andrew había pedido. Dentro del velatorio la familia se despidió del difunto en privado antes de que papá y Niall colocaran la tapa del ataúd. A continuación ambos ayudaron a los padres y los hermanos de Andrew a alzarlo sobre sus hombros y a cargar con él en paralelo a aquella fila de honor detrás de papá. Arthur, Harry y Niall se pusieron a caminar lentamente detrás de ellos, por si acaso la carga se les volvía demasiada pesada.

Me quedé justo en el umbral de la puerta mientras los dolientes se iban uniendo al cortejo en silencio y arrastrando los pies en cuanto el ataúd les pasaba por delante. Era una línea que se doblaba sobre sí misma, una curva continua de personas, como si fuera una danza coreografiada. Mi trabajo consistía en esperar a que saliera todo el mundo de la funeraria, cerrar las puertas y seguir a los demás. Me distraje momentáneamente al ver la copa del sauce del parque cuyas ramas encorvadas sobresalían por encima del muro que nos separaba. Después de tanto hablar de amor con Andrew, me pregunté cuántos primeros besos habría presenciado aquel árbol desde que yo di el mío tantos años atrás. Me quedé tan absorta que no me di cuenta de que una de las dolientes se había apartado de la muchedumbre y me había dado un golpecito en el brazo.

—Hola —me dijo.

—Hola —contesté, y estreché la mano de aquella mujer de sonrisa ancha. Ahora comprendía por qué Andrew se había enamorado de ella.

—Puede que no me recuerde, pero soy Tanya. Atendieron a mi madre hace unos años, Mary Delaney.

—Ah, sí. Ya decía yo que su cara me sonaba de algo. Mary, por supuesto que la recuerdo. —¿Sería terrible admitir que no me acordaba de ella, no en aquel momento, no enseguida? Pero luego sí que me vino a la memoria. Estuve devanándome los sesos y finalmente la recordé; era una mujer encantadora, pero estaba desolada por haber muerto, por haber dejado a sus tres hijas y su marido de setenta y cinco años que, según ella, ni siquiera sabía poner la mesa. Sufrió mucho mientras estuve sentada a su lado escuchándola.

—Fue muy amable con toda la familia, y sobre todo con mamá. Nos dijo que estaba en paz y que no había sufrido. Nos ayudó mucho saberlo. Estábamos tan preocupados. —Apartó los dedos de mi brazo y se puso a juguetear con un pequeño collar de oro que llevaba alrededor del cuello mientras su sonrisa seguía iluminándole la cara—. ¿Ha podido hablar con Andrew?

—Oh, sí que hemos hablado. La verdad es que hemos estado charlando un buen rato.

—Me alegro. Lo que hace con ese don suyo para todos los que perdemos a alguien es maravilloso. Seguro que las palabras de Andrew serán un gran consuelo para su familia. Son buena gente y, por Dios, han sufrido tanto. —Miró hacia el otro lado de la calle. El ataúd estaba entrando por las puertas de la iglesia, por lo que la fila exterior de dolientes ya casi se había disuelto—. Lo echaré mucho de menos, ¿sabe? Era como un soplo de aire fresco en el hospital. La mayoría de los pacientes están demasiado abatidos por culpa del dolor, pero Andrew siempre me dedicaba una sonrisa.

—Andrew me ha dicho algo parecido de usted. Por lo que he entendido se habían convertido en buenos amigos.

—Sí, es verdad. Éramos buenos amigos. Nos gustaban las mismas cosas. Y me hacía reír. —Se le iluminó la cara.

Sonreí, tragué saliva y me pregunté si debería contarle que Andrew me había confesado que la quería. Cerré los ojos para intentar invocarlo y comprender si hacerlo sería un acto de traición. O si, de hecho, aquel impulso era fruto de mi propia desesperación y no tenía nada que ver con Andrew ni con la pobre Tanya, sino con que en aquel momento quería creer, no, más bien necesitaba creer que todos los amores, fueran del tipo que fueren, bastaban. Finalmente decidí tener fe en el amor.

—Andrew estaba enamorado de usted, ¿lo sabía? —Las palabras se escaparon de entre mis labios, se escabulleron rápidamente por si intentaba atraparlas y volver a meterlas para dentro. Erguí la espalda en un intento por aparentar confianza. Y entonces se me ocurrió que tal vez, a pesar de todas sus reticencias, era perfectamente plausible que Andrew se hubiera quedado por este motivo, para que pudiera transmitir su mensaje. A pesar de mi convicción reciente me apreté la mano derecha con la izquierda, como lo habría hecho Mikey, mientras esperaba la respuesta de Tanya, convencida de que justificaría el riesgo que había corrido. Estaba tan envalentonada que incluso añadí—: Me ha dicho que la quería y que no se le ocurría un regalo de despedida mejor que decírselo.

Estaba tan ensimismada en mis propios delirios que me negué a escuchar a Marielle, la mujer a quien ahora consideraba mi conciencia, sentada encima de mi hombro: «¿Por qué te metes, por qué dices cosas que los muertos no te han pedido que dijeras?».

—Oh. —La respuesta monosilábica de Tanya quedó ahogada por la tristeza, habló tan bajito que apenas la oí—. No me... ejem. Perdone, es que no me lo esperaba.

Dirigí la mirada hacia mi sauce y sentí que me invadía la vergüenza. Estaba tan desesperada que había impuesto mis tribulaciones amorosas a aquella pobre mujer inocente.

—No —protesté al ver que agachaba la cabeza—. No tiene que disculparse por nada.

—Andrew era encantador, realmente encantador, y nos hicimos buenos amigos. Es solo que...

—No, escúcheme, no tiene por qué hacer esto. —Junté las manos para suplicarle que no lo hiciera, pero en cuanto me despisté mis manos agarraron las suyas y se las apretaron con fuerza—. Lo siento mucho. No quería alterarla. ¿Quiere que le traiga un poco de agua?

—No hace falta, gracias.

—Oiga, Andrew solo quería que supiera que significaba mucho para él. —Mis manos seguían sujetando las suyas.

—Qué amable por su parte. —Reflexionó un momento y se mordió un poco el labio inferior antes de mirarme con ojos asustados—. Sabe, tal vez podría haberlo amado, incluso podría haberlo fingido para hacer que sus últimos días fueran mejores...

Marielle me habría dicho: «Lo ves, mira lo que has hecho».

—No sé si es lo que Andrew hubiera querido. —Le apreté todavía más las manos.

—No, supongo que no. —Observó la alfombra mientras seguía reteniéndola.

Yo también agaché la cabeza para examinar mis zapatos y mi propia vida, y oí la voz queda de Marielle en mi cabeza: «Esta es la razón por la que no hago nada que los muertos no me hayan pedido».

Finalmente la solté.

—Perdone, Tanya, todo esto es culpa mía. Debería haber reflexionado más detenidamente, pero a veces cometo errores. No debería haberle dicho nada.

Entonces la mujer alzó la cara que antes expresaba preocupación pero que ahora parecía mucho más tranquila y posó una mano sobre mi brazo aunque no mereciera ni una pizca de su amabilidad.

—Pero si Andrew se lo ha dicho tenía que transmitirme el mensaje, tampoco podía mentir. Sé que es lo que tenía que hacer.

Noté que se me humedecían los ojos. Aparté la mirada y asentí con la esperanza de poder contener las lágrimas y no seguir liando a Tanya en mis enredos, en los enredos de los Masterson. Dejé que creyera que tenía razón, que me había comportado así por la presión de ser la mensajera y no porque fuera una esposa mentirosa que dividía el amor en tipologías que le parecían aceptables y lo comparaba ni más ni menos que con arañas.

—Ha sido un día duro —dije secándome las mejillas porque me habían caído un par de lágrimas traicioneras—. Más duro de lo que esperaba.

—No pasa nada, en serio. —Tanya me estrechó entre sus brazos igual que había hecho con Donal. No merecía ningún consuelo, pero aun así dejé caer la cabeza sobre su hombro—. No puedo ni imaginarme lo duro que debe de ser su trabajo.

Solté una pequeña carcajada mientras me recomponía y me aparté de aquel abrazo que no quería que se acabara.

—Pues imagino que igual de duro que el suyo.

—No, no lo creo.

Nos quedamos un momento ahí de pie, sonriendo, y volví a secarme las mejillas antes de que Tanya finalmente hablara de nuevo.

—Bueno, será mejor que vaya tirando. Me gustaría estar presente durante la ceremonia. —Me dedicó una sonrisa tensa que parecía estar llena de culpa por no haber amado a Andrew y por estar a punto de abandonarme—. ¿Está segura de que se encuentra bien? Podría pedir a alguien de la funeraria que saliera para hacerle compañía si quiere.

—No hace falta, en serio. —Estaba tan avergonzada por lo que había hecho que quería que me tragara la tierra—. Váyase tranquila. Estoy bien. Enseguida iré a la iglesia, pero primero tengo que cerrar la funeraria con llave.

—De acuerdo. Bueno. Me alegro de volver a verla, Jeanie. Y siga con lo suyo, me refiero a escuchar a los muertos. Es muy importante.

Levanté la mano para despedirme de Tanya, que se giró y apresuró el paso para alcanzar a Andrew, el hombre que no me extrañaba que se hubiera enamorado perdidamente de ella.

CAPÍTULO VEINTITRÉS

—¿Jeanie? —exclamó mamá sorprendida mientras cerraba las puertas de la sala de estar y se acercaba hacia mí—. ¿No deberías estar en la ceremonia?

Seguía de pie junto a la puerta abierta, alterada por todo lo que le había dicho a Tanya.

—Ahora voy. Solo estaba... —Eché un vistazo dentro de casa para encontrar algo que pudiera fingir que «solo estaba» haciendo. Pero no me quedaba energía para inventarme nada, así que dejé la frase a medias.

Mamá alzó la mano para quitarme una pelusa de la chaqueta.

—¿Estás bien, amor mío? Me parece que desde que te contamos que tenemos intención de jubilarnos pronto no has estado muy fina, ¿no?

Mi madre no podía resistir la tentación de tocarme el pelo si estaba a menos de un metro de mí, y aquella vez no fue distinto. Me apartó un rizo suelto de la mejilla con una delicadeza que agradecí.

—Se te ha corrido el rímel. ¿Ya te han vuelto a alterar los muertos?

—Estoy bien. No es nada. Estoy cansada, eso es todo.

Observé a la muchedumbre que había venido a despedirse de Andrew entrar poco a poco en la iglesia.

—¿De verdad? ¿Estás segura?

—Sí —dije cada vez más impaciente, como solo pueden estarlo las madres con las hijas. No quería tener que admitir la estupidez que había cometido con Tanya.

En aquel momento papá salió de la iglesia para hablar con los dolientes que todavía estaban haciendo cola para entrar y les indicó dónde había asientos libres.

—Mamá —dije observando cómo trabajaba papá mientras me recobraba un poco—. Andrew me ha dicho algo un poco extraño antes de irse. Me ha dicho que esperaba que papá se sincerara conmigo y me lo contara todo. ¿A qué crees que se refería?

—¿En serio? —preguntó riéndose más de lo que la situación requería—. Qué raro que te haya dicho eso. Ojalá no dieras tanta importancia a todo lo que dicen los muertos.

—Me estáis ocultando algo, ¿verdad?

Ignoró mi pregunta y optó por centrarse en observar a papá disculpándose con un gesto de cabeza ante los dolientes que quedaban y diciéndoles que la iglesia ya estaba llena y que tendrían que permanecer donde estaban.

—Papá está enfermo, ¿verdad? Por eso se llevaba tan bien con Andrew, porque empatizaba con lo que le estaba ocurriendo. ¿Se está muriendo?

Me invadió el pánico pero mamá no dijo nada, solo me condujo por el pasillo hasta que estuvimos lo bastante lejos de la calle como para que ningún transeúnte pudiera oírnos, y entonces me agarró las manos y me miró directamente a los ojos.

—Jeanie, tu padre no está enfermo. Te lo prometo. ¿De verdad crees que sería capaz de guardar un secreto tan grande y no contárselo a nadie? Pondría el grito en el cielo. Llamaría a los mejores especialistas del país, no, qué digo, de toda Europa.

Me dejé caer sobre uno de los bancos del pasillo, aliviada y agotada. Me eché a llorar de nuevo. Me sentía sobrepasada por todo: por el fiasco con Tanya, por la discusión con Niall, por la presión del negocio y, ahora, por el alivio de que por lo menos papá estuviera bien.

—Pero entonces ¿a qué se refería Andrew? —conseguí preguntar entre sollozos.

No me respondió de inmediato pero desvió la mirada primero hacia las puertas cerradas de la recepción y la sala de exposición, y luego hacia el velatorio que ya no albergaba ningún muerto pero cuyas sillas habían quedado desordenadas después de que la muchedumbre se hubiera ido. Suspiró profundamente.

—Este lugar tendría que empezar a rendir cuentas.

—¿A qué te...? —pregunté alzando la cabeza, pero antes de que pudiera acabar de hablar me interrumpió.

—¿Niall y tú estáis bien, Jeanie? Ayer lo oí marcharse en mitad de la noche.

Al escuchar aquello volví a echarme a llorar.

—Es todo tan complicado, mamá —solté.

—Oh, cariño. Este sitio tiene una influencia extraña en la gente. Las paredes están malditas. Estoy convencida. Es por todos los secretos y la aflicción que traen los muertos consigo. Te aseguro que no echaré de menos esta pesadez, Jeanie. —Posó una mano sobre mi hombro y me lo masajeó hasta que me calmé un poco.

—No puede haber sido para tanto. A papá y a ti siempre os he visto bien. —Me sequé las lágrimas que se me habían quedado en las mejillas.

—Ah, hemos tenido nuestros momentos, créeme. Pero ten en cuenta, Jeanie, que yo tenía una escapatoria. La peluquería que tengo justo al lado. Pero tú eres como tu padre, siempre estás aquí, vives, comes e incluso respiras en este sitio. No era la vida que imaginaba para ti, ¿sabes? Pero desde bien pequeña siempre has estado contenta de estar aquí.

—¿Por qué no me dijiste que me fuera cuando tuve la oportunidad?

—¿No recuerdas que intenté convencerte para que fueras a la universidad? Pero no quisiste ni oír hablar del tema. Si te hubiera obligado a ir me habría convertido en la peor madre del mundo.

—Lo sé —reconocí. Asentí con la cabeza y la bajé, avergonzada por lo mucho que había insistido en quedarme cuando había tenido al alcance de la mano la posibilidad de hacer otra cosa a los dieciocho años. Ojalá la hubiera escuchado un poco más y la hubiera visto como la aliada que en realidad era.

—Además, Harry y tu padre no habrían vuelto a dirigirme la palabra. Eras su regalo. Hablabas con los muertos como si fueran tus amigos o algo. No te suponía ningún esfuerzo. Y parecías genuinamente feliz con el trabajo cuando pasaste a dedicarte a ello a tiempo completo. Y luego, cuando empezaste a salir con Niall y él se vino a vivir a casa parecía todo cosa del destino, era perfecto. Y no solo para ti, también para nosotros. Me gustaba que tu padre os tuviera a ambos allí para compartir la carga.

Me apretó el hombro.

—En serio que no sabía que no estabas bien. Aunque es verdad que este último año te he visto cansada, cariño. Pero pensaba que se debía a cosas normales de pareja. Ni se me había pasado por la cabeza que pudiera ser por culpa del negocio. Debería habértelo preguntado. Lo siento, cariño.

—No, mamá —dije—. Esto no es culpa tuya.

—No lo sé, tal vez no deberíais haberos mudado a vivir con nosotros cuando os casasteis. Seguro que ha supuesto mucha presión para vuestra relación trabajar y vivir aquí, por no mencionar que habéis tenido que aguantarnos.

—No, no, os habéis portado muy bien —protesté.

—Hubo un momento en que tu padre y yo hablamos de comprarte una casa. Pero, como ya te he dicho, ambos parecíais ser felices aquí. Y luego empezamos a pensar en nuestra jubilación y al final decidimos que seríamos nosotros los que nos mudaríamos. La verdad es que nos pareció la solución perfecta.

—Mira —dije intentando sonreír y fingir que su plan de huida no había sido el catalizador del malestar que llevaba arrastrando durante toda la semana—. Es solo que echaré de menos trabajar con papá. Significa tanto para mí poder compartirlo todo con él. Me sentiré sola si no está.

—Oh, cariño. —Volvió a acariciarme el hombro vigorosamente y luego apoyó ligeramente su cabeza contra la mía y las dos mujeres de la familia Masterson nos quedamos ahí, perdidas en nuestras cavilaciones—. Deja que hable con tu padre. No deberías sentirte sola llevando el negocio. Lo arreglaré, cariño. Te lo prometo. Tú déjame a mí.

Se quedó mirando la puerta del vestíbulo como si ya se viera diciéndole a mi padre que tenía que ayudar a su hija. Y, a pesar de que no creía que hubiera ninguna solución para no perder a la persona de la que tanto dependía, las palabras de mi madre me consolaron y me hicieron esbozar una sonrisa genuina.

—¿Y sabes qué? —añadió, y apartó el brazo para poder golpearse las rodillas como si se le acabara de ocurrir la solución ideal—. Tampoco tienes que hacerte cargo del negocio si no quieres, Jeanie. Podríamos venderlo. La familia Feeney de Dublín hace años que intenta comprárselo a tu padre.

—Pero, entonces, ¿a qué me dedicaría? Es lo único que sé hacer. —Era un cúmulo de contradicciones; la sola idea de quedarme sin mi red de seguridad me daba pavor a pesar de que aquella red era precisamente lo que me preocupaba.

—Estoy segura de que encontrarías algo a lo que dedicarte si quisieras —dijo, entusiasmada—. De pequeña te encantaba la repostería, tal vez podrías trabajar en un catering. ¿Recuerdas que tiempo atrás fantaseaste con abrir una cafetería?

—Pero ¿qué harían los muertos si no estuviéramos ni papá ni yo? No podrían hablar con nadie de la familia Feeney.

—Los muertos están muertos, Jeanie. No tienen derecho a decidir sobre tu vida.

—Bueno, pues sus familiares, ¿qué pasaría con ellos? Papá siempre dice que en realidad se trata de ellos.

—Sus familiares tampoco tienen derecho a decidir sobre tu vida. A mí, quien me preocupa más es la persona viva que tengo delante. —Me dio unos golpecitos en la rodilla—. Mira, lo primero que tienes que hacer es arreglar las cosas con Niall.

Tenéis que estar unidos. Excepto por un par de cosas con las que nunca estaré de acuerdo con tu padre, por lo menos estamos lo bastante unidos como para saber que nuestro amor es lo suficientemente fuerte como para salir adelante. Si consigues arreglar eso, podrás arreglar todo lo demás. Y deja que mientras tanto hable con tu padre. Seguro que podrá solucionar aunque sea una parte de este lío.

Intenté entusiasmarme tanto como ella, fingir que todo era tan fácil como sonaba, así que sonreí y asentí con la cabeza. Me costó, porque cuando era más joven siempre corría a buscar consuelo en papá en vez de en ella y porque, cuando era adolescente, mi madre me chinchaba para que extendiera las manos y me las frotaba suavemente con su querida crema de manos de manteca de karité desorbitadamente cara.

—Muy bien, eso está mejor. —Secó la única lágrima que quedaba en mi mejilla—. Ahora dame la chaqueta.

—¿Qué?

—Dámela. Venga, vamos. —Señaló mi chaqueta negra—. Voy a sustituirte en la iglesia. Por suerte trabajo en una peluquería y siempre voy vestida de negro.

—Bueno, tu camiseta brilla un poco.

—Por eso te he pedido la chaqueta.

—Pero si no sabrás qué hacer.

—¿De verdad crees que no os he observado lo bastante a tu padre y a ti durante todos estos años como para no saber lo que tengo que hacer? Tú vete a arreglar tus cosas. Y queda con tu marido cuando termine de trabajar. Averigua qué es lo que queréis. Esta es tu oportunidad.

—Niall quiere un perro —dije mientras me quitaba la chaqueta y se la tendía.

—¿Un perro? Por lo menos no es un Ferrari. Saldrá más barato. Pero será más apestoso.

La observé mientras se ajustaba la chaqueta para que le quedara bien puesta. Estiró los brazos para ver hasta dónde le llegaban las mangas.

—Dios mío, los sesenta no me han sentado muy bien, ¿no? Me viene un poco pequeña, pero servirá. Por suerte has heredado mi constitución delgada.

Me dio un beso en la frente y acto seguido se dirigió hacia la puerta. Se detuvo junto al umbral durante un segundo, respiró profundamente y luego asintió para sí misma antes de cruzar la calle como si fuera una guerrera, y entonces recordé que había heredado tantas cosas de mi madre como de mi padre.

CAPÍTULO VEINTICUATRO

A las nueve de la mañana del día siguiente, una hora antes de la misa funeraria de Andrew Devlin, Niall entró por la puerta como si dos días antes no viviese en esa casa, como si no llevara cuatro años casado conmigo, y como si anoche no hubiera conseguido esquivarme para disgusto de mi madre, ya que en vez de regresar a la funeraria al acabar su turno se había escabullido a casa de Ruth antes de que pudiera interceptarlo.

Estaba en la cocina y llevaba ahí esperándolo desde las ocho de la mañana. Había observado a Niall por la ventana mientras charlaba con Mikey, lo había oído abrir la puerta del patio y dirigirse al ala sud de la casa, bien lejos de mí, directamente hacia la sala de embalsamar. Me contuve para no seguirlo enseguida, no quería agobiarlo o parecer muy desesperada. Pero entonces se me ocurrió que tal vez eso era lo que Niall quería ver, que lo necesitaba, y aquella idea me desconcertó todavía más. No sabía qué hacer.

Así que volví a sentarme en la mesa con la taza de té fría, el trozo de pan que todavía no había tostado, la mantequilla que no había untado y la mermelada que no había esparcido aunque mamá me la hubiera dejado fuera de la nevera antes de irse a trabajar. No tenía hambre, y de hecho me preguntaba si alguna vez volvería a tener ganas de comer. Desde la lavandería me llegó el ruido de la lavadora centrifugando las toallas que Harry había puesto a primera hora de la mañana. Las había subido desde la sala de embalsamar sin mencionar que habría que haber puesto la lavadora el día anterior y que no debería estar ocupándose ella.

Le había ofrecido una taza de té, pero la había rechazado.

—¿Has visto a mi hermano por aquí? —me había preguntado.

—No. Todavía no. Puede que ya se haya ido a recoger a la familia de Andrew.

—¿Cómo está llevando su muerte?

—Creo que todo lo bien que cabría esperar.

Pero en realidad no lo sabía. La noche anterior se había quedado con mamá charlando un buen rato con la familia de Andrew después de la ceremonia. Incluso se habían ido con ellos a tomar tranquilamente una copa en el Hotel Carmichael, me había contado mamá a primera hora de la mañana. Cuando regresaron a casa por la noche yo ya me había metido en mi habitación y no tenía intención de salir. Cacahuete me había llamado, pero al igual que las otras cinco veces a lo largo de aquellas dos últimas noches, no me quedaban fuerzas para volver a oírme contar mis penas.

Harry había echado un vistazo por la cocina y se había fijado en la comida intacta que tenía delante.

—Tengo la sensación de que hoy el ambiente de la casa es más bien triste. ¿Estás bien, Jeanie?

Había asentido y había bajado la mirada hacia las manos que tenía apoyadas encima de la mesa hasta que se había ido, y me sentí culpable por estar ocultándole todo.

Sonó el teléfono y me asusté. Había muchos teléfonos esparcidos por toda la casa que nos avisaban de si alguien requería nuestros servicios a horas intempestivas. A través de la puerta abierta de la cocina eché un vistazo al teléfono que había en el pasillo y luego al que estaba en la punta de la encimera de la cocina, y me pregunté a cuál llegaría primero o si me molestaría siquiera en contestar. Se detuvieron después de sonar tres veces, seguramente porque alguien había descolgado el teléfono que había en el despacho. Esperaría a que finalizara la llamada y luego saldría al pasillo y la utilizaría como excusa para hablar con Niall, le preguntaría quién había llamado; sería la manera perfecta de romper el hielo. Me mentalicé y me armé de valor mientras guardaba la mantequilla, la mermelada y el pan, vaciaba la taza y pasaba un trapo por la encimera y la mesa. Me lavé las manos y saludé por la ventana a mi hermano que en aquel momento me estaba mirando desde su cobertizo. Volví a dejar la toalla en el gancho del armario de debajo del fregadero y me dirigí hacia la puerta sin percatarme de su repentina presencia; me encontré a Niall de pie en medio de la cocina, inmóvil.

—¡Qué susto, por Dios! —Me llevé la mano al pecho, alarmada, y me sorprendí al oírme reír.

—Jeanie, acabamos de recibir una llamada. —Me habló con delicadeza y puso la expresión más dulce que le había visto poner en toda la semana, por lo que me dejé de frivolidades incómodas e inapropiadas.

—Sí, he oído los teléfonos. De hecho estaba a punto de bajar para preguntarte quién había llamado. —Niall se me acercó sin alterar la expresión de la cara y empecé a preocuparme—. ¿Qué ocurre, Niall? ¿Se trata de papá? —Temí que papá hubiera perdido el conocimiento, que le hubiera dado un ataque al corazón o un derrame cerebral. Seguro que mamá me había mentido para protegerme de la verdad.

—No, no. —Niall alargó la mano para tranquilizarme—. No se trata de tu padre. Se trata de…

Ladeé la cabeza y entrecerré los ojos con curiosidad.

— … Fionn.

Me lo quedé mirando con la esperanza de estar manteniendo la compostura a pesar de estarle ocultando que la sola mención de aquel nombre me había alterado el estómago.

—¿Fionn, Fionn Cassin? ¿De verdad acaba de llamar?

—No, Jeanie. Me temo que… ha muerto.

Durante un segundo, un breve segundo silencioso, sonreí vacilante y luego me detuve.

—¿Cómo que ha muerto? Eso es ridículo.

—Murió hace tres días.

—Pero… —intenté decir, y acto seguido me quedé en silencio, ya que las palabras se me fueron de la cabeza tan rápido como habían llegado.

—Me han dicho que de cáncer de colon. Por lo visto justo antes de morir pidió que lo trajeran aquí, a nuestra funeraria.

De repente me encontré sentada de nuevo en la silla de la que acababa de levantarme. No recordaba haber cruzado la habitación desde donde estaba Niall hasta la mesa. Se me había ido de la cabeza que ahora tenía presa del pánico. Pero en cambio sí recuerdo haber contemplado las migajas que no había limpiado bien. Me pareció ridículo que en el que probablemente fuera el mayor momento de pérdida de mi vida mi cerebro estuviera preocupado por si debería levantarme para ir a buscar un trapo o arrastrar las migajas con una mano hasta que cayeran dentro de la otra o tirarlas al suelo sin más.

—Ya está embalsamado. Lo tienen todo dispuesto para traerlo en avión esta misma tarde si nos parece bien. Les he dicho que sí. He hecho bien, ¿verdad?

—¿Cáncer? —Puse su pregunta en cola a la espera de que mi cerebro se pusiera al día y lo procesara todo—. No lo entiendo. ¡Pero si solo tenía treinta y dos años! —imploré a Niall como si él tuviera alguna respuesta.

—No me han dado más detalles. —Levantó los hombros y los dejó caer como si le decepcionara su propia ignorancia—. Pero, Jeanie, ¿te parece bien que les haya dicho que lo trajeran a la funeraria?

Creo recordar que tardé mucho en asentir, como si estuviera borracha y fuera incapaz de coordinar mi propio cuerpo. La orden finalmente se transmitió y conseguí asentir, pero solo una vez y sin apartar la mirada de las migajas. Empecé a empujarlas con un dedo juntándolas en un montoncito.

—No tienes que verlo ni hablar con él si esto te supera, Jeanie. Sabes que tu padre puede encargarse de todo.

—No —dije negando con la cabeza, pero no añadí nada más, no me salió ninguna palabra más. Estaban atascadas, como yo, que me sentía incapaz de moverme excepto para levantar la cabeza lo justo para comprobar que Niall me había entendido y que nadie me impediría ver a Fionn.

—Oye, la misa y el entierro de Andrew están a punto de empezar. —Niall se me acercó pero se quedó a un par de metros de mí.

—Ah, sí, me había olvidado. —Intenté levantarme porque no era justo, no era justo que Niall me viera en este estado por otro hombre. Se acercó para acariciarme el brazo y posó su mano maravillosa e indulgente sobre mi espalda para que me sentara de nuevo en la silla.

—Quédate aquí, Jeanie. No estás en condiciones. Ya le he dicho a Mikey que se vistiera. Harry también está por aquí y Arthur se ha tomado el día libre de correos, así que todo saldrá bien. ¿Estarás bien si te quedas aquí sola? Podría pedirle a tu madre que viniera un momento o llamar a Ruth.

—No. Estaré bien. —Me obligué a pronunciar aquellas palabras para que Niall no viera que me estaba rompiendo por dentro, que una avalancha de grietas se estaba abriendo paso por cada recoveco de mi interior—. Estoy un poco conmocionada, eso es todo. Ve. No podemos dejar tirado a papá, hoy no.

—De acuerdo —contestó Niall mirando hacia la puerta—. Volveremos más o menos hacia las dos, lo sabes, ¿no?

—Pues claro. No te preocupes. Ve. —Le hice gestos para que se fuera, pero justo al llegar a la puerta volvió a girarse.

—Ya me encargaré yo de decírselo a Ruth, pero ¿qué hay de Cacahuete? ¿Le mando un mensaje? —En la expresión de Niall no quedaba ni rastro del dolor y la rabia de los últimos días. Solo la amabilidad a la que estaba acostumbrada.

—Oh. —Bajé la mirada hacia mis manos que descansaban flácidas sobre mis muslos y recordé la última vez que había visto a Fionn y a Cacahuete juntos en aquel escalón frío de

Londres el día en que los labios de Fionn habían buscado los míos y me habían prometido su amor y mi salvación. Asentí afirmativamente.

En cuanto Niall salió de la cocina enseguida me levanté, me llevé la mano a la boca para asegurarme de que la pena no se me escapara antes de tiempo, apoyé la cabeza contra la puerta de la cocina y escuché. Hasta que no oí la puerta principal cerrándose, las quejas de mi hermano y el coche fúnebre arrancando no lo solté todo: los gemidos que se convirtieron en gritos, las lágrimas que formaron una cascada. La energía que me había mantenido en pie hasta aquel momento se esfumó, y deslicé la espalda por la puerta hasta terminar tirada en el suelo de la cocina mientras mi cuerpo se agitaba y convulsionaba por la pérdida de Fionn.

Horas más tarde, después de que enterraran a Andrew en Ballyshane, de que papá y mamá asistieran al piscolabis en el Hotel Carmichael, de que Mikey hubiera vuelto a encerrarse en su cobertizo para aislarse del mundo y de que me hubiera pasado horas tumbada en la cama pensando solamente en Fionn y yo, en las vidas que habíamos tenido y en las que nunca habíamos vivido, Niall y Arthur condujeron hacia el aeropuerto para traer a Fionn a la funeraria. Después de que Niall le echara un vistazo, se asegurara de que no hubiera sufrido ningún desperfecto durante el viaje y retocara lo que fuera necesario, llevó a Fionn al velatorio, puso mi taburete junto a su ataúd y vino a avisarme de que ya estaba todo listo. A Niall se le veía la cara cansada y desgastada, incluso la tenía rojiza en algunos puntos debido a todos los eventos del día. Y por primera vez en mucho tiempo sentí la necesidad de tocar a mi marido, de ponerle la mano en la mejilla en señal de gratitud, amor y disculpa por obligarlo a lidiar con todo aquello. Me besó la palma de la mano y me la soltó antes de alejarse.

No me adentré mucho en el velatorio, sino que me detuve junto al umbral de la puerta y me agarré al marco para observar el ataúd de roble con las barras y los herrajes tan pulidos que brillaban. Seguro que era lo último que había hecho Niall, comprobar que no hubieran quedado huellas ni manchas en ningún sitio. Y entonces me moví con rapidez y cerré todas las puertas para mantener al resto del mundo fuera de la habitación antes de acercarme cerrando y abriendo los puños repetidamente y soltando aire entre mis labios sellados en un intento por prepararme.

A pesar de que Fionn estuviera más delgado y de que su pelo, o lo que quedaba de él, fuera corto, escaso y blanquecino, sin lugar a dudas seguía siendo el hombre al que amaba. Si no hubiera sabido que no lo había embalsamado Niall, habría jurado ante un tribunal que gracias a su destreza parecía que Fionn simplemente estaba dormido y que en cualquier momento despertaría y me sonreiría adormilado.

Temblé al tocarle las manos erosionadas y venosas que parecían las de un hombre de sesenta y cinco años, no las de uno de treinta y dos. Había visto tantas veces aquel desgaste, aquel deterioro. Las manos nunca mienten. Y sin embargo para mí seguían siendo igual de preciosas que el día en que me habían hecho dar vueltas en medio del pasillo C y me habían indicado cómo y hacia dónde mirar cuando me convertía en su modelo reticente. Yacían inmóviles y exhaustas sobre su estómago desprovistas de toda cámara, incapaces de poder volver a capturar el mundo en un solo segundo.

Observé la cara que había besado tantas veces, aquella concavidad en su hombro donde mi cabeza descansaba perfectamente cuando mirábamos una película o teníamos la casa para nosotros solos y nos tumbábamos en la cama para recuperar el aliento, aquel pecho sobre el que había posado la mano para sentir el latido de su corazón y que había rodeado con mis brazos antes de que se girara y se marchara de Kilcross. Y aquellos labios que sonreían divertidos al escuchar mis historias sobre los muertos o simplemente al verme entrar en la habitación.

También contemplé el traje azul marino que resaltaba la blancura de su camisa impecablemente planchada. Los emblemas bordados en ambas solapas sugerían que era cara. No llevaba corbata. El cuello de la camisa se alzaba tenso y orgulloso. Llevaba el primer botón desabrochado, dejando una pequeña apertura. Se intuía la depresión entre ambas clavículas, pero no quedaba a la vista. Aquellas piernas que me habían hecho correr para poder seguirles el ritmo cuando caminábamos juntos, porque dos zancadas mías equivalían a una de las suyas, yacían inmóviles y musculosas como si esperasen el disparo de salida. Llevaba unas botas de cuero que parecían haber recorrido mil caminos y haber subido centenares de colinas para encontrar la cara, el horizonte o las manos perfectas para capturar en una fotografía para toda la eternidad. ¿Había sido Al o Jess quien había decidido ponérselas para sus últimos momentos en la Tierra? Tal vez ambos se habían arrodillado en silencio sobre el suelo de la cocina cubierto de papel de periódico, Al con el cepillo y Jess con el abrillantador, para asegurarse de que su hijo tuviera el mejor aspecto posible con sus zapatos más preciados.

—Jeanie.

De repente oí su voz, sonaba apresurada y asustada, como si hubiera estado aguantando la respiración durante mucho tiempo.

—¡Fionn!

Estaba convencida de que sería imposible que hubiera aguantado durante todo este tiempo, y me había repetido a mí misma una y otra vez durante toda la tarde que no me hiciera ilusiones por oír su voz, y sin embargo ahí estaba, conmigo, junto a mí, en mi oído. Mío, todo mío.

—Has esperado.

—He hecho un gran esfuerzo para llegar hasta aquí.

—Has vuelto a mi lado —dije riendo a pesar de estar llorando.

—La chica que nunca se creyó especial y que sin embargo ahora que estoy muerto es la única que puede oírme. —Hizo una pausa, aliviado por haber llegado a su destino—. ¿Lo entiendes ahora, Jeanie? Para todos los demás ya me he ido, pero para ti sigo estando vivo.

Volví a inclinarme sobre él y le toqué la mejilla, que la tenía helada. Desterré de mi mente aquella vocecilla que me advertía que, por mucho que Fionn hubiera aguantado tantos días y me estuviera hablando, en realidad ya no estaba allí. No le presté mucha atención. En cambio al tocarlo me imaginé que seguía corriéndole sangre caliente por las venas, que todavía notaba su pulso bajo la piel, y sonreí ante aquel regalo de presencia, de vida, de aliento que no le hinchaba el pecho.

—Jeanie, ¿cuánto tiempo tengo contigo, cuánto dura esto? Creo que no me quedan muchas fuerzas.

Cerré los ojos al oír aquellas palabras que amenazaban con romper la fantasía que acababa de crearme, de nosotros dos juntos para siempre bajo la luz tenue de aquella habitación a salvo de todo.

—Jeanie, ¿sigues ahí? ¿Me oyes? —Su voz transmitía preocupación por aquel silencio que lo volvía tan vulnerable como si fuera un hombre ciego sin bastón, sin eco y sin perro para guiarse.

—Estoy aquí. Estoy aquí, a tu lado. No me voy a ir a ninguna parte. Siempre y para siempre. —Solté una risita ligera para intentar ocultar mi desesperación—. ¿Lo sabías? —susurré observándole los labios como si fueran a moverse—. ¿Sabías que te estabas muriendo cuando nos encontramos en tu exposición, cuando me dijiste todas esas cosas?

—No. Me enteré el año pasado.

—Pero… ¿Por qué no me dijiste nada? Podría…

—¿Qué, Jeanie? ¿Qué podrías haber hecho? ¿Abandonar a Niall, abandonar este lugar? ¿Venir a cuidarme? —Sus palabras se quedaron flotando en el aire, avergonzándome y silenciándome—. Mira, Jeanie, ahora es cuando te necesito. Más de lo que te he necesitado nunca.

Aquello fue suficiente como para hacerme regresar del borde de la desesperación.

—De acuerdo —susurré débilmente, dándole permiso para empezar.

—He venido hasta aquí para asegurarme de que oigas unas palabras y se las digas a la mujer de mi vida.

¿A la mujer de su vida? A la mujer de su vida. No esperaba que me saliera con la mujer de su vida. No me gustaba que tuviese una mujer de su vida. Quería que aquel momento fuera solo para nosotros dos. Siempre habíamos sido él y yo por mucho que hubiera otras personas en nuestras vidas, ¿o es que no se acordaba?

—Tia —dijo—. Tia, mi hija.

¡Tenía una hija! Había creado una vida con alguien que no era yo. La criatura que tiempo atrás pensaba que sería nuestro tesoro al final había resultado ser la fortuna de otra persona. Aquella información supuso un golpe tan fuerte para mi corazón que apenas pude soportarlo, pero me quedé junto al ataúd, obligándome a resistir, negándome a soltar ni un solo gemido que pudiera impedir que Fionn siguiera hablando.

—La niña tenía cuatro años aquella última vez que nos vimos en Kilcross. Quería hablarte de ella. Me moría de ganas de que supieras tantas cosas que hice un último intento desesperado por volver a conquistarte. Pero parecías tan feliz y convencida de que tu vida con Niall era tan… —Dejó la frase a medias.

—¿Y su madre? ¿Estáis…? —En realidad no quería saber la respuesta a aquella pregunta que le había lanzado con tanta valentía y timidez a la vez. Pero no saberlo me dolería lo mismo.

—No estoy con Ife. Solo tuvimos un romance efímero hace diez años, pero de allí salió algo maravilloso.

Desde el momento en que pronunció su nombre supe que se trataba de la mujer que lo había visto besar en su portal. Por lo visto aquel recuerdo seguía doliéndome igual que el día en que me había hundido en el suelo junto a la parada de metro.

—Me parece que una vez os vi juntos. Era la mujer más guapa que había visto en toda mi vida. Cumplía veintidós años y vine a Londres a visitarte por sorpresa. Os vi a los dos en el portal de tu piso del barrio de Kennington.

Nos detuvimos un momento para digerirlo todo en el vacío del silencio.

—No lo sabía —dijo Fionn con voz triste de nuevo—. No te vi.

—En aquel momento no estábamos juntos. No nos debíamos nada, así que tampoco hiciste nada malo. Después de aquello fue cuando decidí rendirme, dejar de pensar que acabaría encontrando la manera de marcharme de aquí.

—Oh, Jeanie. Lo siento.

—Y luego, bueno, pasó lo de Niall. Y aquí estamos.

La habitación volvió a quedarse en silencio desprovista de nuestras voces, de nuestras posibilidades, completamente vacía excepto por el pasado que habíamos desperdiciado, y por un momento el carrete con las fotografías de nuestros recuerdos se desplegó ante nosotros.

—Sabes qué, siempre le hablo de ti a Tia —dijo retomando de nuevo la palabra—. De esa mujer maravillosa que habla con las personas muertas. Pero no me cree.

—No, no todo el mundo lo hace —confirmé con una risita de aceptación.

—Mi Tia es un hueso duro de roer. Es práctica, lógica, y aunque solo tiene nueve años no soporta las tonterías. Se niega a creer que podré seguir hablando con ella a pesar de haberme ido. Pero le dije que le demostraría que se equivocaba. Que te tenía a ti. Por eso he aguantado tanto para poder hablar contigo, Jeanie.

Así que no lo ha hecho por mí, pensé; *no ha vuelto por mí*.

—Antes de morir le susurré un mensaje que esperaba que pudieras repetirle, así sabrá que los muertos pueden hablar con los vivos. Así intentará escucharme todos los días y sabrá que estoy junto a ella.

Habló con voz animada y melódica, transformada por lo mucho que quería a su hija.

—Sabía que era un riesgo, no estaba seguro de si llegaría a tiempo para poder hablar contigo. Les pedí a Al y a Jess que procuraran traerme a Kilcross lo más deprisa posible. Y le expliqué a Tia que me habías contado que no siempre funcionaba; que a veces era demasiado tarde. Pero le aseguré que me esforzaría. Y que no debía perder la esperanza si esto no salía bien, que aun así estaría a su lado. Le dije que en algún momento de su vida me necesitaría y que yo estaría a su lado, esperando.

Tuve que reunir todas mis fuerzas para no exteriorizar mi dolor, para no interrumpir lo que Fionn necesitaba decir.

—Sigo escuchándote —le dije para animarlo a seguir hablando, aunque pronuncié aquellas palabras aguantando la respiración y luego solté mi pena con un suspiro silencioso.

—Quiero que le digas que tiene que ser valiente en esta vida. Que la valentía le dará una libertad extraordinaria. —Las comisuras de los labios se me alzaron en una sonrisa espontánea al darme cuenta de la ironía de tener que ser yo, una mujer cuya valentía Fionn había visto flaquear muchas veces, quien tuviera que transmitir aquellas palabras tan sabias a su hija—. Dile que cada mañana, cuando abra los ojos, estaré allí esperando para hablar con ella, para darle mi opinión sobre cualquier tema que le preocupe y para decirle que es maravillosa. Absolutamente maravillosa. —Se detuvo un momento, y no me hizo falta leerle los pensamientos para saber que en su mente la estaba abrazando, la estaba estrechando entre sus brazos, la estaba queriendo—. Ah, y también —añadió con voz más débil, señal de que la conexión era cada vez más inestable—, limón.

—¿Limón? —pregunté nerviosa, y me incliné más hacia él para asegurarme de que lo había entendido bien. Noté el latido aterrado de mi corazón y me imaginé que a Fionn todavía le subía y le bajaba el pecho.

—Es su olor favorito. Me lo susurró al oído justo antes de que cerrara los ojos y me fuera para que nadie más pudiera oírlo. Me dijo que si le repetías esta palabra creería que podemos seguir hablando a pesar de que esté muerto. —Se estaba alejando cada vez más, su voz se iba debilitando incluso a medida que hablaba.

—Valentía y limón —repetí desconsolada al comprender que Fionn no me dedicaría sus últimas palabras. Las repetí con más fuerza mientras me obligaba a mirar su preciosa cara, y me imaginé la amplia sonrisa que debían haber esbozado aquellos labios el día en que había visto a Tia por primera vez, y al verla empezar a caminar o agacharse para arrancar una margarita o perseguir una mariposa—. Se lo diré, Fionn.

—Era mi mundo entero.

Asentí y sonreí como pude a pesar de las lágrimas, sabiendo que incluso entonces, en el último momento que pasaríamos juntos, seguíamos sin estar sincronizados. Habíamos ido a destiempo toda nuestra vida y, sin embargo, siempre habíamos estado unidos.

Tardé un segundo en darme cuenta de que Fionn había dejado de hablar. Le golpeé el hombro con delicadeza como si aquello fuera a cambiar algo.

—Fionn —susurré. Nada—. Fionn —intenté llamarlo de nuevo con la voz rota—. Fionn. —Volví a pronunciar su nombre desesperadamente con mis labios una última vez antes de apoyarme contra su pecho y aceptar que Fionn Cassin se había ido. Que no volvería a sorprenderme apareciendo en mi puerta, y que nunca más volvería a preguntarme dónde estaba ni si seguía pensando en mí.

—Debería haberme marchado —dije, afligida y desconsolada—. Debería haber hecho las maletas y haberme ido de aquí para siempre. Ser libre, como tú y como Cacahuete. Debería haberme presentado ante tu puerta. Me habrías levantado, te habrías puesto a dar vueltas, me habrías cubierto de besos y me habrías llevado a tu habitación.

Lo observé en aquella sala oscura tan silenciosa y pesada como una noche de niebla. Afiné el oído a ver si oía alguna señal, algún sonido, algún murmullo arrastrado por la brisa de la muerte. Deseé poder robar un último segundo al destino que ahora esperaba a Fionn. Pero no se oía nada, solo mi respiración y las lágrimas que me empañaban los ojos. Hasta que de repente lo escuché al final de un camino árido.

—Hubiéramos sido magníficos, Jeanie —Su voz seguía aferrándose, clavando las uñas en las grietas de la montaña y agarrándose con fuerza con los dedos impulsada por un último destello de energía que Fionn había sacado de las profundidades de su interior—. Bajo uno de los puentes de Kennington había una funeraria. Habrías podido trabajar ahí. Me lo imaginé miles de veces. Cada día al llegar a casa me habrías contado las historias de los difuntos de Londres. Te habrían adorado igual que te adoraba yo.

Aquella fue la última vez que lo oí, su tiempo en este mundo, junto a mí, se había acabado. Lloré sobre su hombro, arrugándole la ropa que estaba perfectamente planchada, empapando lo que estaba seco por el peso de nuestra realidad; uno de nosotros seguía vivo y el otro estaba muerto, un corazón latía y el otro descansaba para siempre; la esperanza, las posibilidades y los sueños habían desaparecido.

¿Alguna vez has puesto los dedos en el desagüe de una bañera mientas se vaciaba de agua y has notado un tirón casi magnético? Eso es lo que sentí en aquel momento en mi corazón; que una fuerza me lo estaba succionando, arrebatando; como si finalmente hubiera perdido el control.

—No deberías haber muerto, Fionn. Nuestra historia no tenía que haber acabado así —susurré, y mi voz quedó amortiguada por su cuello—. ¿Y ahora qué se supone que debo hacer?

CAPÍTULO VEINTICINCO

Fue Niall quien vino a separarme de Fionn. Dejé que me envolviera con sus brazos y me besara la cabeza mientras sollozaba contra su pecho. Lloré sin tapujos aferrada a él, necesitaba desesperadamente su consuelo.

Cuando pude aguantarme en pie sin ayuda, Niall cerró el ataúd de Fionn y me llevó al banco del amplio pasillo donde nos quedamos sentados en silencio mirando las puertas cerradas que había frente a nosotros. Sus manos buscaban las mías cada vez que oía que se me aceleraba la respiración y me sumía una vez más en la desesperación.

Estuvimos diez minutos ahí sentados en silencio, puede que menos o puede que más, no sabría decir muy bien cuánto tiempo nos quedamos en aquel territorio intermedio entre la unión y la división, antes de que llegaran Al y Jess. Volví a sentirme como una niña pequeña, me temblaron los brazos cuando me levanté para abrazarlos y enseguida quedé rodeada por aquellas dos personas que tiempo atrás me habían invitado tan generosamente a su casa y me habían dejado querer a su hijo.

—¿Has podido hablar con él, Jeanie? —preguntó Jess apartándose al cabo de un momento con las manos todavía puestas sobre mis hombros y los ojos abiertos como platos por la expectación—. Intentamos traerlo tan rápido como pudimos, pero los del aeropuerto nos retrasaron.

—Sí —contesté.

—¿Y qué ha dicho?

—Ha hablado sobre todo de Tia.

—No me extraña; quería tanto a esa niña.

Parecía muy orgullosa. Aquello me transportó enseguida a la noche en que Jess accedió a plantar un sauce en su jardín y miró a su hijo de aquella manera, feliz de poder hacerlo tan feliz.

—Y de vosotros. Me ha pedido que os dijera que habéis sido unos padres maravillosos. Y que se le rompió el corazón por tener que dejaros. —Sin duda era hija de mi padre, ya había vuelto a mentir, pero aquella vez me dio igual porque me pareció adecuado. Además, sabía que aunque Fionn no hubiera dicho aquellas palabras sin duda lo habría hecho si hubiera tenido más tiempo.

—Oh, mi niño. —Jess volvió a abrazarme—. Sabes, Jeanie, el sauce todavía sigue ahí. El que plantamos para ti. Está precioso, con esa caída tan bonita que tiene. Es como si supiera que hemos sufrido la tragedia de perderlo. Fue todo tan deprisa, apenas pasó un año desde que supimos el diagnóstico hasta que lo vimos morir. ¿Te lo ha contado? Fue muy valiente.

Al era incapaz de hablar y optó por distraerse estrechándole la mano a mi padre, que se había acercado en silencio y se había quedado de pie esperando en la puerta de la recepción.

—Estamos pensando en volver a nuestra antigua casa, Jeanie —continuó Jess—. Podríamos esparcir las cenizas de Fionn debajo de aquel árbol. Pero debemos pensar también en Tia. Sería tan injusto para ella no tener a su padre cerca. Oh, no sabemos qué hacer. —Lloró con fuerza sobre mi hombro durante un buen rato.

—Venga, cariño, ya está. —Al se acercó para quitármela de encima y empezó a intentar escoltarla hacia el despacho donde papá ya había entrado y los estaba esperando para hablar sobre los detalles de la ceremonia humanista y la incineración que habían solicitado—. Centrémonos en superar esta noche y mañana, y ya nos preocuparemos luego de esto.

Niall me observó mientras soltaba a Jess. Le eché una mirada avergonzada por todo lo que acababa de ver, pero no noté nada en su rostro que indicara si todo aquello lo estaba afectando mucho.

—¿Tú eres Niall, verdad? —preguntó Jess percatándose entonces de su presencia.

—Sí, señora Cassin. Señor Cassin. —Niall dio un paso adelante para estrecharles la mano—. Mi más sentido pésame. Cuesta creer que Fionn se haya ido así.

—Gracias, Niall. —Al asintió con la cabeza.

—Vosotros dos acabasteis casándoos, ¿verdad? —Jess tomó mi mano y la de Niall y nos atrajo hacia ella—. ¿No es maravilloso? —Nos agarró con más fuerza, y se quedó de pie entre nosotros dos como si fuera una oficiante de bodas—. Maravilloso. —La observé mientras su mente divagaba por otros lugares y momentos, por instantes que habían ocurrido y otros que habrían podido ocurrir.

—Fionn nunca se casó, ya lo sabéis. Pero aun así estamos extasiados por tener a nuestra fantástica Tia.

—Jess, cariño. —Al le posó la mano con delicadeza sobre el hombro.

—¿Y vosotros, tenéis hijos? —continuó Jess ignorando a su marido.

Niall negó con la cabeza y esbozó una sonrisa tensa. Jess seguía aferrándonos las manos con tanta fuerza que estaban empezando a dolernos, y sin embargo no quería apartarme nunca de ella ni aunque me retuviera todo el día.

—Venga, Jess. Vamos a hablar con el señor Masterson. Tenemos que acabar de cuadrar cuatro cosas y dejar descansar a esta pobre gente.

Al tomó las manos de su mujer, nos liberó y se giró con la intención de llevársela hacia el despacho donde los esperaba papá. Le pasó el brazo por los hombros para guiarla. Una vez dentro la voz reconfortante de papá los invitó a sentarse, pero de repente Al volvió a sacar la cabeza hacia el pasillo.

—¿Podríamos ver a Fionn un momento antes de irnos? Tia y su madre también están de camino. Han ido a dar una vuelta por el parque que hay aquí al lado. Por lo visto Fionn le había hablado mucho de ese lugar a Tia, de lo bien que se lo pasó ahí con todos vosotros, así que quería ir a echarle un vistazo.

—Por supuesto —dijo Niall—. Cuando terminéis Fionn estará listo para que podáis verlo.

—Gracias. —Al asintió y luego volvió a meterse en el despacho y cerró la puerta.

Niall y yo nos quedamos ahí de pie mirando la puerta, como si esperásemos que volviera a abrirse en cualquier momento. Pero al cabo de un rato, al ver que permanecía cerrada, nos miramos incómodos como si acabáramos de conocernos.

Niall se dirigió al banco para volver a sentarse y dejó caer los brazos sobre sus rodillas, aunque luego levantó una mano para frotarse los labios.

—¿En serio Fionn te ha hablado de su hija y de sus padres? —preguntó al cabo de un momento.

Ahora fui yo quien dirigió la vista al suelo avergonzada por tener que admitir que había mentido. Me acerqué a Niall y me senté en la otra punta del banco.

—Sobre todo de su hija.

—¿Y de ti? ¿Qué ha dicho de ti?

—Casi nada. —Intenté decirlo con un tono de voz lo más neutro posible para no mostrar mi dolor ni mi pena.

—¿Me estás diciendo que Fionn, pudiendo hablar en sus últimos momentos con la mujer con la que había pedido explícitamente que lo trajeran porque estaba colado por ella, ni siquiera te ha mencionado?

—Quería mandarle un mensaje a Tia. Por eso pidió que lo trajeran aquí.

—Seguro que no debe haber sido fácil después de todos estos años y de todo lo que habéis pasado.

No me merecía la simpatía de aquel hombre y estaba a punto de decírselo cuando de repente se abrió la puerta principal y entró una niña. Nos levantamos de inmediato. La niña se detuvo al vernos, consideró dar marcha atrás y se giró para mirar a su madre que iba detrás suyo para recuperar la seguridad, la mujer a la que Fionn había vuelto a atrapar en su abrazo aquel día en su portal.

—Hola —saludó Ife—. Venimos a ver a Fionn Cassin.

—Sí, adelante por favor. —Niall avanzó un paso para estrechar la mano de la mujer sonriente y la niña solemne—. Tú debes de ser Tia, ¿y usted es...?

—Ife.

—Me llamo Niall y esta es Jeanie. Nuestro más sentido pésame.

—Ah, la famosa Jeanie Masterson. —Ife me miró y luego volvió a dirigir la mirada hacia su hija—. El padre de Tia hablaba mucho de Jeanie, ¿a que sí, Tia? Sobre todo de ese don tan especial que tiene.

Tia parecía nerviosa y no hizo mucho aparte de estrecharme la mano. Por un segundo vi a Fionn en la forma y el arco de sus cejas antes de que la niña se pusiera a mirar a lo lejos.

—Hemos cuidado muy bien de tu padre, Tia —dijo Niall.

—Nos alegra mucho oírlo, ¿verdad, tesoro?

Tia alzó la mirada hacia su madre y le apretó la mano sin decir palabra, como si quisiera recordarle algo.

—Ah, sí —dijo Ife—. Tia quería saber si podría ver a su padre. Ya nos despedimos de él en Londres, pero le gustaría volver a hacerlo si no es inconveniente.

—Por supuesto —respondió Niall—. Esperen un segundito, iré a asegurarme de que esté perfecto para recibirlas.

Cuando Niall se fue nos sentamos en los bancos para esperar. Entonces oímos las voces amortiguadas de papá, Jess y Al.

—Tus abuelos están ahí dentro con el señor Masterson, es decir, con mi padre —le expliqué a Tia—. Seguro que no tardarán mucho en salir.

—Tia tiene mucha suerte de tener unos abuelos tan maravillosos. —Ife le besó la cabeza a su hija.

—Tu padre no ha dejado de hablar de ti, Tia —dije concentrándome en la niña callada que estaba sentada un poco alejada de mí.

Me miró por el rabillo del ojo.

—Tia no acaba de creerse que podrá seguir hablando con su papá ahora que se ha ido. Aunque yo le he asegurado que por supuesto que podrá. Yo no he parado de hablar con mi madre desde que murió hace diecisiete años. Es una mujer muy parlanchina. Por las mañanas tengo que pedirle que por favor se calle porque si no nunca saldríamos de casa. —Ife soltó una risita.

—Oh, desde luego que ha hablado, Tia. Te lo prometo.

Esta vez la niña no me miró, sino que se quedó con la vista fijada al frente, inmóvil, esperando.

—Vale, tu padre ya está listo, Tia. —Niall se quedó de pie junto a la puerta abierta del velatorio. Había destapado el ataúd. Niall les indicó con un gesto que pasaran mientras yo me quedaba un poco atrás preguntándome cómo me las arreglaría para convencer a aquella niña tan callada de que su padre le había dejado un mensaje aun sabiendo que era tan reticente, hasta que de repente se me ocurrió una idea y me dirigí a la sala de exposición.

Al cabo de unos minutos regresé al velatorio y vi las gráciles manos de Tia inclinando ligeramente el ataúd de lado mientras observaba a Fionn y a Ife junto a ella, rodeándole los hombros con su brazo protector.

Me quedé un poco apartada, a un par de pasos del ataúd, para dejarles espacio. Tia le susurró algo a su madre y esta asintió, y seguidamente volvió a alargar la mano para tocar las manos de Fionn.

—Sabes, tu padre me ha pedido que te transmitiera un mensaje de su parte, Tia. —Me acerqué un poco más a ella.

La niña no me miró, pero Ife sí que posó los ojos sobre mí e hizo un gesto con la cabeza para animarme a seguir.

—Me ha dicho que tienes que ser valiente en la vida. Que si lo eres se te presentarán un montón de posibilidades. Que tener miedo es normal y no pasa nada, pero que debes mirarlo a la cara y decirle que encontrarás la manera de superarlo. Me ha dicho que si tienes miedo se te cerrarán muchas puertas y que a él le gustaría que las tuvieras todas abiertas. Y tiene razón, sabes. También me ha dicho que tienes que aguzar el oído para escucharlo, sobre todo por las mañanas, porque estará ahí esperándote para hablar contigo de cualquier cosa, desde lo mucho que odias la escuela hasta de quién te has enamorado.

La niña me miró de reojo, pero seguía sin sonreír.

—Y también me ha dicho esto. —Me acerqué un poco más hasta casi tocar el ataúd—. Algo que solo tú podías saber. Lo he escrito en este papel para que puedas llevarlo siempre contigo y saber que tu padre está junto a ti.

Agarró el sobre que le tendía y sacó con cuidado la hoja de papel que había ido a buscar un momento antes a la sala de exposición y en la que había escrito una sola palabra que esperaba que pudiera hacer cambiar a aquella niña de opinión: limón.

Hasta que Tia no leyó aquella palabra no giró la cabeza del todo para mirarme de frente por primera vez, y entonces sonrió dejando al descubierto su incisivo exquisitamente torcido.

CAPÍTULO VEINTISÉIS

Cacahuete llegó aquella misma noche. Llamó al timbre a eso de las diez y no pude evitar desplomarme en sus brazos. En cuanto había recibido el mensaje de Niall se había marchado de la clínica y se había ido a casa para hacer la maleta. Olvidó llevarse algo de ropa para el funeral con las prisas, pero pensó que no había nadie más indicado que su amiga que trabajaba en una funeraria para prestarle ropa negra mientras corría para llegar al avión que salía del aeropuerto de Gardenmoen.

—Oh, Jeanie —dijo abrazándome con fuerza—. No puedo creerme que esté muerto.

Noté que mi cuerpo estaba agotado cuando me senté sin fuerzas en el sofá de nuestra sala de estar sobre el que años atrás nos habíamos reído, habíamos jugado con los cojines y habíamos compartido cuencos de palomitas que luego había tenido que aspirar antes de que mamá viera la que habíamos liado. Ahora me sentía como si tuviera cien años y lo único que quería hacer era dormir durante mucho tiempo y tal vez no despertarme nunca para no tener que volver a sentir aquel dolor.

—Lo que necesitamos ahora mismo es un poco de alcohol. —Cacahuete se levantó y se secó las lágrimas de las mejillas—. El armario de bebidas de tu padre siempre fue mejor que el del resto de nuestros padres. ¿Sigue estando en la cocina?

Asentí con la cabeza y la observé mientras se alejaba a pesar de no estar tan convencida como ella de su plan. Imaginé los susurros preocupados de mis padres en la habitación de al lado preguntando a Cacahuete cómo estaba. Después de que la familia de Fionn se hubiera ido y hasta que no había llegado Cacahuete habían estado sentados conmigo a la mesa. No habíamos intercambiado ni una palabra salvo sus ocasionales «mi pobre niña», «oh, cariño mío» o una combinación de ambas frases mientras yo lloraba sin parar. Por aquel entonces Niall ya se había ido otra vez a casa de Ruth para quedarse mirando las cuatro paredes blancas de la habitación de invitados, o puede que se hubiera ido al McCaffrey para preguntarse por qué su vida era una mierda, ya que acababa de ver a su mujer llorar sobre el cuerpo de otro hombre. Nuestra despedida al final del día había sido igual de triste que nuestro saludo por la mañana. Al terminar con Tia, Niall me había tomado de la mano con torpeza y me la había apretado sin decir ni una sola palabra, tan solo me había dedicado una sonrisa triste. Después de que se marchara le había pedido a papá que fuera con él, fueron las únicas palabras que logré articular. Le dije que Niall tenía que estar con alguien, pero papá se había negado a separarse de mí y había llamado a Arthur para que se encargara de localizarlo.

El primer sorbo del gin-tonic más bien cargadito que Cacahuete me había preparado no me tranquilizó, sino que más bien me hizo toser. Mi amiga me dio un golpecito en la pierna y pegó un buen sorbo a su copa.

—Ah, lo necesitaba. —Contempló su copa y le entró un escalofrío—. Le he dicho a tu padre que nos los hiciera dobles.

—Fionn tenía una hija, ¿lo sabías?

Cacahuete asintió.

—¿Lo sabías y no me lo habías dicho?

—Hay muchas cosas de Fionn que no te he contado nunca. Y muchas cosas de ti que no le conté nunca a Fionn. Mira, por aquel entonces los dos estabais bien. Ambos os las habíais arreglado para seguir adelante con vuestras vidas. Te prometo que me pareció que lo mejor para ambos era dejaros respirar tranquilamente sin que tuvierais que saberlo todo de la vida del otro.

—Pero el día de la exposición… me llevaste prácticamente a rastras hasta él.

—Sí, lo sé. Parecías tan… me preocupaba que no estuvieras segura de querer casarte y, bueno, había bebido un poco y en aquel momento me pareció una idea brillante. Lo siento, Jeanie, de verdad que sí. Si pudiera retroceder en el tiempo haría las cosas de otra manera.

—No —suspiré sabiendo que no cambiaría aquel momento en que Fionn me había dicho que todavía me quería por nada del mundo—. No pasa nada, solo estabas intentando hacer lo mejor para mí, como siempre. —Le apreté la mano—. ¿Llegaste a conocer a Tia o a su madre?

—No. La verdad es que no me veía mucho con Fionn cuando estaba en Londres.

—Ife, la madre, es la mujer más hermosa de todo el mundo. Pero por lo visto no estuvieron juntos durante mucho tiempo. Y Tia, la hija, es encantadora. Se parece bastante a su padre. Fionn no dejaba de hablar de ella.

—Bueno, lo entiendo perfectamente. Puede que me queje mucho de los mellizos, pero para mí lo son todo. Daría mi vida por ellos.

En aquel momento me sentí como si me las hubiera arreglado para perderlo todo, incluso los hijos que nunca había tenido.

—Dios mío, Huete —dije con desesperación—. ¿Qué cojones me ha pasado? Fionn se ha ido. Niall se ha ido. Y mis padres se mueren de ganas por irse de aquí.

—Espera un momento. ¿Cómo que Niall se ha ido? ¿Desde cuándo?

—Desde hace dos días.

—¿Y por qué no me lo habías dicho?

—No lo sé, se me hizo una montaña.

—Y eso que llevo varios días llamándote a pesar de tu silencio.

—Lo sé, lo siento.

—Pero ¿por qué se ha ido?

—Porque se ha hartado. Estuvo años esperando a que terminara lo que fuera que hubiera entre Fionn y yo, y luego recogió mis pedazos y me ayudó a recomponerme. Se merece muchísimo más.

—Oh, Jeanie.

—Y hoy ha tenido que verme desolada y desconsolada por otro hombre. —A pesar de que durante los últimos siete años no me había sentido culpable por los sentimientos que albergaba en mi interior, en aquel momento sentía toda la culpa multiplicada por diez.

—Así que Niall todavía sigue trabajando aquí a pesar de que...

Asentí y bebí otro sorbo.

—Dios mío, Huete, le he arruinado la vida.

—No le has arruinado la vida. Por mucho que quiera a Niall, tengo que reconocer que es un adulto hecho y derecho. Era perfectamente consciente de dónde se metía. Sabía que estabas enamorada de Fionn. Y aun así decidió correr el riesgo. Tú no lo obligaste a hacer nada. No lo atrajiste hacia ti. Vale, puede que las cosas entre vosotros no vayan muy bien ahora, pero eso no significa que sea el final. No si no quieres que lo sea.

—Ese es el problema, Huete, que no sé lo que quiero.

—Querías mucho a Fionn, ¿no?

—Sí —gemí.

Sentí que los ojos se me humedecían por enésima vez aquel día y me pregunté cómo era posible que mi cuerpo siguiera produciendo lágrimas, ya que pensaba que a aquellas alturas se me habrían agotado. Tal vez aquellas lágrimas fueran de ginebra.

—No paro de pensar que debería haberme ido a vivir a Londres con Fionn. —Me sequé los ojos con el pañuelo gastado que mamá me había dado antes y luego tomé otro sorbo de gin-tonic.

—¿Ah, sí? —preguntó Cacahuete removiendo su bebida—. ¿Y nunca te has planteado que si te hubieras marchado, que si hubieras venido a vivir a Londres, tal vez lo vuestro no hubiera funcionado?

—¿A qué te refieres?

—Es solo que desde que Anders y yo tenemos hijos... bueno, te das cuenta de que esas relaciones tan apasionadas y absorbentes pueden acabar desinflándose cuando tienes que hacer la compra cada semana y decidir a quién le toca limpiar el baño. Verás, Jeanie, tal vez no fuiste tan estúpida como piensas. Tal vez en algún lugar de esa cabecita tuya tan inteligente, que ha estado expuesta a la sabiduría de cientos de personas muertas desde que era una niña, sabías que marcharte a Londres con Fionn no funcionaría y que lo que más te convenía era refugiarte en la seguridad de la funeraria.

Intentar procesar aquella visión alternativa que Cacahuete me estaba ofreciendo fue demasiado para mí. Fijé la mirada en el líquido transparente de mi copa e intenté verme a mí misma como ese ser sabio y seguro de sí mismo que mi amiga acababa de describir, pero no lo conseguí.

—Ya sabes que todo eso de los muertos es mentira, Huete. Te lo he dicho un millón de veces. Cuento mentiras para que los vivos estén contentos, cosa que no tiene nada que ver con la sabiduría. He mentido incluso hoy mismo. Mi vida no ha sido más que una gran mentira. Fingir no querer ir a Londres. Fingir querer lo bastante a Niall. Fingir ser feliz en esta casa, en esta ciudad. No, Fionn y tú teníais razón, tendría que haberme marchado. Vivir la vida. Pero fui demasiado gallina.

—Mmm —musitó Cacahuete reacia a desechar su teoría tan pronto—. No lo sé. No me convence. Verás, me pregunto si esta cortina de humo amorosa que te has empeñado en crear...

—¿Cómo que «cortina de humo amorosa»? No me lo he inventado, Cacahuete.

—No, por supuesto que no. Lo siento. No me he expresado bien.

—Fionn me dijo que todavía me quería cuando fuimos a su exposición. Me dijo que fuera a buscarlo si alguna vez cambiaba de opinión con respecto a Niall.

—¿Qué? No me lo habías contado.

—No se lo he contado nunca a ti ni a nadie porque pensaba que había tomado una decisión, porque si te soy sincera tenías toda la razón. No estaba del todo segura de querer casarme con Niall.

—Escucha, Jeanie, ahora todo eso ya no importa. Lo que estoy intentando decir, aunque no lo esté haciendo muy bien, es que tal vez la cosa no vaya de a quién deberías haber amado más o con quién deberías haberte fugado, sino de quién eres tú y qué quieres hacer realmente con tu vida.

Oímos un golpe en la puerta y de repente entró papá.

—Aquí tenéis, chicas. He pensado que os apetecerían un par de copas más. —Dejó dos gin-tonics más bien cargados encima de la mesa—. Seguro que os harán falta para recomponeros de esa conmoción. Por cierto, Jeanie, no te preocupes mañana por el trabajo. Ya lo hemos dispuesto todo. Estaremos todos ahí, tu madre, Harry, Arthur y Mikey, así que cuídate durante todo el tiempo que necesites.

—Oh, Mikey. Qué mono —se entusiasmó Cacahuete.

—¿Y Niall? —pregunté mientras alargaba la mano hacia mi copa.

—Sí, y Niall. Me ha dicho que estaría ahí. —Asentí y volví a no sentirme merecedora de la decencia de Niall—. Por cierto, Cacahuete, Gráinne me ha pedido que volviera a preguntarte si quieres algo de comer. Está convencida de que debes de estar muerta de hambre. El local de *fish and chips* está aquí al lado. Creo que tiene pensado ir igualmente, así que podrías aprovechar para elegir algo que de verdad te guste en vez de tener que comer luego cualquier cosa.

—Qué maja que es. Vale, ¿por qué no? No estaría mal comer unos cuantos aros de cebolla. Hace años que no los pruebo.

—¿Y tú quieres algo, Jeanie?

—No, papá, muchas gracias.

Y entonces se fue.

—¿Te había contado que se van a jubilar?

—Sí. En serio, me voy de esta ciudad qué, solo unos catorce años, y la gente sigue con sus vidas como si nada. —Tomó un sorbo de su segundo gin-tonic.

—Debería haberte hecho caso cuando me dijiste a los dieciocho años que no me quedara en Kilcross por terceras personas. Imagina la de corazones rotos que nos habríamos ahorrado, incluyendo el mío, si te hubiera escuchado.

—Vale, ya basta con lo que podría o debería haber pasado. Eso no ayuda a nadie. —Nos quedamos en silencio con la reprimenda flotando en el ambiente y ambas hicimos una mueca al beber debido a lo mucho que se le había ido la mano a mi padre—. Pero ¿sabes lo que sí podría ayudarte?

Miré a mi alrededor con la mano a pocos centímetros de mi boca, lista para tomar otro sorbo, y esperé a oír su sugerencia.

—Venir a Oslo. No podrás resolver nada mientras sigas rodeada de todo esto. Mañana después de la ceremonia tomarás el avión conmigo. Y una vez allí lo arreglaremos todo.

—¿Qué?

—Sí, lo sé, es un plan cojonudo. Esta noche te haremos la maleta y le diremos a todo el mundo que vendrás a pasar una temporada a Oslo. Será genial. Podremos pensar y hablar, aunque también podríamos optar por no hablar y limitarnos a pasear, te encantarán los parques de Oslo. Respiraremos profundamente y nos olvidaremos de todo esto. ¿Tienes el pasaporte vigente?

—Creo que sí.

—Vamos a ver, ¿dónde lo tienes guardado? Será mejor que lo comprobemos antes de que me entusiasme todavía más. —Cacahuete se levantó y acto seguido volvió a sentarse y me buscó la mano mientras intentaba contenerse—. Lo siento. Ya he vuelto a meter la pata. No es muy adecuado que me ponga a hablar de lo entusiasmada que estoy dadas las circunstancias. No me hagas caso, esto no se trata de lo contenta que me pondría si vinieras conmigo. Se trata de ti, de que te des un tiempo para lidiar con todo esto.

—Pero...

—Pero ¿qué, Jeanie? ¿Los muertos, tus padres, Niall, Mikey? Los que puedan esperar esperarán, y los que no puedan esperar tendrán que arreglárselas por su cuenta. Jeanie Masterson, ¿podrías priorizarte a ti misma por una vez en tu vida?

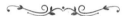

Al día siguiente, después del servicio y la incineración en Saint Jerome, fuimos a la antigua casa de Fionn en Drumsnough donde un servicio de catering había preparado una gran variedad de aperitivos al más puro estilo de Al y Jess: verduras en tempura con salsa teriyaki, galletitas saladas de algas con humus de garbanzos, salmón ahumado salvaje sobre pan integral; no había ningún rollito de salchicha ni ninguna alita de pollo a la vista. Vi la mirada de «te lo dije» que mamá le lanzó a papá mientras se ponía un par de aperitivos en el plato. En medio de la habitación estaba Tia sentada en el sofá junto a Ife, estrechando con solemnidad la mano de los muchos extraños que habían venido a presentar sus respetos. En un momento nuestras miradas se cruzaron y la saludé con la mano y una sonrisa, y ella hizo lo mismo.

Huete, Ruth, Niall y yo estábamos los cuatro junto a la enorme ventana de la sala de estar con vistas al jardín y contemplé mi sauce que se alzaba ahí en medio.

—¿Os acordáis de la noche en que nos sentamos alrededor de la hoguera que prendió Al? —preguntó Ruth—. Fue justo antes de que plantaran los árboles. Fionn no dejaba de hablar de las sombras que proyectaban las llamas o algo así y de lo bien que quedarían en una foto, y entonces nos tiramos todos encima suyo para obligarle a cerrar el pico de una puñetera vez.

—Oh, sí, lo había olvidado. —Huete miró a Ruth con una copa de vino blanco orgánico en la mano.

—Ahora desearía que no lo hubiéramos hecho. Ojalá le hubiéramos dejado hablar.

Volvimos a mirar por la ventana en dirección a los árboles que aquel día guardaban silencio. No hacían ruido porque no soplaba ni una pizca de viento. Estaban inmóviles, tan sorprendidos como nosotros de que Fionn hubiera muerto.

—Una vez fuimos juntos en bicicleta hasta el lago Saor —comentó Niall—. Fuimos a nadar a Corelli Rock. Le presté la vieja bicicleta de Gareth, aunque le quedaba demasiado pequeña. Parecía gilipollas montado en aquella bici, pero no le importó una mierda. Incluso conseguí convencerlo de que por una vez en la vida no se llevara la cámara. Me quité la camiseta mientras pedaleábamos porque hacía mucho calor. Y luego por la noche vi que me había quemado toda la espalda. No podía dormir. Creo que al final conseguí cerrar los ojos durante una hora poniéndome bocabajo.

—No lo sabía —dije, y lo miré sorprendida de que aquel par hubieran pasado tiempo juntos y que a ninguno de los dos se le hubiera ocurrido contármelo.

—Fue justo antes de que se marchara. Tú estabas trabajando. Harry me había dado el día libre, nos encontramos en la ciudad y dijimos: qué cojones. Nunca habíamos tenido una relación muy estrecha, pero aquel día fue como si dejáramos todas nuestras diferencias a un lado, como la tregua de Navidad de 1914, y nos echamos unas risas.

Volvimos a quedarnos callados, cada uno con una sonrisa triste. Yo tenía la piel de la cara tensa y seca de tanto llorar.

—Maldito cáncer. —Huete se frotó la mejilla y luego alzó su copa—. Por Fionn —dijo apenada con voz alegre.

—Por Fionn —contestamos, e hicimos chocar nuestras copas con la suya antes de volver a sumirnos en aquel silencio contemplativo reflexionando sobre quién había sido aquel hombre.

Unas horas más tarde, Niall y yo nos sentamos dentro de nuestro coche aparcado junto a la funeraria.

—He decidido tomarme unos días, Niall. Voy a marcharme para intentar aclararme las ideas.

Niall tamborileó los dedos sobre el volante.

—¿A dónde?

—Me iré a pasar una temporada a casa de Cacahuete.

—Ya veo. O sea que no será cosa de un fin de semana.

—No, seguramente no.

—¿Tus padres ya lo saben?

—Se lo he contado esta mañana. —Horas antes me había sentado en la cocina frente a mamá y papá y había observado cómo se les arrugaba la frente de preocupación. Me habían preguntado si estaba segura y yo les había contestado que sí. Se habían mirado entre ellos y luego habían vuelto a fijar su mirada en mí. Habían sonreído con una de esas sonrisas propias de los padres que significan que les gustaría decir mucho más pero que les da miedo inclinar la balanza en la dirección equivocada.

—¿Y a Mikey? —preguntó Niall.

—Sí, a Mikey también. —Mikey no quería que me fuera. Me había pedido que me lo repensara, que seguro que no hacía falta que me marchase. Que los cambios repentinos no son buenos para nadie. Que nuestros cuerpos no están hechos para aguantar esas cosas. En vez de eso me había propuesto que me quedara todo el tiempo que quisiera en su cobertizo; podríamos ver películas que no serían su primera opción pero que estaba dispuesto a considerar y pedir lo que quisiera para comer aunque a él no le gustara. Porque en serio, de verdad, sinceramente, estaba convencido de que lo mejor para mí era que no me fuera. Pero aquella vez me había mantenido en mis trece. Dejé que procesara la inevitabilidad del cambio mientras se frotaba el pulgar derecho con el izquierdo y vimos *La conquista japonesa de Asia* en color.

—Ojalá me dejaras ayudarte —dijo Niall—. Es lo único que he querido siempre, que me abrieras el corazón.

—Lo sé. —Aparté la mirada, consciente de que no tenía nada más que ofrecerle.

—¿Cómo cojones hemos acabado así, Jeanie? Algunas veces me parece evidente y otras un absoluto misterio. Ahora mismo tengo la sensación de que todo está mal. Que no deberíamos haber acabado donde estamos ahora.

—Lo siento, Niall. Aquí no consigo separar todas las cosas que tengo dentro de la cabeza, estoy muy confundida. —Y, al igual que Mikey, empecé a frotarme la piel del pulgar derecho.

Niall asintió y volvió a tamborilear los dedos sobre el volante, concentrándose en el movimiento a medida que el silencio aumentaba.

Asintió de nuevo y volvió a tamborilear los dedos.

—Entonces, ¿esto es todo? —preguntó—. ¿Así es como vamos a terminar?

—No lo sé.

—No —suspiró—. Yo tampoco.

CAPÍTULO VEINTISIETE

L a primera semana que pasé en casa de Huete no pude dormir, tenía el cerebro demasiado absorto por todo lo que había ocurrido. Comí muy poco. Los mellizos miraban ojipláticos los platos llenos de comida que dejaba y que a ellos les habrían valido una regañina mientras que en cambio yo recibía el perdón comprensivo de sus padres.

Al principio Cacahuete se tomó unos días libres de la clínica veterinaria, y mientras los niños estaban en la escuela nos quedábamos en su apartamento en pijama sentadas en sofás opuestos bebiendo té y café con una ronda tras otra de tostadas con mermelada que Cacahuete no paraba de hacer aparecer y que yo en general ignoraba, mientras hurgaba en las profundidades de mi ser para intentar ayudarme. Más o menos a mediodía conseguía convencerme de que nos iría bien que nos diera un poco el aire y salíamos a pasear por las calles de Oslo hasta llegar a unos parques tan inmensos que mi amado diminuto parque verde de Kilcross hubiera cabido en la zona de los baños. Eran tan vastos que te obligaban a llenar los pulmones con aire puro. Cacahuete me tomaba del brazo como cuando caminábamos por los pasillos del instituto. En algunos momentos se soltaba para adelantarse y señalarme otra de las muchas estatuas desnudas que había en cualquier rincón, y ver a mi amiga así me maravillaba. Cacahuete tenía mucha confianza en sí misma, estaba segura de quién era y lo había sabido desde que éramos pequeñas.

—¿Cómo has conseguido ser tan feliz? —le pregunté una mañana que vino a sacarme de la cama a las ocho y media insistiendo en que fuéramos a comer gofres.

Se había pedido un completo con mermelada, crema agria y el queso marrón más extraño que había visto en toda mi vida.

Me preguntó si quería probar sus gofres pero me negué siquiera a olerlos, centrándome en cambio en picotear un poco de los míos, solos, sin ningún extra.

—¿En serio te crees que estoy así cada segundo del día? Por Dios, que soy madre. Los hijos están para molestarnos, y los maridos también. Lo que pasa es que estoy contenta de que estés aquí para poder cuidarte.

—¿A Anders no le importa tener que ocuparse solo de la clínica mientras tú te centras en mi recuperación?

—Anders es un héroe. Los noruegos se limitan a sonreír y a soportarlo todo. Creo que en realidad les gusta ser así. Excepto cuando los halagan, eso sí que no lo gestionan muy bien. En este sentido se parecen un poco a los irlandeses; son incapaces de lidiar con que alguien les diga algo bueno de ellos mismos. Si lo hago, Anders es capaz de levantarse en medio de una conversación e irse a buscar un vaso de agua o cualquier cosa. Es como un truco de magia que hago de vez en cuando para distraerme.

—Hacéis muy buena pareja.

—Sí, en general lo somos. Anders es muy tranquilo. Se pasa el día diciendo «mmm».

—Tú también —repliqué riéndome.

—Ah, o sea que sí que puedes reírte. Estaba empezando a preguntarme si habías perdido la capacidad de hacerlo para siempre. —Sonrió mientras se llevaba otro trozo de gofre enorme a la boca.

Anders era sin duda un buen hombre, y estaba bien claro que adoraba a Cacahuete de la cabeza a los pies. Sin embargo la mejor amiga de su mujer lo desconcertaba; me miró con la misma cara que pondría un orangután al ver a un humano cuando le dije que uno de los muchos dilemas que tenía era que no estaba segura de estar en la industria adecuada.

—Entonces, ¿vas a dejar el trabajo que llevas haciendo toda la vida por otro? —preguntó, y dejó de lavar las hojas de lechuga que estaba preparando para la cena del viernes. Por aquel entonces ya llevaba una semana viviendo con ellos.

—Jeanie —interrumpió Cacahuete, que estaba ahí al lado cortando unos tomates—. Debería haberte dicho que los noruegos suelen hacer lo mismo durante toda su vida. Nunca cambian de profesión.

—¿Y no te aburres? —le pregunté a Anders.

—El trabajo es solo lo que hacemos para pagar las facturas, no quienes somos. Cosas como ir a esquiar, hacer una escapada a la cabaña, estar un rato en la sauna o pasar tiempo con tus seres queridos son las que nos aportan felicidad y definen quiénes somos. No el trabajo. La verdadera pregunta es por qué los irlandeses dejáis que el trabajo os defina tanto.

—¡Tía Jeanie! —Me giré para mirar a Oskar, que estaba dibujando tumbado boca abajo delante del televisor—. Mamá dice que hablas con los muertos. —No era una pregunta. Era una simple afirmación sobre la que Oskar esperaba que expusiera, al más puro estilo escandinavo.

Todo el mundo dejó de hacer lo que estaba haciendo. Anders se giró y Elsa apareció de la nada. Miré a Cacahuete que asintió con la cabeza, dándome permiso para decir la verdad.

—Así es —empecé—. Siempre lo he hecho. Desde que era incluso más pequeña que vosotros. Se me da tan bien hablar con los muertos como a vosotros dibujar. Supongo que es mi talento. Los muertos pueden hablar pero solo durante un ratito, no puedo oírlos durante mucho tiempo.

Elsa se me acercó y se sentó encima de sus propias piernas, se apoyó con las manos en la parte trasera del sofá y se quedó observándome. Oskar se tumbó boca arriba, apoyándose sobre los codos y dejando un momento su dibujo de lado. Anders se cruzó de brazos y piernas esperando a que siguiera y Cacahuete me dedicó una pequeña sonrisa.

—A veces apenas los oigo y otras se quedan charlando durante un buen rato. Y me dicen cosas como: «Dígale a mi mujer que la quiero y que lo siento mucho».

—¿Por qué lo sienten mucho? —preguntó Elsa con la misma nariz arrugada que tenía Cacahuete a los siete años, cuando entró en la sala de embalsamar y preguntó para qué servían todos aquellos líquidos de colores.

—Porque aquel hombre sabía que su mujer se pondría triste por su muerte.

—¿Y qué más dicen? —preguntó Oskar tumbado en el suelo.

—Bueno, cosas como «Dígale a mi marido que dejé el dinero para pagar el funeral en el bolsillo interior del abrigo bueno de los domingos». O «Dígale que no me entierre con aquel traje azul marino tan horrible que según ella me queda muy bien. Lo odio. Me hace gordo».

Elsa y Oskar se echaron a reír y aquello me levantó los ánimos.

—No, en serio. Un hombre llamado Joe Plunkett me pidió que le transmitiera aquel mensaje a su mujer, que vino un poco más tarde a la funeraria y nos trajo justamente el traje que a su difunto marido no le gustaba. —Estaba bien recordar que de vez en cuando había sido lo bastante valiente como para decir la verdad.

—¿Y qué ocurrió? —Elsa ladeó un poco la cabeza y la apoyó sobre sus brazos.

—Bueno, la mujer no se lo tomó muy bien, pero le preparé una taza de té y estuvimos charlando sobre su marido y de lo preocupada que estaba por si era incapaz de hacer ninguna de las cosas que él hacía en casa, como por ejemplo sacar la basura y purgar los radiadores. Lloró hasta quedarse a gusto. Y al cabo de un rato se levantó y me dijo que se iba a casa para traernos la chaqueta de cuero preferida de su marido, su camiseta de Status Quo y unos tejanos.

—Así que eres la mensajera de los muertos. Un ángel —dijo Oskar con la confianza de un hombre que sabía exactamente de lo que estaba hablando.

—Bueno, yo no sé si diría tanto. —Aparté la mirada, incapaz de lidiar con aquel halago, igual que su padre.

—Pues yo sí creo que eres un ángel —afirmó Elsa antes de levantarse e irse de nuevo hacia donde estuviera antes.

—Y yo también. —Oskar volvió a tumbarse boca abajo para seguir dibujando.

—¡Eso, eso! —exclamó su madre antes de ponerse a cortar tomates otra vez.

Cuando alcé la mirada pensando que ya se habían acabado los halagos, vi que Anders estaba inmóvil observándome con la espalda apoyada contra el fregadero.

—¿En serio quieres dejar de hacer eso? —Sacudió la cabeza—. Mmm —añadió antes de volver a centrar su atención en la ensalada, y Cacahuete me miró y sonrió.

Mientras estuve ahí Cacahuete fue a trabajar varios turnos a la clínica veterinaria con Anders, sobre todo cuando estaba desbordado de trabajo. Por las mañanas, cuando Cacahuete trabajaba y yo me quedaba sola, me iba a pasear o a visitar algunas atracciones turísticas. Observaba a todos los transeúntes con los que me cruzaba y me preguntaba si solo con verme la cara podrían intuir lo perdida que estaba. ¿Cuántas veces había caminado por las calles de Irlanda convencida de poder distinguir a las personas que acababan de perder a alguien? Estaba de duelo por Fionn pero también por Niall. Por todos los «y si», los «pero» y los «y».

Al cabo de una semana empecé a buscar funerarias en Google y me puse a caminar por calles de nombres impronunciables hasta detenerme frente a lo que parecía ser un negocio como cualquier otro, con las cortinas cerradas y una simple placa junto a la puerta. Pasé un par de veces por delante preguntándome si desde aquella distancia llegaría a oír la voz de algún hombre, mujer, niño o niña diciendo algo muy importante pero que no podría comprender. Y en algún momento ocurrió, oí sus voces débiles y amortiguadas por los ladrillos, el cemento y la distancia que nos separaba. Pero ¿qué podría haber hecho?, ¿llamar a la puerta y convencer al director de la funeraria de que me escuchara pronunciar las palabras para mí incomprensibles de los muertos? Al final me contenté con sentarme al otro lado de la calle y observar aquellas puertas que nunca se abrían, cada vez más alterada por que las últimas palabras de aquellas personas muertas no estuvieran siendo escuchadas, y preguntándome si alguna vez llegaría a saber resistir la llamada de los muertos.

Si Huete tenía que trabajar por la tarde iba a recoger a Elsa y a Oskar a la escuela, los llevaba a casa y preparábamos su merienda favorita, panqueques con mermelada, mientras insistían en que les contara más historias de los muertos. Por las noches, Anders se ocupaba de todas las emergencias para que su mujer pudiera quedarse conmigo. A pesar de que tuvo que hacerse cargo de casi todo el trabajo de la clínica durante mi estancia, nunca me lanzó una mirada exasperada al entrar por la puerta y verme todavía sentada en su sofá, tal vez en la misma posición exacta en la que estaba cuando se había ido.

Lo acorralé tres semanas más tarde, la mañana en que finalmente me fui. Todavía era temprano, pero lo oí deambulando por la casa mientas los demás seguían durmiendo.

—Anders —susurré en el silencio mañanero de la cocina. Se mantuvo impertérrito ante mi llegada y se quedó sentado ante la mesa de la cocina bebiéndose su café y mirando el aparcamiento del edificio por la ventana—. Quería darte las gracias por haber permitido que me quedara tanto tiempo en vuestra casa y que Cacahuete pudiera cuidar tanto de mí.

—Sarah se lo merece. —Anders la llamaba Sarah. Cuando se conocieron, Cacahuete estaba tan colgada de él que temió que la considerara infantil si le decía que todo el mundo la llamaba por su mote, así que dejó que se refiriera a ella con el nombre que salía en su currículum. A veces Anders tenía que darle un golpecito en el hombro para que Cacahuete se percatase de que le estaba hablando. Al cabo de un tiempo acabó confesándole que prefería que la llamasen Cacahuete, pero Anders le dijo que le gustaba que lo considerase tan especial, así que si no le importaba seguiría llamándola Sarah como si fuera su mote cariñoso—. Tenerte cerca la hace feliz. No siempre ha sido fácil para ella mudarse aquí. Renunció a tantas cosas cuando decidió venir a vivir a Oslo que era lo menos que podía hacer. —Sonrió para sus adentros—. Además, a mí también me ha gustado tenerte aquí. Tus historias son muy originales. Se las he contado a todos los de la clínica, pero por supuesto algunos no se creen que puedas hablar con los muertos. Y sin embargo —añadió alzando una tostada y señalándome—, todos quieren conocerte.

Me reí al imaginármelo.

—Pero no te preocupes. Les he dicho que no puedes ir con ellos, que eres de mi mujer, y creo que ahora también un poco de Oskar y de Elsa.

Nos sonreímos.

—¿Siempre has sabido que querías tener hijos, Anders?

—Sí, por supuesto. ¿Tú no quieres tener hijos?

—No lo sé —contesté encogiéndome de hombros—. Pero creo que si alguien pudiera convencerme sin duda serían Elsa y Oskar. Me encanta estar con ellos. Son como adultos pero más felices.

Anders sonrió pero entrecerró los ojos, sorprendido.

—Tienes que olvidarte de todo ese cuento de la felicidad.

—Como todo el mundo, ¿no?

—No es nuestro estado natural. A veces la felicidad es como un rayo de sol escabulléndose entre las nubes. Es efímera. Y el resto del tiempo se trata simplemente de vivir. —Se frotó las manos para quitarse las migajas—. Así que hoy te vas.

—Sí.

—¿Ha sido por la cabaña? ¿Es lo que ha hecho que te hartaras de los noruegos para siempre? —dijo riendo.

Según Cacahuete, cuando Anders no llevaba a los niños a esquiar los fines de semana los llevaba a la cabaña de sus padres, que estaba en medio del bosque a una hora en coche de Oslo. El fin de semana anterior Anders había insistido en que debería ir a la cabaña con Cacahuete.

—Sería una pena que hubieras venido a Noruega y no hubieras experimentado nuestra esencia —había dicho.

Cacahuete había puesto los ojos en blanco y había apoyado la cabeza sobre el sofá.

—Pero si siempre está helada y no tiene electricidad.

—Sí, amor mío, pero es mayo, estaréis calentitas con la estufa y las mantas; llévate mucha sopa y seguro que estaréis la mar de bien. —Se había acercado a Cacahuete por detrás y había apoyado la cabeza junto a la suya para besarle la mejilla.

—Pero a ti se te da mucho mejor todo esto, Anders. —Cacahuete acunó la cabeza de Anders con el brazo para poder acariciarle la oreja.

—Ve. Todo irá bien. Estarás con Jeanie. —Volvió a besarla y se levantó.

Ambas nos habíamos reído de que Anders hubiera dado por sentado que yo tenía algún tipo de habilidad de supervivencia.

—Si puede hablar con los muertos, sin duda podrá encender la estufa de leña.

—Cariño, eso es como decir que como eres veterinario sin duda podrías pilotar un avión.

—Puede que sí. Solo tendría que probarlo. Además, estoy harto de escucharos. Iros a cotillear sobre Kilcross a otra parte.

Así que aquel viernes nos habíamos ido hasta la cabaña roja con los marcos de las ventanas de color amarillo que estaba al final del camino. Y allí nos quedamos, con una cocina de gas y lámparas de aceite, charlando bajo las mantas, con los pies cerca de la estufa, durmiendo en unas literas y meando en el baño exterior.

—En realidad lo que ha hecho que me hartara de los noruegos para siempre ha sido el doble baño —le contesté a Anders aquella última mañana. En el baño exterior había dos agujeros con asiento y todo, uno junto al otro, como si fueran los asientos de un tren.

Anders se echó a reír.

—Fue muy práctico mientras los niños eran pequeños. A ellos no les importaba.

—No, ahora en serio, no ha sido por nada de eso. Me parece que simplemente echo de menos a los muertos.

—¿Y a Niall no? —Anders dirigió sus ojos hacia mí y yo aparté la mirada, avergonzada—. No es habitual oír decir a alguien que echa de menos a los muertos. A Lily, la enfermera de mi clínica, le encantará esta frase. Dice que eres su telenovela. Le encanta que le cuente la última historia que nos hayas explicado. Cuando te vayas le romperás el corazón. Su primo es director funerario y le encantaría conocerte. Está convencido de que entre ambos podríais hacer que el negocio se convirtiera en una mina de oro.

—¡Cómo vamos a convertir su negocio en una mina de oro si no entiendo nada de lo que dicen los muertos noruegos!

—La mayoría de los noruegos hablan inglés, así que no tendrías ningún problema.

En realidad me había encantado ir a la cabaña. Estaba tan alejada de todo. Entonces fue cuando comprendí por qué Anders decía que ir allí era como regresar al pasado, a una época de paz sin teléfono ni televisor, y por qué era tan importante para él, para ellos.

—Tal vez si Niall y yo tuviéramos una cabaña como esta no tendríamos tantos problemas —le dije a Huete cuando llegamos y me enseñó las dos únicas habitaciones.

—Oh, sí, seguro que estarías superenamorados. —Huete había entrado por la puerta con dos brazadas de madera y tantas capas de ropa que parecía el muñeco de Michelín—. Es romántico que te cagas.

—No, lo digo por la desconexión. Nada de llamadas. Nada de vivir en una ciudad donde todo el mundo lo sabe todo sobre ti.

—Bueno, ¿ya has decidido si lo vuestro ha terminado? —Dejó caer la madera ruidosamente sobre el suelo y suspiró. Era la primera vez que hablábamos de Niall desde hacía días.

—No lo sé, Huete.

—¿Ya lo has llamado?

—Me quedo mirando su número por lo menos cinco veces al día, ¿eso cuenta?

—No.

—Tampoco sabría qué decirle ni aunque lo llamara. No tengo ninguna novedad que contarle. Nos quedaríamos en silencio, demasiado asustados por volver a meternos en los berenjenales de siempre.

—En algún momento tendrás que tomar una decisión, Jeanie. No puedes dejarlo ahí trabajando con tus padres para siempre, preguntándose si vas a volver. Seguro que es una situación extraña tanto para él como para tu familia. Y desde luego tampoco es bueno para ti. —Cacahuete me lanzó una sonrisa tensa y luego se agachó para abrir la estufa—. Cómo odio esta maldita estufa, joder.

—Pero no es tan fácil, Huete. A veces siento que tomaré un avión, me lanzaré corriendo a sus brazos y le diré que lo quiero y que lo siento. Pero sé que al cabo de unos segundos aquel impulso se desvanecería y volvería a dar vueltas a lo que en el fondo siempre me he preguntado; si lo quiero suficiente. Y sin embargo ahora no sé cómo vivir sin él. —Entonces mi teléfono emitió un ruidito—. ¿No me habías dicho que aquí no había cobertura?

—Y no hay, pero de vez en cuando llega algún mensaje. Es como si la Noruega rural me estuviera gastando una broma y quisiera hacerme creer que puedo conectarme a internet.

Era un mensaje de Arthur.

—Ves, por eso tenía que venir Anders, nunca consigo encender esta estufa de los cojones.

—A ver, déjame a mí. —Me arrodillé para recolocar la madera, encendí un fósforo y prendió como si realmente tuviera la habilidad milagrosa de encender fuegos, y luego volví a dirigir mi atención hacia el mensaje.

—En el pueblo hay una cafetería. Es el único lugar con buena cobertura. Podríamos ir mañana por la mañana. Y comer gofres. También podrías aprovechar para llamar a Niall.

—¡Mierda! —exclamé al volver a sentarme en cuclillas—. Creo que primero debería llamar a papá.

—¿Ah, sí?

—Por lo visto nunca llegó a decirle a Arthur que su padre no era la persona que él creía que era. Acaba de enterarse por un abogado. —Sentí una punzada de vergüenza por no haber pensado en Arthur ni una sola vez durante todo este tiempo.

—¿Qué? ¿Arthur el cartero? No me habías comentado nada.

—No, supongo que no.

—Bueno, pues cuenta —dijo invitándome a empezar la historia de Pequeño y Arthur mientras se sentaba en la silla con todas sus capas, que empezó a quitarse al cabo de diez minutos cuando la cabaña efectivamente empezó a caldearse.

CAPÍTULO VEINTIOCHO

A la mañana siguiente tuve que sacar a Cacahuete a rastras de la cama para que me llevara al pueblo.

—¿Papá? Soy Jeanie.

Estaba de pie fuera de la cafetería mirando a Cacahuete por la ventana mientras se tomaba su café rodeando la taza con las manos, como si fuera la única fuente de calor en todo el planeta y tuviera miedo de que alguien intentara arrebatársela.

—Jeanie, cariño, ¿cómo estás?

—Estoy bien, papá.

—Me alegro. ¿Ya tienes las cosas más claras?

Había hablado con mis padres un par de veces desde que estaba en Noruega para asegurarles que cada vez estaba mejor, aunque sí, era evidente que me había olvidado de preguntar por el pobre Arthur.

—Mira, papá —dije para ir al grano—. Ayer por la noche recibí un mensaje de Arthur. —Contemplé el pueblo con sus cuatro edificios de madera multicolor (amarillo, rojo, azul y verde) y me pregunté por qué no podíamos hacer que fuera obligatorio poner un poco de color en los edificios de Kilcross. El único color que había era el rojo del supermercado SuperValu en la entrada de la ciudad.

—Ah, eso. —Le flaqueó la voz.

—Papá, me prometiste que se lo contarías. Está muy disgustado por haber acabado enterándose de todo a través de un abogado.

—Ya lo sé, cariño. Ayer por la noche vino a casa.

—¿Está bien?

—Estará de maravilla. Lo estoy arreglando.

—A ver, sé que debería habértelo recordado, papá, lo sé, pero de verdad, no lo entiendo, mira que decidir no transmitirle el mensaje precisamente a él y precisamente ahora.

—Sí, lo sé, cariño, pero deja que me explique. La cosa es que con todo lo que está ocurriendo, tu marcha a Noruega, la renuncia de Niall...

Siguió hablando, pero dejé de escucharlo en cuanto mencionó a Niall.

—¿Niall ha dejado el trabajo? —repetí, aunque más que una pregunta era más bien un intento de comprender la inmensidad de sus palabras.

—¿No te lo ha dicho?

—No. —La palabra se me quedó pegada en los labios con reticencia, como si tuviera miedo de que la pronunciara.

—Se ha ido a trabajar a Sligo para la familia Molloy —explicó papá con resignación.

—Oh.

—Lo siento, cariño. Nos dijo que ya te lo diría.

Negué con la cabeza al notar una presión contra la base del cráneo. Niall lo había hecho. Había tomado la decisión por los dos, había pasado página de nuestra vida en común. Me llevé una mano a la boca para que papá no pudiera oír mis sollozos.

—Mira, Jeanie, tengo que explicarte lo de Arthur, y puede que lo que estoy a punto de decirte te ayude con todo lo demás. Sé que debería habérselo dicho, pero... —continuó papá, pero entonces empecé a temblar y a notar que se me escapaban las lágrimas, así que cerré los ojos para centrar mis energías en que papá no supiera que su hija se estaba viniendo abajo—. Tu madre lleva años dándome la lata para que confiese, y tiene razón, debería habértelo contado antes. Verás, cariño, la cosa es que...

Me aparté el teléfono de la oreja, me doblé sobre mí misma e intenté respirar y no llorar muy fuerte. Dejé el teléfono encima de mis rodillas mientras temblaba y cerraba los ojos. Oí la voz amortiguada de papá llamándome, cosa que me recordó a cómo sonaba la voz de los muertos al alejarse. Respiré profundamente para sobreponerme un poco y poder terminar la llamada.

—Mejor te llamo en otro momento, papá. Aquí no tengo muy buena cobertura.

—Vale, pero Jeanie, ¿has oído lo que he dicho? Tenemos que hablar. ¿Tienes pensado volver pronto a casa?

Ahora ya no había nada, absolutamente nada a lo que volver. Mi vida tal y como la había conocido durante los últimos nueve años había cambiado irremediablemente. Fuera lo que fuere lo que papá estaba intentando decirme, en aquel momento me pareció irrelevante. Nada de lo que dijera podría cambiar aquel hecho. Examiné aquel pueblo arcoíris buscando alguna pista sobre lo que me deparaba el futuro y de repente la respuesta se me presentó delante de las narices tan deprisa como una golondrina bajando en picado.

—Marielle —dije, desesperada por sonar segura de mí misma y poder poner fin a aquella llamada—. Me iré a trabajar para Marielle.

—¿La mujer de Francia?

—Sí —respondí escuetamente conteniendo las lágrimas.

—Pero, Jeanie, cariño…

—Cacahuete me está diciendo que quiere regresar a la cabaña, papá. —A través de la ventana vi a Cacahuete sonriendo feliz por primera vez desde que nos habíamos marchado de la ciudad mientras le servían un plato de gofres.

—¿Qué cabaña?

—Tengo que colgar.

—Pero, Jeanie, tenemos que hablar pronto, ¿vale?

—Sí. Claro. Lo siento, papá.

En cuanto colgué le escribí un mensaje a Niall.

«Te has ido», le dije.

Mientras esperaba caminé en círculos mordiéndome la piel del pulgar, luego me lo puse bajo el brazo y al cabo de un rato empecé a mordérmelo de nuevo.

«Lo siento», contestó casi de inmediato. «Necesitaba dejarte ir».

Tomé aire y, con movimientos poco gráciles, me tambaleé hacia el escalón y escuché a la ciudad moverse en pequeños estallidos, el sonido de una puerta abriéndose, de un coche arrancando, de una voz sin rostro, y entonces fue cuando lo solté todo. Mi llanto se elevó por encima de los demás sonidos de aquel pueblo noruego, cosa que alertó a Cacahuete, que vino corriendo y rodeó con sus brazos a la chica que había rescatado.

—Volverás a pasar una temporada con nosotros si lo necesitas, ¿verdad? —dijo Cacahuete una semana más tarde en el control de seguridad del aeropuerto de Gardermoen mientras me arreglaba el pelo tal y como hubiera hecho mi madre.

—Sí, te lo prometo.

—Me ha ido tan bien tenerte aquí. —Me sorprendí cuando Cacahuete se echó a llorar—. Echo tanto de menos mi casa.

—¡Hey! —exclamé abrazándola.

—Es curioso, ¿no? Cuando éramos más jóvenes estaba tan segura de querer vivir en cualquier lugar que no fuera Kilcross. Pero a medida que me hago mayor echo cada vez más de menos la ciudad. Y mírate ahora, alzando el vuelo.

—Pero ¿qué hay de Anders y los niños, Huete? —La solté y la miré con miedo de que mis inquietudes hubieran puesto en marcha algo que no me esperaba.

—Ya sabes que me encanta vivir aquí, pero a veces me pregunto si tal vez… —Suspiró y sacudió la cabeza para sacarse aquel pensamiento, negándose a sucumbir ante su fuerza—. He pensado que mientras los niños tengan interés pasaremos todo el mes de julio entero en Irlanda, no solo una semana. Podríamos alquilar una casa, ¿sabes? —Puso cara de preocupación mientras se secaba las lágrimas—. Aunque tal vez cuando vayamos ya no estarás allí, ¿no?

—Pero si acabo de empezar esto, sea lo que fuere. —Puse una mano sobre su hombro.

Cacahuete asintió con la cabeza.

—Supongo que necesito hacerlo por mí, igual que estás haciéndolo tú. —Se sorbió los mocos y suspiró, y entonces se recompuso—. Llámame, ¿vale? Así sabré que has llegado bien.

—Por supuesto.

—Venga, ve. Tira o volveré a meterte en el coche conmigo. Y eso que por aquí no se toman los secuestros a la ligera. —Me apartó de un leve empujón que me dejó un moratón en el corazón, que ya echaba de menos su protección y su cuidado; me sentí como si fuera una niña forjándome mi propio destino.

—Muchas gracias, Huete. Sin ti no lo hubiera conseguido nunca.

Me puse a la cola pero me giré cada pocos segundos para saludarla con la mano, lanzarle un beso y verla asentir con la cabeza y secarse de nuevo las mejillas, hasta que pasé el control y la perdí de vista.

Marielle Vincent parecía tener menos de setenta y cinco años y tenía la piel cetrina ligeramente arrugada alrededor de la boca y los ojos. Diecisiete horas más tarde, tras un avión y dos autobuses, llegué a la ciudad de Saint-Émile y la vi vestida con un mono de color mostaza, una chaqueta gris de tweed, una bufanda roja y ámbar enrollada alrededor de su elegante cuello y la mata de pelo gris más suntuosa que había visto en mi vida, era tan sedosa que sentí la necesidad de tocárselo. No tuvo que buscar mucho entre los pasajeros que bajamos del autobús; le resultó bastante fácil avistar a la chica agotada, pálida y llena de pecas.

—Por fi has llegado, *ma chère*, Jeanie. —Agachó su cuerpo de casi metro ochenta para besarme en ambas mejillas—. Me alegro de que por fin nos veamos en persona. Me hace muy feliz.

Tal vez debería haberme limitado a devolverle los besos del saludo, y puede que fuera por el agotamiento, los kilómetros y las horas que había tardado en llegar. Pero solté las maletas, me puse de puntillas, le pasé los brazos alrededor del cuello y la abracé con fuerza.

—Gracias. Gracias. Gracias —le dije.

Seguro que parecía una niña pequeña abrazando a su madre, estrechando entre mis brazos a la mujer que me enseñaría a ser valiente, a decir la verdad, a hablar con amabilidad y a mejorar mi francés.

—Oh, qué maravilla. —Me devolvió el abrazo y soltó una carcajada—. Por fin estás aquí después de todos estos años.

—Estoy tan contenta de que aceptaras mi propuesta.

Había llamado a Marielle seis noches antes y le había preguntado si le importaría que fuera a visitarla. La mano con la que aguantaba el teléfono cerca de la oreja me temblaba.

«Claro, por supuesto», había contestado. «Llevo nueve años esperando esta visita. Tienes que venir, no quiero ni oírte hablar de ningún otro plan». Me había sonrojado al oír su entusiasmo, contenta, por lo visto, de regresar junto a los muertos. «Gracias», le había susurrado.

—*Viens* —dijo el día de mi llegada después de liberarme de su abrazo, y entonces entrelazó mi brazo derecho con su brazo izquierdo y cada una agarró una de mis maletas—. Tengo un poco de comida y de vino preparados. Come si quieres mientras trabajo. Pascal me está esperando. —Se inclinó hacia mí y su voz sonó tan delicada y suave como un lecho de musgo—. Solo nos quedan unas horas. A Pascal no se le daba bien esperar ni siquiera cuando estaba vivo.

—*Parfait*. —Mi pronunciación era horrible. Tenía la sensación de que el poco francés que recordaba de la escuela se había quedado anticuado y oxidado. Marielle me devolvió una sonrisa ancha.

Caminamos hacia su furgoneta Citroën vintage de color azul que más tarde descubrí que cuando no la utilizaba para los muertos albergaba varios muebles de su casa que no parecían ir en ningún sitio concreto, solo de un lado a otro. Eran las eternas víctimas del deseo constante de Marielle por librarse de cosas y el dolor que sentía al deshacerse de ellas. Lucien, su vecino, compañero de trabajo y, como también descubrí más tarde, su novio, se encargaba de poner fin a la miseria de aquellos muebles haciéndolos desaparecer en su cobertizo hasta que Marielle se olvidaba de ellos. Nunca tiraba nada por si luego Marielle cambiaba de opinión; era una de sus muchas muestras silenciosas de amor que observaría durante mi estancia. Aquel día se trataba de una silla con un estampado de rosas que había visto días mejores, aunque poco después me la apropié para ponerla en la habitación donde dormiría, la que tenía vistas al campo de flores salvajes de color rojo, amarillo y azul vibrante sembrado de pequeñas placas de madera, algunas incluso en forma de corazón, con nombres y fechas grabadas. De cada una de las cuatro esquinas salía un camino de piedrecitas y convergían todos en medio, en una pequeña elevación sobre la que se erigía un banco de madera circular desde el cual cualquier visitante podía contemplar el lugar de reposo de su ser querido independientemente de dónde estuviera enterrado. Era difícil distinguir el perfil de las tumbas entre la hierba excepto las que habían sido excavadas más recientemente. Sin embargo, Marielle tenía un libro en el que había ido apuntado en qué parcela estaba enterrado cada muerto por si aparecía alguien buscando a un familiar perdido o por si un hijo o una hija que no venían muy a menudo pasaban a hacer una visita.

Marielle no vivía en una casa vieja de fachada blanca y postigos azules tal y como esperaba. Tenía una casa moderna de dos pisos en uno de los extremos del pueblo, que tenía mucha más vida de lo que me había hecho creer. Y los muertos también se morían con más regularidad de lo que Marielle me había dado a entender en las llamadas y los correos electrónicos que habíamos intercambiado a lo largo de los años. Le llegaban clientes de todas partes. Al parecer eran muchas las personas que no querían que inyectaran productos químicos a sus seres queridos, pero por encima de todo lo que querían era oír lo que tenían para decirles sin tapujos.

Cuando llegamos al acceso para vehículos de su casa, Lucien ya estaba ahí de pie, esperándonos; me saludó inclinando la gorra e insistió en llevarme las maletas, y luego salió corriendo detrás de Marielle para atender a Pascal, que les esperaba junto a su familia. A pesar de estar hambrienta, los seguí, me senté al fondo de la habitación y observé a Marielle acercando la cabeza hacia Pascal para poder transmitir sus últimas palabras a su viuda, que aguardaba pacientemente. Se recostó encima de su marido y lloró antes de que Lucien y Marielle empezaran a amortajarlo con una bonita sábana blanca de algodón con flores de aciano azules bordadas a mano en los bordes. Lo colocaron sobre una camilla y lo llevaron hasta su tumba.

Desde el fondo de la habitación pude oír las palabras de Pascal. No comprendí casi nada pero aun así cerré los ojos y sonreí mientras apoyaba mi cabeza cansada contra el marco de la puerta. De repente sentí que en aquella habitación, entre las personas allí presentes, tanto vivas como muertas, había encontrado de nuevo mi hogar.

—¿Así que Niall y tú ya no estáis juntos? —preguntó Marielle más tarde mientras cenábamos. Le había contado casi todo lo que había ocurrido por teléfono.

—No. —Emití aquella respuesta monosilábica mientras inclinaba la cabeza sobre mi plato.

—Ese chico me gustaba.

Lucien detuvo la mano con la que sostenía un trozo de pan rebañado junto a su boca abierta, negándose a comérselo todavía mientras desviaba su mirada preocupada hacia Marielle.

—No te preocupes, viejo. No lo decía en ese sentido. Me gustó el debate que mantuvimos hace años sobre embalsamar, eso es todo. —Se giró para observarme durante un segundo mientras llenaba su cuchara—. He pensado que estaría bien que te quedaras hasta que muera.

—¿Qué? —pregunté desconcertada por aquella declaración tan inesperada—. ¿Estás enferma?

Lucien dejó el pan y también se la quedó mirando. Marielle hizo un gesto con la mano para aliviar su preocupación.

—No, pero seguro que me iré en un momento u otro y estaría bien saber que cuando eso ocurra habrá alguien por aquí que pueda escuchar lo que tengo que decir. Estoy segura de que mis últimas palabras serán magníficas y merecerán la espera. —Aunque sonrió al articular la última frase, todo lo demás lo dijo con una seriedad resuelta.

Sus palabras me aliviaron enormemente. Tenía la sensación de que justo acababa de encontrarla y no estaba dispuesta a perderla tan pronto.

—Bueno, tenía pensado quedarme durante todo el tiempo que me dejaras.

—Bien. —Marielle volvió a girarse hacia Lucien—. Ahora que tengo más ayuda deberías irte a París a ver a tu hija antes de que te hagas demasiado mayor para viajar. —Escupí el bocado de estofado, que casi me salió disparado por la boca al oírla decir aquella frase tan descarada—. Lo digo en serio. Míralo. Ya casi anda encorvado. Quieres a esa muchacha, Lucien, tienes que ir a verla. Siempre te está rogando que vayas a pasar unos días con su pequeña familia.

—No me gusta París, con sus calles anchas y sus edificios dorados. Se cree muy importante. —Lucien era un hombre de pocas palabras, pero cuando hablaba iba directo al grano.

—No se trata de la ciudad, sino de las personas que viven en ella.

Las palabras de Marielle me causaron el mismo impacto que te produce a veces la frase de una canción cuando sientes que te define a la perfección y te preguntas cómo es posible que el cantante te conozca tan bien.

—Pero antes de irte necesito que caves tres tumbas. Esta mujer tiene menos músculos que una niña. —Me miró como si fuera una política local que no le cayera muy bien y le estuviera pidiendo su voto—. Podrías ir pasado mañana.

Si cava tres tumbas en un día el pobre hombre acabará muerto, pensé. Y como si me hubiera leído la mente, Lucien me lanzó una mirada; seguro que me veía como la mujer que había llegado para alterar la vida feliz que llevaba junto a Marielle, a quien era evidente que adoraba.

—*Cinq* —dijo, y me enseñó orgulloso la palma de la mano—. Cavar tres tumbas no es nada. He llegado a cavar diez en un día. —Marielle lo miró con admiración—. Cinco. Cavaré cinco. —Se llevó otra cucharada de estofado a la boca.

—No sabía que estabais juntos —le comenté más tarde a Marielle mientras lavaba los platos. Lucien ya se había ido, pero la mujer todavía estaba sentada en su silla.

—Era de esperar, una mujer atractiva como yo, un viudo como él. La naturaleza tenía que seguir su curso.

—¿Cuánto tiempo lleváis juntos?

—Varios años, tal vez seis o siete.

—No me habías dicho nada.

—Tú tampoco me habías dicho que tenías pensado huir de casa. Todos tenemos asuntos que preferimos mantener en privado.

Sequé los últimos utensilios de cocina y los colgué de los ganchos que había encima de los fogones.

—Además, es perfecto. Él vive en su casa y yo en la mía. Así no nos molestamos. —Me gustó aquella visión alternativa sobre cómo podía ser una relación.

Marielle me observó durante unos minutos más y luego se levantó con un gemido llevándose la mano a la espalda.

—Creo que me acostaré temprano. Quiero terminar el libro que estoy leyendo; están a punto de descubrir quién es el asesino y estoy segura de que es el policía.

—Pero no me lo destripes, ahora ya no te lo podré pedir prestado.

—No te preocupes, está en francés —dijo con una sonrisa—. Me alegro de que hayas venido, Jeanie. Es agradable tener a alguien por aquí. Sobre todo si ese alguien también puede oír a los muertos, aunque solo los entienda si hablan en inglés.

—Yo también. Entonces, ¿Lucien se irá a París?

—Oh, sí, hace prácticamente todo lo que le ordeno. Sé que dicho así parezco una persona horrible. Pero todo lo que hago lo hago porque sé que es lo que más le conviene, y sé que nunca iría a París si no se lo dijera yo. Su hija lo quiere mucho. Le preocupa que lo haga trabajar demasiado. Y hace bien.

CAPÍTULO VEINTINUEVE

Trabajar con Marielle tenía algo especial. Me recordó mucho a cuando trabajaba con Niall y estábamos los dos juntos en la sala de embalsamar, trabajando en silencio pero alzando la cabeza para reírnos de cualquier cosa. Me gustaba aquella sincronía. Marielle me enseñó a amortajar; mis manos seguían las suyas, imitaban todos sus movimientos.

Marielle tenía una manera particular de interactuar con los muertos y sus familiares. Sabía que estaba a punto de decir algo difícil porque daba la espalda al muerto que yacía sobre la mesa larga y tomaba las manos de sus seres queridos, cuyas frentes tal vez ya estaban surcadas de arrugas por la preocupación, y los miraba como si tuviera todas las respuestas, que supongo que en parte era verdad.

Écoutez, decía, y luego empezaba. Inclinaba ligeramente la cabeza, negándose a apartar la mirada de las personas a las que tenía que hablar con toda la amabilidad. La vi explicar a una mujer que su marido había derrochado toda su pensión comprando un viñedo que lo único que había dado era tierra de poca calidad. La mujer en cuestión golpeó el pecho de su marido enfadada y luego se apoyó encima de él durante un buen rato hasta que las manos de Marielle la apartaron con delicadeza. Y a los padres de un niño de cuatro años que había cruzado la calle cuando su padre estaba despistado, los miró a los ojos y les dijo: «Victor dice que lo siente». El padre y la madre insistieron en llevar la camilla con su hijo hasta su tumba, pero a medio camino el padre flaqueó y Marielle tuvo que intervenir para que Victor no se cayera.

Lucien regresó de París dos semanas más tarde. Enseguida comprendió la sintonía que teníamos Marielle y yo y nunca pidió retomar su antiguo cargo de ayudante durante el proceso de amortajamiento. En vez de enfadarse nos dejó tranquilas y se encargó de las tareas que había que hacer en el exterior: cavó más tumbas para los recién llegados, podó las ramas que podían desgarrar la ropa de los visitantes y comprobó que no hubiera ninguna placa demasiado desgastada por el sol.

Mi francés fue mejorando. Solo con un mes gané mucha fluidez. A veces entendía un poquito lo que decían los muertos y sonreía en silencio cuando era algo gracioso antes de que Marielle repitiera la historia al marido, la mujer, el hijo, la hija o quienquiera que estuviera sentado a su lado.

Tenía la sensación de que en aquel rincón del mundo no había presiones de ningún tipo para evitar el rubor de los vivos. Lo único que teníamos que hacer era escuchar y repetir, escuchar y repetir, hasta que la voz desaparecía y llegaba la hora de enterrar al difunto. Me pregunté si alguna vez podría llegar a hacer lo mismo, como ya había hecho a los quince años aquel día en que le rompí el corazón a Noel Kavanagh, pero con un poco más de compasión.

—Que vengan si quieren —dijo Marielle el día en que le pregunté si echaba de menos ser una directora funeraria adinerada de la ciudad—. No necesito el dinero. Lo hago porque puedo y porque me lo piden. No rompería a llorar si mañana dejara de sonar el teléfono. Sería feliz haciendo cerámica en el jardín y cuidando de mis tomates todo el día si de repente la gente decidiera que hay otra persona más indicada para cuidar de ellos. Yo hago las cosas en mis propios términos, no en los suyos. Trabajamos para los muertos, no para los vivos. Mis únicas condiciones son nada de productos químicos y nada de mentiras.

Y cuando volví a apelar a la teoría de mi padre sobre por qué estaba bien mentir en ciertas ocasiones, respondió:

—No os culpo ni a tu padre ni a ti por haber llevado vuestro negocio tal y como lo habéis hecho, Jeanie. Lo que pasa es que a mí no me gusta mentir. Las mentiras pueden provocar demasiado daño. Y sí, sé que a veces la verdad puede ser difícil de aceptar, pero es mejor sacarla fuera que quedársela dentro, así la podredumbre desaparece enseguida, como cuando te tiras un buen pedo.

Casi me atraganté con el té que me estaba tomando.

—¿Qué pasa, es que una mujer no puede decir «pedo»? —Me sonrió.

En cuanto recuperé la compostura cuestioné su afirmación.

—Pero decir la verdad no siempre es mejor, Marielle. Algunas veces lo he hecho y ha salido todo mal.

—Ah, pero eso es porque no habías advertido a los vivos de que los muertos no siempre son cariñosos en sus últimos momentos. En cambio yo sí. ¿Por qué debería cargar con las atrocidades de otras personas? No es responsabilidad mía.

—Pero en parte sí que es responsabilidad nuestra, ¿no?

—Nuestra responsabilidad es solo para con los muertos.

—El problema es que los vivos son los que pagan la factura.

—Es por eso que antes de que vengan les advierto: «Puede que tengan que pagar por oír algo que no les guste». Así les doy un tiempo para que cambien de opinión.

Los días que no teníamos que atender a ningún muerto nos juntábamos los tres a la hora de comer, por mucho que cada uno estuviera perdido en un rincón distinto de la casa o el jardín. Y luego, cuando el calor de la tarde apremiaba, Marielle y Lucien se refugiaban en su dormitorio para digerir el festín con una siesta de una hora mientras yo me sentaba bajo la sombra acogedora de los aleros de la cara este de la casa e intentaba no pensar en Niall ni en cómo debía estar.

Al principio me sentaba sobre una tabla de madera apoyada sobre seis ladrillos en cada extremo. Hasta que un día Lucien apareció con una mecedora.

—Hacía años que no veía esa mecedora —dijo Marielle sorprendida mientras Lucien empujaba la carretilla por el camino que llevaba a su casa—. La odiaba. Crujía demasiado. Pensaba que la había tirado.

Lucien me guiñó el ojo, bajó la mecedora de la carretilla y la colocó sobre la tierra seca. Los tres nos quedamos mirando cómo se mecía suavemente hasta detenerse. Entonces me senté con las manos sobre los reposabrazos, levanté la mirada hacia aquella pareja maravillosa entrecerrando los ojos por los rayos de sol y proclamé que me había enamorado.

—Carcoma —dijo Marielle—. Otro de los motivos por los que odiaba esa mecedora.

—Ahora no es el momento —replicó Lucien, y acto seguido agarró las asas de la carretilla ahora vacía y se la llevó para guardarla en su cobertizo.

—Me encanta —dije—. Lo único que le falta son un par de cojines.

—Pregúntale al señor arréglalo todo, puede que tenga alguno por ahí —sugirió Marielle medio en broma, e hizo un gesto con la cabeza en dirección a Lucien.

—Te he oído —dijo el hombre sin girarse, pero agitó el dedo índice en el aire.

—Venga, Marielle, seguro que debes tener algunos cojines viejos por ahí que ya no quieras.

—Mis cosas no son viejas, Jeanie. Son de buena calidad, muy resistentes al paso del tiempo.

—Ah, ¿como el reloj del pasillo que por mucho que le cambie las pilas siempre va con retraso?

—Podrías echar un vistazo en el garaje —contestó ignorando mi broma—. Creo que hace años guardé algunos cojines por ahí, quién sabe. Pero ahora lo que quiero ver es qué otras cosas mías tiene escondidas ese hombre.

Siguió a Lucien y me dejó sola hurgando en aquel garaje repleto de los restos de su vida. Bajo una torre tambaleante de cajas encontré dos cojines aplanados que necesitaban urgentemente un lavado y un ahuecado. A partir de aquel momento mis tardes consistieron en mecerme hasta quedarme dormida o leer otro capítulo de uno de los veinte libros traducidos de Agatha Christie que había encontrado en la biblioteca y que cada semana tomaba en préstamo con el carné de Marielle. Aunque siempre que leía acababa igual, durmiéndome satisfecha hasta que me despertaba la voz de Marielle o el ruido del teléfono.

A veces me subía a la vieja bicicleta de Marielle que Lucien había engrasado e hinchado a pesar de haber insistido en que podía ocuparme yo misma, y pedaleaba hasta la ciudad para tomarme un café en una de las tres *pâtisseries*. Después me paseaba por el mercado y contemplaba los puestos de carne y pescado. Salmonete, rape y caballa; salchichas, orejas y manitas de cerdo; tomates grandes como manzanas; aceitunas, anchoas y hierbas aromáticas frescas. Siempre llevaba algo a casa de Marielle, convencida de que ella sabría crear algún plato delicioso.

—¿Qué, te crees que por ser francesa soy una cocinera excelente? La cocina no es mi fuerte. Pregúntaselo a mi marido que está ahí fuera. —Señaló hacia el prado conmemorativo—. Bernard siempre se quejaba de que le quemaba el filete. En esta casa era él quien estaba a cargo de los fogones.

Así que buscaba recetas en inglés por Google e intentaba preparar platos maravillosos. A veces me quedaban ricos, pero la mayoría de las veces acababan siendo más bien mediocres. Así que volvimos a las sopas, las ensaladas frescas, los huevos duros, los quesos y el pan que comprábamos cada mañana recién hecho en la panadería. Aquella se convirtió en otra de las tareas que disfrutaba haciendo. A las ocho de la mañana me subía a la bicicleta e iba a hacer cola en la panadería donde Marcel, el robusto panadero soltero, esbozaba una gran sonrisa y me hablaba en un inglés chapurreado a pesar de los chasquidos de las personas que esperaban detrás de mí.

Una mañana, cuando volvía con una barra de pan en una mano intentando no chafarla para que no perdiera su textura crujiente, y con la otra agarrando el manillar de la bicicleta, vi una figura familiar saliendo de un taxi en el acceso para vehículos de la casa de Marielle. Ya me imaginaba que tarde o temprano vendría alguien de la familia, pero me sorprendí al ver quién habían acordado que debería venir hasta Francia.

Me bajé de la bicicleta unos doscientos metros antes de llegar y la observé mientras sacaba la maleta del maletero. El taxista pasó junto a mí de regreso a la ciudad y levanté la mano para saludarlo; no conseguía quitarme esa costumbre irlandesa de saludar a todos los coches que pasaban a mi lado en aquellas carreteras francesas a pesar de que aquí nadie me devolvía nunca el saludo excepto Marcel, el panadero: siempre que me encontraba con la bicicleta prácticamente saltaba por la ventana del conductor.

La perdí de vista en cuanto se acercó a la puerta de la casa. Caminé arrastrando la bicicleta el trecho que me quedaba, me detuve frente a la verja y arranqué un trozo de pan para comérmelo a sabiendas de que me arriesgaba a sufrir la ira de Marielle.

—Ah, así que no te has muerto —dijo Marielle saliendo de casa al verme apoyar la bicicleta contra la mecedora—. Estaba a punto de pedirle a Lucien que fuera a buscarte con la furgoneta. Tienes visita.

—Ya lo he visto.

Marielle agarró la barra de pan, se dio cuenta de que la había profanado, y acto seguido procedió a partir lo que quedaba en dos mitades y me tendió una.

—Me voy a casa de Lucien a desayunar. Puede que tu invitada tenga hambre, deberías ofrecerle algo de comer. —Marielle se echó a caminar por el sendero que atravesaba lo que antaño debía ser un simple agujero entre los setos pero que Lucien había ido ampliando para poder pasar con su furgoneta Citroën.

—Hola, Harry —dije.

Me la encontré de pie esperándome en medio de la cocina abarrotada. Llevaba una camiseta de color rojo cereza con un pañuelo a juego anudado en lo alto de su pelo negro, que llevaba cortado por debajo de las orejas.

—¡Jeanie! —Dio un paso adelante para abrazarme—. Estás preciosa. Te has puesto morena.

Me alegré de volver a sentir sus brazos rodeándome los hombros y me di cuenta de lo mucho que la había echado de menos.

—Odio mis pecas, pero gracias de todos modos.

Al cabo de un momento nos soltamos. Retrocedí para apoyarme contra el escurridor.

—A mí me parecen preciosas; cuando a los irlandeses nos toca el sol nos brotan unas pecas que nos cubren toda la piel, igual que en marzo los narcisos brotan por todo el campo.

—Bueno, menuda sorpresa. —Le hice un gesto para indicarle que se sentara. Mientras lo hacía llené una olla para hervir un poco de agua. Todavía no había conseguido convencer a Marielle de que los hervidores eran mucho más prácticos. Corté el pan y saqué el queso y los tomates. Y la mermelada también, por si acaso le apetecía más algo dulce. Lo puse todo sobre la parte de la mesa que le quedaba enfrente. (Los platos y los cubiertos vivían permanentemente encima de la mesa; qué sentido tenía guardarlos en cualquier otra parte, decía Marielle, y malgastar toda esa energía llevándolos de un lado para otro pudiendo tenerlos siempre al alcance de la mano).

—¿En serio crees que desaprovecharía la oportunidad de que me diera un poco el sol? ¿Estás de broma? Todos queríamos venir. —Harry sonrió y le correspondí por educación.

—¿Has venido con un vuelo de madrugada?

—En realidad llegué ayer por la noche. He dormido en un hotel cerca de aquí. Y regresaré esta misma noche.

—¿Marielle sabía que venías?

—No. Me pareció mejor no decírselo.

No contesté nada, pero supuse que Harry enseguida me explicaría a qué venía tanto secretismo. Miré por la ventana en dirección a casa de Lucien y me lo imaginé comiendo pan con Marielle.

—¿Por casualidad no habrás traído alguna bolsita de té? —le pregunté mientras le ponía una taza delante. Mis reservas de té Barry que me había llevado a Oslo y después a Saint-Émile estaban ya en las últimas.

—Pues la verdad es que sí que he traído alguna. —Lanzó una mirada a la maleta que había dejado en una esquina de la cocina.

Ensanché la sonrisa, feliz por el alivio.

—Me alegro de verte, Harry. Ahora come algo, si no Marielle pensará que soy una maleducada.

Harry tomó un sorbo de su té negro.

—¿Te gusta estar aquí, Jeanie?

—Me encanta.

Jugueteé con una rebanada de pan antes de pegarle un mordisco y volví a dejarla, desganada, a pesar de que normalmente estaba hambrienta después de ir y volver en bicicleta de la ciudad.

—¿Cuánto tiempo tienes pensado quedarte aquí?

La pregunta que ambas sabíamos que haría quedó flotando en el aire.

—Bueno, Marielle todavía no me ha pedido que me fuera. Es más, me dijo que le gustaría que estuviera aquí cuando muriese. Así que supongo que una buena temporada —respondí con seguridad.

Harry asintió y sonrió. Entones tomó un trozo de pan y cortó un poco de queso.

—Así que te quedarás aquí cuánto, ¿diez, veinte años?

—¿Por qué no?

—¿Te está pagando un sueldo? —Le dio un bocado al queso sin apartar sus ojos de los míos.

—Bueno, no, en realidad Marielle no gana mucho con lo que hace. Y además tiene que sufragar sus gastos y los de

Lucien. Pero deja que me quede en su casa sin pagar ni un centavo.

Harry dejó el pan.

—¿No echas de menos tu casa, Jeanie? ¿Tener un sueldo decente?

—Aquí soy feliz, Harry. Es difícil de explicar, pero me siento en paz. No me siento presionada para que los vivos queden contentos y paguen para asegurar que el negocio prospere. Aquí todo se centra en los muertos.

Harry bajó la mirada hacia su plato. Y por primera vez la vi mayor, que los años le pesaban y que la vida que llevaba había pasado factura a aquella presencia constante y silenciosa de nuestras vidas.

—Así que has venido a hacerme entrar en razón, ¿no?

Harry soltó una carcajada y volvió a elevar la mirada hacia mí.

—No, en realidad he venido a explicártelo todo.

—¿A explicarme qué?

—A explicarte por qué llevamos treinta y dos años mintiéndote.

CAPÍTULO TREINTA

En aquel momento deseé estar sentada bajo los alerones de la casa de Marielle durmiendo o pasando las páginas de un libro de Agatha Christie en la mecedora de Lucien. Estábamos teniendo problemas para determinar a quién pertenecía aquel objeto. Lucien decía que la mecedora era mía, yo decía que era de Lucien y Marielle decía que era suya. Prefería mil veces la simplicidad de los misterios de Agatha que todo aquello. Porque sabía que sin importar lo que Harry estuviera a punto de decirme tenía el potencial de arruinar aquella vía de escape que había encontrado.

—Verás, Jeanie, por motivos que en su momento creímos que eran adecuados y que protegerían el negocio y, bueno, a mí, decidimos mantener una cosa en secreto.

—¿A qué te refieres? —pregunté riendo.

—¿Podríamos dar una vuelta, Jeanie? Creo que necesito que me dé un poco el aire. —Harry se levantó pero se tambaleó y tuvo que agarrarse al respaldo de mi silla.

—Tal vez te iría bien beber un poco de agua. —Me puse a llenarle un vaso sin esperar su respuesta mientras comprobaba de reojo que hubiera recobrado el equilibrio.

—Sí, puede que sí.

Aceptó de buena gana el vaso que le ofrecí, se lo bebió entero y entonces suspiró con los ojos cerrados.

—¿Mejor? —Le puse la mano con delicadeza sobre el hombro para no asustarla y Harry asintió—. Si te apetece podríamos ir al prado —propuse—. En realidad esta es la mejor hora para pasear. Luego hará mucho más calor.

Harry tomó aire, puso la mano sobre la mía y fijó la mirada en la puerta trasera.

—Me parece una idea estupenda.

Dimos la vuelta al prado por el camino de grava y luego subimos hasta la pequeña elevación central siguiendo uno de los cuatro senderos. Al parecer a Harry le estaba costando arrancar para explicar lo que había venido a decirme, así que mientras paseamos llené el vacío volviendo a contarle cómo trabajaba Marielle y cuál era su filosofía. Harry sonrió al oír algunas de las historias que le conté sobre lo que los muertos decían en Francia. Cuando le expliqué que un día Marielle recibió la llamada de un vecino cuyo perro acababa de fallecer preguntándole si podía enterrarlo en su prado y que ella había aceptado advirtiéndole antes de que no hablaba el idioma perruno y que no esperara un milagro, Harry rio y dijo:

—Así que somos tres y todas mujeres.

Acabábamos de llegar al banco circular y pensé que no la había oído bien por el ruido que habíamos hecho al sentarnos.

—¿Cómo que somos tres? —repetí, y la observé mientras posaba las manos sobre sus rodillas.

—Las que podemos hablar con ellos.

—¿Te refieres a los muertos? Pero si tú no puedes, Harry. —Sus palabras me parecieron tan ridículas que me eché a reír.

Harry se quitó las gafas de sol para que pudiera mirarla a los ojos y ver que todo lo que estaba a punto de decir era completa y desgarradoramente cierto.

—Oh, sí que puedo, Jeanie. Sí que puedo.

Soltó un suspiro fuerte y largo con la mirada puesta en el prado conmemorativo y observó la hierba salvaje inclinándose bajo la claridad, agachando la cabeza, dejando que el sol le calentara la nuca.

—Sabes, Jeanie, he estado pensando en cómo decírtelo mientras venía en el avión. No paraba de cambiar de opinión. No me veía capaz de oírme decir esas palabras. Y ahora aquí estamos y todavía no tengo ni idea de cómo contártelo.

Tragó saliva con fuerza y entonces empezó.

—Verás, cuando la familia Masterson entró en el negocio de las funerarias, la industria en Irlanda estaba bastante dominada por los hombres. No todos los directores de funeraria eran hombres, pero la mayoría sí. Y a tu abuelo Ted, que estaba chapado a la antigua, ya le gustaba que fuera así. Cuando se dio cuenta de que su hija podía oír a los muertos se alegró porque así podría apelar a «los creyentes», como le gustaba llamarlos. Sin embargo le pareció que sería más aceptable que fuera un hombre quien pudiera comunicarse con los muertos en vez de una «mujer quejumbrosa». El hecho de que una chica, que era lo que era entonces, tuviera ese don por lo visto lo haría menos valioso a ojos de las personas a las que «les gustaba que los hombres estuvieran al cargo». Le encantaba decir esa frase. En su sabiduría decidió que sería mejor que dijéramos que era Dave quien podía hablar con los muertos, y dejamos que así lo hiciera. ¿Qué íbamos a saber nosotros? Éramos jóvenes. Él era el adulto, se suponía que era el más sabio de los tres.

Agachó la cabeza al recordarlo y se puso a juguetear con un pañuelo que tenía encima del regazo y que no había visto que hubiera sacado del bolsillo.

—Así que me dediqué a escuchar a los muertos cuando querían hablar tras las puertas cerradas de la sala de embalsamar y luego le contaba a Dave todo lo que habían dicho. Entonces él se llevaba a los difuntos al velatorio y transmitía su mensaje a sus seres queridos gesticulando como si estuviera hablando con ellos en aquel preciso instante. Y si era necesario se inventaba alguna cosa. Siempre escogía el camino más fácil y decía a los familiares que los querían, que los echaban de menos y que tenían el corazón roto. Tu abuelo exhibía a tu padre como si fuera un director de circo presentando a uno de sus fenómenos ante el mundo.

Soltó una risita triste. La miré con incredulidad y la escuché sin protestar, sin levantar la mano y sin llamarla «mentirosa» mientras reescribía nuestra historia.

—No era agradable que me silenciaran de aquella manera. Que me ignoraran por ser una chica. Quería irme a otra parte, a cualquier lugar donde no importara nada de todo aquello. Soñaba con marcharme. ¿Te acuerdas del día en que te conté que yo también me había planteado ir a Londres de joven?

Por supuesto que me acordaba, ¿cómo podría olvidarlo? Y sin embargo ni siquiera conseguí asentir.

—Pues era por eso. Estaba segura de que allí podría encontrar mi voz, mi coraje. Tal vez incluso podría abrir mi propia funeraria. Pero nunca llegué a marcharme. No fui lo bastante valiente. ¿No es curioso que, años más tarde, cuando vi en tus ojos el mismo deseo de escapar, rezara y rezara para que no te fueras?

—Pero si… —Sorprendida por sus palabras, finalmente conseguí emitir una pequeña protesta—. Pero si hicimos juntas una lista de pros y contras. Intentaste ayudarme.

—Tienes razón, Jeanie, lo intenté. De verdad que sí. Y nunca te habría retenido si realmente hubieras querido irte. Pero tampoco podía evitar sentirme así. Nos habías convertido por fin en un negocio legítimo, ¿lo entiendes? Por fin estábamos diciendo la verdad al mundo.

Vi por el rabillo del ojo que se secaba los ojos con el pañuelo. Se aclaró la garganta y entonces retomó la palabra.

—Cuando tu abuelo murió, tu padre y yo estuvimos debatiendo si decir la verdad y contar al mundo entero que en realidad era yo quien podía hablar con los muertos. Pero aunque parezca increíble, cuando te dicen una y otra vez que no eres lo bastante buena empiezas a creértelo. Yo no era tan valiente como tú. Tuvimos miedo de lo que los demás pudieran pensar de la familia Masterson. En aquel momento ya llevábamos años en la industria funeraria. Habíamos mentido a todo el mundo, teníamos la sensación de que ya no podíamos dar marcha atrás. Y entonces llegaste tú. Y no había quién te parase. Fuiste un soplo de aire fresco, me enseñaste todo lo que podría... lo que debería haber sido.

—Pero, Harry... yo siempre te he admirado. Siempre he pensado que podías hacer y ser lo que quisieras. Todo esto no tiene ningún sentido.

—Los seres humanos somos complicados, ¿verdad? No siempre sabemos lo que ocurre dentro de la cabeza de los demás. Pero verte me ha ayudado a ser más fuerte. He sido yo la que ha estado aprendiendo de ti durante todo este tiempo.

Sacudí la cabeza con incredulidad.

—No, no, esto no puede ser, Harry. ¿Y qué me dices de todas aquellas veces que cuando era pequeña papá se sentaba conmigo junto a un ataúd? Ambos los oíamos, Harry, estoy completamente segura.

—No, Jeanie, tu padre siempre se las arreglaba para que fueras tú quien le contaras lo que los muertos habían dicho. Observé cómo lo hacía. Era todo un maestro. Era un experto en hacerte hablar sin que te dieras cuenta. Y fue un gran gesto por su parte inventarse que estaba empezando a tener problemas de audición. No le costó mucho hacerlo. Y luego, a medida que fueron pasando los años y Niall se unió al equipo, tu padre vio lo bien que se os daba todo eso, que erais el dúo perfecto, así que empezó a desentenderse, a dejar que cada vez llevaras más tú el peso del negocio mientras él ideaba su plan para dejarte a ti a cargo de todo y poder librarse, por fin, de esa red de mentiras. Le diste una salida.

Tenía sentido, papá y Harry habían sido una pareja natural, y más tarde Niall y yo también lo habíamos sido. Así que a lo largo de los años papá había ido desinteresándose por aquella parte del negocio, mientras que yo había ido cargando con más responsabilidades. Pero aun así había seguido contando con Harry para poder apoyarse en ella cuando fuera necesario. Y si todo lo demás fallaba me interrogaba, me decía que aquel día le había ocurrido no sé qué que lo había desconcentrado y que por eso no había prestado toda su atención, y entonces me pedía que le aclarase un par de cosas que no había entendido bien.

—Así que todos estos años que he tenido la sensación de estar cargando con todo, ¿en realidad no me lo había imaginado? —pregunté mientras seguía intentando encajar todas las piezas.

—No, supongo que no.

—Pero ¿por qué no me lo dijisteis? ¿Por qué no confiasteis en mí? Sobre todo cuando empecé a trabajar con vosotros a tiempo completo. Se suponía que éramos un equipo.

—Consideramos decírtelo, de verdad que sí. Pero la amenaza de Londres era omnipresente. Ibas y venías tan a menudo para ver a Fionn que no estábamos seguros de lo que harías si supieras nuestro secreto, si estarías tan avergonzada que te marcharías. No queríamos que te fueras. Te necesitábamos.

Apartó su cara triste de mí y contempló el campanario de la iglesia de Saint-Émile en la lejanía. Observé de perfil la cara de aquella mujer a la que tanto admiraba, la curvatura confiada de su barbilla, incapaz de comprender todavía que hubiera accedido a vivir aquella mentira.

—Eso explicaría todo lo que ha ocurrido con lo de Pequeño y Arthur —dije, entendiéndolo por fin—. Papá no pudo contarle a Arthur la confesión de Pequeño porque no sabía de qué se trataba. Porque nunca llegó a tener la oportunidad de sacarme lo que había dicho.

—Exacto. Aquel día casi me atrapas, ¿sabes? Cuando llegaste estaba justo a punto de ponerme a hablar con Pequeño. Si hubieras llegado dos segundos más tarde me habrías descubierto.

En aquel momento recordé su expresión asustada, lo deprisa que se había apartado de Pequeño.

—Vaya —dije con una sonrisa sarcástica.

Posé los ojos sobre una abeja que volaba por el límite del prado yendo de flor en flor en busca de néctar hasta que encontró la indicada.

—¿Y mamá lo sabe?

—Sí, siempre lo ha sabido. Aunque nunca ha estado de acuerdo con ello. Siempre ha opinado que deberíamos habértelo dicho desde un buen principio. Y, sin embargo, se ha mantenido fiel a nosotros por mucho que le doliera.

—Seguro que papá se lo contó a Andrew. —De repente la conversación que había mantenido con mamá después del funeral de Andrew cobró sentido. Su reticencia a explicarme qué querían decir las últimas palabras de Andrew y su insistencia en que debería hablar con papá, que no debería sentirme sola. Aquí tenía la respuesta, la persona que en todo momento había estado a mi lado: Harry.

Mi cerebro repasó todas las veces que mamá había intentado protegerme a su manera a lo largo de los años y había tratado de animarme a tomar un camino distinto. Me supo tan mal no haberle hecho caso y todo el sufrimiento y la preocupación que debía haberle causado.

—¿Y ahora qué? —dije sintiendo que empezaba a hervirme la ira por culpa de aquella mujer a la que siempre había adorado—. ¿Queréis que ahora también guarde este secreto? ¿Es por eso que has venido? Porque no pienso hacerlo. No pienso volver a vivir entre mentiras. Quiero quedarme aquí.

Vi a lo lejos a Marielle saliendo de casa de Lucien. ¿Acaso el viento le había llevado mi voz, alertándola de que ocurría algo? Alzó la mirada hacia mí protegiéndose los ojos del sol con la mano. Parecía tan vieja y vulnerable en aquel momento que me sentí culpable por cómo la estarían afectando todas esas interrupciones en su vida. Me levanté para saludarla y fingí estar bien porque quería que volviera a meterse en casa. Me saludó y se giró hacia Lucien, que la había seguido hasta fuera, y lo condujo con delicadeza de vuelta al interior. Me quedé un momento en aquella posición, como si estuviera atascada, contemplando la casa de Lucien.

Harry se levantó y en un acto de valentía me puso la mano en la espalda para que volviera a sentarme.

—Lo siento, Jeanie. No deberías tener que cargar con nada de todo esto. Nunca quisimos hacerte daño. —Me senté en la punta del banco temblando, sin saber muy bien qué hacer.

—Bueno, ¿y por qué habéis decidido contármelo ahora? —quise saber.

—Tu padre entendería que no quisieras hacerte cargo del negocio. Todos lo entenderíamos. No he venido aquí para obligarte a volver a casa y hacerte cargo de la funeraria. Bueno, al menos no del todo.

La miré de reojo al oír esas palabras.

—¿A qué te refieres?

—Bueno, tu padre me ha preguntado si me interesaría encargarme del negocio, pero solo si a ti no te interesa.

Hizo una pausa para ver si protestaba. Y admito que sentí una punzada de celos. Pero no dije nada, solo volví a fijar la mirada al frente.

—Le he contestado que sí —continuó Harry en voz queda y vacilante, midiendo todavía mi reacción—. Pero me encantaría que estuvieras a mi lado. La funeraria no es lo mismo sin ti. Y espero que, a pesar de todo, tú también la eches de menos. Verás, creo que si trabajásemos las dos juntas, codo con codo, sin nada que esconder, todo sería más fácil para ti, Jeanie, y para mí también.

Giré ligeramente la cabeza hacia ella y sentí curiosidad por saber a dónde quería llegar.

—Verás, tu marcha ha hecho que me diera cuenta de lo harta que estoy de las mentiras. No quiero renunciar a mi trabajo, pero quiero decir la verdad. Contárselo todo por fin al mundo entero. Dar un nuevo comienzo a la familia Masterson. Contigo. ¿Te imaginas lo que podríamos conseguir entre las dos? Sería un poco como lo que tienes aquí con Marielle. Aunque sin sol, eso es verdad —señaló riendo—, ni prado, y con más líquido de embalsamar. Pero debo decir que lo de amortajar a los muertos me parece precioso. Los tiempos están cambiando y ahora la gente opta por todo tipo de cosas, así que tal vez…

—A ver, espera —dije interrumpiendo su discurso para intentar entender su propuesta. Me recliné sobre el banco para centrar toda mi atención en ella—. Que digas a todo el mundo que eres tú quien habla con los muertos y no papá es una cosa. Pero lo que Marielle hace aquí es mucho más que amortajar a los muertos. Dice siempre la verdad, la verdad y solo la verdad, por muy dolorosa que sea. ¿Crees que la familia Masterson está preparada para hacer eso, Harry?

Mi objeción disminuyó su entusiasmo. Pensé que aquello sería todo, que aquel sería el obstáculo que derrumbaría sus planes. Harry no dijo nada durante un segundo y volvió a observar todo lo que Marielle y Lucien habían creado, mirando primero hacia la izquierda y luego hacia la derecha, y finalmente volvió a fijar la mirada al frente. Suspiró, cerró los ojos un momento y empezó a hablar de nuevo.

—Qué te parece si empiezo por admitir mi mentira y luego ya iremos viendo. Puede que algunos de nuestros clientes se pasen a la funeraria de la familia Doyle, pero los Masterson seguiremos siendo los únicos en toda Irlanda que podemos hablar con los muertos y eso tiene que contar para algo. Y luego, bueno… —Titubeó, pero solo un momento antes de girarse completamente hacia mí—. Mira, Jeanie, nunca he estado en contra de contar la verdad sobre lo que dicen los muertos, aunque entiendo por qué a veces tu padre no transmitía sus mensajes tal cual. Creo que sencillamente no quería herir a nadie. Eso lo entiendes, ¿no? Nunca lo ha hecho con mala intención.

Pensé en todas las veces que lo había visto callarse la verdad. Y sí, ahora sabía que a veces era porque se la estaba inventando, pero otras, cuando Harry y yo le transmitíamos las últimas palabras de los muertos, era porque pensaba que los vivos no serían capaces de soportarla. Lo había visto tomar las manos de los vivos, de manera muy similar a como lo hacía Marielle, para transmitirles las palabras de los muertos ya fueran mentira o verdad. Pero había visto en sus ojos que sin duda su más sincero deseo era simplemente aliviar la carga de los que se habían quedado atrás. Al fin y al cabo tenía la habilidad de hablar con los muertos, así que sin duda también era capaz de reconocer un acto de bondad.

Asentí de acuerdo con Harry.

—Pero aun así tienes razón, Jeanie, la familia Masterson tiene que aprender a ser más valiente con la verdad. No puedo prometerte que siempre lo haremos bien, puede que en algún momento suavicemos el mensaje de los muertos, pero sin duda estoy dispuesta a intentarlo. Y contigo a mi lado para enseñarme el camino creo que tenemos una oportunidad.

Me invadió una oleada de alivio al oír aquellas palabras. En el fondo sabía que eso era justo lo que quería, que estuvieran dispuestos a querer encontrar la manera de ser honestos. Y ahí estaba. Por fin. Sentí que se me debilitaba el cuerpo, que se me hundían los hombros que hasta entonces habían estado tensos, que los músculos de la espalda suspiraban aliviados y que por una vez los ojos se me humedecían de alegría. Esbocé una pequeña y, sí, reacia sonrisa, la primera desde que Harry había empezado a hablar. Tampoco fue muy ancha, solo alcé imperceptiblemente las comisuras de los labios. Pero Harry se dio cuenta.

Aprovechando aquel momento de proximidad, Harry tomó mis manos entre las suyas.

—Mira, lo único que te pido es que te lo pienses, Jeanie. En casa tienes una vida, y ahora tienes la oportunidad de conseguir que sea un poco menos estresante y un poco más… sincera.

Volví a apartar la mirada porque de repente pensé en todo lo que le había estado escondiendo a Niall durante tanto tiempo. Era igual de mentirosa que papá y que Harry. Y no estaba segura de tener las agallas para enmendar la situación.

—No lo sé —susurré.

No dijimos nada más. Harry me soltó las manos, cerró los ojos y se recostó sobre el respaldo, apoyándose en el banco, con el cuerpo agotado por todo lo que se había sacado de encima, mientras yo seguía en el extremo del banco sopesando si volver a Kilcross y cómo sería estar ahí sin mentiras y... sin Niall.

Fue como si Harry me leyera la mente.

—¿Y qué hay de Niall, has hablado con él?

—No —respondí con voz queda, y cambié de postura.

—¿Crees que hay alguna posibilidad de que volváis a estar juntos?

—No quiero hablar de ello —conseguí decir a pesar del pánico creciente que me estaba entrando, y moví las manos extendidas de un lado para otro como para enfatizar que aquel tema estaba fuera de los límites.

—Lo sé, Jeanie. Lo siento. No debería...

Volví a girarme hacia Harry y al ver que tenía la cabeza gacha me sentí fatal por haber sido tan brusca. Me pregunté cómo debía haberse sentido durante todos estos años cada vez que me miraba deseando poder actuar como yo.

—Necesito una copa —dije, y me levanté enseguida deseando aclararme la cabeza como fuera, aunque solo fuera un momento. Anoche había visto a Lucien poner una botella de su sidra casera fresca en la nevera de Marielle, y en aquel momento me pareció la solución perfecta.

Harry me siguió y se apresuró para intentar seguirme el paso.

—¿No es un poco temprano para beber alcohol?

—Marielle suele acompañar las tostadas del desayuno con una copa de vino.

—Esta mujer cada vez me cae mejor. —Harry empezó a jadear por el esfuerzo de seguir mi paso resuelto.

—Los franceses tienen una relación mucho más sana con el alcohol que nosotros, lo ven simplemente como otra bebida, no como una manera de fingir que no son quienes son.

—¿Esperáis a algún cliente hoy? —Forzó la voz para que la oyera, ya que había perdido un poco de terreno.

—No que yo sepa.

—Bien. Me gustaría hablar con Marielle sobre un par de cosas.

—Harry —dije deteniéndome y girándome repentinamente, tanto que casi nos chocamos, y todo porque de golpe me asaltó una duda—. ¿Niall descubrió algo de todo lo que acabas de contarme antes de irse?

—No —me aseguró Harry negando con la cabeza—. No tiene ni idea. Dios sabe lo que pensaría de nosotros si lo supiera.

Asentí aliviada. Me gustaría poder contárselo en persona si alguna vez tenía la oportunidad de hacerlo.

—De acuerdo —dije con voz queda.

Harry me agarró el brazo antes de que me girara y siguiera caminando.

—Pero ¿le darás una vuelta a la propuesta que te he hecho para que vuelvas a casa?

—Sí —contesté, y volví a sentir el latido de mi corazón en el interior de la oreja. A casa, decía con sus palpitaciones. Llévame. A. Casa.

CAPÍTULO TREINTA Y UNO

Me fui de Saint-Émile cuatro días después. Me llevé tan solo una maleta con ropa suficiente para quedarme una semana en casa tal y como habíamos acordado.

—Volveré, Marielle —le dije de pie en su cocina mientras intentaba despedirme de ella. Sus ojos me rehuyeron, negándose a posarse sobre la persona que estaba a punto de irse.

—Lo sé. Pero ¿y si necesitara la habitación para alojar a otra persona y todavía no hubieras regresado?

Sonreí al oír su treta. Se le daba fatal mentir. No me extrañaba que se negase a mentir a los vivos.

—¿Esperas a alguien?

—No. Pero podría suceder.

—Ya te he dicho que estaré aquí cuando te mueras, vieja. No te vas a librar de mí tan fácilmente. Es más, cuando vuelva te traeré un hervidor.

—No quiero tu hervidor irlandés. Me gusta usar mi olla. Además, no tengo pensado morirme esta próxima semana.

—Puede que la muerte te llegue más deprisa de lo que esperas si no empiezas a tratar mejor a ese hombre. —Miré por la ventana a Lucien, que estaba arrastrando un armario que se había pasado toda la mañana sacando de casa. Lo había movido a duras penas, empujándolo centímetro a centímetro desde la habitación de invitados, negándose a dejar que le echara una mano, y ahora estaba intentando meterlo en la furgoneta sin la ayuda de su heroica carretilla—. Creo que esta vez sí que te va a matar.

—He pensado que tal vez de camino al aeropuerto encuentre un anticuario que esté interesado en comprar el armario.

—O sea, que acabará en su cobertizo.

—¡Qué dices! Pero si es un mueble estupendo.

—Es un armario desmontable. Ni que lo hubieras heredado del rey Luis.

—Pero es muy bueno. Además, si fuera de aquel zoquete mi familia lo hubiera quemado.

Miró la maleta que tenía junto a mí y el abrigo que llevaba colgando del brazo.

—¿Seguro que lo vas a necesitar?

—Me dirijo al verano irlandés, Marielle. Algún día te llevaré conmigo, así entenderás nuestra historia de amor con la lluvia. Pero hasta entonces —dije abrazándola—, cuídate y sé buena con Lucien.

Le besé la mejilla y Marielle me abrazó con la misma intensidad que lo hice yo el primer día que nos vimos en persona, y ambas nos negamos a decir la palabra «adiós». Salí al patio justo cuando Lucien había conseguido cerrar la puerta de la furgoneta y se había apoyado contra ella jadeando. No le dije que estaría bien que volviera a abrirla para meter mi maleta dentro, así que opté por llevarla encima de mis rodillas en el asiento del copiloto.

Arthur vino a buscarme al aeropuerto. Me contó que había insistido en hacerlo. Se había tomado el día libre para asegurarme que seguíamos siendo amigos a pesar de que se hubiera enterado de lo de su familia a través de un abogado que no conocía; ni siquiera le había llevado nunca una carta, imagínate hasta qué punto era un desconocido. Y que no me guardaba ningún rencor por el terremoto que había causado en mi ausencia, por no hablar del corazón roto del encantador de Niall ni de que se había ido a Sligo. Ni más ni menos que a Sligo.

—Es por el mar —dije respondiendo la pregunta que no me había hecho.

—Pero ¿hasta ahora no se había contentado con los lagos? —preguntó Arthur mientras pagaba el peaje de la M4—. ¿No le bastaba con esa agua?

No contesté, pero observé el paisaje familiar que pasaba zumbando por la ventanilla del coche a medida que nos acercábamos a Kilcross.

Cuando llegué al patio de casa mi hermano salió de su cobertizo y, a pesar de que no era muy propio de él, me abrazó.

—No es justo todo este cambio, Jeanie. —Me soltó, y se quedó allí de pie con las manos en los bolsillos, impidiéndome el paso a casa.

—Lo sé. Pero mírate. Estás sobreviviendo, ¿no?

—Aun así sigue sin gustarme. —Casi me muero al ver sus ojos tristes. Miré a Arthur, que me dedicó una sonrisa empática.

—¿Te ha llegado alguna revista nueva? —intenté.

Pero mi hermano se encogió de hombros y se negó a mirarme a los ojos, desviando la mirada hacia otro lado y luego al suelo.

—Venga, Mikey. Sé que es difícil, pero las cosas no pueden ser siempre iguales por mucho que quieras. Es lo mismo que con tus estanterías. A veces necesitas expandirlas para que quepa todo. Pues eso es lo que me ha pasado a mí. Necesitaba más espacio, más tiempo para adaptarme, para poder procesar todo lo que sentía.

—¿Y no me necesitabas a mí?

—Por supuesto que sí. Te he echado mucho de menos. Pero te he escrito. ¿No has recibido ninguna de mis postales ni de mis cartas? ¿Ni los libros ni los DVD? Sé que no están en inglés, pero pensé que te gustarían igualmente, sobre todo por las imágenes.

Mikey no respondió de inmediato, se contuvo un poco en protesta por mi ausencia.

—De hecho algunos de los DVD tienen subtítulos —cedió finalmente—. Y encargué un diccionario de noruego y otro de francés, así que ahora estoy progresando con los libros.

—Qué bien.

—Pero solo voy por la página diez de uno y por la catorce del otro.

—Ah.

—Niall también se ha ido, Jeanie. ¿Lo sabías?

—Sí. Lo siento. Seguro que fue un golpe duro para ti. —No estaba segura de poder justificarme en este aspecto, y además temía derrumbarme y echarme a llorar, pero sabía que aquello no nos ayudaría ni a Mikey ni a mí.

Pero entonces Arthur intervino para echarme una mano.

—Tu hermano ha empezado a enseñarme a jugar a la PlayStation. Dice que tengo un talento innato, ¿a que sí, colega?

—No. —Mikey lo miró incrédulo al oírle decir aquella mentira tan obviamente descarada—. Eres muy lento.

Arthur sonrió.

—Mis viejos pulgares ya no son lo que eran, es verdad, pero tampoco soy el peor. Tu padre sí que es un caso perdido.

Mikey esbozó una pequeña sonrisa a Arthur y luego dirigió la mirada hacia mí.

—Pero has venido para quedarte, ¿verdad, Jeanie?

—Bueno, estoy aquí para intentar decidirlo.

—¿Y Niall también volverá?

—Sabes que ya no estamos juntos, ¿verdad, Mikey?

—Oh. Ya veo. Pero sigue siendo mi amigo. Me escribe a menudo. Y ahora jugamos por internet.

—Bien, me alegro. Es… es genial —conseguí decir, y Arthur volvió a mirarme y me dedicó otra sonrisa amable antes de intervenir de nuevo para salvarme.

—Deberíamos dejar entrar a tu hermana en casa, Mikey. Seguro que estará cansada.

Mikey se apartó obedientemente y pasé a su lado preguntándome cuánto tiempo tardaría en perdonarme. Pero justo cuando estaba a punto de llegar a la puerta trasera que daba el pasillo, me dijo:

—Tengo un documental nuevo sobre el mariscal de campo Sir John French.

—¿Quién? —pregunté girándome de nuevo.

—Bueno, si estás libre hoy a las ocho de la tarde podrías venir a verlo y descubrirlo. Podría hacer palomitas.

Se le había relajado la cara y parte de su tristeza se había desvanecido, así que me pareció prudente dedicarle una amplia sonrisa.

—Me encantaría. Muchas gracias, Mikey.

—Vale —asintió—. Pero tendrás que traerme un refresco MiWadi.

Mamá, papá y yo nos sentamos alrededor de la mesa de la cocina. Ante mí se extendía un festín sin igual. Había todo lo que me gustaba desde que era pequeña y fueron ofreciéndome una cosa tras otra.

—¿Quieres un trozo de pastel de Madeira? ¿O un huevo de chocolate Creme Egg? No son fáciles de encontrar en verano, pero Arthur los ha conseguido —dijo mamá.

Arthur irradiaba de orgullo apoyado contra la encimera de la cocina.

—¿O tal vez unas patatas fritas? —insistió mamá.

—En realidad creo que lo que realmente me apetece es un Twix.

Vi las miraditas que se echaron entre ellos y las sonrisas esperanzadas cuando comprendieron que pretendía ponérselo difícil.

—Creo que se nos han acabado —dijo Arthur abriendo la vitrina que contenía su botín tan copioso como siempre. Sacó una chocolatina y me la tiró—. Será mejor que eches un vistazo a la fecha de caducidad. —Entonces se alejó de la encimera y se acercó a darme un beso en la cabeza y a apretarme los hombros cariñosamente—. Bueno, creo que ya he terminado por hoy. Será mejor que os deje a lo vuestro. Teresa quiere ir a comprar túneles de polietileno.

—Túneles de polietileno, claro, ¿por qué no? —Papá soltó una carcajada exagerada.

Arthur ya estaba junto al umbral y alzó la mano en señal de despedida.

—Cuidaos —dijo antes de cerrar la puerta.

—Lo sentimos mucho, Jeanie —dijo papá en cuanto oyó que la puerta se cerraba—. Nunca quisimos que nada de todo esto…

—Papá, Harry ya me lo contó todo, no hace falta que me lo vuelvas a explicar.

—No, pero tienes que oírmelo decir aunque sea una sola vez. Tienes que saber que nunca quise hacerte daño. Que nunca debería haberte mentido. Tu madre lleva años fuera de sí y rogándole a Dios que te contásemos la verdad.

—Es cierto, cariño. Siempre he querido que lo supieras. —Mamá alargó la mano por encima de la mesa y se la agarré de buena gana.

—Lo sentimos. Lo siento —continuó papá—. Creo que Harry y yo nos sentíamos un poco atrapados. Tu abuelo era un hombre muy rígido. Las cosas solo podían hacerse a su manera. Puso los cimientos de las personas en las que nos convertimos, y cuando llegaste tú no supimos cómo arreglárnoslas para salir de aquel embrollo en el que nos habíamos metido nosotros mismos.

—Ya hablaremos de todo esto en algún otro momento, papá, pero ahora no; no puedo soportar el estrés de esta conversación. Será mejor que nos centremos en hablar del negocio. Con eso sí que puedo lidiar.

Mamá se levantó para rodear la mesa y abrazarme.

—Mi niñita preciosa —me susurró al oído.

Papá también se me acercó para rodearme con sus brazos, eran como dos pétalos de rosa protegiendo un capullo.

—Bueno —dijo papá sorbiéndose los mocos, y al cabo de un momento me liberó—, Harry nos está esperando en la sala de estar.

—De acuerdo. —Me levanté y me dirigí hacia el pasillo—. Vamos a poner en marcha vuestra jubilación. Vosotros primero.

—En realidad, cariño —dijo mamá—, habíamos pensado que podríamos ir los cuatro a comer fuera para hablar del tema. Tomar un almuerzo tardío. Tenemos una mesa reservada. Si te parece bien, claro.

—Por supuesto.

—Habíamos pensado que podríamos ir a aquel sitio al que tanto te gustaba ir con Niall. El Woodstown Lodge.

Tuve que desviar la mirada al notar un ardor familiar en los ojos que me obligó a cerrarlos.

Llegamos al acuerdo siguiente: el negocio sería de Harry. Mamá y papá se jubilarían y yo trabajaría con mi tía. Pero si alguien venía a pedirme ayuda, por ejemplo la policía para que asistiera en un caso de desaparición, se la prestaría. Y cada año me iría un mes a Francia, además de cuando a Marielle le llegara su hora, por supuesto. Y seríamos más valientes con la verdad. Aquella tarde los cuatro nos estrechamos la mano. Quedamos en que regresaría a Saint-Émile durante un par de semanas y volvería a casa con tiempo de sobra antes de la gran mudanza. Me aseguraron que ya se las apañarían entre Harry, papá y el embalsamador sustituto hasta que regresara y pusiéramos en marcha la nueva funeraria Masterson.

También les dije que no quería quedarme con la casa. Que era suya y que necesitaban un lugar para poder regresar a Killcross siempre que quisieran. Además, añadí, sería demasiado doloroso vivir ahí después de haber roto con Niall. Ya encontraría algún sitio donde vivir.

Aquel mismo día deshice la maleta en la habitación de invitados en cuanto regresamos a casa después de comer en el Woodstown Lodge, antes de sentarme con mi hermano para ver un documental de tres horas sobre Sir John French, el oficial del ejército británico, el héroe de la segunda guerra bóer entre muchas otras campañas, que parecía estar siempre enfadado. Ni siquiera abrí la puerta del dormitorio que había compartido con Niall hasta el día siguiente, cuando me senté en la que había sido nuestra cama y contemplé el vacío de la habitación. Había cosas mías por todos lados, pero de Niall no quedaba nada. Nada que atestiguara que había vivido aquí y que había sido mío. Fue entonces cuando reuní el coraje suficiente como para llamarlo.

CAPÍTULO TREINTA Y DOS

Craven era una ciudad pequeña de la costa del condado de Sligo, donde el mar bañaba una playa de arena en la que soplaban fuertes corrientes de viento. Era una ciudad que atraía bastantes visitantes y recién llegados que abrían tiendas de artesanía y puestos de helados carísimos, incluso una panadería francesa.

Cuando llegué por la mañana encontré la «Robert's Pâtisserie» en la calle que conducía al aparcamiento, y delante había una playa donde pese a ser las once de la mañana ya había familias instaladas soportando las fuertes brisas con sus cortavientos. A los niños rechonchos de piel pálida no parecía importarles que se les entumeciera la piel, y echaban carreras para ver quién era el primero en dar una patada a la espuma del mar, en agacharse y ahuecar un poco la mano para tomar agua salada e intentar tirársela alegremente a sus hermanos. Los observé durante un buen rato después de aparcar el coche y luego deshice el camino para curiosear por los aparadores y descubrir la panadería, aquel rincón de paraíso que enseguida me hizo echar de menos a Marielle.

Pedí dos cafés y una barra de pan.

—Veo que es francés —dije después de que el hombre me tomara nota y centrara su atención en la máquina de café.

—Tiene unas dotes de observación excepcionales. —Levantó una ceja y sonrió.

—No hay muchos hombres franceses en Irlanda.

—¿Por qué solo pregunta por los hombres? ¿Acaso no le importan las miles de mujeres francesas que tengo escondidas en la parte de atrás?

—Bueno, pues franceses en general —corregí riendo.

—Somos unos cuantos, se sorprendería.

—Pero ¿por qué? —Desde mi estancia en el extranjero me parecía difícil comprender por qué la gente quería venir a vivir a Irlanda por voluntad propia. Y aun así acababa de negociar mi regreso a casa—. Es decir, ¿por qué se marchó de Francia?

—Por amor, ¿hay algún motivo mejor? —Habló como un verdadero francés, como Lucien, que sufría la honestidad y los impulsos de Marielle Vincent día tras día y aun así no podía evitar quererla. Y quizá también como Niall, que había hecho lo mismo que el panadero, irse a vivir a un lugar que nos había ido asfixiando hasta acabar con todo.

Sonreí. Y entonces me entró la vergüenza al darme cuenta de que quizás aquel hombre pensaba que estaba más interesada en él que en sus circunstancias.

Me tendió los cafés y la barra de pan y, después de pagar, me llevé mi festín hacia el murito de la playa para sentarme y notar la brisa que por algún extraño motivo ahora me parecía más cálida, me retiré el pelo de la cara, sorbí mi café y empecé a comerme la barra de pan a cachos.

—Hola, Jeanie.

Me giré y vi las piernas de Niall dirigirse hacia el murito para sentarse a mi lado.

—Hola. —Nos quedamos observando las olas y los niños que correteaban por la playa, dejando que el silencio se asentara—. Toma. —Le tendí uno de los cafés. Y dejé la barra de pan entre nosotros después de ofrecérsela.

—Cuando me propusiste de quedar para comer esperaba más bien que nos sentáramos a una mesa. —No lo dijo con sorna ni con seriedad, sino que fue más bien algo intermedio.

—Esto es para picar. Mi idea era comprar solo dos cafés, pero no he podido resistirme al pan.

—Robert hace un pan muy bueno.

—¿Sabías que vino a vivir a Irlanda por amor?

—Es lo que le cuenta a todo el mundo. Pero nadie ha conocido nunca al misterioso objeto de su amor. Vive al final de la calle y, por lo que se dice, solo.

—Oh. —Volví a mirar el escaparate de la panadería, como si el letrero pudiera darme alguna pista sobre el misterio de aquel panadero. Tal vez había huido por amor. Tal vez la persona a quien amaba en realidad estaba en París sin saber que aquel hombre tenía el corazón roto. Volví a dirigir la mirada hacia la barra de pan que había dejado entre nosotros y me pregunté cuánta soledad habría necesitado para conseguir que supiera tan bien.

—Podríamos ir a comer a algún sitio cuando nos terminemos el pan —dije observando la barra medio picoteada.

—Claro, como quieras, en realidad me da un poco igual.

—¿Cuánto tiempo tienes para comer?

—Hoy no trabajo, así que no tengo prisa.

Sonreí por aquel tiempo regalado.

—Bueno, así que vas a volver a casa —dijo.

Durante nuestra llamada le había explicado brevemente todo lo que Harry me había contado y cuál era mi plan.

—Sí, eso parece.

—¿Es lo que realmente querías o te han intimidado para que aceptaras?

—No, tengo la sensación de que es lo mejor. Me gusta la idea de ser solo Harry y yo. De saber que tendré a alguien a mi lado con quien poder hablar, ¿sabes?

Niall soltó una pequeña carcajada que terminó tan repentinamente como había empezado.

—Siempre quise ser ese alguien para ti. Ser la persona con la que pudieras hablar.

Me quedé en silencio y tomé otro sorbo de café a fin de ganar algo de tiempo para encontrar las palabras adecuadas.

—Mira, Niall, no es que yo no quisiera que lo fueras, pero es que no es lo mismo que hablar con alguien que también oye a los muertos. No sé. Igual que un astronauta puede entender perfectamente a otro astronauta. Nadie más va a entender lo que se siente al caminar por ahí arriba en el espacio: el asombro, el terror, la emoción. Nunca quise hacerte daño.

Niall desvió la mirada hacia la parte derecha de la playa, tan lejos de mí como pudo.

—En realidad no me refería a los muertos. —Niall tomó otro sorbo de café.

—Ah. —Ahí estaba, el obstáculo que se había entrometido en nuestra relación durante todos los años que había durado. Aquel silencio, aquella reticencia que tenía a dejarlo entrar para que no desterrara aquel recuerdo que tanto atesoraba—. Lo siento, Niall. No te lo merecías.

Volví a mirarlo con la esperanza de que se girara y que en aquel segundo breve y efímero dijera que lo entendía. Pero siguió con la vista fijada al frente con determinación. Tomé aire y me pregunté si todavía estaría a tiempo de irme a casa. De dar marcha atrás con el coche de papá y alejarme de aquel hombre que merecía por lo menos un poco de sinceridad y amor. Porque en aquel momento no estaba segura de poder dárselo. Cerré los ojos contra el viento y dejé que la brisa me acariciara hasta que las palabras llegaron por sí solas y me salieron por la boca como si mi destino hubiera sido siempre pronunciarlas.

—Una parte de mí siempre pensó que cometí un error al casarme contigo. Sí que te quería, pero tenía la sensación de que allí fuera había esta otra versión maravillosa de mí misma que tal vez debería estar viviendo. Me sentía tan dividida entre esa versión de mí misma y tú. También por mi familia y el trabajo. Siempre tenía que hacer lo mejor para los demás. Y te metí en medio de todo este lío en mi desesperación por ser una buena hija, una buena hermana y una buena confidente.

Le eché solamente un vistazo rápido, me daba demasiado miedo posar la mirada sobre Niall el tiempo suficiente como para ver su dolor; en vez de eso dirigí los ojos hacia la franja de tierra que había más allá y que abrazaba la bahía.

—Con él, ¿no?

—¿Qué? —pregunté centrándome de nuevo en su perfil.

—Esa vida tan emocionante de la que estabas hablando era a su lado, a eso te referías, ¿no?

—Sí. —Agaché la cabeza, avergonzada por la confesión que acababa de susurrar, pero me obligué a continuar porque al fin y al cabo había venido por eso, para admitir la verdad—. Todavía... todavía quería a Fionn, pero te juro que estaba convencida de que lo superaría. Cuando empezamos a salir juntos quería que la cosa funcionara. De verdad que creía que podía hacerlo. Pero con todo lo que ha ocurrido últimamente, la muerte de Fionn y la jubilación de mis padres, me he dado cuenta de que en realidad ni él ni la idea de irme de Kilcross me habían abandonado del todo. En algún lugar en las profundidades de mi interior todavía estaba aquel sueño de que algún día volvería a encontrarme con Fionn. Que nuestros mundos por fin estarían en sincronía en una especie de país de Nunca Jamás en versión romántica. —Al llegar al apogeo de mi discurso alargué la mano hacia la playa antes de volver a dejarla caer sobre mi muslo—. Así que en realidad siempre tuviste razón, Niall, sí que me estaba conteniendo.

—Vaya. Nuestra historia resumida en treinta segundos: Niall Longley, la segunda mejor opción. —Deslizó los dedos por el aire formando una «L», como si estuviera mostrándome un titular.

—Lo siento, Niall. No debería...

—No, Jeanie, tienes razón. Nuestra relación era así. Y tampoco es que no lo supiera. Pero aun así duele oírte confirmándolo.

Nos quedamos sentados un rato más en aquel horrible silencio sin que se me ocurriera ninguna manera de enmendar la situación. Y es que en realidad no había ninguna solución. Nada de lo que pudiera decir a aquel hombre podría entrar en esa categoría.

—Tenías razón con lo de no tener hijos. ¿Quién hubiera querido meter a un niño en medio de todo este lío?

—Niall, lo siento mucho. —Pero Niall me ignoró tanto a mí como a mi vergüenza y siguió hablando.

—¿Y qué habría ocurrido si tu encuentro imaginario se hubiera hecho realidad y las cosas entre Fionn y tú hubieran salido bien? —Niall seguía con la vista fijada con determinación en el mar.

—No lo sé —admití—. Tal vez hubiéramos tenido una relación maravillosa. O tal vez la llama se hubiera consumido y hubiéramos acabado aquí igualmente. Porque... —Y ahí estaba, todo lo que había aprendido de la sabiduría de los muertos, de Huete y de Marielle, en todo su esplendor, a punto de ser dicho en voz alta— tengo la sensación de que mi destino en realidad está aquí, con los muertos de Kilcross, a pesar de que durante mucho tiempo he pensado que estaba en otra parte.

El mar se precipitó hacia adelante y rompió contra la playa con entusiasmo, lanzando gotas de agua y espuma al aire, lo que provocaba que los niños chillaran encantados. Me sentía agotada pero contenta de que por fin, a los treinta y dos años, estuviera tan segura de algo tan importante.

—Pero no a mi lado —dijo Niall en voz queda recordándome que no todo estaba tan claro—. Tu destino no es estar conmigo. —Soltó una breve carcajada irónica—. Dime, Jeanie, ¿me has echado de menos mientras has estado fuera? —En aquel momento Niall se giró un poco hacia mí, pero no del todo.

Asentí mirándome las manos y esbocé una pequeña sonrisa.

—Sería más fácil que me preguntaras en qué momentos no he pensado en ti. Pero reflexionar sobre nosotros me dejaba echa un lío, así que intentaba centrarme solamente en averiguar lo que quería. O por lo menos eso era lo que Cacahuete no paraba de repetirme que hiciera.

—¿Y qué has descubierto?

—Que... —Me quedé un segundo en silencio, pero entonces retomé la palabra con expresión seria—. Que quiero dejar de tener miedo. Que quiero dejar de mentirme a mí misma y a los demás.

—¿Me estás diciendo que si te hago una pregunta me responderás con sinceridad?

Asentí petrificada a pesar de lo que acababa de afirmar porque sabía lo que se avecinaba.

—¿Alguna vez me has querido?

—Sí —dije sorprendida de que no lo supiera.

—¿Y ahora me quieres?

Tragué saliva, respiré profundamente y respondí.

—Sí. Pero tal vez no tanto como te merezcas. —Quise añadir algo para suavizar el golpe, para que aquel momento no fuera tan duro, pero me contuve porque Niall, más que nadie, merecía que le dijera la verdad. Me mordí el labio esperando que no se levantara y se fuera.

Me miró un segundo y después bajó la mirada hacia sus manos.

—Ya —dijo asintiendo con la cabeza y esbozando una triste sonrisa con sus labios—. A ver, no es que no lo supiera. Pero aun así no es fácil oír a alguien decir que no te quiere tanto como te gustaría que te quisiera. —Alzó la mano para secarse las mejillas.

—Lo siento, Niall. No quería que pasara nada de todo esto. Lo intenté, de verdad que lo intenté.

Nos quedamos un rato ahí sentados sin mediar palabra, solo estábamos nosotros, nuestras lágrimas, la brisa y las olas rompiendo contra la playa.

—El problema es que creo que ya no sé estar sin ti —dije en un intento desesperado por salvar parte de nuestra relación—. Has estado toda la vida a mi lado, pero ahora te has ido y eso duele.

Niall soltó una carcajada.

—Sí que duele, sí.

Exhaló un largo suspiro poco a poco, como si llevara horas aguantándoselo.

—No estoy seguro de poder ser la persona que quieres que sea, Jeanie. No puedo ser solo tu amigo. Ya lo intenté, y fue muy difícil. Fue difícil de cojones.

Me revolví y quise volver a salir huyendo por todo lo que le había hecho pasar a aquel pobre hombre.

—No lo sé, puede que con el tiempo. Puede. Pero ahora mismo tenemos que seguir cada uno por nuestro lado. Aquí soy feliz, Jeanie, muy, muy feliz. Por primera vez en años. Creo… —Miró hacia el mar, admirando su magnificencia—. Creo que ahora debemos dejarnos ir. Amistad, romance, sea lo que fuere lo que queramos del otro, esto tiene que terminar. Para siempre.

Asentí dos o tres veces al oír sus palabras, como si oírlo de nuevo fuera a ayudarme a aceptar que así era como tenían que ser las cosas. Las olas siguieron llegando, los niños siguieron gritando y mis lágrimas siguieron cayendo. Estaba desconsolada, y no solo por sus palabras, sino por la valentía y la amabilidad que Niall me había mostrado hoy al acceder a quedar conmigo; al permitir que tuviéramos por lo menos aquel momento de despedida para que por fin pudiera contarle toda la verdad.

Vi por el rabillo del ojo que tenía la cabeza gacha, y acto seguido alzó la mirada y suspiró observando el horizonte. Y cuando pensaba que ya no nos quedaba nada más que decirnos, que dentro de un momento me metería en el coche de mi padre y me alejaría conduciendo de aquel hombre al que no volvería a ver en toda mi vida, Niall habló de nuevo.

—¡Joder! —La brisa se llevó su exclamación hacia la playa, donde una madre giró la cabeza. Entonces Niall me miró como si se le estuviera ocurriendo una idea—. Bueno, ¿qué te parece si dejamos todo esto para mañana? Al fin y al cabo ahora estás aquí y hace muy buen día. Y… —Dejó la frase inacabada y se puso a balancear las piernas por encima del muro—. Venga —dijo, y se dirigió hacia el camino sin esperar ninguna respuesta. Me apresuré para alcanzarlo y apenas pude oír lo que dijo a continuación—: Me gustaría presentarte a alguien.

Sus palabras me sobresaltaron tanto que me detuve en seco. Pero me dije a mí misma que tenía que seguir adelante, que se lo debía; que conocería a quien fuese que quisiera presentarme, incluso aunque fuese una mujer con un velo de novia esperándolo en el altar, porque era lo mínimo que le debía. Estaba dispuesta a conocer a quien Niall quisiera por todos los años que no había sido lo bastante valiente o justa con él. Sonreiría y le estrecharía la mano, me reiría con ella y hablaríamos del tiempo, y luego volvería a casa y me haría la maleta para regresar junto a Marielle para despedirme de ella, lista por volver a vivir en Kilcross, en una casita cerca del canal que Arthur me había llevado a ver porque un amigo suyo estaba interesado en venderla sin intermediarios y que tal vez acabase comprándome; la pintaría de tonos rojos, llenaría los balcones de macetas amarillas, azules y lilas, cuidaría el jardín y le pediría a Arthur que me ayudara a conseguir un túnel de polietileno para cultivar tomates, pepinos y lechugas.

—Esta es Lex —dijo Niall deteniéndose junto a nuestro viejo coche y abriendo la puerta del copiloto para dejar que una perra blanca bajara contenta de un salto.

—¡Oh! —exclamé mientras me agachaba, y solté una carcajada—. ¿Es una teckel de pelo duro? —pregunté alzando la cabeza hacia Niall y entrecerrando los ojos por el sol.

—Sí.

Volví a mirar a la perra y acaricié sus suaves orejas blancas.

—Pero ¡qué guapa eres!

—Sí, sí que lo soy —dijo Niall imitándome—. Íbamos a dar un paseo y nos preguntábamos si te gustaría venir con nosotros.

—Sí —le dije a Lex, que me lamió la nariz en respuesta—. Me encantaría, es una idea estupenda.

—A Lex no le gusta mucho el agua, así que tendremos que caminar por el paseo que hay entre las dunas. —Niall se agachó para atarle la correa y entonces me levanté.

—Claro. Ningún problema. Lo que os vaya mejor.

—Vale, pues venga, Lex, vamos a enseñarle el paisaje a esta señorita.

Y entonces nos pusimos en marcha. Los tres serpenteamos entre las dunas de arena, alejándonos cada vez más de las tiendas y rodeando el campo de minigolf. Nos pusimos las capuchas y observamos a las familias recoger a toda prisa y llevarse en brazos todo lo que podían, incluso a su escandalosa prole, cuando la lluvia de verano decidió que había llegado la hora de caer.

AGRADECIMIENTOS

He conocido a mucha gente maravillosa en mis esfuerzos por comprender mejor la muerte y nuestra manera de lidiar con ella. Por su tiempo y su amabilidad quería dar las gracias a: David McGowan, Karen Carey, Padre Kevin Lyon, Joan y Con Gilsenan. Gracias a Michael Clarke, que me ha dedicado su tiempo durante tres años, siempre con actitud positiva y alentadora, y me ha ayudado a resolver algunos de los muchos problemas que me fueron surgiendo a lo largo del proceso. Michael, te debo más que solo una pinta. Por favor, tened en cuenta que cualquier error o libertad que haya podido tomarme en este libro es cosa mía y no tiene nada que ver con todos estos profesionales que dedican sus vidas a cuidar de nuestros seres queridos.

Al investigar para escribir este libro me he encontrado también con muchos artistas que han escrito obras de teatro, cortometrajes e incluso tesis sobre el ámbito de la muerte y las funerarias. Cada una de estas personas me ha dedicado su precioso tiempo, me ha explicado sus métodos y, además, me ha dejado ver y leer su material. Su talento me dejó alucinada. Si alguna vez tenéis ocasión os recomiendo ver a Keith Singleton y Niamh McGrath en su obra de teatro *Looking Deadly* y el magnífico cortometraje animado de Wiggleywoo Productions: *Tea with the Dead*, es precioso. Muchas gracias a Margart Bonass Madden por haber compartido conmigo parte de su tesis sobre la muerte en la literatura irlandesa.

Gracias a los primeros lectores de este libro, habéis contribuido a hacer avanzar la novela con vuestras palabras amables y vuestra sinceridad cuando os parecía que algo no funcionaba: Louise Buckley, Mia Gallagher, Conor Bowman, Claire Desserrey, Phil Byrne, Ted Sheehy, David Harland, Una Bartley, Billy Doran, James Lowry y Bríd Ní Ghríofa.

Gracias a las personas que escucharon mis preocupaciones y me ayudaron en varias cuestiones interesantes: Adam Lowry, Míde Emans, Ann O'Sullivan, Bernadine Brady, Marése Bell, Mary O'Neill, Charlie Bishop y Séamus Ó Drisceoil.

Gracias a los dos escritores que me animaron cuando pensaba que no iba a ninguna parte: John Boyne y Alison Walsh; vuestra sabiduría y vuestro apoyo fueron mi salvavidas.

Gracias a las muchísimas personas en Sceptre que me han guiado a través de este proceso con sus habilidades y amabilidad; no solo habéis sido muy diestros, sino también increíblemente pacientes. A Emma Herdman, que me ayudó a dar forma a este libro, experta en decir palabras cariñosas, en dar pequeños empujones y en estar ojo avizor, te echo de menos. A Lily Cooper y Carole Welch, que me han dado la mano y me han hecho llegar a la línea de meta con constancia gracias a sus preguntas, sus sugerencias y su habilidad para ver lo que me había pasado totalmente por alto, mi más sincero agradecimiento. A Penny Isaac y Barbara Riby por sus excelentes habilidades de edición y corrección. A los equipos de marketing y publicidad que nunca han dejado de luchar por mí: Louise Court, Helen Flood, Maria Garbutt-Lucero, Jeannelle Brew y Kate Keehan.

Gracias a todo el equipo de la editorial Thomas Dunne de los Estados Unidos: Stephen Power, Lisa Bonvissuto y Tom Dunne, muchas gracias por vuestras sugerencias perspicaces, os echo mucho de menos a todos. A Dori Weintraub, cuyos comentarios me animaron tanto.

Gracias a todo el equipo de Hachette Irlanda que ha luchado incansablemente por mi obra: Jim Binchy, Breda Purdue, Ruth Shern y Siobhán Tierney. A Elaine Egan, solo se me ocurre una palabra para describirte: increíble.

Gracias al personal de la biblioteca Mullingar que muy amablemente me cedió un espacio para trabajar cuando no podía hacerlo en casa. Nunca olvidaré vuestras sonrisas acogedoras y vuestra generosidad.

Al inicio del proceso de escritura de este libro tuve la suerte de recibir el apoyo del programa de mentoría Stinging Fly Mentorship Scheme y del consejo municipal de Westmeath, a los que estoy profundamente agradecida. Y más adelante tuve la suerte de recibir una beca del Arts Council de Irlanda que me permitió completar este libro.

Gracias a mi agente Sue Armstrong, que me ha visto pasar un mal año; la confianza que tienes en mí me hizo sonreír en días que me parecía imposible.

Gracias a James y a Adam, que todavía me toman de la mano y entienden que en los días más oscuros se agradece recibir una chocolatina After Eight o un masaje de pies. Os quiero a los dos.

Y por último, gracias a los lectores de mi obra, ¿qué haría sin vosotros? Muchas gracias de todo corazón.